Nicola Upson · Drehbuch des Todes

NICOLA UPSON

DREHBUCH DES TODES

KRIMINALROMAN

Aus dem Englischen
von Anna-Christin Kramer

KEIN & ABER

Für Walter Donohue, in Liebe

Alle Bände der Reihe erscheinen bei Kein & Aber.
Bereits erschienen sind:
Experte in Sachen Mord (Bd. 1)
Wenn die Masken fallen (Bd. 2)
Mit dem Schnee kommt der Tod (Bd. 9)
Dorf unter Verdacht (Bd. 10)
Drehbuch des Todes (Bd. 11)

Die Originalausgabe erschien 2023 unter dem Titel
Shot with Crimson bei Faber and Faber Ltd, London

Deutsche Erstausgabe

Coverfoto: The Hollywood Archive
Covergestaltung: Maurice Ettlin
Satz: Dörlemann Satz, Lemförde
Druck und Bindung: GGP Media GmbH, Pößneck
ISBN 978-3-0369-5031-0
Auch als eBook erhältlich

www.keinundaber.ch

*Der Himmel über unseren Köpfen war tintenschwarz.
Am Horizont jedoch war er nicht schwarz. Er war durchsetzt
mit Karmin, wie mit verspritztem Blut. Und der salzige
Wind vom Meer wehte uns die Asche entgegen.*

DAPHNE DU MAURIER – *REBECCA*

SOMMER 1917

Die Straße war lang und trostlos, zumindest wirkte sie so auf mein zehnjähriges Selbst. Ich war ein buntes Leben gewohnt, und die Abwesenheit von Farbe verwirrte mich: Der weite, graue Himmel, der schwer auf dem Tag lastete, der dunkle Moorboden, der sich meilenweit zu beiden Seiten erstreckte, ein Asphaltband, das kaum breit genug für unser Auto war. Ab und zu wurde die Monotonie von einem Haus mit einem bunt gestrichenen Zaun oder von grünem Dickicht unterbrochen, doch nur selten, und der Anblick betonte lediglich die Leere der Umgebung. Die Landschaft deprimierte mich, wobei ich keinen Grund dafür nennen könnte; im Haus war ich stets glücklich, doch die Anreise stimmte mich jedes Mal traurig.

»Daphne?«, sagte mein Vater scharf, so wie immer, wenn ich still oder zurückgezogen war, einer Welt nachhing, die nichts mit ihm zu tun hatte. Unsere Blicke trafen sich im Rückspiegel, und er lächelte; in diesen ersten Jahren war er noch glücklich und liebevoll gewesen. Ich saß zufrieden zwischen meinen Schwestern, Angela und Jeanne, auf der Rückbank, hörte zu, wie er und meine Mutter über die Bekannten sprachen, die wir besuchen, die Kinder, mit denen wir uns bestens verstehen, die

Abenteuer, die wir in dem riesigen Haus erleben würden. Mit Letzterem sollte er recht behalten. Das gute, alte Milton, aus dem ich Manderley gewonnen hatte – ein wunderschöner Landsitz umgeben von weitläufigen Parkanlagen, der seit Generationen von derselben Familie geliebt wurde. Milton war so offen, wie Manderley verschlossen sein würde, und das Leben darin spielte sich ausschließlich in der Gegenwart ab, doch das Wesen der Räumlichkeiten fand mühelos Eingang in die Seiten von *Rebecca*, war mir beim Schreiben ebenso lebhaft gewärtig wie bei unserem ersten Treffen an jenem Sommertag, als sich der Krieg langsam dem Ende näherte.

Die Fahrt schien endlos, doch schließlich fuhren wir an einem einstöckigen Häuschen vorbei auf das Anwesen. Die Fenster dort standen offen, und im gepflegten, eingezäunten Garten trocknete die Familienwäsche auf der Leine. Die Auffahrt krümmte und wand sich nicht wie die Manderleys, die Vegetation war weder feindselig noch bedrohlich. Stattdessen durchschnitt der Weg auf höfliche Art und Weise das an- und abfallende Gelände und wurde dabei von dichten, strikt abgegrenzten Baumreihen gesäumt. Als wir das andere Ende des Waldstücks erreichten, hatte sich die Sonne durchgesetzt, und wir fuhren in einen anderen, wolkenlosen Tag hinein. Passend zur märchenhaften Umgebung erschien weiter vorne ein zweites Gebäude, eine Art Miniaturkapelle aus honiggelbem Stein mit kleinen Türmchen und einem runden Fenster über der Tür – gotisch, würde ich heute sagen, aber damals wirkte es zu seltsam und zu zauberhaft, um sich so einfach kategorisieren zu lassen. Das Bauwerk faszinierte mich, ließ meine Eltern jedoch kalt, und wir fuhren rasch daran vorbei. An einer Kreuzung, an der mehrere Wege aufeinandertrafen, murmelte mein Vater etwas über Piccadilly Circus, und bis heute weiß ich nicht, ob das ein Scherz war oder ob die Kreuzung wirklich so heißt.

Wir bogen schwungvoll auf die Kiesfläche vor dem Haus, und da ragte es zum ersten Mal vor mir auf – eher elegant als imposant, hübsches elisabethanisches Mauerwerk und zahllose gekuppelte Fenster, Zinnen und Dachbodenräume, die Abenteuer verhießen. Ich kann nicht mit Sicherheit sagen, weshalb es einen derart bleibenden Eindruck auf mich machte. Womöglich lag es nur an der berauschenden Freiheit der Kindheit und daran, dass ich noch nie zuvor ein Herrenhaus gesehen hatte, oder an dem während des Krieges so greifbaren Gefühl, die Welt stünde kurz vor einem einschneidenden Wandel. In letzter Zeit glaube ich allerdings, dass noch mehr dahintersteckte, und zwar schon damals. Eine Art Vorahnung, das Wissen, dass die Vorgänge während unseres Aufenthalts – unschuldig, illusorisch, nie ganz begreiflich – uns irgendwann einholen würden.

In der Nähe befanden sich Gewächshäuser sowie ein ummauerter Garten; Stallungen grenzten an das Haus. Als wir verschwitzt von der Fahrt ausstiegen, hörte ich Hufgeklapper, und irgendwo zur Linken plätscherte ein Brunnen. Die Beschaulichkeit hielt nicht lange an, machte anschwellendem Motorenlärm hinter den Bäumen Platz, dem Knirschen schwerer Reifen auf Kies. Hinter uns flog die Haustür auf, und fünf, sechs Menschen kamen herausgeeilt, allerdings nicht die Familie, die meine Eltern beschrieben hatte. Frauen in Schwesterntracht und Männer in kakifarbenen Uniformen, die uns verärgert ansahen, als ständen wir im Weg. Mein Vater zog mich schützend an sich, und ich spürte seine heiße Hand auf der Schulter. »Schon gut, Daphne«, sagte er. »Das Haus wurde für den Krieg in ein Lazarett umgewandelt, aber keine Angst. Sie kümmern sich hier um unsere Jungs, damit sie wieder zu Kräften kommen.«

Ich weiß noch, wie ich trotz seiner beruhigenden Worte dachte, der Krieg käme direkt zu mir, die Invasion, die wir alle zu fürchten gelernt hatten, fände endlich statt. Insgesamt waren es fünf Wagen, drei Krankenwagen und zwei offene Busse, und auf mich wirkte es, als hätte sich der Konvoi einen direkten Weg durch die dichten grünen Lorbeerbüsche gebahnt. Die Stimmung der Männer an Bord nahm dem Tag auch noch das letzte bisschen Hoffnung. Manche Soldaten ließen den Kopf hängen, sodass ich nur ihre Helme sah; andere saßen still an ihren Nebenmann gelehnt. Eine fremdländische Sonne hatte ihre Haut gebräunt und die Farbe aus ihren Kleidern gebleicht; eingetrocknete Blutflecken zeichneten sich auf weißen Verbänden ab, passten so gar nicht zur englischen Landschaft. Am meisten stach mir jedoch ins Auge, wie schmutzig sie waren, wie Tiere, die sich auf einer schlammigen Wiese gewälzt hatten. Damals ahnte ich noch nicht, wie passend der Vergleich war.

Die Verletzten, die noch laufen konnten, stiegen in einem Gewirr aus Stiefeln, Ellbogen und Geschnaufe aus, und der bis dahin dominierende Abgasgestank wurde von beißendem Schweiß- und Ledergeruch überlagert. Sie standen in einem verunsicherten Grüppchen zusammen und warteten auf Anweisungen, während ihre schwer verwundeten Kameraden umsichtig, aber rasch ins Haus gebracht wurden. Ich weiß noch, wie ich mich fragte, wieso mein Vater sie als Jungs bezeichnet hatte, obwohl sie so alt und geschlagen wirkten. Ich konnte den Blick nicht abwenden, und dann sah ich dem Mann auf der nächstgelegenen Bahre in die Augen. Sein sonnenverbranntes Gesicht stand in Kontrast zu seinem Kissen, an seinen Stiefeln hing der getrocknete Schlamm der Schützengräben. Ich spürte, wie ich rot anlief, doch der Soldat starrte mich lediglich mit leerem Blick an, als hätte er vor langer Zeit den Bezug zu der Welt verloren, der ich angehörte.

Wir wurden von einer Freundin meiner Mutter gerettet – einem liebenswürdigen, eleganten und ätherischen Geschöpf wie aus einem Stück von J. M. Barrie. Sie rauschte mit uns im Schlepptau durch das Haus in die Kriegsräumlichkeiten der Familie, ein paar bescheidene Räume zwischen der Küche und dem derzeitigen Operationssaal, und ich konnte meinen Eltern ansehen, was mit dem Verzicht auf Privatsphäre und Komfort verloren gegangen war. Auf mich und meine Schwestern jedoch wirkte das geschäftige Treiben edel und aufregend, ein Abenteuer, an dem wir schadlos teilhaben konnten. Meine frühesten Erinnerungen an das Haus sind durcheinandergeraten, und manche kommen mir heute traumartiger vor als andere: Männer in locker sitzender Genesungsuniform, die sich unter dem Blick eines Butlers an einem Ende des Esstischs zusammendrängten, eine Gruppe Soldaten, die Billard unter einem Rembrandt spielte, reihenweise unbesetzte Liegestühle auf der Südterrasse, Teller mit riesigen Kartoffelbreihaufen. Ich erinnere mich noch deutlich an das Geplauder und den Husten, das Klirren von Messern und Gabeln und das Schaben von Stühlen, die über den polierten Boden gezogen wurden. Im privaten Speisezimmer der Familie, wo die Wände rosa und weiß waren und eine massive Uhr über dem Kamin prangte, aßen wir köstliche Speisen von mit Vögeln bemalten Tellern.

Nach dem Mittagessen wurden wir zum Spielen davongeschickt, damit die Erwachsenen sich unterhalten konnten. Das Betreten des Lazarettbereichs war uns strikt untersagt, doch in den Gärten und Privaträumen durften wir uns während unseres Aufenthalts frei bewegen. Wenn wir uns daran gehalten hätten, wäre der Nachmittag wohl ohne weitere Vorkommnisse vorbeigezogen, aber unser Anführer – ein blasser kleiner Junge, dem die Invasion seines Zuhauses nichts auszumachen schien – war ebenso versessen darauf, gegen die Regeln zu verstoßen, wie wir ihn vom rechten Weg abbringen wollten. Innerhalb weniger Minuten befanden wir uns in einer langen Galerie, die in einen Krankenflügel verwandelt worden war. Ich wartete darauf, weggescheucht zu werden, doch die Schwestern lächelten den jungen Hausherrn lediglich an, waren offensichtlich an seine Anwesenheit gewöhnt, und niemand schickte uns fort. Der Raum war hell und luftig, in angenehmen Grüntönen mit weißen Stuckblättern und -bändern ausgestattet; mehrere Generationen der Familie schauten von den Wänden auf uns herab, doch ihre missbilligenden Blicke wurden von Bettgestellen und medizinischer Ausrüstung blockiert, und das feminine Wesen des Raums stand in starkem Gegensatz zu seinen jetzigen Bewohnern. Es herrschte Ruhe, und ich fragte mich, wie es sich wohl für die Männer anfühlte, die aus dem Reich von Blut und Dreck, auf welches ich draußen einen Blick erhascht hatte, in diesen Hafen des Friedens eingelaufen waren, in dem die einzige Störung darin bestand, dass eine Decke aufgeschüttelt oder der Boden geschrubbt wurde. Hin und wieder durchbrach ein Schmerzensschrei den Nachmittag, und eine Schwester mit einem leuchtend roten Kreuz auf der Brust trat geräuschlos an ein Bett. Eine andere saß neben einem Soldaten, hatte den Kopf dicht zu ihm geneigt, während er angestrengt einen Brief nach Hause diktierte, und ich malte mir aus, was er wohl sagte und wer zu Hause fieberhaft auf Nachricht von ihm wartete. Ich war derart in meine Fantasiewelt vertieft, dass ich nicht merkte, wie die anderen weiterzogen.

Auf mich allein gestellt, war ich weniger wagemutig und ging zurück auf den Flur, um nach meinen Schwestern zu suchen, entdeckte sie jedoch nicht. Vom anderen Ende des Ganges drang frische Luft herein, und ich hoffte, von dort in den Garten zu gelangen. Außerdem lockte mich der Klang eines Grammofons. Der Raum, aus dem die Musik ertönte, war kleiner als die improvisierte Krankenstation, aber genauso hell und angenehm. Säulen durchzogen das Zimmer, und in der Mitte stand ein mit Farnen bepflanzter Sarkophag. Sämtliche Doppeltüren zur angrenzenden Terrasse standen weit offen, die Vorhänge wölbten sich leicht. Mehrere Soldaten ruhten sich unter einer Markise an der frischen Luft aus. Dahinter, auf dem Rasen vor dem Haus, spielten ein paar andere Krocket, und rote Krawatten und weiße Jackenaufschläge setzten sich patriotisch von blauen Uniformen ab. Die Männer im Inneren wirkten weniger fröhlich, ihre Verletzungen waren offensichtlicher, ihr Gebaren verhaltener – tapfere, lebenskräftige junge Männer, die sich mit Stricken oder

Schachspielen begnügen mussten. Einer von ihnen fiel mir besonders auf. Er saß mit einer Decke auf dem Schoß in einem Rollstuhl am Fenster. Ein anderer Mann saß mit ihm am Tisch – kein Soldat, denn seine Uniform war braun und trostlos, und auch kein Arzt, wobei er sich offensichtlich um den Patienten kümmerte und ihm dabei half, ein Modellhaus aus Streichhölzern zu bauen, und das faszinierte mich mehr als die Männer selbst. Da stieß der Soldat versehentlich mit der Hand gegen das Dach, das prompt einstürzte, und frustriert fegte er die Streichhölzer vom Tisch. Sein Freund hob sie unbeirrt wieder auf, rang sich ein Lächeln ab, und der Prozess begann von vorn. Er sah auf und entdeckte mich an der Türschwelle, und als er mich heranwinkte, damit ich besser zuschauen könnte, zögerte ich nicht. Er hatte eine wunderschöne Stimme – sanft und melodisch und leicht, so wie Sonnenlicht, das auf der Wasseroberfläche tanzt.

Das Modell war in allerfeinstem Detail gefertigt, eine Miniaturnachbildung von Milton Hall, die echter wirkte als das Gebäude, in dem wir uns befanden. Er lächelte, als er meine Begeisterung bemerkte, und drehte und wendete es, um mir alle Einzelheiten zu zeigen – die Erker und die zentrale Terrasse, über die wir hereingekommen waren, die weniger strenge Südseite, die ich noch nicht zu Gesicht bekommen hatte, die Kamine und Brüstungen. Alles war so anschaulich und lebensecht, dass ich fast damit rechnete, jemanden hinter den Fenstern zu entdecken. Ich sah zu, wie er dem Soldaten beibrachte, die Streichhölzer für das schräge Dachgeschoss zuzuschneiden, und geduldig abwartete, bis dieser es geschafft hatte. Auf dem Tisch lag ein Stapel mit Entwürfen für zahlreiche Modelle, alle sorgfältig und maßstabsgetreu gezeichnet, und er schob ihn mir zum Durchblättern hin. Dann nannte er mir seinen Namen und erkundigte sich nach meinem.

»Bist du ein schlaues Kind, Daphne?«, fragte er, nachdem ich ihm von meiner Familie erzählt hatte und weshalb wir hier waren. Das war mir schon oft gesagt worden, also bejahte ich, ohne zu zögern, woraufhin er lächelte. »Wenn das so ist, würdest du mir wohl einen Gefallen tun?«

Er holte ein anderes Modell aus der Hosentasche, und ich erkannte die gotische Kapelle, die mich bei der Anfahrt so in ihren Bann geschlagen hatte. Es war in noch kleinerem Maßstab gebaut als Milton Hall, doch sämtliche Eigenheiten waren perfekt nachgebildet, und sicher leuchteten meine Augen, als ich mir die Turmspitzen und Bogen besah, die viel zu schnell an unserem Auto vorbeigezogen waren. Ich konnte kaum glauben, dass so etwas Filigranes überhaupt existierte. »Das habe ich für jemanden gemacht, dem es nicht so gut geht, aber ich bekomme Ärger, wenn ich die Station verlasse. Würdest du es für mich überbringen, wenn ich dir den Weg sage?« Ich zögerte, da ich mit dem riesigen Haus und den labyrinthartigen Gängen nicht vertraut war, doch er wusste, wie man eine neugierige Zehnjährige auf seine Seite zog. »Dann mache ich dir auch so eins, aber du musst das für dich behalten, in Ordnung?«

Wer wird nicht gerne in ein Geheimnis eingeweiht? Die Herausforderung war fast genauso verlockend wie die in Aussicht gestellte Belohnung, und außerdem wollte ich dem klugen, sanftmütigen jungen Mann gefallen, der offensichtlich zaubern konnte; an so einer guten Tat war sicher nichts Verwerfliches. Ich nahm das Geschenk entgegen und lauschte aufmerksam seiner Wegbeschreibung, dann drückte er mir die Schulter und wünschte mir viel Glück. »Komm zurück, wenn du es geschafft hast«, sagte er. »Danke, Daphne.« Auf der Türschwelle drehte ich mich noch einmal um, hoffte vielleicht auf ein paar letzte ermutigende Worte, doch er war schon wieder mit dem Soldaten beschäftigt, sprach mit ihm, als wäre er der einzige Mensch auf Erden, und kurz fragte ich mich, wie es sich wohl anfühlte, diese Art von Aufmerksamkeit zu erhalten. Enttäuscht huschte ich den Hauptgang entlang, bevor ich seine Wegbeschreibung wieder vergessen konnte. Der ausladende Treppenaufgang mit dem vergoldeten schmiedeeisernen Geländer wirkt auch heute noch imposant auf mich, und ich kam mir sehr klein vor, während ich zaghaft den ersten Absatz erklomm, von dem aus ein Bleiglasfenster einen Blick auf die Parklandschaft und grasende Schafe bot. Die Treppe teilte sich nach links und rechts, und ich zögerte kurz, ließ eine Krankenschwester vorbei und hoffte, sie würde mich nicht aufhalten. Dann schaute ich zu beiden Seiten und nahm, wie angewiesen, die rechte. Die Fenster warfen Kreuzmuster auf Wände und Teppichböden, und ich stieg den nächsten Absatz hinauf, bis ich schließlich an einen langen, schmalen Korridor gelangte, der auf beiden Seiten von geschlossenen Türen gesäumt war – noch nie im Leben hatte ich so viele geschlossene Türen gesehen. Ein willkommener Lichtstrahl fiel durch das Fenster am Ende des Ganges, und ich ging langsam weiter, spürte dabei abwechselnd Sonne und Schatten auf meinem Gesicht und zählte sorgfältig die Türen ab, um die richtige zu finden. Als ich mir sicher war, griff ich nach der Klinke, wobei ich mich kurz über die übergroße, verzerrte Silhouette meiner Hand auf dem Holz erschrak.

Ich hätte darauf kommen müssen, dass jemand anders im Zimmer sein könnte, doch ich war zu sehr auf meine Mission konzentriert, um darüber nachzudenken. Die Tür wurde von innen geöffnet, noch bevor ich sie berührt hatte, und vor mir stand eine ganz in Schwarz gekleidete Frau mit einem Kruzifix um den Hals. Ich wusste natürlich nicht, wer sie war, und ich sollte ihren Namen nie erfahren, doch sie starrte so hasserfüllt auf mich herab, dass ich das Modell rasch hinter dem Rücken versteckte. Ich wollte davonrennen, doch sie schien mich mit ihrem Blick zu fesseln. Jetzt, wo ich sie beschreiben muss, fallen mir automatisch die Worte ein, die mich beim Schreiben von Danvers immer begleitet hatten – die tief liegenden Augen, das weiße Totenschädelgesicht, die kindliche Vorstellung einer Märchenhexe. Sah sie wirklich so aus? Ob wahr oder eingebildet – ich bin mir heute nicht mehr sicher; ihren Anblick bin ich jedenfalls nie losgeworden. Wie dumm von mir zu glauben, ich hätte mir die Frau ausgedacht.

Sie wollte wissen, wer ich sei und was ich dort verloren habe. Ihre Stimme war wutverzerrt, und ich wich langsam rückwärts in den Flur zurück. Mein Schweigen verärgerte sie nur noch mehr, und als sie die Hand ausstreckte, um die Wahrheit aus mir zu schütteln, fielen mir meine Füße wieder ein, und ich rannte davon. Was danach kam, ist heute verschwommen. Ich weiß nur noch, dass die Frau mir keifend bis zur Treppe folgte, und kurz darauf hörte ich ein Geräusch wie einen Peitschenknall – doch ich wollte nur noch ins Freie gelangen und dachte nicht weiter darüber nach. Sobald ich die Sonne auf meinem Gesicht spürte und meine Schwestern auf dem Rasen spielen sah, wirkte der Vorfall wie ein schrecklicher Traum. Ich erzählte nie jemandem davon, nicht einmal Angela oder Jeanne. Eine Zeit lang befürchtete ich, meinem Zauberer zu begegnen und ihm mein Versagen gestehen zu müssen, doch meine Sorge war unbegründet: Ich sprach nie wieder mit ihm, und irgendwann verblassten meine Erinnerungen. Bis heute weiß ich nicht, was aus ihm geworden ist, ahnte da noch nicht, dass er – auf völlig andere Weise – erneut für mich gezaubert hatte. Ich frage mich, ob er die Verbindung wohl hergestellt hat oder ob er sich überhaupt noch an das schlaue kleine Mädchen erinnert, das ihn hängengelassen hatte.

Als ich das Modell von Milton Hall ein paar Tage später wiedersah, war es vollständig zertrümmert, wobei ich nicht weiß, wer dafür verantwortlich war. Die Miniatur, die er mir gegeben hatte, das Geschenk für jemand anderen, besitze ich noch heute, obwohl es falsch war, es zu behalten. Es steht auf dem Regal, neben der Häherfeder aus den Wäldern Menabillys und dem Foto meines Vaters in seinem Ankleidezimmer, und nun frage ich mich jedes Mal, wenn ich es betrachte, ob ich den Lauf der Dinge hätte beeinflussen können. Wenn ich früher dort gewesen wäre, wenn ich nicht auf der Treppe gezögert hätte, wenn ich ihr die Stirn geboten hätte, wären die Jahre dann anders verlaufen? Doch all das liegt in der Vergangenheit. Die Kunst besteht darin – das wissen die meisten von uns –, es dort zu belassen.

SEPTEMBER 1939

1

Als der Zug langsam auf das Gleis neben dem Hafenbecken einfuhr, atmete Josephine erleichtert auf. Sie freute sich mehr darauf, das Land zu verlassen, als sie sich je hätte vorstellen können. Die gespannte Erwartung unter den Reisenden war auf der kurzen Fahrt von Waterloo nach Southampton stetig angestiegen, und jetzt, da sie dem Schiff, das sie über den Atlantik bringen würde, so nah waren, konnten manche Passagiere ihre Erregung kaum verbergen. Sie wünschte, ihre eigenen Gefühle wären ähnlich einfach gestrickt, doch ihre Ungeduld hatte nur wenig mit der romantischen Vorstellung vom Reisen oder den Verlockungen Amerikas zu tun. Wie sie es auch drehte und wendete, die Fahrkarte in ihrer Hand roch nach Flucht, doch es war ihr egal. Im Moment sehnte sie sich nur danach, Marta wiederzusehen und die größtmögliche Entfernung zwischen sich und die Erinnerungen der letzten Tage zu bringen.

Die wenigen Gespräche, die sie während der Anreise mit Archie geführt hatte, waren gedämpft verlaufen; keiner von ihnen hatte Lust auf Geplauder. Eine düstere Stimmung hatte sich über das Land gelegt, nachdem die monatelangen Ängste und Spekulationen plötzlich Realität geworden waren, doch selbst der neuerliche Kriegsausbruch konnte ihre persönlichen Schreckenserlebnisse nicht überdecken. Die Freundschaft mit einem Detective Scotland Yards bedeutete, dass Josephine oft mit den tragischen Aspekten seiner Arbeit in Berührung kam. Selbst wenn sich Archie nicht explizit über einen Fall äußern konnte, schlugen sich die Mordfallermittlungen in seiner Laune nieder und beeinflussten seinen Blick auf die Welt. Dieses Mal war Josephine selbst betroffen gewesen – ein Kind war an einem Ort entführt worden, den sie ins Herz geschlossen hatte. Wenig überraschend kämpfte sie seitdem mit einem nagenden Gefühl des Verlusts und Verrats. »Ich bin froh, dass du mich noch verabschiedest«, sagte sie, als Archie ihre Reisetasche aus der Gepäckablage hob.

»Ich auch.«

Archie und sie verstanden sich auch ohne viele Worte, und sie musste ihm nicht erklären, dass es half, mit jemandem zusammen zu sein, der das Gleiche erlebt hatte, selbst wenn sie nicht darüber sprachen, jemand, der verstand, wie schmutzig und verantwortlich sie sich fühlte, egal wie irrational es auch sein mochte. Er lächelte sie an, doch seine Antwort ging im Trubel der Ankunft unter. Die Passagiere schoben sich zu den Türen, konnten es nicht erwarten, einen Blick auf das Schiff zu erhaschen, das es kaum aus den Nachrichten geschafft hatte, seit es vor fast auf den Tag genau fünf Jahren vom Stapel gelaufen war, und Josephine und Archie gesellten sich zu ihnen. Die Fakten und Daten zur *Queen Mary* waren mittlerweile legendär – höher als der Eiffelturm, schneller als alle anderen Schiffe ihrer Klasse, größer als die *Titanic* –, und sie ließen sich von den anderen Reisenden im Sog aus Geplapper und Vorfreude mittragen. Doch als das Schiff plötzlich sichtbar wurde, über den Lagergebäuden aufragte und dabei die Hafenkräne so zwergenhaft erscheinen ließ, als entstammten sie *Gullivers Reisen,* verstummten alle. Der gewaltige schwarze Rumpf streckte sich in die Ferne und wirkte eher bedrohlich als romantisch, und Josephine konnte kaum glauben, dass etwas derart Gigantisches überhaupt schwimmen konnte. Nachdem der erste Eindruck jedoch verblasst war, sah sie über die schieren Ausmaße des Schiffes hinweg, ließ die Schönheit seiner Linien und die majestätische Präsenz auf sich wirken und verstand genau, warum es das Land mit Stolz erfüllte. Die *Queen Mary* war im Auftrag einer englischen Reederei in Schottland gebaut worden, und der Weg war steinig gewesen. Josephine erinnerte sich noch an die Bilder des halb fertigen Rumpfs in der Zeitung, der in der Werft langsam zu Tode rostete, ein eindrückliches Symbol für die Not und Armut der Depressionsjahre. Die Befürchtung, sie würde nie vollendet werden, geisterte umher, bewahrheitete sich allerdings nicht, und als der Wohlstand im Land wieder stieg und die Arbeiten erneut anlaufen konnten, wurde sie ein ebenso eindrückliches Symbol für die Hoffnung auf eine bessere Zukunft. Die *Queen Mary* hatte in ihrem kurzen Leben schon für vieles stehen müssen: Sie war zu Friedenszeiten entworfen worden, um die alte Welt mit der neuen zu verbinden, und in ihr kamen zwar Stil und Eleganz des sich neigenden Jahrzehnts zum Ausdruck, doch nun waren es ihre Stärke und ihr unbesiegbarer Geist, an den die Briten sich klammerten.

»Ganz außergewöhnlich, oder?«, sagte Archie bewundernd. »Wenn wir zu so etwas in der Lage sind, besteht vielleicht ja doch noch Hoffnung. Und jetzt ab an Bord mit dir.«

Das war leichter gesagt als getan. Obwohl das Schiff riesig und der Kai lang war, schien die Menschenmenge zu groß für beides, und sie kamen nur zentimeterweise voran. »Viele Überfahrten wird es wohl nicht mehr geben.« Archie versuchte, Josephine vor dem schlimmsten Gedränge zu bewahren. »Die Leute verschwinden anscheinend, solange sie noch können.«

Er hatte recht, und Josephine kam sich naiv vor, dass sie die veränderte Atmosphäre nicht bemerkt hatte. Sie musterte die anderen Passagiere genauer, lauschte den Stimmen ringsum und erkannte sofort, dass die meisten Leute eine einfache Fahrt gebucht hatten – jüdische Familien, die vor den Nazis flohen, und Amerikaner, die zurück nach Hause wollten, solange es noch kommerzielle Überfahrten gab. Der Anschein von Luxus und Vergnügen wurde gewahrt – lächelnde Schiffskellner in makellosen Uniformen, Wagen mit teurem Gepäck –, doch stellenweise herrschte ein Gefühl von Dringlichkeit. Kurz kam ihr die Situation unwirklich vor, und die Vorstellung, ins Unbekannte zu segeln, erhielt einen völlig anderen Anstrich, das Gegenteil eines Segens. Archie berührte sie am Arm. »Alles in Ordnung?«

Sie nickte, und sie schoben sich weiter in Richtung der überdachten Laufstege, die sich vom Kai erhoben und auf denen stolz die Worte »RMS Queen Mary« prangten. Der Steward, der die Fahrkarten kontrollierte, hieß Josephine an Bord willkommen, als wäre sie der wichtigste Mensch, der je mit Cunard gereist war, bevor er ihr den Weg zu den Aufzügen erklärte, der sie zu den Kabinen bringen würde. Ihre Kabine lag auf Deck B, welches – abgesehen von einigen Frisier- und Schönheitssalons – anscheinend ausschließlich der Passagierunterbringung diente. Während sie die hell erleuchteten Gänge durchschritt und nach der Nummer auf ihrem Ticket suchte, spähte sie durch die offenen Türen der unbesetzten Kabinen. Alle waren ähnlich luxuriös und durchdacht, jedoch unterschiedlich ausgestattet, und besaßen jeweils einen ganz eigenen Charakter.

»Meinst du, es würde irgendwem auffallen, wenn ich mitkäme?«, fragte Archie, als sie an einer besonders verlockenden Suite mit glänzenden Chromoberflächen und einer Art-déco-Skulptur vorbeigingen.

»Virginia hätte vielleicht was dagegen. Und Marta wahrscheinlich auch.«

»Ich glaube, so etwas Prachtvolles habe ich noch nie gesehen. Gewöhn dich bloß nicht daran, sonst kann ich dich nach deiner Rückkehr nirgendwo mehr mit hinnehmen.«

Josephine lachte. »Mach dir da mal keine Sorgen. Dafür habe ich viel zu viel für diese Fahrkarte ausgegeben. Im Moment ist alles so unsicher, da war es schon fast leichtsinnig, aber es fühlte sich an wie meine letzte Chance.«

Ihre Kabine – nachdem sie sie schließlich gefunden hatte – entpuppte sich als aufwendig, aber eher traditionell ausgestattet: Sanfte Beleuchtung traf auf sattes, warmes Holz. Über dem Bett hing eine Intarsienmalerei, die fliegende Enten über einem See zeigte, und ein Teppich mit Blumenmuster lag im Wettstreit mit drei Vasen, in denen ihre echten Gegenstücke prangten, frische Chrysanthemen in Herbsttönen, die das Farbspiel des Raumes abrundeten. An jede Annehmlichkeit war gedacht worden – reichlich Stauraum sowie eine Thermoskanne und ein Telefon, die jeweils ihre eigene Nische besaßen –, und über ihrer Tür gab es auf dem Gang ein Lichtsystem, falls sie einen Steward rufen musste. Sie stellte ihre Reisetasche auf einem der vier gepunkteten Sessel ab, die im Raum verteilt standen, und bedeutete Archie, Platz zu nehmen. »Ich weiß ja nicht, für wen diese Sessel gedacht sind, aber solange du hier bist, kannst du es dir genauso gut bequem machen.« Die Kabine war geräumiger, als sie befürchtet hatte, und ein riesiger Spiegel gegenüber dem Bett ließ sie noch größer wirken. Dennoch fühlte sie sich leicht klaustrophobisch und ging zur Außenwand, um die Jalousien an den Bullaugen zu öffnen.

»Ich wusste gar nicht, dass sie hier eine eigene Zeitung haben.« Archie nahm die *Ocean Times* vom Couchtisch, die auf den Abreisetag datiert war. Die Titelseite verkündete, das Schiff sei »die Heimat der Welt«. »Nette Abwechslung. Ich würde zu gerne jeden Morgen die Zeitung aufschlagen und nur gute Nachrichten lesen. Kein Wort von Mord und Totschlag, und kaum etwas über den Krieg.«

Josephine konnte seinen Tonfall nachvollziehen: Die Schlagzeilen, die die meisten Leute entsetzt beim Frühstück studierten, entstammten Archies Alltag – der Fund einer Kinderleiche, der Besuch bei den vor Trauer gebeugten Eltern, die Festnahme des Mörders und das Wissen, dass Gerechtigkeit allein nicht ausreichte. Das alles und noch viel mehr hatte er in den letzten Tagen durchlebt, und sie fragte sich – nicht zum ersten Mal –, wie er damit zurechtkam. »Du sprichst mit Virginia darüber, wenn es dich zu sehr belastet, oder?«, fragte sie. »Ich kenne dich doch. Du sperrst alle anderen aus und willst es mit dir selbst ausmachen, und das funktioniert langfristig nie.«

»Und du bist zu weit weg, um mir zu helfen?« Er lächelte darüber, wie gut sie einander kannten. »Ich will es lieber nicht mit nach Hause zu Virginia und den Kindern schleppen, sonst denkt sie noch, unser gemeinsames Leben wird aus einer Tragödie nach der nächsten bestehen.«

»Bestimmt nicht. Ich habe sie zwar erst einmal gesehen, aber sie wirkte nicht, als müsste sie vor der Wirklichkeit beschützt werden. Ganz im Gegenteil. Du weißt doch, was sie selbst durchgemacht hat.« Virginias erste Ehe war unglücklich verlaufen, wodurch Archie sie kennengelernt hatte; Josephine bewunderte die Stärke ungemein, mit der sie seitdem ihre Kinder beschützte und weiterlebte. »Du würdest doch auch nicht wollen, dass sie ihre Gefühle für sich behält, oder?«

»Nein, natürlich nicht.«

»Da hast du's. Und wenn jemand versteht, wie viel dir deine Arbeit bedeutet, dann sie. Sie hatte ja selbst schon Grund genug, dir dafür dankbar zu sein.«

»Mag sein, aber Virginia hilft mir am meisten, wenn ich in ihrer Gegenwart vergessen kann, was passiert ist«, erwiderte er. »Probier es am besten selbst mal aus. Ich weiß doch, wie sehr dich die Geschichte mitgenommen hat. Nutz die Zeit mit Marta, weit weg von allem.«

Josephine schenkte ihm ein schiefes Lächeln. »Ich habe mich schon auf ein Dasein als Hollywood-Witwe eingestellt. Marta arbeitet Tag und Nacht.« Sie zögerte, da sie merkte, dass sie ihrem eigenen Rat nur schwer würde folgen können. »Außerdem will ich nicht mit ihr darüber brüten«, gab sie zu. »Marta hat selbst zwei Kinder verloren, und damit muss sie jeden Tag aufs Neue zurechtkommen. Da kommt es mir falsch vor, mich in anderer Leute Trauer zu suhlen, egal, wie grauenhaft es war.«

»Wobei es doch nicht nur um das Kind geht, oder?« Er

hatte recht. Das tief sitzende Verlustgefühl hatte außerdem mit zerstörtem Vertrauen zu tun und der Erkenntnis, dass ein vermeintlich sicherer Ort ebenso sehr für das Böse anfällig war wie der Rest der Welt, mit der politischen Lage im Allgemeinen und all dem, das sie bei einem ungünstigen Kriegsverlauf zu verlieren drohten. »Außerdem kann man nichts für seine Gefühle«, fügte Archie hinzu.

»Wenigstens reise ich nach Hollywood, da bin ich in guter Gesellschaft, wenn ich das Gegenteil vortäusche.«

Eine höfliche Durchsage schallte über den Lautsprecher, füllte den Gang vor der Kabine und unterbrach ihr Gespräch. »Alle Besucher von Bord. Bitte gehen Sie zu den Ausgängen. Das Schiff ist bereit zum Ablegen.«

»Das ist mein Stichwort.« Er stand widerwillig auf, und sie begleitete ihn zum Unterdeck, wo sich eine Schlange aus Geliebten, Eltern und Freunden zum Laufsteg hinabwand. »Pass gut auf dich auf, ja?« Archie nahm Josephine in den Arm.

»Mach ich. Du aber auch.«

»Und schreib mir. Ich will alles über die Wohnung wissen und die Filmstars, denen du begegnest, und was du zu Hitchcock sagst, wenn er fragt, wie dir sein Film gefallen hat. Das ganz besonders.«

Josephine lachte, womit sie unter Umständen nur die Tränen zurückhalten wollte. Sie lebten schon so lange in voneinander getrennten Bereichen, dass Abschiede einfach dazugehörten, doch dieser Abschied war kein gewöhnlicher, und sie hatte keine Vorstellung, wie das Land bei ihrer Rückkehr in ein paar Wochen aussehen oder was mit Archie passieren würde, wenn der Bombenregen über London losginge. »Ich werde nichts auslassen, versprochen«, sagte sie schließlich, als sie sich wieder gefasst hatte. »Und jetzt verschwinde, sonst musst du dir wirklich noch eine eigene Kabine suchen.«

»Richte Marta alles Liebe aus.« Er machte sich auf den Weg zur Treppe, doch anscheinend war sie mit ihrer Angst und Unsicherheit nicht allein, denn plötzlich drehte er sich wieder um und kam zurück, um ihr einen letzten Kuss auf die Wange zu geben. Dann verschwand er die Stufen hinab zum Kai, ohne sich noch einmal umzudrehen.

An Bord herrschte eine feierliche Stimmung, doch ob sie nun aufrichtig oder der Illusion geschuldet war, sie würden alles zurücklassen, ließ sich nur schwer sagen. Josephine bahnte sich einen Weg zum Sonnendeck und fand ein Plätzchen zwischen den Passagieren an der Reling, die zum Kai dreißig Meter weiter unten hinabwinkten. Die Laufstege waren entfernt worden, und das Schiff entfernte sich geschmeidig und gelassen vom Ufer, nichts deutete auf den Bruch hin, der womöglich mit dem Auslaufen einherging. In einem ungewohnten Anflug von Sentimentalität blieb Josephine an Deck, bis England – und damit Archie – aus ihrem Sichtfeld verschwunden war.

Sie brannte nicht darauf, allein in ihrer Kabine zu sitzen, und beschloss, stattdessen das Schiff zu erkunden. Die Vorstellung einer schwimmenden Stadt war ihr immer klischeehaft vorgekommen, doch sie merkte rasch, dass sie nicht ganz unpassend war: Nur schwer hätte sie eine Annehmlichkeit oder einen Luxus nennen können, an die nicht gedacht worden war. Das offizielle Handbuch, welches sämtlichen Passagieren vorlag, prahlte mit

Freizeitanlagen, die das Wembley-Stadion füllen würden, und bei ihrer ersten Runde auf den oberen Decks entdeckte sie Plätze für Squash und Tennis, Schwimmbecken sowie eine hochmoderne Sporthalle, dazu zahlreiche Bars und Restaurants, die jegliche körperliche Ertüchtigung an Bord wieder wettmachen würden. Außerdem wurde ein breites Unterhaltungsprogramm geboten – Kinos, Bibliotheken und ein Vortragssaal –, dazu speziellere Einrichtungen wie eine Dunkelkammer, ein schalldichtes Studio mit Bechstein-Klavier und sogar einen beachtlichen Zwingerbereich mit Auslauf für vierbeinige Gäste. Weiter unten, auf dem Promenadendeck, erstreckte sich eine Einkaufspassage mit den berühmtesten Geschäften der Welt über die gesamte Breite des Schiffs und bot Kleidung, Blumen, Zigarren, Schmuck und andere Andenken an. Langeweile dürfte während der Überfahrt keine aufkommen: Hier gab es mehr zu tun, als man in vier Tagen auf See schaffen konnte, und von ihren Sorgen und Ängsten würde sie sich auch ablenken können.

Es war noch früh am Nachmittag, also kehrte sie in den Panoramasalon am Bug des Schiffes zurück und hoffte, sie würde sich an den Seegang gewöhnen, während die Umstände noch ruhig und anfängerfreundlich waren. In dem halbrunden Raum gab es eine Cocktailbar, und auch hier hielten sich Gemütlichkeit und Eleganz die Waage. Die Bar mit den roten Lederhockern war einladend und behaglich; ein Wandbild gedachte dem Thronjubiläum des alten Königs – eine detaillierte Tanzszene, deren sprühend gute Laune sehr zur breiten Auswahl an Spirituosen passte, die darunter zur Schau gestellt wurden. Der Höhepunkt jedoch, dem der Raum seinen Namen verdankte, lag am anderen Ende, wo eine Reihe hoher Fenster einen spektakulären Blick nach vorn und zu den Seiten bot. Wenig überraschend erfreute sich die Bar bereits größter Beliebtheit, doch auf dem erhabenen Bereich ganz vorne war noch ein Platz frei, und Josephine setzte sich und starrte in das Nichts jenseits des Bugs. Die Wärme der Septembersonne und das Glitzern des Wassers gaben ihr ein zauberhaftes und gleichzeitig beunruhigendes Gefühl.

»Miss Tey, wie schön, dass wir uns jetzt schon begegnen.« Die vertraute Stimme hatte einen leichten Midlands-Einschlag, und Josephine drehte sich zu einer hübschen Rothaarigen in einem eleganten Hosenanzug um. »Ich habe Ihren Namen auf der Passagierliste gesehen. Marta hatte schon erwähnt, dass Sie bald zu Besuch kommen. Wie nett, dass wir auf der gleichen Überfahrt sind.«

Josephine zögerte. Sie wünschte, sie hätte zur Vorwarnung selbst einen Blick auf die Liste geworfen. Ihr erstes Treffen mit Alma Reville, der Ehefrau Alfred Hitchcocks, lag mittlerweile drei Jahre zurück, als Hitchcock die Rechte zu einem ihrer Bücher gekauft hatte. Der daraus entstandene Film, *Jung und unschuldig*, war wohl Hitchcocks Lieblingswerk seiner britischen Schaffensphase, und Josephine wünschte, sie könnte das Gleiche von sich behaupten. Wenn man jedoch die Änderungen betrachtete, die er an ihrer Romanvorlage, *Klippen des Todes,* vorgenommen hatte, war es jedenfalls keins seiner Lieblingsbücher gewesen. Seitdem war sie über Martas Arbeit mit den Hitchcocks verbunden, konnte sie in Anekdotenform jedoch besser leiden als in echt. Sie riss sich um der Höflichkeit willen zusammen. »Wie schön, Sie wiederzusehen.«

Alma hob eine Augenbraue, ein amüsiertes Funkeln im Blick. »Das heißt, Sie haben uns verziehen?«

Ihre fröhliche Art erinnerte Josephine daran, dass sie und Alma sich auf Anhieb verstanden und gegenseitig respektiert hatten. Obwohl sie Hitchcock nicht hatte leiden können und ihm immer noch übel nahm, was er aus ihrem Buch gemacht hatte – wenn er sich die Liebe und das Ansehen einer so talentierten, bodenständigen und kreativen Frau hatte sichern können, war er vielleicht nicht gänzlich verdorben. Alma besaß einen scharfen Blick und starke Überzeugungen, mit denen sie nicht hinter dem Berg hielt, und die Hitchcocks waren nicht nur privat, sondern auch beruflich Partner. Sie hatte ihre Karriere beim Film vor ihrem Mann begonnen und trug immer noch wesentlich zu seinem Erfolg bei; es sprach für Hitchcock, dass er bereitwillig zugab, wie viel er ihr zu verdanken hatte. »Ich habe zumindest aus meinen Fehlern gelernt«, erwiderte Josephine. »Und meinen Tantiemen hat es auch nicht geschadet.«

»Das freut mich.« Alma warf einen Blick über die Schulter zu ihren Begleiterinnen, ganz offensichtlich zwei weitere Generationen derselben Familie. Ein zehn- oder elfjähriges Mädchen, bestimmt die Tochter der Hitchcocks, und eine kleine, zierliche Frau Mitte sechzig, eine ältere Ausgabe von Alma. »Das hier ist meine Mutter Lucy.« Alma winkte die beiden heran. »Mutter, das hier ist Josephine Tey. *Jung und unschuldig* basiert auf ihrem Roman.«

Josephine verkniff sich den Kommentar »lose« und streckte ihr die Hand entgegen. »Sehr erfreut, Mrs Reville.« Ihre Augen hatten aufgeleuchtet, als der Name des Films fiel.

»Ich liebe die Geschichte einfach«, erklärte Lucy Reville begeistert. »Ich finde, das ist der beste Film, den die beiden gemacht haben. So rührend und romantisch. Sie waren sicher hin und weg, als Sie ihn gesehen haben.«

Unwissentlich hatte Mrs Reville den Punkt angesprochen, der Josephine an der Adaption am meisten störte – wobei sie zugeben musste, dass sie den Film wahrscheinlich genauso großartig gefunden hätte wie alle anderen, wenn sie nichts mit der Entstehung zu tun gehabt hätte. »Ich konnte es kaum fassen«, erwiderte sie wahrheitsgemäß. »Die Verwandlung war unglaublich.«

Alma lächelte über den leisen Sarkasmus. »Patricia kennen Sie auch noch nicht, oder?«, fuhr sie fort. »Sie war auf dem Internat, als wir in Portmeirion waren.« Und wahrscheinlich war das besser so, dachte Josephine. Die Reise war von der Art Gewalt verdorben worden, auf die sich Patricias Vater auf der Leinwand spezialisierte, mit der er im echten Leben ironischerweise jedoch nicht umgehen konnte.

»Reisen Sie oft so, Miss Tey?«, wollte Lucy Reville wissen.

»Nein, überhaupt nicht. Ich bin zum ersten Mal an Bord.«

»Ich auch. Alma und Alfred fahren ständig hin und her …«

»Das würde ich nicht behaupten, Mutter. Zwei, drei Mal vielleicht.«

»… und sogar Patricia ist ein alter Hase. Sie zeigt mir alles auf dem Schiff. Aufregend, nicht wahr?«

»In der Tat.«

Patricia führte ihre Großmutter zum anderen Ende des

Raumes, um ihr das Wandgemälde zu zeigen, und Josephine fand es wenig überraschend, dass die Hitchcocks eine so selbstbewusste, neugierige Tochter hatten. »Ein bisschen wundert es mich ja schon, Sie während der Dreharbeiten hier zu sehen«, sagte sie zu Alma.

»Ich bin mit der Arbeit an *Rebecca* fertig, deswegen habe ich mir ein paar Tage freigenommen, um meine Mutter abzuholen und während dieser ganzen Sache zu uns zu bringen. Ich bin heilfroh, dass sie einverstanden war.« Alma seufzte. »Bei Hitch lief es nicht so gut. Seine Mutter weigert sich, vom Fleck zu rücken. Sie meint, sie hätte schon mal einen Krieg unbeschadet überstanden, da wird sie sich von diesem nicht unterkriegen lassen.«

»Bewundernswerter Kampfgeist. Trotzdem machen Sie sich natürlich Sorgen, wenn Sie so weit weg sind.«

»Und wie. Wenigstens hat sie sich bereit erklärt, nach Shamley Green zu ziehen, sodass sie nicht mitten im Bombenregen sitzt, aber wer weiß?« Die letzten Worte hingen in der Luft und brachten auf schlichte Weise die allerorts spürbare Unsicherheit in der Bevölkerung zum Ausdruck. »Wollen Sie uns später beim Abendessen Gesellschaft leisten?« Die Einladung kam völlig unerwartet, und Josephine zögerte, bevor sie antwortete. Sie hatte mit ein paar friedlichen, anonymen Tagen gerechnet, bevor sie in die Manege Hollywoods geworfen würde, und nur zu gerne hätte sie daran festgehalten. »Ich wäre Ihnen für die Gesellschaft dankbar«, gestand Alma. »Pat und meine Mutter essen schon früh, und ehrlich gesagt graut es mir davor, das Restaurant allein zu betreten. Zu viel Zeit zum Nachdenken tut mir momentan nicht gut.« Sie lächelte. »Aber falls Sie schon andere Pläne haben …«

»Das wäre ganz wunderbar.« Überrascht stellte Josephine fest, dass sie es ernst meinte.

»Hervorragend. Wie wäre es mit halb acht?«

»Perfekt.«

»Dann passe ich meine Reservierung an, und Sie können sich noch ein bisschen an den Seegang gewöhnen. Bis später.«

Sie ging zu ihrer Familie, und Josephine kehrte auf ihre Kabine zurück, um auszupacken. In ihrer Tasche lag ein Päckchen von Marta, das sie erst an Bord öffnen durfte, und darin fand sie alles, was sie für ihre erste Reise nach Hollywood brauchte: eine Sonnenbrille für den Swimmingpool, einen Reiseführer für Los Angeles, in dem bereits sämtliche Restaurants, Geschäfte und Galerien angestrichen waren, die sie zusammen besuchen mussten, und zwei Karten zur Premiere des neuen Films von Bette Davis im Warner Bros. Theater, von dem Marta wusste, dass er Josephine gefallen würde – eine fiktive Nacherzählung der Beziehung zwischen Queen Elizabeth und dem Earl of Essex, der von Errol Flynn verkörpert wurde. So aufregend das alles auch klang – am meisten rührte sie Martas Brief, in dem sie von ihren Plänen und Vorbereitungen für die gemeinsame Zeit erzählte. Während sie über die Freiheit der nächsten Wochen nachdachte, fernab von zu Hause und heimischen Verpflichtungen, kam ihr das bis dahin drückende Gefühl der Unsicherheit plötzlich erfrischend vor.

Sie entdeckte ihre Ausgabe von *Rebecca* und las eine Weile, bevor sie sich für das Abendessen umzog und ein Deck weiter hinabging. Das Hauptrestaurant auf der *Queen Mary* war als Großer Salon bekannt, und alles darin schien dem Namen Ehre machen zu wollen. Josephine blieb am Eingang stehen, der in sich selbst ein überdimensionales Kunstwerk war: ein Gemälde namens *Fröhliches England*, auf dem idealisierte Szenen des Landlebens im Laufe der Jahrhunderte im Stil eines Wandteppichs dargestellt waren. Zwei massive, kunstvoll verzierte Bronzetüren waren in das Gemälde eingearbeitet, und darauf fanden sich passenderweise Darstellungen von Castor und Pollux, Beschützern der Seefahrt.

Der Eingang hätte Josephine einen Vorgeschmack auf den prachtvollen Speisesaal geben können, und dennoch verschlug es ihr den Atem. Der Große Salon erstreckte sich über die gesamte Breite des Schiffes und war mit seinen hohen Decken, die von einer Kuppel gekrönt wurden, der weitläufigste Raum an Bord. Wie auf dem Rest der *Queen Mary* herrschte auch hier sattes, poliertes Holz in herbstlichen Tönen vor. Ein cremefarbener Anstrich, der zur Decke hin in Rosa überging, hob die warmen Noten hervor. Das Restaurant mit den dunkelroten Lederstühlen war wunderschön beleuchtet, und damit die Fülle nicht erdrückend wirkte, verlieh hier und da eine Pflanze oder ein Blumengesteck dem Raum natürliche Frische und Leichtigkeit.

Sie nannte ihren Namen am Empfang, und ein Kellner begleitete sie zu ihrem Tisch, wobei sie erst das gesamte Ausmaß des Raumes erkannte, der dadurch gleichzeitig aufregend und einschüchternd wirkte. Alma saß bereits an einem Zweiertisch an einer der zylindrischen Säulen, die den Saal unterteilten. Sie winkte Josephine zu und deutete ihren Gesichtsausdruck dabei richtig. »Ganz schön beeindruckend, was? Jetzt verstehen Sie sicher, weshalb ich mich über Gesellschaft freue. Wenn ich mit Hitch hier bin, macht mir das ganze Tamtam nichts aus – Sie wissen ja, wie er das genießt –, aber allein ist es etwas ganz anderes.«

»Schön, dass es nicht nur mir so geht.«

»Wenn wir ehrlich sind, geht es uns vermutlich allen so.«

Sie sprachen über das Schiff, während sie auf den Kellner warteten, und – wie schon früher – war Alma eine unbeschwerte, unterhaltsame Tischgenossin, was auch gut so war: Das Essen erstreckte sich über sieben Gänge und würde voraussichtlich den gesamten Abend in Anspruch nehmen. »Morgen früh gehe ich direkt eine Runde schwimmen«, erklärte Josephine mit Blick auf den Nachtisch, der gerade am Nebentisch serviert wurde. »Schon drei, vier Tage können erheblichen Schaden anrichten.«

»Durchaus, und das Essen ist wirklich köstlich.«

»Wenn Sie das sagen, wird es wohl stimmen. Marta hat mir erzählt, was für eine tolle Köchin Sie sind.«

»Ach, reines Freizeitvergnügen, aber es macht mir Spaß.« Der Wein wurde serviert, und Alma hob ihr Glas. »Auf eine ereignislose Überfahrt. Marta wird sich unglaublich freuen, wobei sie es wahrscheinlich erst glaubt, wenn Sie leibhaftig vor ihr stehen.«

Josephine wusste nicht, inwieweit Alma über ihre Beziehung mit Marta im Bilde war, doch die beiden kamen nicht nur beruflich, sondern auch privat gut miteinander aus, sodass der Kommentar sie nicht überraschte. »Bislang war nie der richtige Zeitpunkt«, räumte sie ein. »Dann wurde mir allerdings klar, wie viel Zeit man damit verschwenden kann, auf den perfekten Moment zu warten.

Viele Hoffnungsschimmer bietet einem der Krieg zwar nicht, aber immerhin hilft er einem, sich auf das Wesentliche zu konzentrieren.«

»Das stimmt, und lustigerweise kommt es mir vor, als hätten wir die letzten Jahre über genau das Gleiche gemacht – auf den richtigen Zeitpunkt für den Umzug nach Amerika gewartet. Ich weiß nicht genau, wieso es so lange gedauert hat. Hitch war schon immer von Amerika fasziniert und konnte als Junge sämtliche Zugfahrpläne und Theater in New York aufsagen, fast so, als hätte er gewusst, dass es eines Tages eine Rolle in seinem Leben spielen würde.«

»Und Sie? Wie gefällt es Ihnen?«

»Einfach wunderbar«, erwiderte Alma, ohne zu zögern. »Ich war vom ersten Augenblick an verliebt – das Wetter, die Orangenblüte, die Freiheit. Ganz besonders die Freiheit. Dort ist es nicht so muffig wie in England. Ich habe das Gefühl, wir gehören dorthin. Selbst jetzt, wo ich nur kurz meine Mutter abgeholt habe, fühlt sich diese Richtung an wie der Heimweg.«

»Das freut mich für Sie. Bei unserem letzten Treffen hatten Sie noch Angst vor dem Umzug.«

»Und jetzt habe ich Angst, dass wir nicht bleiben. Mir kann man es wirklich nicht recht machen.« Sie lächelte und schwieg, während ein anderer Kellner die Suppe servierte und ihnen nachschenkte. Hier, im stabilsten Teil des Schiffs, konnte Josephine beunruhigend leicht vergessen, dass sie sich auf offener See befanden. »Und kein Wunder, dass wir uns wie zu Hause fühlen«, fuhr Alma fort. »Bei unserer Ankunft wurde uns ein fast schon militärischer Empfang bereitet – die besten Restaurants, jedes Wochenende Partys mit anderen Übergesiedelten und Vorträge und Interviews für Hitch.« Josephines entsetzte Miene entging ihr nicht. »Ich weiß schon, was Sie denken, und Sie haben ja recht, aber über den Sommer haben wir unseren eigenen Rhythmus gefunden. In Beverly Hills gibt es eine nette Kirche, und Pat geht auf eine wunderbare Schule auf dem Sunset Boulevard. Hitch fährt sie jeden Morgen dorthin. Er behauptet zwar immer, Hollywood bedeute ihm nichts, aber dann filmt er aus seinem Cabrio einen Meter Heimvideo nach dem anderen wie ein aufgeregtes Kind.« Josephine malte sich die Szene aus, und die Hitchcocks wurden ihr durch ihr gewöhnliches Familienleben sympathischer. »Wir haben unsere Hunde mitgebracht und unsere Haushaltshilfe, und gerade haben wir eine tolle deutsche Köchin namens Erna eingestellt, die reinste Backkünstlerin. Pat ist auch ganz begeistert, und das ist das Wichtigste. Der Umzug war ein wahres Abenteuer für sie, und ich glaube, wir waren noch nie so glücklich.«

»Hört sich an, als würden Sie auf lange Sicht dortbleiben.«

»Hoffentlich. Im Herbst ziehen wir raus nach Bel Air. Die Wohnungen in Wilshire sind schon in Ordnung, modern ausgestattet und praktisch gelegen, wenn man zu den Studios will, aber wir brauchen ein richtiges Haus mit einer anständigen Küche. Zum Teufel mit dem Swimmingpool, um es mit Hitchs Worten zu sagen.«

Es klang idyllisch, doch bislang hatte Alma kein Wort über ihre eigene Karriere verloren. Bei ihrem Kennenlernen waren Josephine ihr Tatendrang und ihre Entschlossenheit aufgefallen, die ungetrübte Freude, die sie aus der kreativen Partnerschaft mit Hitch zog. Alma Reville hatte selbst sämtliche Stellen beim Film durchlaufen, abgesehen von Schauspielern und Regie führen. Sie hatte als Teedame bei der London Film Company begonnen und sich selbst dort hervorgetan; es schien unwahrscheinlich, dass sie mit ihren Rollen als Ehefrau und Mutter zufrieden sein würde, egal, wie viel Freude sie ihr auch bereiten mochten. »Und beruflich?«, fragte sie. »Sie hatten sich ja Gedanken gemacht, dass Sie in Amerika nicht in derselben Form mit Hitch würden arbeiten können wie in England.«

»Das stimmt, aber wir wissen uns schon zu helfen. Hitch hat schon einiges an Einfluss, und sein zweiter Film mit Walter Wanger ist jetzt in trockenen Tüchern. Er hat dafür gesorgt, dass ich mit einem anständigen wöchentlichen Honorar dabei bin und meinen eigenen, unabhängigen Vertrag bekomme. Genau wie Joan – wussten Sie, dass sie uns begleitet hat?« Josephine nickte. Joan Harrison war die rechte Hand der Hitchcocks, gehörte praktisch zur Familie, und die drei bildeten ein eingespieltes Team; eine Rolle, die womöglich Marta zugefallen wäre, wäre sie mit einem Umzug nach Amerika einverstanden gewesen. »Wir arbeiten an einem neuen Drehbuch, damit es fertig ist, wenn Hitch *Rebecca* abgeschlossen hat, genau wie damals auf der Cromwell Road. Es unterscheidet sich also nicht so sehr wie befürchtet, und die Aussicht ist besser.«

Das Lamm war auf den Punkt gegart und viel zu köstlich, um etwas davon liegen zu lassen; Josephine war mittlerweile erleichtert, dass die übrigen Gänge aus Salat, Obst und Eis bestanden. »Wie kommt Hitch mit Selznick zurecht?« Sie kannte die Antwort zwar bereits, denn zwischen Regisseur und Produzent hatte es schon vor Martas Abreise aus England gebrodelt, war jedoch an Almas Perspektive interessiert.

»Immerhin haben sie sich zusammen *Der Zauberer von Oz* angesehen, aber ich bezweifle, dass sie je Freunde werden.« Alma verdrehte die Augen. »Sie haben sich wegen des Drehbuchs zerstritten, wie Sie vielleicht gehört haben. David wollte sämtliche Szenen aus dem Buch im Film, und Hitch will … na, Sie wissen ja selbst am besten, was Hitch von einem Buch möchte.«

»Eine Autorin, die sich nicht einmischt?«

Alma lachte. »So in etwa. Nein, Hitch hat seit *Geheimagent* seine Lektion gelernt. Ein großartiger Roman kann den Filmemacher in den Schatten stellen. Er nimmt sich seitdem lieber zweitklassige Werke vor und verleiht ihnen seine eigene Vision.« Falls Alma merkte, wie beleidigend der Kommentar war, ließ sie sich nichts anmerken, und Josephine verkniff sich ein Lächeln. Sie konnte nur hoffen, dass ihre eigenen Romane so »zweitklassig« waren wie Daphne du Mauriers; *Rebecca* hatte sich seit Erscheinen im vergangenen Jahr fast eine Million Mal verkauft, und dazu war weder Alfred Hitchcock noch David Selznick nötig gewesen. Sie überlegte, aus schriftstellerischer Solidarität etwas zu sagen, doch Alma war noch nicht fertig. »Aber beide nehmen den Film ernst – die Form, die Sprache, das Erzählen. Ja, sie haben unterschiedliche Herangehensweisen – David arbeitet bis zum Umfallen, und Hitch kommt jeden Abend zum Essen nach Hause –, aber sie leben beide für den Film, deswegen wird die Zusammenarbeit auch funktionieren.« Sie hob eine Augenbraue.

»Außerdem haben beide zu viel Angst vorm Versagen. Das würden ihre Egos nicht verkraften.«

»Riskant ist es trotzdem, und ich bewundere Ihren Mut«, erwiderte Josephine. Im Studiosystem Hollywoods regierten nicht die Regisseure, sondern die Produzenten mit ihren Stars, die für Kartenverkäufe beim Publikum sorgten. »Er muss sein Können erneut unter Beweis stellen. In England wäre er auf ewig als größter Regisseur aller Zeiten verehrt worden.«

»Aber in Amerika kann er bessere Filme machen.« Da war sie wieder, die Besessenheit, die alles andere nichtig zu machen schien. Alma hielt inne, als würde sie Josephines Gedanken lesen. »Und er wollte Pat und mich rausholen«, fügte sie leise hinzu. »Er hat lange genug in Deutschland gearbeitet und war sich schon länger sicher, dass es wieder zum Krieg kommen wird. Er wollte seine Familie in Sicherheit bringen, und dafür liebe ich ihn, egal, was darüber in England geredet wird. Er wird als Feigling beschimpft, und das tut weh.« Sie schien noch etwas sagen zu wollen, überlegte es sich dann jedoch anders, um die Stimmung aufzulockern. »Das Filmemachen an sich ist allerdings auch schon ein Krieg.«

»Ja, Marta meinte, dass es nicht besonders harmonisch läuft.«

»Gelinde gesagt. Hat sie Ihnen von den Probeaufnahmen erzählt?«

»Ein bisschen. Bei unserem letzten Gespräch war die weibliche Hauptrolle immer noch nicht besetzt.«

Die Rolle der zweiten Mrs de Winter – an der Seite Laurence Oliviers – war den Gerüchten zufolge die umstrittenste Besetzung Hollywoods. »Das hat sich erst in letzter Sekunde entschieden, das stimmt«, gab Alma zu. »Hitch war stinkwütend, dass er endlose Probeaufnahmen mit Schauspielerinnen über sich ergehen lassen musste, von denen er wusste, dass sie die völlig falsche Wahl waren.«

»Wenn ich das richtig verstehe, war Vivien Leigh ganz versessen darauf, an Larrys Seite zu stehen«, bemerkte Josephine.

»Und wie. Sie wollte unbedingt zwei Mal vorsprechen, obwohl sie für diese Rolle gar nicht geeignet ist – viel zu stark und charismatisch.«

»Da war sicher einiges an Fingerspitzengefühl nötig.«

»Absolut. Aber David hofft, dass sie etwas anderes finden, wo die beiden zusammenarbeiten können.«

»Die Arbeit mit Larry wird sicher auch kein Zuckerschlecken. Er kann zwar ganz umgänglich sein, aber nur, wenn es nach seiner Nase geht.«

»Da ist er nicht der Einzige. Sie kennen sich also?«

»Nicht besonders gut. Er hat in einem meiner Stücke mitgespielt – Bothwell in *Queen of Scots*.«

»Ach ja, natürlich, das hatte ich ganz vergessen. Wie fanden Sie ihn?«

»Charmant, wenngleich ein wenig zu selbstsicher, und das ist schon fünf Jahre her. Mittlerweile wurde er für *Sturmhöhe* für den Oscar nominiert, da würde ich mich nicht wundern, wenn er nach der ganzen Grübelei auf Penistone Crag abgehoben wäre.«

»Für solche stimmungsvollen Szenen ist er wirklich hervorragend geeignet, auch abseits der Kamera. Ich hatte ja den Eindruck, dass er erleichtert war, eine Pause von Vivien zu bekommen, aber das kann er natürlich nicht laut sagen.«

Josephine war neugierig, wer am Ende als Siegerin hervorgegangen war. »Und wer hat nun die Rolle bekommen?«

»Joan Fontaine.« Alma verzog das Gesicht.

»Und damit sind Sie nicht einverstanden?«

»Überhaupt nicht. Viel zu schüchtern und einfältig. Und ich kann ihre Stimme nicht ertragen. Mir wäre Anne Baxter lieber gewesen, ihre Probeaufnahmen waren wirklich rührend. Oder Margaret Sullavan – so eine intelligente Schauspielerin. Aber David ist ganz vernarrt in Joan, deswegen müssen wir jetzt mit ihr vorliebnehmen. Bei *Vom Winde verweht* hat sich seine unerwartete Besetzung ja ausgezahlt, und er glaubt, das klappt noch mal. Ich persönliche wage das ja zu bezweifeln. Aber immerhin kann Hitch so beweisen, was er aus ihr herausholen kann.« Alma seufzte. Unbewusst hatte sie die Härte des Filmgeschäfts bloßgelegt. Sollte Fontaine scheitern, so wäre es ihre eigene Schuld, und sie würde für mangelndes Talent an den Pranger gestellt; sollte sie triumphieren, läge es an Hitchcocks Regie. Josephine war froh, dass sie als Schriftstellerin nicht in der Schusslinie stand, selbst wenn sie dafür die Kontrolle über ihre Arbeit abgeben musste.

»Und Mrs Danvers?«, fragte sie. Die Haushälterin von Manderley – von de Winters erster Frau wie besessen und fest entschlossen, die zweite einzuschüchtern – war einer der unvergesslichsten Bestandteile des Romans, und mit ihrer Darstellung würde der Film vermutlich stehen oder fallen. Josephine war im Geist einige Schauspielerinnen durchgegangen, doch ihr war niemand eingefallen, der der Aufgabe gewachsen wäre. Als Alma antwortete, konnte sie die Wahl allerdings direkt nachvollziehen.

»Judith Anderson. Falls Sie *Macbeth* im Old Vic gesehen haben, kennen Sie sie – sie war zusammen mit Larry in der Hauptrolle.«

»Ja, daran kann ich mich noch erinnern. Sie war großartig.« Möglicherweise hatte es an der Rolle gelegen, doch sie hatte Anderson als stark, eindrucksvoll und skrupellos in Erinnerung, und sie war die perfekte Besetzung für Fontaines Folterknechtin. Josephine lauschte, während Alma den Rest der Besetzung durchging, und ihr fiel auf, wie viele davon Briten waren oder lange Zeit in England gearbeitet hatten; *Rebecca* mochte zwar Hitchcocks erster amerikanischer Film sein, aber er würde sich ganz wie zu Hause fühlen. Ob darin wohl eine bewusste Taktik lag, um sich im Zweifel einen Vorteil gegenüber Produzent und Filmstab zu verschaffen? »Da macht es wohl gar nichts, dass unsere Theater wegen des Krieges geschlossen sind«, meinte Josephine. »Anscheinend sind ja alle drüben.«

»Stimmt schon. In Hollywood gibt es ein eingeschworenes Trüppchen Briten, das man nicht unterschätzen darf.«

Nach dem Kaffee war es schon spät, und Josephine war überrascht, wie schnell die Mahlzeit vorübergegangen war und wie sehr sie Almas Gesellschaft genossen hatte; außerdem fühlte sie sich besser für die Welt aus Ruhm und Klatsch gewappnet, in die sie bald geworfen würde. »Wie wäre es mit einem Absacker?«, schlug sie vor. »Wobei mir das Schlafen heute ohnehin nicht allzu schwerfallen dürfte.«

»Wunderbare Idee, aber gehen wir doch in den großen Aufenthaltsraum. Nach meiner Erfahrung vergehen die nächsten drei Tage wie im Flug, und dann ist man in New York und stellt fest, dass man die Hälfte der Räume gar nicht gesehen hat.«

Während des Abendessens war Josephines Rücken einem der eindrucksvollsten Merkmale des Restaurants zugewandt gewesen, und auf dem Weg hinaus hielt sie kurz inne, um es zu betrachten. Die Wand am anderen Ende war von einer gigantischen, stilisierten Karte des Nordatlantiks in Rot, Gold und Schwarz bedeckt. Die Sommer- und Winterrouten des Schiffs waren deutlich markiert, und ein elektrisches Kristallmodell zeigte, wo sie sich derzeit befanden. »Umwerfend, oder?«, sagte Alma. »Hitch reist so gerne per Boot, und bei dieser Karte wird er immer zum kleinen Jungen.«

»Mrs Hitchcock! Ich fress einen Besen.« Die Lautstärke allein hätte schon für Aufsehen gesorgt, selbst wenn der Name und die Stimme weniger berühmt gewesen wären. Josephine entdeckte Bob Hope, der mit einer Frau an der Seite auf sie zukam, die vermutlich seine Gattin war. »Wie schön, Sie zu sehen«, sagte Hope, nachdem alle einander vorgestellt worden waren. »Dolores und ich haben es gerade noch auf den letzten Drücker geschafft. Wir haben unseren Aufenthalt in Paris abgebrochen, sobald wir davon gehört haben, und uns auf den Weg nach London gemacht. Wir hatten Glück, dass wir es noch an Bord geschafft haben. Ist Hitch auch hier?«

»Nein, diesmal nicht. Ich habe bloß meine Mutter abgeholt.«

»Gute Idee. Ich vermute, unser kleiner Kreuzer wird auf längere Sicht in New York bleiben.«

»Sie glauben, das hier ist die letzte Überfahrt?«

»Darauf würde ich wetten. Sie sehen ja, wie viele sie hier reingestopft haben, angeblich über zweitausend Passagiere. Manche schlafen wohl auf dem Korridor.«

Josephine war überrascht, wie gelassen die beiden die Lage diskutierten, und da wurde ihr schlagartig klar, dass sie als Einzige in der Gruppe die Rückreise antreten würde. Panik durchzuckte sie, und sie versuchte, sich auf Hopes Anekdote über seinen neuen Film zu konzentrieren, eine Horrorkomödie, in der ein als Katze verkleideter Mörder vorkam, doch die bizarre Handlung kam ihr weniger surreal vor als die Situation, in der sie sich nun wiederfand. Über Hopes Schulter hinweg sah sie, wie eine Frau von ihrem Tisch aufstand und auf sie zukam, wobei sie in ein paar Schritten Entfernung stehen blieb, als warte sie darauf, bemerkt zu werden. Josephine nahm an, dass die Frau eine Bewunderin Hopes war, die auf ein kurzes Gespräch hoffte, doch da erkannte sie, dass sie stattdessen Alma anstarrte. »Mrs *Alfred* Hitchcock?«, fiel sie plötzlich und ohne Rücksicht auf Etikette in die Unterhaltung ein.

Alma wirkte überrascht. »Korrekt.« Sie fragte zwar nicht, wer das wissen wolle, doch die Frage stand ihr ins Gesicht geschrieben.

»Wir sind uns noch nie begegnet, aber Sie kennen meinen Vater. Kannten ihn, besser gesagt. Ich bin Lee Hessel.« Die Worte hatten einen eindrucksvollen Effekt auf Alma. Ihr höfliches Lächeln verblasste – sie als verängstigt zu bezeichnen, wäre übertrieben gewesen, doch sie wirkte durchaus beunruhigt. »Er ist tot, aber wie ich sehe, wussten Sie das bereits.«

»Ja, und das hat uns schwer getroffen. Sehr schwer.«

»Mehr nicht?«

Aus dem Augenwinkel entdeckte Josephine einen Kellner, der sich für den Fall einer Ausschreitung bereithielt, doch Alma schien nicht vor dem Gespräch zurückzuscheuen. »Besonders Hitch hat es sehr mitgenommen. Er war lange mit Ihrem Vater befreundet.«

»Befreundet?« Lee Hessel schluchzte das Wort hervor, und offensichtlich bemühte sie sich, ihre Wut unter Kontrolle zu halten. »Ihr Mann ist schuld daran, dass mein Vater nicht mehr lebt.«

Alma sah sie entgeistert an und machte keine Anstalten, etwas darauf zu erwidern, sodass Bob Hope die Initiative ergriff. »Miss Hessel, Sie haben es offensichtlich ein bisschen mit dem Wein übertrieben.« Er deutete mit dem Kinn auf das Glas in ihrer Hand. »Machen Sie doch lieber Schluss für heute und gehen in Ihre Kabine. Morgen sieht die Welt schon ganz anders aus.«

»Ich lasse mich nicht von Ihnen bevormunden«, entgegnete die Frau, und Josephine konnte es ihr nicht zum Vorwurf machen. »Für Sie ist das alles nur ein Spiel, nicht wahr? Sie bekommen, was Sie wollen, dann auf zur nächsten Vorführung. Aber hier geht es um echte Menschen. Er war noch keine sechzig, verdammt noch mal.« Sie holte aus, um Alma ihren Wein überzuschütten, doch der Kellner trat einen Schritt nach vorne und hielt sie am Arm fest, sodass er selbst das Gröbste abbekam. Ungerührt führte er Lee Hessel aus dem Saal, und diesmal wehrte sie sich nicht, von einer letzten Bemerkung Richtung Alma abgesehen. »Sie werden dafür büßen. Sie und Ihr Mann.«

An den umliegenden Tischen gingen die gedämpften Gespräche weiter, und Alma versuchte, den Vorfall mit einem Lächeln abzutun. »Ich glaube, ich gehe direkt ins Bett«, sagte sie zu Josephine. »Ich bin auf einmal todmüde. Haben Sie etwas dagegen, wenn wir unseren Absacker vertagen?«

»Nicht im Geringsten.«

»Danke. Wenn Sie mich dann bitte entschuldigen würden. Gute Nacht.«

Sie verschwand, bevor irgendjemand nach dem Grund für Lee Hessels Vorwürfe fragen konnte, und Josephine wünschte den Hopes ebenfalls eine gute Nacht und machte sich auf den Weg zu ihrer Kabine, wobei sie einen Umweg ins Freie wählte, um vor dem Schlafen noch etwas frische Luft zu schnappen. Selbst zu dieser fortgeschrittenen Stunde begegnete sie zahlreichen Mitreisenden, die anscheinend die gleiche Idee gehabt hatten, und manche bereiteten sich wohl auf eine ganze Nacht in den bequemen Liegestühlen vor. Ein Stück weiter, hinter dem Holztor, das die Klassen voneinander trennte, herrschte noch größeres Gedränge, was die Gerüchte über eine vollgepackte Überfahrt bestärkte. Sie war nun zu nervös, um noch an Schlaf zu denken, und stand lange Zeit an der Reling, starrte in die Dunkelheit und fragte sich, was die Zukunft wohl bereithielt.

2

Er hatte nicht damit gerechnet, wie wenig sich alles verändert hatte. Natürlich nicht das seit Jahrhunderten unerschütterliche Haus selbst, sondern die Atmosphäre, die ihn stark an seinen ersten Aufenthalt in jenem flüchtigen, verwirrenden Sommer erinnerte, der sein Leben nachhaltig beeinflusst hatte. Milton Hall hatte sich, ohne zu zögern, wieder in den Dienst der Allgemeinheit gestellt, und er sah von einem Fenster auf der Galerie aus zu, wie ein Lastwagen nach dem anderen vorfuhr und Soldaten und militärische Ausrüstung ablieferte, die die ehemals prachtvollen Räume füllen würden. Der Anblick so früh im Krieg war ernüchternd, und er spürte, wie sich die gleichen alten Argumente wie damals erneut drückend auf ihn legten. Die kakifarbenen Uniformen, die Befehle, der Geruch von Angst auf den Fluren – sie waren ihm noch immer schmerzvoll vertraut, und fast rechnete er damit, das kleine Mädchen mit dem blauen Kleid und dem fragenden Blick wiederzusehen, das ihn über den Tisch hinweg betrachtet hatte. Im Laufe der Jahre hatte er oft an sie gedacht und ein schlechtes Gewissen dafür verspürt, was er damals von ihr verlangt hatte. Merkwürdig, dass er ausgerechnet ihretwegen jetzt wieder hier war. Vermutlich war es unmöglich, im Verlauf der Ereignisse kein schicksalhaftes Element zu sehen.

»He, Bart, schon wieder am Träumen?«

James Bartholomew lächelte den Kameramann an, der ihn ertappt hatte. »Ich kann auch nichts dafür, dass du so langsam arbeitest, Frank«, sagte er. »Ich habe meinen Teil erledigt.«

In Wirklichkeit hatte er hier so gut wie gar nichts zu suchen. Die Kulisse für *Rebecca* lag gut in der Zeit, und die Miniaturen von Manderley, über denen er wochenlang geschwitzt hatte, hatten mit diesem englischen Herrenhaus kaum etwas zu tun. Doch Selznick wollte der von ihm verehrten Autorin unbedingt seine Treue gegenüber ihr und der Buchvorlage beweisen und hatte daher einen zweiten Filmstab losgeschickt, um das Haus zu inspizieren, das den fiktiven Innenräumen als Vorbild gedient hatte. James durfte sich aufgrund seiner Vertrautheit mit Milton anschließen, machte Vorschläge für Innenaufnahmen und Details, die die Spezialeffekte authentischer wirken lassen würden. Er liebte seine Arbeit, egal an welchem Film, aber *Rebecca* war ihm besonders wichtig. Niemand würde je erfahren, dass die junge Daphne du Maurier vor zweiundzwanzig Jahren seine unschuldige Mittlerin gewesen war. Er bezweifelte, dass sie sich an den Vorfall erinnerte oder je einen weiteren Gedanken an ihn verschwendet hatte, aber er wollte ihr trotzdem gerecht werden, die Schuld begleichen, von der sie nicht wusste, dass sie noch offenstand. Und er hatte das Haus noch einmal besuchen wollen, und zwar dringlicher, als er sich eingestand.

»Vic, wie lange brauchst du noch?«, fragte James. Der Regisseur des zweiten Stabs drückte gerade eine Zigarette in der nächstbesten Topfpflanze aus.

»Eine Stunde, höchstens zwei. Wenn wir den Flug verpassen, hackt Hitch uns die Rübe ab.«

Die typisch englische Redensart wirkte durch den

kalifornischen Akzent seltsam. »Dann gehe ich noch mal kurz raus«, sagte James. »Ich habe was zu erledigen.« Die Entscheidung war spontan gefallen, doch sobald er sein Vorhaben ausgesprochen hatte, erkannte er, dass darin der eigentliche Grund für seine Anreise bestand.

»Der Kerl hat irgendwo ein Weib versteckt, Vic.« Frank grinste durchtrieben. »Ich wette zehn Dollar, dass er da weitermacht, wo er aufgehört hat. Ein letzter Fick um der alten Zeiten willen.«

»Schließ mal nicht von dir auf andere.« James grinste, um seinen Worten die Schärfe zu nehmen. Er wusste aus Erfahrung, dass es besser war, den Köder nicht zu schlucken. Frank Wheeler hatte eine aufbrausende Ader, und in einer so kleinen Gruppe würden Spannungen die Arbeit zum Elend machen.

»Du könntest uns wenigstens was abhaben lassen.« Wheeler ließ nicht locker. »Wir haben einen langen Flug vor uns, und ich könnte ein bisschen Bewegung gebrauchen.« Er hielt inne und taxierte James, der seinem Blick kaum standhalten konnte. »Was ist los, Bart? Was ist so dringend? Seit wir angekommen sind, bist du mit den Gedanken woanders. Mit wem willst du dich treffen?«

Frank hatte zwar ein loses Mundwerk, konnte allerdings auch gefährlich scharfsinnig sein. James war froh, dass ihm die Antwort erspart blieb. »Das reicht, ihr zwei«, raunzte Victor ungeduldig. »Wir liegen auch ohne diesen Blödsinn schlecht in der Zeit. Halt uns nicht auf, Bart. Sei bloß unten, wenn wir hier fertig sind, sonst kannst du dich allein auf den Rückweg machen. Falls du dann überhaupt noch eine Stelle hast.«

»Ich werde da sein, keine Sorge.«

James ging verärgert davon, wobei er Frank Wheelers Blick im Rücken spürte, bis er den Raum verlassen hatte. Er blieb auf dem kleinen Absatz stehen, wo die zwei Seiten der Treppe aufeinandertrafen, und schaute hinab in die prachtvolle Eingangshalle, wobei er sich automatisch vorstellte, welchen Einfluss der Raum auf das Filmgeschehen haben würde. Er hatte schon oft gehört, wie Hitch *Rebecca* als die Geschichte eines Hauses bezeichnete, und sie hatten ebenso viel Zeit mit der Suche nach dem perfekten Drehort verbracht wie mit der Suche nach der perfekten Mrs de Winter. Vor seiner Abreise hatte Hitchcock mehrere historische Herrenhäuser in der Nähe seines Wohnsitzes in Surrey inspiziert und Notizen, Skizzen und Fotografien zum Studio geschickt. Nichts wurde den Ansprüchen gerecht, und sie sahen sich rings um Hollywood um, weiteten die Suche schließlich bis nach Kanada aus – umsonst. Manderley blieb ebenso schwer greifbar wie die Traumsequenz, die den Film eröffnen würde. Die Bühnenbildner hatten sich von Anfang an gegen Originalschauplätze gewehrt, da das Haus am Ende ohnehin in Trümmern gefilmt werden müsste, und angesichts des drohenden Krieges wirkte das Vorhaben noch unpraktischer. Am Ende hatten Hitch und Selznick nachgegeben: Das Haus würde von Grund auf neu errichtet werden.

Bislang hatte sich ihr Mut ausgezahlt. Es wirkte berauschend, wie die unterschiedlichen Innenräume Form annahmen, als ginge man durch die Seiten der Geschichte – das Bootshaus, in dem Rebecca gestorben war, das Gericht zur Untersuchung von Todesursachen, die Arztpraxis –, doch nichts erweckte das Drehbuch so sehr zum Leben wie die Kulissen von Manderley selbst, mit den reich verzierten Räumen und gewaltigen Treppenaufgängen, den hohen Türen und gotischen Schmuckelementen. Hitchcocks akribische Vorbereitungen waren legendär, wie so vieles an ihm, und nicht ohne Grund: In detaillierten Skizzen hielt er sämtliche Kamerabewegungen fest und kennzeichnete, wo die echte, dreidimensionale Kulisse aufhörte und ein gemalter Hintergrund begann. Die bemalten Leinwände fügten der Illusion eine weitere Schicht hinzu, zeigten obere Wandelemente und Decken, eindrucksvolle Kronleuchter und architektonische Details, die unmöglich – oder nur unter großem Kostenaufwand – gebaut werden konnten, und die Außenmodelle, die James erschaffen hatte, ermöglichten es Hitch, das Haus nach Herzenslust zu zeigen, bei Tag oder Nacht, Regen oder Sonnenschein, erfüllt von Gelächter oder verkohlt und verlassen.

Er freute sich auf die anstehenden Herausforderungen. Der Zauber seiner Arbeit zog ihn nach wie vor so sehr in seinen Bann wie bei seinem ersten Film, und bis heute war er für die Fähigkeiten dankbar, die sein Vater – ein Möbelbauer mit einer Leidenschaft für Miniaturen – in ihm genährt hatte. Anders als sein Vater jedoch, der sich wochenlang mit dem kleinsten Detail eines Stuhlbeins beschäftigen konnte und seine Mutter damit in den Wahnsinn trieb, da währenddessen der Haushalt vernachlässigt wurde und sich die Rechnungen stapelten, blühte James unter dem Druck des Filmgeschäfts auf, liebte das Risiko und das Gefühl, ständig in Bewegung zu sein. Bei *Vom Winde verweht* hatten sie das Studiogelände niedergebrannt, um das Flammeninferno von Atlanta zu filmen. Er hatte vor der Kulisse gestanden, wo die Tore aus *King*

Kong hinter dem turmhohen Feuer noch erkennbar waren, die Hitze im Gesicht gespürt und sich gefragt, ob er den Kerosingeruch jemals aus seinen Kleidern bekommen und sich dieses Hollywood-Spektakel je übertreffen lassen würde. Doch jetzt waren sie wieder hier, bauten etwas Neues, das sich – sofern sie es gut genug machten – selbst einen Platz in der Filmgeschichte erobern würde. Auch Manderley würde schließlich von Flammen verschlungen werden, zusammen mit seiner mühevollen Arbeit. Früher hätte ihn dieser Gedanke mit Bedauern erfüllt, doch diese Zeit lag lange zurück, lange bevor er gelernt hatte, was wirklich unersetzlich war. Inzwischen spielte es kaum eine Rolle, was sonst noch verloren ging, solange es seinen Zweck erfüllt hatte.

Die Standuhr auf dem Flur schlug zur vollen Stunde und erinnerte ihn an seinen begrenzten Ausgang. Er eilte durch den Nordeingang ins Freie und über den Rasen, wo er die du Mauriers einst beim Tee beobachtet und um ihre sorglosen Sommertage beneidet hatte. Der Herbst war leise im umliegenden Wald eingetroffen. Die Bäume wurden gerade erst kahler, und der Wandel zeigte sich lediglich in dem Licht, das nun durch das Blätterdach auf den Laubteppich fiel. In der Luft lag die dem englischen Spätsommer so eigene weiche, zarte Hitze, und plötzlich wurde ihm klar, wie sehr sie ihm gefehlt hatte. Er nahm eine Abkürzung an den Stallungen vorbei und betrat dann wieder die Auffahrt, und der Klang seiner Stiefel auf dem Kies versetzte ihn zurück zu seinem ersten Aufenthalt als Sanitäter während des letzten Krieges. Die Erinnerungen brachen so lebhaft und unnachgiebig über ihn herein, dass er kurz stehen bleiben musste, um Luft zu holen. Es war sein erster Posten gewesen, und der Abschied von seinen Eltern verlief schwierig und überstürzt. Das unausgesprochene Gefühl von Verrat lag auf beiden Seiten in der Luft – sie waren dagegen, dass er sich in irgendeiner Form am Krieg beteiligte, nicht einmal als Sanitäter, da diese die Patienten lediglich flickten und dann an die Front zurückschickten. Wie auch ihre Eltern vor ihnen waren sie Quäker, und zum ersten Mal bemerkte er einen Konflikt in ihrem Glauben. Sie konnten den Krieg nicht ausstehen, wollten ihn allerdings seinem Gewissen folgen lassen. Der Riss würde sich nie heilen lassen: Seine Eltern waren bei einem ihrer seltenen Ausflüge nach Folkestone von einem deutschen Bomber getötet worden, zusammen mit Hunderten anderen Zivilisten beim Einkaufen auf der Tontine Street zersprengt. Nach dem unbeholfenen, angespannten Abschied, der sich so sehr von ihrem sonstigen Familienleben unterschied, hatte er sie nie wiedergesehen.

Er ging weiter, willkürliche Bilder seiner Eltern blitzten vor ihm auf, und selbst nach so vielen Jahren hatte er ein schlechtes Gewissen wegen der Art und Weise seines Aufbruchs. Der Sonnenuntergang an jenem Abend hatte einem Feuer geglichen, der Himmel in unheilvollem Rot geleuchtet. Im Zug nach Peterborough suchte er sich einen Platz im letzten Wagen, und sie schoben sich langsam durch die Dunkelheit, als spürte der Zug seinen Widerwillen – zahlreiche winzige Bahnhöfe mit unbekannten Namen, bei denen er jedes Mal dem Drang widerstand, auszusteigen und sich in dem Schwarz der fremdartigen Moorwelt zu verlieren. Jedes erleuchtete Fenster hatte ihn mit Sehnsucht nach der Heimeligkeit erfüllt, die er zurückließ. Jetzt spürte er ein ähnliches Gefühl im Magen, das der Rückkehr nach Milton geschuldet war, einer Sehnsucht danach, was er so kurz und unerwartet sein Eigen genannt hatte.

Der Weg zum Cottage war kürzer, als er ihn in Erinnerung hatte, und der Anblick überraschte ihn, riss ihn abrupt aus seinen Erinnerungen. Er blieb in einiger Entfernung stehen und musterte das Gebäude – ein bescheidenes Häuschen von mehreren, die im Park verteilt standen, aber trotz allem ein beachtlicher Preis für eine Bedienstete im Ruhestand, in dem sie ihren Lebensabend verbringen konnte, eine Belohnung für jahrelange Loyalität zu einer Familie, die ihr mehr bedeutet hatte als ihre eigene; das war zumindest immer sein Eindruck gewesen. Der alte Groll flammte in ihm auf und überwältigte ihn mit seiner Intensität. War das hier wirklich eine gute Idee? Er hatte die lange Reise allerdings nicht angetreten, um im letzten Augenblick den Mut zu verlieren. Bevor er es sich anders überlegen konnte, öffnete er die Gartenpforte und ging zur Tür, klopfte mit einer Entschlossenheit, die selbst in seinen Ohren trügerisch klang. Was hoffte er, hier zu erreichen? Gab es etwas, das er sagen oder hören musste?

In jedem Fall konnte er sich wohl auf eine Enttäuschung einstellen. Niemand öffnete, selbst als er erneut klopfte, und er wollte gerade die Hoffnung aufgeben, als er von innen Bewegungen vernahm, dann eine Frauenstimme, die verärgert vor sich hin murmelte, während sie mit Schlüsseln und Riegeln hantierte. Als sie die Tür endlich aufbekam, war er erschüttert. Bei seiner letzten Begegnung mit Marion Plummer hatte sie aufrecht vor ihm gestanden und war ihm selbst in den praktischen flachen

Schuhen, in denen sie täglich mehrere Meilen auf den Gängen von Milton Hall zurückgelegt hatte, gewachsen gewesen. Die Frau vor ihm hingegen war von Arthritis gekrümmt und ging an Stöcken, die sie erbärmlich fest umklammert hielt, um einen Sturz zu verhindern. James starrte auf sie hinab, was ihm jedoch keine Genugtuung verschaffte, wie sie angesichts der Mischung aus Demütigung und Ablehnung in ihrem Blick zu vermuten schien. Ihr Haar war ergraut – ein strenges, lebloses Grau, das selbst den weichsten Gesichtsausdruck verhärtete –, doch sie trug es immer noch genauso wie bei ihrer ersten Begegnung, streng hochgekämmt und eng an den Kopf gesteckt, und ihre Entschlossenheit, sich nicht zu verändern, betonte lediglich die Spuren, die der jahrelange Dienst an ihr hinterlassen hatte. Sie trug ein geblümtes Kleid und eine blassrosa Strickjacke, was an sich für eine Frau ihres Alters nicht ungewöhnlich war, ihn jedoch verstörte, da er sie bis dahin nur in Schwarz erlebt hatte. Das Kruzifix, das sie stets getragen hatte, hing immer noch um ihren Hals, doch jetzt war es weniger offensichtlich, verbarg sich in einem Hintergrund aus Rosen und Vergissmeinnicht, wirkte geschwächt und nicht mehr wie die Waffe aus vergangenen Tagen. Als spürte sie, dass ihre Kleidung ihr die Autorität nahm, schoss sie ihm einen stechenden Blick aus ihren dunklen Augen zu, die immer noch genauso scharf und misstrauisch waren wie je zuvor. Für den Fall, dass sie ihn nicht erkannt haben sollte, nannte er seinen Namen. Er wollte einer alten Frau keine Angst einjagen, egal, wie sehr er sie auch verabscheute.

»Ich weiß, wer Sie sind. Ich bin noch nicht senil, falls die Ihnen das erzählt haben.«

Ihre Stimme war brüchig und rau, und obwohl sie so trotzig wirkte, verlangten die Worte ihr einiges an Kraft ab. »Mir hat niemand irgendetwas erzählt, Mrs Plummer«, erwiderte er, wobei er neugierig war, wen sie wohl damit gemeint hatte. »Ich bin hier, um mit Ihnen zu sprechen. Ich habe ein paar Fragen dazu, was Matthew zugestoßen ist. Es gibt ein paar Sachen, die ich nicht verstehe.«

Sie lachte verächtlich. »Es gab Sachen, die ich nicht verstanden habe, als Sie das letzte Mal hier waren, doch ich kann mich nicht daran erinnern, dass einer von euch Verständnis dafür aufgebracht hätte.«

»Sie wollten es doch gar nicht verstehen.«

»Ich wusste, was ich wissen musste – und leider noch viel mehr.«

James biss sich auf die Zunge und ermahnte sich, dass sie zu viel von ihr verlangt hatten. Er hätte nie erwarten dürfen, dass sie verstand, wie sehr er ihren Sohn liebte, geschweige denn, dass sie es duldete. So nah er seiner Mutter auch gestanden hatte, sie hätte ebenfalls damit zu kämpfen gehabt, wenn sie es je erfahren hätte. »Ich bitte Sie, Mrs Plummer«, setzte er erneut an. »Ich habe nicht viel Zeit. Ich muss einen Flug nach Amerika erwischen, und danach werden Sie mich nie wiedersehen, versprochen.«

»Das glaube ich gern. Das wäre ja nicht der erste Krieg, dem Sie feige aus dem Weg gehen. Schämen Sie sich denn nicht?«

Die Annahme, ihre geteilte Trauer könnte ihnen dabei helfen, ihre Differenzen zu überbrücken, war naiv gewesen; die gegenseitige Abneigung war über die Jahre nicht verblasst. Er wünschte, er könnte seiner Wut freien Lauf lassen, doch er musste diese letzte Gelegenheit nutzen, um an die Wahrheit zu gelangen. »Ich bitte Sie«, wiederholte er und versuchte, seine Ungeduld zu verbergen. »Geben Sie mir nur zehn Minuten. Drei Fragen, und dann lasse ich Sie in Ruhe.«

Ihr Mund verzog sich zu einem Lächeln, als glaubte sie, er wolle sich über sie lustig machen, doch dann drehte sie sich um und ging langsam zurück ins Haus, wobei sie die Tür offen ließ, damit er ihr folgen konnte. Der kurze Flur führte direkt in die Küche, das Wohnzimmer befand sich zur Linken. Eine Tür auf der rechten Seite, die vermutlich in ihr Schlafzimmer führte, war geschlossen. Zu James' Überraschung hörte er, wie die Hintertür ins Schloss fiel und jemand den Wasserhahn in der Küche aufdrehte, und er fragte sich, weshalb er davon ausgegangen war, dass Marion Plummer allein lebte. Für ihn spielte es keine Rolle; es deutete lediglich darauf hin, wie sehr der Zahn der Zeit an ihrer Unabhängigkeit genagt hatte.

Das Wohnzimmer war karg möbliert, da der Ruhestand keinen Anlass bot, die sparsamen Gewohnheiten eines Dienstbotenlebens aufzugeben. Am Kamin standen zwei Sessel, auf einem davon lagen zusätzliche Polster. Marion Plummer mühte sich langsam hinein und scheuchte ihn gereizt weg, als er ihr helfen wollte. Der Sessel war zum Fenster hin ausgerichtet und bot einen traumhaften Ausblick über den See hin zum Herrenhaus. Lichtsplitter glitzerten auf der Wasseroberfläche, sonst bewegte sich in der friedlichen, stillen Szene nichts. Der Ausblick fand sich auf einem meisterhaften Aquarell wieder, das über dem Kaminsims hing, auf dem eine goldene Uhr den einzigen extravaganten Ausreißer im Zimmer bildete, und James fragte sich, ob es sich dabei um Geschenke der Familie zum Ruhestand oder zu anderen Anlässen handelte. Was ihm an dem Raum jedoch am meisten auffiel, war die Abwesenheit von bestimmten Dingen: keine Spur von trivialen Zeitvertreiben, keine Bücher oder Zeitschriften, kein Radio, kein Strick- oder Nähkästchen, wobei ihre Hände ohnehin derart von Arthritis befallen waren, dass das Nähen ihr schwerfallen dürfte. Was sie wohl den ganzen Tag über machte? Er stellte sich vor, wie sie auf das Haus hinausschaute, während eine lange Stunde in die nächste überging, und den Erinnerungen an die Person nachhing, die sie einst gewesen war. Auf einem Beistelltisch in der Ecke standen mehrere Fotografien, und James ließ den Blick suchend über die Ansammlung fremder Gesichter schweifen, doch Matthew war auf keinem der Bilder zu sehen.

Das Feuer war vor Kurzem angefacht worden, und es war ungemütlich warm. Er setzte sich auf den zweiten Sessel, während Marion Plummer in ihrem zurücksank, als atme sie nur widerwillig die gleiche Luft wie er. Die Stille knisterte zwischen ihnen, glich in dem engen Raum einer dritten Person, und er überlegte, wie er das Gespräch mit einer Bemerkung eröffnen sollte, die weder zu aggressiv noch zu belanglos klang.

Schlussendlich unterbrach jemand anders die Stille, eine Frau in einem schwarzen Kleid, wie Marion Plummer es früher so stolz getragen hatte. James schaute sie an und war kurz von der Uniform verwirrt, da die Frau bei ihrem letzten Treffen Schwesterntracht getragen hatte, doch ansonsten hatte sie sich in den vergangenen zwanzig Jahren kaum verändert. Sie zögerte, war offenbar ebenfalls verwirrt. »Tut mir leid, ich wusste nicht, dass du Besuch hast. Wir haben nicht mit dir gerechnet, James. Ich wäre nie auf den Gedanken gekommen …«

Sie brach ab, und »du würdest es wagen, hier aufzutauchen« blieb unausgesprochen, als könnten allein die Worte die Vergangenheit heraufbeschwören.

»Hallo, Evelyn«, sagte er. »Wie geht es dir?«

»Gut, aber ich bin spät dran für die Arbeit. Ich dachte, du magst vorher vielleicht noch einen Tee, Mutter?«

»Wenn ich einen Tee will, mache ich ihn mir selbst. Ich bin nicht so hilflos, wie du denkst.« Die Antwort war ruppig, doch Evelyn schien daran gewöhnt. Da fiel ihm plötzlich ein, wie Matthew sich einmal darüber beschwert hatte, dass es unmöglich sei, seiner Mutter eine Freude zu bereiten, sogar an ihrem Geburtstag oder bei den seltenen Gelegenheiten, wenn sie krank war. Er konnte förmlich hören, wie er sagte: *»Bedienstete kann man nicht bedienen«*, und die Stimme klang so echt, als stände Matthew mit im Zimmer. Er war perplex und gleichzeitig froh, dass Evelyn mit ihrer Mutter beschäftigt war, sodass er sich wieder fassen konnte.

»Dein Essen steht in der Küche«, sagte Evelyn. »Mein Dienst geht heute bis um zehn, aber Mrs Wells kommt demnächst vorbei, und du kannst ihr Bescheid sagen, falls du etwas brauchst.«

Ihre Mutter entließ sie mit einer ungeduldigen Handbewegung, und noch bevor sie außer Hörweite war, bemerkte sie Richtung James: »Sie ist praktisch nutzlos. Da kann ich auch gleich alles selbst machen.« Er hörte, wie sie die Treppe hinaufging und ein paar Sekunden später wieder herunterkam. Dann ging sie zur Tür hinaus und schritt rasch durch den Park davon.

»Arbeitet Evelyn jetzt im Haus?«, fragte er.

»Glaubt, sie könnte mich ersetzen. Das macht sie nur, um mich zu ärgern. Die sind doch alle gleich.«

Da war er wieder, der Verfolgungswahn, der sich nicht allein durch Verbitterung erklären ließ, und womöglich wurde sie nicht grundlos der Senilität beschuldigt; vielleicht hatte sie tatsächlich Angst um ihre geistigen Fähigkeiten. »Ich bin hier, weil ich Fragen zu Matthews Tod habe«, sagte er. Sie starrte ihn trotzig an, und erneut wanderte sein Blick zu dem Tisch mit den Fotografien. Was für eine Frau besaß kein Bild ihres verstorbenen Sohns, den sie angeblich geliebt hatte? »Wollen Sie sich nicht an ihn erinnern?« Die Frage klang genauso vorwurfsvoll, wie sie gemeint war, und er versuchte, seine Feindseligkeit zu zügeln, da sie ihn nicht weiterbringen würde. »Ihr Sohn hat Sie geliebt. Sie können ihn nicht einfach auslöschen und so tun, als hätte es ihn nie gegeben – Sie sind doch Christin. Er wäre so verletzt, wenn er wüsste, wie wenig Sie –«

»Mein Sohn ist da, ganz links, und zwar quicklebendig«, unterbrach sie ihn.

Verblüfft wandte James sich erneut den Fotografien zu und konnte dabei einen kurzen, schrecklichen Hoffnungsschimmer nicht unterdrücken. Er hoffte inständig, in dem Silberrahmen eine ältere Version des Jungen zu entdecken, den er geliebt hatte, redete sich ein, alles wäre ein furchtbares Missverständnis gewesen. Ein Mann in Militäruniform erwiderte seinen Blick, kam ihm vage bekannt vor, war jedoch nicht derjenige, auf den er gehofft hatte. Er merkte, dass er sich hatte ablenken lassen, und die Zeit lief ihm davon. »Mir hat nie jemand erzählt, was passiert ist.« Er ärgerte sich darüber, dass ihm seine Emotionen anzuhören waren. »Matthews Suizid ergibt keinen Sinn.«

»Sie glauben, Sie hätten ein Recht auf eine Erklärung? Ein Recht auf irgendetwas, das ihn anbelangt?« Ihre Verachtung war deutlich spürbar. »Er kam hierher, um gepflegt zu werden. Sie haben extra eine Ausnahme für ihn gemacht, weil er von hier stammte und im Dienst seines Landes verwundet wurde. Sie hätten sich um ihn kümmern sollen, und das haben Sie auf abscheuliche Weise ausgenutzt.« Kein einziges Mal sprach sie Matthews Namen aus. Hatte sie es seit seinem Tod auch nur einmal getan? »Er war ein guter Junge, ein anständiger Junge, bis er Ihnen begegnet ist. Warum, um alles in der Welt, sollte irgendwer mit Ihnen über seinen Tod sprechen?«

»Aber es ging ihm mit jedem Tag besser, und er hatte erkannt, dass sein Leben nicht vorbei war. Sogar sein Augenlicht kam langsam zurück.«

»Halten Sie mir bloß keine Vorträge über meinen eigenen Sohn. Woher wollen Sie denn wissen, wie es ihm ging? Sie haben ihn vor seinem Tod doch überhaupt nicht mehr gesehen.«

»Weil Sie ihn in ein Einzelzimmer gesteckt haben, dem ich mich nicht nähern durfte, als wären wir zwei unartige Schuljungs. Er dachte bestimmt, ich hätte ihn im Stich gelassen.« Sie lächelte triumphierend. »Das stimmt, oder?«, fragte James entsetzt. »Er ist in dem Glauben gestorben, dass er mir nichts bedeutet.« Er schlug mit der flachen Hand gegen den Sessel und sprang auf, konnte seinen Zorn nur schwer in Schach halten. »Wer hat Ihnen von unserer Beziehung erzählt?« Sie zuckte bei dem Wort zusammen, als hätte er ihr einen Schlag versetzt, und am liebsten hätte er es noch schlimmer gemacht, indem er ihr Dinge erzählte, von denen sie nichts wusste, intime, persönliche Dinge, doch damit hätte er alles verraten, was er mit Matthew geteilt hatte, und er weigerte sich, etwas so Wertvolles zu beschmutzen. »An dem Tag, an dem Sie uns zusammen gefunden haben – wer hat Sie da geschickt? Irgendwer muss Ihnen verraten haben, wo wir sind. Was hätten Sie sonst dort zu suchen gehabt?« Es spielte längst keine Rolle mehr, doch es kam ihm wider alle Vernunft wichtig vor, den Auslöser der Verkettung unglückseliger Ereignisse auszumachen. Die gotische Kapelle war ihr geheimer Ort gewesen, ein beeindruckendes, aber kaum genutztes Gebäude östlich des Hauses, das von einem wunderschönen Waldstück umgeben war. Matthew hatte als Kind dort gespielt, und als er sich langsam erholte, gingen sie zusammen dorthin, wollten nach den langen Wochen auf der Station, wo nichts privat war, instinktiv allein sein. »Sie waren sonst nie auch nur in der Nähe«, beharrte James. Er setzte sich wieder und beugte sich vor, um sie zum Blickkontakt zu zwingen. »Deswegen haben wir es überhaupt erst ausgesucht.«

Sie erwiderte nichts darauf, und er hatte auch nicht damit gerechnet. Eine Frau, die beruflich dazu verpflichtet war, die Geheimnisse eines ganzen Haushalts zu hüten, gab ihre eigenen sicher nicht so leicht preis. »Würden Sie mir zumindest verraten, wo er begraben liegt?«, fragte er. »Bitte, Mrs Plummer, ich flehe Sie an.« Nach Matthews Tod hatte sich alles rasch und im Verborgenen abgespielt, da die Scham größer war als die Trauer. Er hatte nicht mitbekommen, wie der Leichnam das Haus verließ, und für die Beerdigung war er auf Abstand gehalten worden, durfte ihm nicht die letzte Ehre erweisen oder die Dinge aussprechen, die ihm auf der Seele lagen. Deswegen hatte er wohl nie ganz akzeptiert, dass Matthew wirklich tot war. »Wir trauern beide um ihn«, sagte er ruhig. »Das haben wir gemeinsam, trotz unserer Differenzen. Sagen Sie mir, wo er ist.«

Sie schüttelte den Kopf. »Zu seinen Lebzeiten konnte ich ihn nicht vor Ihnen beschützen, aber jetzt sieht es anders aus.« Sie griff mechanisch nach dem Kruzifix an ihrer Brust, um ihre Worte zu bestärken. »Waren das jetzt zwei Fragen oder schon drei? Ich habe leider nicht mitgezählt.«

James sah den Hass in ihrem Gesicht und erkannte, dass ihm Matthews letzte Ruhestätte – das, was ihm am meisten bedeutete – für immer unzugänglich bleiben würde. »Eine Frage habe ich noch.« Diesmal war er fest entschlossen, eine Antwort zu bekommen. »Wie ist er an die Waffe gekommen?« Ihre überraschte Miene bereitete ihm Genugtuung, und er nutzte den Vorteil. »Ich werde nie verstehen, weshalb Matthew sich das Hirn weggepustet hat, und Sie wollen mir offensichtlich auch nicht helfen. Aber ich werde herausfinden, wie der Mann, den ich geliebt habe, von uns gegangen ist, und wenn es das Letzte ist, was ich tue. Wer hat ihm die Waffe gegeben?«

Bei jedem anderen Menschen hätte James die Erregung verstört, die Marion Plummer nun an den Tag legte. Sie zupfte an ihrer Strickjacke, hatte die Augen fest zusammengekniffen, und ihre Lippen zitterten – ob vor Trauer oder Wut, war unmöglich zu sagen. Schließlich öffnete sie den Mund, war anscheinend in ihrer eigenen Welt gefangen. »›Wenn deine Augen dich erzürnen, reiß sie aus! Du bist gesund.‹«

»Wie bitte?« James sah sie verdutzt an. Er kannte die Worte aus Housmans *A Shropshire Lad*, einem Gedichtband, den Matthew geliebt und ihm praktisch aufgezwungen hatte. Seither hatte er ihn oft zur Hand genommen, obwohl die Gedichte angesichts des Todes seines Geliebten kaum tröstlich waren. Allerdings hatte er keine Ahnung, weshalb Mrs Plummer jetzt daraus zitieren sollte. Hatte sie wirklich den Verstand verloren, oder war es bloß ein Trick, um das Gespräch zu beenden? »Beantworten Sie meine Frage«, forderte er. »Dann sind Sie mich ein für alle Mal los.«

Sie beachtete ihn nicht und fuhr mit der Strophe fort, wobei ihre Stimme mit jedem Wort, das ihr mühelos wieder einfiel, lauter wurde. »›Versagen Füße dir und Hände – hau sie ab bis an den Rist.‹«

James stand angewidert auf und ließ alle Hoffnung auf Antworten fahren. Erst als er an die Tür gelangte, wobei ihm der letzte Vers in den Ohren hallte, wurde ihm klar, dass sie seine Frage doch beantwortete. »›Doch sei ein Mann und mach ein Ende, wenn krank in dir die *Seele* ist.‹«

Sie spuckte das Wort aus, und er wandte sich ungläubig zu ihr um. »Sie haben ihm die Pistole gegeben, oder?« Er hoffte inständig, dass sie den grauenvollen Vorwurf zurückweisen würde, war bereit, mit der Ungewissheit zu leben, wenn sie ihm nur sagen würde, dass er falschläge, doch sie schwieg. »War es so? Sie haben ihm gesagt, er soll seinem Leben ein Ende setzen, und ihm das Mittel dazu in die Hand gedrückt? Mein Gott, Sie ekeln mich an.«

»Wie können Sie es wagen, von Ekel zu reden, nach allem, was Sie mit meinem Sohn angestellt haben? Er hat sich geweigert, Sie aufzugeben. Sie hätten hören sollen, wie er an dem Tag mit mir gesprochen hat, der Schmutz, der aus seinem Mund kam. Ich wollte, dass er das Richtige macht.«

»Das Richtige?« Selbst in seiner blinden Wut konnte James unmöglich glauben, dass Matthew ihn einfach so hätte verlassen können. Er starrte Marion Plummer an und stellte sich vor, wie sie damals ihrem Sohn so ruhig und gefasst wie jetzt Gift in die Ohren flößte, ihm erzählte, wie schnell und schmerzlos sein Tod sein würde, wie leicht er sein Leid beenden könne und wie viel besser es für alle sei, wenn er nicht mehr da wäre. *»Wofür willst du noch leben?«* Er hörte sie so deutlich flüstern, dass er sich über ihre unbeweglichen Lippen wunderte. *»Nimm kurz deinen Mut zusammen, dann ist alles vorbei.«*

»Haben Sie ihn umgebracht?«, fragte er. »Haben Sie Matthew von seiner ›Krankheit‹ geheilt, indem Sie abgedrückt haben? Ist das die Wahrheit?«

»Es war besser so.«

James' Wut war innerhalb weniger Sekunden verpufft, doch das reichte – es reichte, um das Kissen von seinem Sessel zu reißen und es Marion Plummer aufs Gesicht zu drücken, ihr die triumphierende Miene auszutreiben, die ihn so sehr quälte. Kurz spürte er, wie sie sich wehrte, wie ihre Hand verzweifelt nach ihrem Gehstock tastete; er hörte ein ersticktes Stöhnen, dann schlug ihr Absatz mehrmals auf den Holzboden, vertonte den erbärmlichen Rhythmus ihrer letzten Augenblicke. Und dann war es still. Still bis auf das leise, hinterhältige Ticken der Uhr, die ihr Lebenswerk symbolisiert hatte und sie nun mit ihrem gleichgültigen Fortschreiten verhöhnte. James starrte entsetzt auf das Kissen in seinen Händen und konnte kaum fassen, dass etwas so Gewöhnliches, so Unschuldiges eine Frau getötet haben sollte, doch Mrs Plummer hing leblos in ihrem Sessel, mit geschlossenen Augen und dem Kopf auf der Brust, fast so, als wäre sie eingeschlafen. Verzweifelt ging er vor ihr in die Hocke und rüttelte sie an den Schultern, flehte sie an, die Augen zu öffnen, und zürnte über ihre Zerbrechlichkeit. Wenn sie sich stärker gewehrt hätte, wäre er vielleicht schneller wieder zur Besinnung gekommen und hätte rechtzeitig von ihr abgelassen. Jetzt konnte er es nicht mehr rückgängig machen.

Er stand angewidert von sich selbst auf und versuchte, die Panik im Griff zu behalten, die ihn zu überwältigen drohte. Evelyn hatte ihn gesehen, daher machte es keinen Sinn, so zu tun, als wäre er nie dort gewesen. Außerdem könnte sie jeden Augenblick zurückkommen und ihn auf frischer Tat ertappen. Er könnte die Wahrheit sagen und hoffen, dass jemand seine brutale Reaktion nachvollziehen würde, doch Marion Plummer galt hier als Heilige, und er war schon einmal unehrenhaft entlassen worden; niemand würde ihm jetzt glauben, er sei unschuldig. War er das überhaupt? Er war zwar der Sünden unschuldig, die sie ihm zur Last gelegt hatte – nichts würde ihn je von der Überzeugung abbringen, seine Liebe zu Matthew sei etwas anderes als edel gewesen. Aber das hier? Eine hilflose ältere Dame ersticken? Vierzig Jahre lang hatte er nach den Prinzipien gelebt, die seine Eltern ihm eingebläut hatten, hatte nie auch nur einer Fliege etwas zuleide getan und die Waffen verweigert, während der Rest der Welt auf ihn spuckte und ihn als Feigling beschimpfte. Und innerhalb von dreißig Sekunden, wenn überhaupt, hatte er die Integrität seines Lebens zerstört, sich selbst und die Menschen, die er liebte, verraten.

Aus dem Augenwinkel sah er, wie auf dem Boden etwas glänzte – das Kruzifix lag neben der gerissenen Kette unter dem Sessel. Instinktiv hob er es auf und steckte es sich in die Tasche, da es der einzige Hinweis auf einen gewaltsamen Tod war. Angesichts der brutalen Tat verwunderte ihn, wie friedlich sie dasaß, und die schiere Ungerechtigkeit dessen half ihm bei seiner Entscheidung. Obwohl er die Tat mit jeder Faser seines Seins bereute, missgönnte er seinem Opfer die gnädige Vergessenheit, wo Matthew auf derart brutale Weise ums Leben gekommen war, begleitet von Elend und Selbsthass. Leise eilte James aus dem Haus.

Er schaffte es bis zum Waldstück, bevor er wirklich begriff, was er getan hatte, und es traf ihn wie ein Schlag in die Magengrube. Er übergab sich plötzlich und heftig, dann erneut, und er wünschte, er könnte seine Schuld ebenso leicht loswerden wie seinen Mageninhalt. Doch sie würde ihn bis an sein Lebensende begleiten, egal, was die unmittelbare Zukunft bereithielt, und er wusste mit fast schon beruhigender Sicherheit, dass sie ihn zerstören würde. Er wartete, bis die Übelkeit abgeklungen war, bahnte sich dann einen Weg durch das Dickicht und ging über die Wiese in Richtung Haus. Es hatte unzählige Fenster, und es schien unmöglich, dass ihn niemand bemerken und an seinem Gang, an seiner Panik erkennen würde, was er getan hatte. Zur Linken sah er, wie die Kapelle zwischen den Bäumen hervorragte, und er wünschte inständig, er wäre dorthin gegangen statt zu

Marion Plummer, doch dafür war es nun zu spät. Alles daran war nun von seiner Tat besudelt.

Von Frank oder Victor war in der Eingangshalle keine Spur, doch er hörte, wie jemand nach ihm rief. Er sah auf und entdeckte zu seinem Entsetzen Evelyn an der Schwelle zu einem Zimmer, in dem Bedienstete gerade Sachen einlagerten und Möbel mit Staubtüchern bedeckten. Er wischte sich rasch über die Augen und hoffte, sie würde ihm nicht ansehen, dass er geweint hatte, wobei er einen Hauch von Lavendel an seinem Ärmel wahrnahm – süß und muffig, wie das Zimmer, das er gerade verlassen hatte, eine ekelerregende Erinnerung an die Kleidung der alten Frau. Am liebsten hätte er so getan, als hörte er sie nicht, doch sie kam nun auf ihn zu, und er konnte ihr nicht ausweichen. »James, ist alles in Ordnung?« Er schwieg, und sie musterte ihn besorgt. »Lass dich von Mutter nicht aufstacheln. Das war schon immer ihre Absicht.«

Die Vergangenheitsform bedeutete nichts, wies ihn jedoch erneut schmerzhaft darauf hin, was er getan hatte. »Alles gut«, behauptete er. »Es war nicht ihre Schuld. Ich hätte sie gar nicht erst besuchen sollen.«

»Du warst wahrscheinlich der letzte Mensch, mit dem sie gerechnet hätte. Sie hat auf die Frau des Pfarrers gewartet.«

Sie lächelte schüchtern und ein bisschen befangen, und die Ähnlichkeit mit Matthew schmerzte James so sehr, dass er ihr nicht in die Augen schauen konnte. Ihm fiel auf, dass sie einen Ehering trug. »Mich wundert, dass du mich nach all den Jahren überhaupt noch erkannt hast«, sagte er schroffer als beabsichtigt.

»Aber natürlich.« Zu seiner Überraschung errötete sie, während sie ihn nach draußen in die Einfahrt führte, wo sie sich ungestörter unterhalten könnten. »Ich wusste schon länger, dass du in Milton Hall bist. Ich habe schon seit Tagen den Mut zusammengenommen, um mit dir zu sprechen.«

»Worüber?«

»Über Matthew natürlich. Worüber auch sonst?« Sie holte tief Luft, und er wollte sie unterbrechen; er hatte weder ihre Güte noch ihr Vertrauen verdient. »Ich hätte dir schon vor Jahren davon erzählen sollen. Es war nicht in Ordnung, wie du weggeschickt wurdest. Du hast ihn geliebt. Du hattest ein Recht darauf, es zu erfahren.«

»Was zu erfahren?«

Sie zögerte, ärgerte sich offenbar über sich selbst. »Ich wusste, dass es so kommt. Hier, da steht alles drin.« Sie zog einen Umschlag aus der Tasche und reichte ihn James. »Als ich gehört habe, dass du hier bist, habe ich einen Brief geschrieben, nur für den Fall, dass ich die Nerven verliere und es dir nicht ins Gesicht sagen kann. Das war wohl auch besser so. Ich kann es nicht, weil du mich danach hassen wirst, und das will ich wirklich nicht. Ich wusste nicht mal, ob ich es schaffen würde, dir den Brief zu geben, aber als ich dich vorhin im Haus gesehen habe, war mir klar, dass du ihn nicht vergessen hast. Du musst loslassen, James. Du musst Matthew vergessen und dein Leben weiterleben, und ich hoffe, das hier hilft dabei, egal, was du jetzt von mir denkst. Vielleicht können wir uns ja unterhalten, wenn du ihn gelesen hast.«

Er schaute auf den Brief hinab. Einerseits musste er verschwinden, bevor jemand seine Tat entdeckte, andererseits wollte er nur zu gern wissen, was Evelyn über ihren Bruder zu sagen hatte. »Dafür ist keine Zeit«, sagte er widerwillig. »Wir fahren gleich ab, und danach komme ich nicht wieder.«

»Bart! Hey, Bart! Wo zum Teufel hast du gesteckt?« Frank kam aus dem Eingang an der Nordterrasse und sah stinkwütend aus. Als er jedoch Evelyn entdeckte, schlug er einen sanfteren Ton an. »Vic hat überall nach dir gesucht. Der Plan hat sich geändert.«

»Was soll das heißen?«

»Wir müssen noch ein bisschen bleiben. Irgendein Militärheini hat sich darüber aufgeregt, dass wir hier sind, und jetzt will er uns alle befragen, bevor wir abreisen. Er glaubt anscheinend, wir könnten die Kriegsanstrengungen gefährden.«

»Aber wir können nicht noch länger bleiben.« James hörte die Panik in seiner Stimme. Es war nur eine Frage der Zeit, bis die Pfarrersfrau Marion Plummer auffinden würde, und dann musste er längst auf dem Weg aus dem Land sein. »Was ist mit dem Flieger?«

Frank ging nicht darauf ein und streckte stattdessen Evelyn die Hand hin. »Frank Wheeler.«

»Evelyn Young.«

»Wie schön, eine alte Bekannte von Bart kennenzulernen.« Er zwinkerte verschmitzt. »Ihr seid doch alte Bekannte, oder?«

»Hör auf mit dem Mist, Frank. Wir regeln das schnell, damit wir verschwinden können. Machs gut, Evelyn.« Er versuchte, jegliche Gefühlsregung aus seiner Stimme zu halten. »Schön, dich mal wiederzusehen.«

»Ich werde um drei an der Kapelle sein.« Sie wollte ihn

offensichtlich nicht ohne ein letztes Gespräch ziehen lassen. »Wenn du dann noch hier bist und dich unterhalten willst, komm bitte.«

Frank grinste. »Klingt nach einem Angebot, das du nicht ablehnen kannst, wo die Dame doch so nett fragt.«

»Ich versuche mein Bestes«, erwiderte James, hegte allerdings keinerlei Absichten in der Hinsicht. »Aber jetzt müssen wir wirklich los.«

3

Am Morgen erwachte Josephine auf einem völlig anderen Schiff. Über Nacht war die *Queen Mary* in höchste Kriegsbereitschaft versetzt worden, und die Tageszeitung – um acht Uhr diskret unter der Tür hindurchgeschoben – umriss, was das für die Passagiere bedeutete. Durchgängig wurde ihre Sicherheit beteuert, was den gewünschten Effekt ins Gegenteil verkehrte. Der Kreuzer war vom gewohnten Kurs abgewichen und folgte nun einem Zickzackpfad über den Atlantik, weswegen sie etwas später als geplant in New York einlaufen würden. Als sie vom Frühstück, bei dem an den meisten Tischen eine entschieden gedämpfte Stimmung geherrscht hatte, über das Promenadendeck zurückgegangen war, hatte sie gesehen, wie die Bullaugen mit schwarzer Farbe bestrichen wurden; später würden die Lampen an Deck, die noch am Vorabend so warm und einladend gewirkt hatten, gelöscht, und sie würden in völliger Dunkelheit dahinsegeln und damit selbst Teil der Vergessenheit werden, die die Lichter bislang ferngehalten hatten. Der Stärke und Größe des Schiffes zum Trotz fühlte sich Josephine plötzlich angreifbarer, als sie je für möglich gehalten hätte.

Sie war fest entschlossen, sich nicht von Dingen einschüchtern zu lassen, die außerhalb ihrer Kontrolle lagen, und machte es sich in ihrem Sitzbereich bequem, um Marta einen Brief zu schreiben. Die Wahrscheinlichkeit, dass er vor ihr in Kalifornien ankommen würde, lag bei fünfzig Prozent – sie beide hatten nach der Ankunft eine lange Zugfahrt vor sich –, doch das Schreiben und der Glauben daran, sie würden beide tatsächlich ihren Zielort erreichen, spendete ihr Trost. Sie verfasste einen lückenlosen Bericht über das Zusammentreffen zwischen Alma und der Fremden nach dem Abendessen und hoffte, Marta hätte eine Erklärung dafür. Die Verspätung und die wachsende Anspannung an Bord spielte sie jedoch herunter. Würde so die Zukunft aussehen? Die eigenen Briefe zensieren, bevor es jemand anders tun würde? Jeden unschuldigen Ausdruck nach seiner wahren, finsteren Bedeutung abtasten? Von Anfang an, als Josephine und Marta in Gegenwart der jeweils anderen noch schüchtern und unsicher gewesen waren, hatten ihre Briefe vor Mut und schonungsloser Ehrlichkeit nur so gestrotzt; nun waren sie anscheinend das erste gewichtige Kriegsopfer, und es stimmte sie traurig, egal, wie gut die Absichten dahinter auch sein mochten.

Nachdem sie den Brief im Postraum abgeliefert hatte, blieb ihr immer noch eine Stunde bis zur nächsten Mahlzeit. Da die Hauptbeschäftigung an Bord in Essen und Trinken bestand, beschloss sie, sich die Zeit etwas aktiver zu vertreiben. Sie holte sich einen Badeanzug aus ihrer Kabine und machte sich auf den Weg zum Swimmingpool, der hinter einem Hindernislauf von Verlockungen lag: Massagen und Dampfsaunen, Schwitz- und Heilbäder, eine ganze Auswahl an Behandlungen, von denen sie noch nie gehört hatte; doch hier war es heißer und enger als im Rest des Schiffs, und sie konnte sich nicht gegen den Gedanken wehren, dass die Männer im Kesselraum weiter unten Ähnliches erlebten, ohne dafür zehn Schilling zu bezahlen. Nach ihren bisherigen Erfahrungen an Bord hatte sie zwar nicht mit einem nüchternen, rein funktionalen Schwimmbecken gerechnet, doch der herrliche Ort beeindruckte sie trotzdem. Strohfarbene Fliesen wurden von auffälligen smaragdgrünen und briefkastenroten Bändern durchzogen, und das Becken selbst, das man von einem Balkon aus überblicken konnte, war überraschend groß; über neun Meter lang. An der breiten Doppeltreppe befand sich ein Glaspanel, in das Schwäne auf rot-grünem Hintergrund geätzt waren, doch der Rest der Ausstattung diente gleichzeitig praktischen Zwecken – Liegestühle in leuchtenden Farben, elegante Trinkbrunnen und sorgfältig platzierte Lichtschalen, die die wunderschöne Perlmuttdecke erhellten. Das Wasser lag still und einladend vor ihr, und auch hier war kaum zu glauben, dass die ganze Pracht nicht im Erdboden verankert war.

Sie zog sich rasch um und stellte zufrieden fest, dass ihr nur eine Handvoll Mitreisende zuvorgekommen waren, dann stieg sie die Stufen ins flache Ende hinab. Eine Frau schwamm auf sie zu, doch Josephine erkannte sie erst, als sie die Badekappe abnahm – und da war es bereits zu spät. Sie lächelte schief und hoffte, an der Frau vorbeizuschwimmen, die Alma am Vorabend beschuldigt hatte, doch anscheinend hatte diese das Gegenteil im Sinn. »Es tut mir leid, was gestern Abend passiert ist«, sagte sie. Josephine bemerkte, wie jung sie ungeschminkt aussah; sie war nicht viel älter als zwanzig, doch ihr Mut und ihre Entschlossenheit, sich im Speisesaal Gehör zu verschaffen, hatten sie älter wirken lassen.

»Machen Sie sich keine Gedanken. Wir sagen alle manchmal Dinge, die wir hinterher bereuen, und was mich anbelangt, können wir –«

»Nein, nein, das meinte ich nicht«, fiel sie Josephine ins Wort. »Dazu stehe ich, und ich war auch nicht betrunken, egal, was alle dachten. Im Gegenteil, ich habe mich noch nie so nüchtern gefühlt. Ich meinte bloß, es tut mir leid, dass ich Sie in die Sache mit hineingezogen habe. Ich bin Ihnen eine Erklärung schuldig.«

»Aber nicht doch, Miss Hessel. Es tut mir sehr leid, dass Ihr Vater verstorben ist, aber seine Bekanntschaft mit den Hitchcocks geht mich wirklich nichts an.«

Josephine wollte losschwimmen, doch Lee Hessel hielt sie am Arm fest, und etwas in ihrem Blick faszinierte und beunruhigte Josephine gleichermaßen. Eine Spur von Verletzlichkeit, die sich hinter der angriffslustigen Maske verbarg. »Bitte, ich habe doch Ihre Reaktion gesehen, als die anderen mich loswerden wollten. Sie haben mich nicht direkt abgestempelt. Sie wollten wissen, was ich zu sagen hatte. Wahrscheinlich sollte ich Neugier allerdings nicht mit Mitgefühl verwechseln.«

Der Kommentar spiegelte Josephines Innenleben derart akkurat wider, dass ihr die Röte ins Gesicht stieg. »Ich habe mit jedem Mitgefühl, der jemanden verloren hat«, gab sie zurück. »Ich war nicht viel älter als Sie, als meine Mutter gestorben ist, und ich war wütend auf die ganze Welt. Das kommt auch heute noch vor, aber mittlerweile ist es sechzehn Jahre her, ich kann Ihre Gefühle also gut nachvollziehen – aber auf andere losgehen hilft immer nur kurzfristig. Es bringt keinen inneren Frieden.«

Ihre freundliche Antwort wirkte entwaffnend. »Wie sind Sie mit den Hitchcocks verbunden?«, fragte Lee Hessel. Sie versuchte, gegen die Tränen anzukämpfen, indem sie die Frage vorwurfsvoll aussprach.

»Eigentlich gar nicht.« Josephine beschloss, ihre persönliche Verbindung zu verschweigen. »Ich kenne jemanden, der für sie arbeitet, mehr nicht.«

»Dann sagen Sie ihm, dass er vorsichtig sein soll. Mein Vater hat auch für sie gearbeitet, aber das spielte keine Rolle. Denen ist es egal, wen sie zerstören. Richten Sie ihm das von mir aus.«

»Ich werde es *ihr* ausrichten, aber ich vermute, sie wird sagen, dass sie auf sich selbst aufpassen kann.«

Lee Hessel lächelte schief, als hätte Josephine sie irgendwie enttäuscht. »Ich habe Sie offensichtlich falsch eingeschätzt«, sagte sie. »Verzeihen Sie bitte. Ich halte Sie vom Schwimmen ab.«

Sie wollte davongehen, doch diesmal hielt Josephine sie zurück. »Zerstören, das ist ein heftiger Vorwurf«, sagte sie. »Was ist mit Ihrem Vater passiert? Und wieso geben Sie den Hitchcocks die Schuld daran?«

Die Frau erschauderte. »Ich muss mich abtrocknen und etwas Sonne auf der Haut spüren«, erwiderte sie. »Falls es Sie wirklich interessiert, finden Sie mich auf dem Promenadendeck.«

Damit ging sie in Richtung Umkleidekabinen davon und ließ Josephine verwirrt und aufgewühlt zurück. Am liebsten wäre sie Lee Hessel gefolgt und hätte das Gespräch an Ort und Stelle zu Ende geführt, doch sie ahnte, dass es schlauer wäre, die Dinge ruhen zu lassen. Sie hoffte, eine Runde körperliche Ertüchtigung würde ihr die Neugier austreiben, doch zwanzig Minuten später brannte sie heißer denn je.

Eine lange Reihe Liegestühle mit Kissen, Teppichen und Lektürematerial war mit militärischer Präzision auf dem Promenadendeck ausgerichtet worden. Es war behaglich und einladend, insbesondere an Backbord, wo das dicke Glas, das die gesamte Ebene umgab, die Wärme der Sonne eingefangen hatte. Josephine wollte eine Runde drehen und hoffte, dabei nicht Alma und ihrer Familie zu begegnen; sosehr sie sich auch einredete, sie sei ein freier Mensch, sie wollte sich nicht beim Fraternisieren mit dem Feind erwischen lassen. Zunächst glaubte sie, der Zufall hätte sie aus ihrer Zwickmühle befreit. Von Lee Hessel war keine Spur, und sie wollte gerade aufgeben und auf ihre Kabine zurückkehren, da entdeckte sie sie auf einer Liege abseits des Hauptgangs. Der Platz neben ihr war unbelegt, wurde jedoch von einem breitkrempigen Sonnenhut und einer Tasche frei gehalten, die sofort weggeräumt wurden, als Josephine herantrat. »Darf ich?«, fragte sie.

»Bitte. Ich dachte schon, Sie hätten sich dagegen entschieden.«

»Ich habe eigentlich gar nichts entschieden.« Josephine setzte sich und war froh, dass die Plätze unauffällig waren und von vorbeispazierenden Passagieren kaum bemerkt werden dürften. »Sind Sie auf dem Hin- oder Rückweg?«, fragte sie. Lee Hessels Akzent hätte zwar englischer nicht sein können, doch ein Großteil der britischen Filmbranche war nach Amerika ausgewandert, und es war gut möglich, dass die Hessels darunter waren. Josephine konnte den Nachnamen jedenfalls nicht einordnen.

»Beides. Keins von beidem.« Lee Hessel merkte anscheinend, wie unzufriedenstellend ihre Antwort war, denn sie lächelte und bemühte sich um eine Erklärung. »Mein Vater war Engländer, meine Mutter Amerikanerin.

Sie haben sich scheiden lassen, als ich noch klein war, und ich war Teil des Vergleichs, wurde skrupellos zur Hälfte geteilt und wusste danach nie wieder, wo ich zu Hause bin. Ich war immer lieber bei meinem Vater, aber jetzt ist er tot, und ich habe nichts, was mich in England hält, und keinen Grund, dorthin zurückzukehren. Ich war bloß für seine Beerdigung dort.«

»Das tut mir leid. Das war sicher nicht einfach.«

»Ich bin es gewohnt.« Sie wehrte Josephines Freundlichkeit ab, als könnte sie ihr gefährlich werden. »Und Sie? Entschuldigung, ich weiß nicht einmal, wie Sie heißen. Und nennen Sie mich bitte Lee. Hessel ist der Mädchenname meiner Mutter, und ich kann ihn nicht ausstehen. Sie hat ihn mir nach der Scheidung aufgezwungen, um meinem Vater noch eins auszuwischen.«

Josephine stellte sich vor, dann fragte sie: »Und wie hieß Ihr Vater?«

»William Melrose. Er war Schauspieler. Sie haben wahrscheinlich noch nie von ihm gehört«, fügte sie rasch hinzu, als sie Josephines fragenden Blick bemerkte. »Hauptsächlich kleine Nebenrollen, ganz weit unten im Abspann. Das war noch so ein Streitpunkt zwischen meinen Eltern – er war meiner Mutter nie ehrgeizig genug. Für ihn war es nur Arbeit, die ihm Spaß gemacht hat. Ein Mittel zum Zweck. Er hat hart geschuftet und seine Familie geliebt, aber ich glaube, meiner Mutter war das fast peinlich.«

»Ist sie auch Schauspielerin?«

»Nein, sie ist Agentin in Hollywood und ein echtes Miststück – hart wie Stein.« Kein Wunder, dachte Josephine; selbst wenn die Ehe lange vorbei war, bedurfte es doch einer wahrhaft kaltherzigen Frau, nicht die eigenen Gefühle beiseitezulegen und ihrer Tochter bei der Beerdigung eines Vaters beizustehen, den sie offenbar vergöttert hatte – es sei denn, das Problem bestand genau darin: elterliche Eifersucht. »Wahrscheinlich musste sie so hart sein, um sich in der Welt zu behaupten«, fuhr Lee fort, und Josephine fiel der Kontrast zwischen der ruhigen, analytischen Betrachtung und der zornigen Entgleisung vom Vorabend auf; die Kombination in ein und derselben Person beunruhigte sie. »Wenn sie nicht meine Mutter wäre, würde ich sie wahrscheinlich dafür bewundern, aber man will nun mal geliebt werden, nicht wahr?«

»Natürlich. Aber es klingt, als hätte Ihr Vater sein Bestes gegeben, um es wieder wettzumachen.«

Lee Hessel wirkte besänftigt, und zum ersten Mal verschwand das Misstrauen aus ihrem Gesicht. »Ja, das stimmt, und es war nie offensichtlich. Ich hatte so viel Spaß mit ihm – er war an allem interessiert und immer unterhaltsam. Ich weiß noch, wie meine Freundinnen sich beschwert haben, wenn sie Zeit mit ihren Eltern verbringen mussten, aber er war nicht auch nur das kleinste bisschen öde oder langweilig. Er fehlt mir.«

Die Aussage war täuschend schlicht, doch Josephine wusste genau, was sie meinte. Nach dem Tod ihrer Mutter hatten alle versucht, sie damit zu trösten, was für eine tolle Beziehung sie zueinander gehabt hätten, wie sehr sie über sechsundzwanzig Jahre geliebt worden wäre, und obwohl sie wusste, wie viel Glück sie damit hatte, linderte nichts davon ihren Schmerz. So selbstsüchtig es auch klingen mochte – lange Zeit grollte sie allen, die noch eine

Mutter hatten, mit der sie sprechen konnten. »Wie ist er ums Leben gekommen?«, fragte sie sanft.

»Er hatte eine Lungenentzündung. Ich dachte, es geht aufwärts, aber dann gab es unerwartete Komplikationen.«

Josephine war überrascht, versuchte sich allerdings, nichts davon anmerken zu lassen. Sie hatte mit einem Unfall oder gar mit einem Suizid gerechnet, der in irgendeiner Form mit William Melrose' Arbeit zu tun hatte, doch sie begriff nicht, wie sie den Hitchcocks die Schuld an einer Erkrankung geben konnte. »Das klingt nach einer natürlichen Todesursache«, wagte sie zaghaft. »Wieso sind Sie so wütend auf Alfred Hitchcock?«

»Weil er vorsichtiger hätte sein müssen«, platzte es aus Lee Hessel hervor, und wäre das Thema nicht so ernst gewesen, hätte sie an ein quengelndes Kind erinnert. Sie versuchte, sich zu fassen, während Josephine geduldig auf die Erklärung wartete. »Kennen Sie *Jamaica Inn*?«, fragte Lee.

»Ich war kurz nach der Premiere im Kino.« Und zwar aus Loyalität zu Marta, die am Drehbuch gearbeitet hatte. Doch nicht einmal die Liebe hatte sie davon überzeugen können, über die unverzeihlichen Änderungen an du Mauriers Romanvorlage oder Charles Laughtons übertriebene Schauspielerei hinwegzusehen. Der Film war ihr aus den falschen Gründen im Gedächtnis geblieben, doch nun war nicht der richtige Zeitpunkt, diese Gedanken laut auszusprechen.

»Dann haben Sie meinen Vater gesehen. Es war sein letzter Film – er war einer von Joss Merlyns Abwrackern. Sie erinnern sich doch bestimmt auch noch an die Sturmszenen?« Josephine nickte. »Dadurch wird es nur noch sinnloser. Es war völlig egal, wen Hitchcock in dieses Kostüm steckte. Warum hat er da ausgerechnet meinen Vater ausgesucht?«

»Tut mir leid, aber ich kann nicht ganz folgen.«

»Die Filmarbeiten waren brutal. Stundenlang unter Windmaschinen im Wasser, tagein, tagaus. Abends sind alle zitternd nach Hause gegangen. Dad hatte sowieso schon eine schwache Brust. Als Kind hatte er Bronchitis, und für so was war er anfällig. Für ihn war es viel schlimmer als für den Rest. Er hätte eigentlich gar nicht ins Studio zurückgehen sollen, aber er war so furchtbar gewissenhaft und wollte kein Engagement abbrechen, für das er bezahlt wurde.«

»Wusste Hitch, dass er krank war?«

»Natürlich. Ein paar von den anderen haben gesagt, er soll ein Double einsetzen, und es haben sich sogar ein paar Leute vom Filmstab angeboten, aber Hitchcock wollte nichts davon hören. Er ist einfach mit seinem geliebten Film weitergewalzt, und es war ihm egal, wem er dabei Schaden zufügte.«

Hatte es sich wirklich so zugetragen? Oder war der Schauspieler einfach entschlossen gewesen, seine Rolle zu spielen, und hatte sämtliche Bedenken aus Stolz oder Sturheit abgeschüttelt? Dem Regisseur erzählt, er sei gesünder, als er es wirklich war? Beides schien möglich, und Josephine vermutete, dass die Wahrheit irgendwo in der Mitte lag, doch Trauer und Wut machten es Lee unmöglich, über ihre Version der Geschehnisse hinauszusehen. Josephine dachte an den Vorabend zurück. »Waren Ihr Vater und Hitchcock wirklich miteinander befreundet?« Alma hatte aufrichtig geklungen, als sie über den Kummer ihres Mannes angesichts Melrose' Tod gesprochen hatte, und in Josephines Erfahrung sagte sie nur selten Dinge, die sie nicht meinte.

»Ja, sie kannten sich schon seit Jahren, noch aus Gainsborough-Tagen. Wie gesagt, mein Vater hatte einen tollen Sinn für Humor und war zu allen Schandtaten bereit, und genau das gefiel Hitchcock an ihm. Er spielt ja selbst gern Streiche, und mein Vater war einer der wenigen, die ihm in der Hinsicht das Wasser reichen konnten.« Josephine hatte die eine oder andere Nummer Hitchcocks aus nächster Nähe miterlebt, und sein Sinn für Humor stützte sich für ihren Geschmack zu sehr auf Grausamkeit und Demütigung, doch sie schwieg, um nicht versehentlich ein Urteil über Melrose abzugeben. »Er hat meinen Vater zu Tode geschunden«, sagte Lee ungläubig, als hätte sie es selbst noch nicht ganz begriffen. »Und wissen Sie, was mich am meisten mitnimmt? *Jamaica Inn* war Hitchcock völlig egal. Er wollte es nur zu Ende bringen, damit er das Land verlassen konnte, und ich kann den Gedanken nicht ertragen, dass mein Vater für etwas geopfert wurde, das so wenig zu bedeuten hatte.«

Das stimmte, zumindest soweit Josephine es von Marta mitbekommen hatte: Mit *Jamaica Inn* hatte Hitchcock seinen Vertrag in England erfüllt, und der Umzug stand ihm frei. »Haben Sie schon mal daran gedacht, richtig mit den beiden darüber zu sprechen?«, fragte sie. »Oder zumindest mit Alma? Sie ist sehr vernünftig, und ich glaube, wenn Sie ohne Glas in der Hand auf sie zukämen, würde sie Sie bestimmt anhören.«

»Damit sie alles wegerklären und mir weismachen kann, es wäre nur ein tragischer Zufall gewesen? Dass zwischen dem Ende der Dreharbeiten und dem Tod meines Vaters ein Jahr gelegen hat und deswegen unmöglich ein Zusammenhang bestehen kann?«

»Nein, damit Sie aussprechen können, was Ihnen auf den Herzen liegt. Vielleicht könnten Sie so etwas Frieden finden.«

»Wer hat behauptet, dass ich mir Frieden wünsche? Was nützt das meinem Vater?« Sie war lauter geworden, und mehrere Blicke richteten sich auf sie. Josephine wünschte, sie hätte auf ihre Vernunft statt auf ihre Neugier gehört, und überlegte fieberhaft, wie sie der Konfrontation am einfachsten entgehen könnte, doch Lee schien fest entschlossen, ihr offenes Ohr zu nutzen. »Die Hitchcocks glauben, ich mache so einen Krawall, weil ich sie verklagen will«, fuhr sie leiser fort. Josephine war überrascht – sie wäre nie auf den Gedanken gekommen, dass das Thema schon vorm gestrigen Abend zur Sprache gekommen sein könnte. »Sie glauben das wahrscheinlich auch, aber es geht mir nicht ums Geld, wirklich nicht.«

»Worum denn dann?«

»Sie sollen leiden«, erwiderte Lee, ohne zu zögern. Dabei klang sie so losgelöst und entschlossen, dass Josephine nicht daran zweifelte, dass sie womöglich bereits einen Plan hatte und dazu imstande war, ihn in die Tat umzusetzen. »Sie sollen verstehen, wie sich so ein Verlust anfühlt.«

»Und das hätte Ihr Vater sich gewünscht? Das würde ihn stolz machen?« Der Schlag war billig, doch er saß. Josephine nutzte die plötzliche Stille und stand auf. »Bitte quälen Sie sich nicht so«, sagte sie freundlich. »Und nein, damit schlage ich mich nicht auf die Seite der Hitchcocks, ganz und gar nicht. Ich kann gut nachvollziehen, weshalb Sie so wütend sind, aber Sie können die Erinnerung an Ihren Vater auch anders weiterleben lassen, und zwar so, wie es zu seinem Leben gepasst hätte.« Sie lächelte. »Den Namen, den Sie so sehr hassen, zum Beispiel – den müssen Sie nicht behalten. Lee Melrose klingt sehr hübsch, finde ich.«

Sie ging davon, bevor Lee etwas darauf erwidern konnte, um sich in ihrer Kabine für das Mittagessen umzuziehen. Das Schiff kam ihr mit einem Mal viel kleiner vor, voll von potenziellen Konflikten, die nichts mit dem Krieg zu tun hatten, und sie war froh, dass sie den Nachmittag überstand, ohne Lee oder den Hitchcocks zu begegnen. Sie beschloss, den großen Speisesaal am Abend zu meiden, und buchte stattdessen einen Tisch im Verandah Grill, doch offenbar hatte Alma die gleiche Idee gehabt, denn sie saß mit ihrer Mutter und ihrer Tochter an einem Tisch in der Mitte des Restaurants. Da die Räumlichkeiten hier beengter waren, blieb Josephine keine Wahl, als sie zu begrüßen. Sehr zu ihrer Erleichterung waren die drei allerdings bereits bei der Nachspeise und luden sie nicht ein, sich zu ihnen zu setzen. »Es tut mir leid, was gestern Abend passiert ist«, sagte Alma, nachdem sie ein paar Nichtigkeiten über den Tagesverlauf ausgetauscht hatten. Sie drehte den Kopf leicht zur Seite, sodass ihre Mutter sie über die Musik hinweg nicht würde hören können. »Ich weiß ja, dass sie trauert, aber dieses Verhalten war unmöglich.«

Zum zweiten Mal innerhalb weniger Stunden hatte Josephine nun eine Entschuldigung erhalten, die eigentlich nicht nötig gewesen wäre. »Machen Sie sich um mich bitte keine Gedanken. Es war nicht Ihre Schuld, und ich habe es sowieso schon wieder vergessen.«

»Merkwürdig, dass sie den Aufstand ausgerechnet jetzt anzettelt.« Damit meinte sie vermutlich, dass kurz nach dem Tod ihres Vaters der natürlichere Zeitpunkt gewesen wäre. »Unser Umzug nach Amerika hat viel Aufmerksamkeit auf sich gezogen und macht Hitch zu einem leichten Ziel. Wahrscheinlich will sie seinen Erfolg ausnutzen und ein bisschen Geld aus uns rausholen.« Die Aussage lag dem Drehbuch so nahe, das Lee Hessel für Alma verfasst hatte, dass Josephine nur mit Mühe einen ungerührten Gesichtsausdruck wahrte. »An ihren Vorwürfen ist nichts dran«, fügte Alma hinzu und sah sie durchdringend an. »Hitch ist nicht so herzlos, wie sie behauptet. Er nutzt niemanden aus, und wenn er gewusst hätte, dass Williams Gesundheit gefährdet ist, hätte er Rücksicht darauf genommen. In jedem Fall ist es jetzt ein Jahr her, da kann unmöglich eine Verbindung bestehen.«

»Ich bin mir sicher, dass sich ihr Zorn mit der Zeit legen wird«, erwiderte Josephine. Sie fragte sich, wen Alma eigentlich überzeugen wollte. »Wie Sie schon sagten, die Trauer stellt die seltsamsten Dinge mit einem an. Mit ein bisschen Glück können Sie ihr den Rest der Reise über aus dem Weg gehen.«

»Vielleicht, aber Hollywood ist klein.« Sie schob den Teller mit dem unangetasteten Nachtisch von sich. »Wir wollen Sie jedenfalls nicht länger vom Abendessen abhalten, und ich erwarte einen Anruf von Hitch. Pat sagt ihrem Papa so gerne Gute Nacht, und wenn er ein bisschen Zeit mit seiner Familie bekommt, ist er für die Dreharbeiten morgen auch besser gelaunt. Manchmal glaube ich, dass wir nur deswegen noch nicht den Verstand verloren haben.«

Sie nahm ihre Tochter bei der Hand, und während Josephine ihnen nachblickte, keimte ein Gedanke in ihr auf, der ihr einen Stich versetzte. Falls Lee Hessel den Hitchcocks tatsächlich Leid zufügen wollte, böte die enge Familienbande der Hitchcocks ein leichtes Ziel. Sie schauderte, als könnte bereits der Gedanke an sich die Tat herbeiführen. Sollte sie Alma morgen vor Lees Worten warnen? Sie wollte ihr keine unnötigen Sorgen bereiten, doch wenn sie den Mund hielt und Patricia etwas zustieße, würde sie es sich nie verzeihen.

Ihr Tisch stand am Fenster und bot einen spektakulären Blick auf den Sonnenuntergang, und nach den unschönen Vorgängen des Tages wirkte die Einsamkeit heilsam. Das Restaurant war gleichzeitig exklusiv und formlos, und die Architekten hatten sich an der Atmosphäre eines Nachtclubs orientiert. Es gab Cocktails, Tanz und gutes Essen. Sie hatte sich bereits in die Kunst an Bord verliebt, eine reichhaltige Gemäldesammlung von Künstlerinnen und Künstlern wie Vanessa Bell, Cedric Morris und Bertram Nicholls, dessen Darstellungen des ländlichen Sussex sie nur zu gerne ein Plätzchen bei sich zu Hause eingeräumt hätte. Die Ausstattung hier war theatralischer – ausladende, farbenprächtige Leinwände von Doris Zinkeisen, mit der Josephine persönlich bekannt war –, und auf einmal fühlte sie sich wie zu Hause.

Sie nippte an ihrem Martini und schaute auf das Meer hinaus, wobei sie sich die Augen mit der Hand beschirmte, um sie vor der untergehenden roten Sonne zu schützen, die ihren Griff um den Tag nur widerwillig zu lösen schien. Fast die halbe Strecke lag inzwischen hinter ihnen, und das Nichts, das sie umgab, flößte ihr immer noch Ehrfurcht ein. Der unermessliche Atlantik, der sich ringsum in die Ferne erstreckte, ermöglichte den Glauben, die Reisenden an Bord seien die einzigen Menschen auf Erden. Heute allerdings war da etwas, ein verschwommener, dunkler Fleck am Horizont, der deutlicher hervortrat, während die Sonne an Kraft verlor. Nach und nach zeichneten sich die Umrisse eines Schiffes ab, und Josephine bemerkte, wie die Gespräche ringsum erstarben. Sie waren schon mehreren Schiffen begegnet, aber dieses hier bewegte sich nicht, sondern schien auf sie zu warten. Während sie darauf zusteuerten, endete die Musik, und eine unheilvolle Stille legte sich über den Raum.

Ein paar Gäste, die in der Mitte des Restaurants saßen, standen auf, um besser aus den Fenstern schauen zu können. Eine Dame bot Josephine ihr Fernglas an, um sich dafür zu entschuldigen, wie nah sie bei ihr stand. Josephine richtete den Blick auf den Horizont, konnte jedoch keinerlei Kennzeichnung an dem fremden Schiff ausmachen. Als endlich jemand den Mut gefasst hatte, den gemeinsamen Gedanken auszusprechen, war es fast schon eine Erleichterung. »Das ist ein deutsches Schlachtschiff, oder?«, fragte ein Mann ernst. »Ich hatte gehört, dass sie ganz in der Nähe sind, aber ich habe es nicht geglaubt.« Ein Gerücht nährte das nächste, und zu ihrem Entsetzen erfuhr Josephine, dass vor der Küste Schottlands bereits ein britischer Kreuzer unter Beschuss geraten war, was über einhundert Menschen das Leben gekostet hatte. Nie im Leben hätte sie sich ausgemalt, dass ihre Familie so schnell in Gefahr geraten könnte; allgemein herrschte die

Ansicht, die unmittelbare Bedrohung beträfe London und den Südosten Englands. Sie dachte an ihre Schwester Jane, die mit einem Marineoffizier verheiratet war; sie wurde sicher wahnsinnig vor Sorgen. Ihre Beziehung war insbesondere in den letzten Jahren nicht einfach gewesen, aber nun war Josephine im Herzen bei ihr und verfluchte den Abstand zwischen ihnen.

Zum ersten Mal, seit sie die *Queen Mary* betreten hatte, spürte sie deutlich, wie das Schiff den Kurs änderte. Ganz offenbar befanden sie sich ernstlich in Gefahr, und am deutlichsten war es an den Kellnern zu spüren. Ihre Disziplin hatte einen Riss bekommen, und sie tauschten nervöse Blicke aus, konnten die Illusion nicht länger aufrechterhalten, dass die Gäste das Einzige waren, das eine Rolle spielte. Von der anderen Seite des Restaurants ertönte ein Ruf, und sämtliche Passagiere bewegten sich zu den gegenüberliegenden Fenstern, Josephine eingeschlossen. Sofort sah sie ein zweites, anscheinend identisches Schiff ein Stück weiter entfernt als das erste. »Sie haben uns umzingelt«, sagte jemand. »Die Schweine.«

Allein das Schimpfwort wies auf die unterschwellige Panik im Raum hin, und Josephine empfand die kollektive Gefasstheit angesichts der Krise gleichzeitig ermutigend und bemerkenswert. Der Oberkellner – sein Gesicht so weiß wie sein Hemd – nahm die Situation in die Hand und schickte diskret jemanden davon, der herausfinden sollte, was vor sich ging. Das Warten auf Neuigkeiten fühlte sich endlos an, und die Gedanken, die Josephine durch den Kopf geisterten, waren willkürlich und beunruhigend. Sie war Angst gewohnt, doch das hier unterschied sich von allem, was sie bisher erlebt hatte, und zum ersten Mal wurde ihr klar, wie viele komplizierte Gefühle sich in dem einen schlichten Wort vereinten. Das erste Mal hatte Josephine am Krankenbett ihrer Mutter Furcht verspürt, während sie sie durch die letzten Tage ihrer Krebserkrankung begleitete und entsetzliche Angst davor hatte, was der Verlust bedeuten würde; sie hatte sich vor ihrer Liebe zu Marta gefürchtet – fürchtete sich immer noch, auch davor, was die Leute denken und was es für eine Schande über ihre Familie bringen würde, wenn jemand außerhalb ihres engsten Freundeskreises je davon erführe; sie hatte hilflos zusehen müssen, wie Archie angeschossen wurde, und sie selbst hatte einer Schusswaffe in den Lauf geblickt. Und dann war da natürlich noch der letzte Krieg, bei dem sie um einen geliebten Menschen gefürchtet hatte – und zu Recht, wie sich herausstellen sollte. Damals hatten die Kampfhandlungen sich weit entfernt angefühlt, und sie waren zu Hause wohlbehütet gewesen, wie Kinder, die ein Spiel spielten, dessen Regeln sie nicht richtig verstanden und dem sie eigentlich nicht zusehen durften. Diesmal fühlte sich die Angst jedoch anders an – roh und instinktiv saß sie tief in ihrer Magengrube, konfrontierte sie mit ihrem eigenen Tod, mit dem sie sich überraschenderweise bislang noch nie wirklich hatte befassen müssen. Sie sah sich um und fragte sich, wie viele andere Leute wohl noch über das dunkle, kalte Wasser nachdachten und sich dabei entsetzlich unvorbereitet fühlten, weil sie noch so viel zu sagen und zu tun hatten.

»Alles gut, die gehören zu uns.« Ein Kellner stand mitten im Restaurant und rang nach Atem. »Der Kapitän sagt, keine Panik. Das ist die verdammte Royal Navy.«

Es blieb unklar, ob der letzte Satz ein direktes Zitat war oder er ihn selbst ausgeschmückt hatte, doch es interessierte niemanden. Ein Jubelschrei ging durch den Raum, und dem Kellner wurde auf den Rücken geklopft, als wäre er persönlich für den Glücksfall verantwortlich, der die Schiffe überhaupt erst hatte erscheinen lassen. Aus dem Nichts tauchten mehrere Flaschen Champagner auf, und plötzlich war das Restaurant voll von Gelächter und knallenden Korken. Die Atmosphäre war seltsam, ebenso fiebrig wie die Beklommenheit wenige Augenblicke zuvor, und erinnerte Josephine an die Monate nach dem Kriegsende, in denen sich jegliches Vergnügen viel intensiver, viel kostbarer angefühlt hatte, da es nicht mehr als selbstverständlich hingenommen wurde. Fremde gingen von Tisch zu Tisch, redeten lange über das Abendessen hinaus, und niemand – darunter auch sie – schien ins Bett gehen zu wollen. Schlag Mitternacht wurden die Tische gänzlich beiseitegeräumt, und eine Kapelle spielte auf. Sie tanzten bis in die frühen Morgenstunden.

4

Marta hatte sich nicht lange in Culver City aufhalten müssen, um zu verstehen, warum genau Hitchcock hierhergezogen war und sein Vertrauen – und seine Karriere – in die Hände von Selznick International Pictures gelegt hatte. Selznick war ein unkonventioneller Produzent, und er und Hitch hatten sich monatelang den Hof gemacht, bevor der Vertrag unterzeichnet wurde, hatten die Grenzen und die Ernsthaftigkeit des jeweils anderen ausgelotet und ihre offensichtlichen Differenzen gegen den potenziellen Wert füreinander abgewogen, bevor sie einhellig beschlossen, dass sich das Risiko lohnen würde. Die berufliche Beziehung war bislang nicht einfach verlaufen, und Marta bezweifelte, dass sich daran je etwas ändern würde, doch das Studio war der Inbegriff an Qualität, und Hitch würde sich mit den meisten Dingen abfinden, sofern es der Integrität eines Films dienlich war.

Bei ihrem ersten Besuch auf dem Gelände hatten ihr die Kulissen für *Rebecca* den Atem verschlagen, und es stand außer Frage, dass es Hitchcocks bester Film werden würde. Der scheinbar grenzenlose Einfallsreichtum der Bühnenbildner und Spezialeffekt-Abteilung hatte eine Welt ins Leben gerufen, die in England nicht möglich gewesen wäre – ein Fantasieanwesen, das vor Atmosphäre strotzte, unverwüstliche Mauern und eine Mischung aus Baustilen, die den Eindruck erweckte, das Gebäude hätte sich im Laufe der Jahrhunderte entwickelt und nicht innerhalb weniger Wochen. Die Innenräume waren feindselig, verwirrend und beengend, wie aus einem Schauerroman, und spiegelten auf geniale Weise den Geisteszustand der Heldin wider. Anhand des Drehbuchs und der paar Szenen, die bereits im Kasten waren, hatte Marta erkannt, dass die Isolation Manderleys eine zentrale Rolle spielen würde. Bei Dreharbeiten an einem echten Schauplatz wäre die Verlockung groß gewesen, die Landschaft rings um das Haus zu zeigen – die Feldwege und umliegenden Dörfer, die nächste Marktstadt –, und die mysteriöse Stimmung wäre sofort verloren gegangen. Auf diese Weise hingegen, künstlich und ohne Kontext, blieb der Heldin niemand, an den sie sich wenden, kein Ort, an den sie flüchten konnte.

Heute wurde die Kulisse für den Speisesaal Manderleys verwendet. Der Filmstab, von dem anscheinend nichts zu viel verlangt war, hatte anhand englischer Auktionskataloge teuer aussehende Antiquitäten und Gemälde erschaffen. Im steinernen Kamin prasselte ein Feuer, das der Strenge des Raums jedoch nichts anhaben konnte, genauso wenig wie der hochflorige cremefarbene Teppich, auf dem Tisch und Stühle platziert waren. Die Türen und der Kamin waren auf klassische Art und Weise verziert und standen so in überzeugendem Kontrast zu der ansonsten schaurigen Atmosphäre des Hauses, und von den Wänden schauten Ahnenporträts auf sie herab – wobei niemand wusste, um wessen Ahnen es sich eigentlich handelte. Hitchcock liebte Blumen, und es war eine von Martas ersten Aufgaben gewesen, ihm zwei Mal die Woche Sträuße nach Hause und ins Büro liefern zu lassen. Hier jedoch wurden sie als Waffen verwendet. Zwei gigantische Gestecke warfen zornige Schatten auf die Wand rechts und links der Doppeltür. Direkt gegenüber schufen zwei große Urnen Symmetrie, und Marta fragte sich, ob sie die Kulisse wohl überinterpretierte, wenn sie darin Rebecca jeweils lebendig und tot sah. Die Bedrohung war jedenfalls deutlich spürbar, und es fehlte lediglich der charakteristische, leicht moderige Duft eines alten Herrenhauses.

Joan Fontaine saß wie ein scheues Reh am Ende des langen Esstischs und wirkte in dem ausladenden Raum winzig klein, was zusammen mit der Anspannung im Studio dazu führte, dass sie aussah wie ein unbeholfenes, verängstigtes Kind. Sie filmten eine Szene vom Vortag neu, diesmal mit Dialogen, die Selznick höchstpersönlich verfasst hatte, und die Verzögerung trug nicht gerade zur Stimmung bei. Fontaine zuckte bei jedem bösen Wort zusammen, ob es nun im Drehbuch stand oder nicht, und Marta fiel auf, wie müde sie wirkte. Die zwölfstündigen Arbeitstage hinterließen langsam ihre Spuren – ausgedehnte Dreharbeiten, dazu Kostümproben und Kameratests –, und die Gespräche der erfahreneren Mitwirkenden drehten sich regelmäßig darum, dass Fontaine den Anforderungen offensichtlich nicht gewachsen sei, wofür sie kaum Verständnis zeigten. An diesem Vormittag musste schon viel zu oft nachgedreht werden, und Marta sah zu, wie ein Mitarbeiter das Feuer anfachte und die Kerzen in den reich verzierten Silberständern austauschte, die den Esstisch dominierten und den frisch vermählten de Winters das Gespräch erschwerten. Die Kerzen waren heute bereits vier oder fünf Mal ersetzt worden; wenn Hitchcock nicht bald zufrieden wäre, wäre in kürzester Zeit das halbe Budget in Rauch aufgegangen.

Doch dieses Mal verhaspelte sich Olivier. Fluchend schlug er mit der Hand auf den Tisch, sodass das Besteck klirrte, und vor Martas innerem Auge blitzte eine unschöne Erinnerung an ihre Kindheit auf. Dank ihres herrischen Vaters und ihrer pflichtbewussten Mutter hatte sie stets Angst davor gehabt, bei Tisch den Mund zu öffnen, um nicht versehentlich das Falsche zu sagen. Fontaine schien noch tiefer in ihrem Stuhl zu versinken, als hätte der Geist Rebeccas höchstpersönlich sich zu ihnen an den Tisch gesellt.

»Schnitt!« Manche Regisseure gingen auf und ab, andere gestikulierten, doch Hitchcock verließ seinen Stuhl nur selten, wenn er eine Szene einmal durchgesprochen hatte. Die nötige Autorität strahlte er durch seine stille Überzeugung aus. »Das versuchen wir noch mal.« Er lächelte seine Hauptdarstellerin geduldig an. »Aber erst nach einer kurzen Pause.« Er warf einen Blick zu seiner Sekretärin, die ihm gerade eine Nachricht überbracht hatte. »Ein kleiner Vogel hat mir soeben gezwitschert, dass unser werter Produzent auf dem Weg hierher ist.«

Die Sekretärin runzelte die Stirn – anscheinend hatte die Warnung Hitchcock zum Weiterarbeiten animieren sollen. Fontaine wirkte erleichtert angesichts der Pause, doch Olivier blickte finster drein. »Müssen wir das wirklich in die Länge ziehen?«, fragte er. »Verdammt noch mal, Hitch, sorg einfach dafür, dass die Kleine ihren beschissenen Text aufsagt.«

Hitchcock gluckste vergnügt und war anscheinend bestens gelaunt. So war es immer: Zu Anfang eines neuen Films strahlte er jedes Mal, unabhängig davon, welche Probleme auftraten. »Pass nur auf, alter Knabe«, rügte er mit erhobenem Zeigefinger. »Joan ist frisch verheiratet. Bring sie nicht in Verlegenheit.« Damit war nicht ihre Rolle gemeint – Fontaine hatte kurz vor Beginn der Dreharbeiten geheiratet und ihre Flitterwochen unterbrochen, als sie die Zusage erhielt, und jetzt, mit nur einundzwanzig, befand sie sich in der wenig beneidenswerten Position, sich nicht nur zu Hause, sondern auch im Studio an das Leben als Frischvermählte gewöhnen zu müssen.

Da schien Oliviers Interesse geweckt, und er musterte sie. »Ach ja? Wer ist der Kerl?«

Marta hoffte, sie würde ihn daran erinnern, dass es ihn nichts anginge, doch das tat sie natürlich nicht. »Brian Aherne«, sagte sie. »Wir haben uns bei –«

»Aherne?« Olivier schnaubte verächtlich. »Mehr war nicht drin?«

Den Kommentar hatte er im Davongehen so vernichtend über die Schulter geworfen, dass Mrs Danvers höchstselbst stolz auf ihn gewesen wäre. Schon an guten Tagen war Oliviers Selbstgewissheit einschüchternd, und es half nicht, dass er immer noch darüber grollte, dass eine so unerfahrene Schauspielerin seine Geliebte im Rennen um die begehrteste Rolle Hollywoods ausgestochen hatte. Jeder anderen Kollegin gegenüber hätte er sich genauso aufgeführt, doch für Joan Fontaine war das kein Trost. An ihrer niedergeschlagenen Miene erkannte Marta sofort, was für eine verheerende Auswirkung die Worte hatten: Hollywood war ein kleiner, flatterhafter Ort, an dem ein Ruf in Sekundenschnelle aufgebaut oder zerstört werden konnte, und Marta sah förmlich, wie Fontaine der Stolz mitsamt ihrer Farbe aus dem Gesicht wich. Nach dieser öffentlichen Demütigung würde Fontaine ihren Mann wohl nie wieder mit denselben Augen sehen. Marta hätte darauf gewettet, dass die Ehe innerhalb von fünf Jahren scheitern würde.

»Was mache ich falsch?« Fontaine hatte sich an Hitchcock gewandt, und Marta musste sich in Erinnerung rufen, dass die Kameras stillstanden und es sich nicht um Mrs de Winter handelte, die hier um Rat für ihre neue Position in Manderley bat. Vom ersten Augenblick an wollte Fontaine unbedingt beweisen, dass sie die Rolle nicht umsonst bekommen hatte, und Hitch hatte bereits viel Zeit damit verbracht, sie bei der Hand zu nehmen und ihre Darbietung zu formen, hatte ihr genauso geduldig erklärt, was er von ihr benötigte, wie er es mit Nova Pilbeam während der Dreharbeiten zu *Jung und unschuldig* getan hatte. Sie fühlte sich offenbar ausgeschlossen, wozu ihre Besetzung in letzter Sekunde sicher beigetragen hatte; aus diesem Grund war sie weniger mit dem Drehbuch vertraut als der Rest des Filmstabs. Marta fragte sich, weshalb diese entscheidende Szene so früh gefilmt wurde, bevor sich Fontaine mit der Rolle hatte vertraut machen können, während die anderen so lange an Szenen arbeiteten, in denen sie nicht vorkam. Offensichtlich spielte es Hitchcock in die Hände, dass sie so unbeholfen und verletzlich war wie die zweite Mrs de Winter, doch es grenzte sie nur noch mehr von den anderen Schauspielern ab, die sich gegenseitig in ihren Garderoben besuchten und Theatergeschichten austauschten, zu denen sie nichts beisteuern konnte, selbst wenn man sie eingeladen hätte. Marta erinnerte es unangenehm an eine Neue in der Schule, die unbedingt dazugehören wollte, mit jedem

Anpassungsversuch jedoch die eigenen Unzulänglichkeiten unterstrich.

Fontaine sah ernst zu Hitchcock, wiederholte ihre Frage und wartete auf einen Ratschlag, der sie auf wundersame Weise dazugehören lassen würde. Sie war enttäuscht, aber kaum überrascht, als er genau das Gegenteil tat und sich damit als ihr einziger Freund beim Dreh positionierte. »Achten Sie nicht auf Larry, Liebes, oder auf die anderen. Die können Sie vielleicht nicht leiden und wollen Sie am liebsten wieder loswerden, aber denen werden wir schon das Gegenteil beweisen, das verspreche ich Ihnen.« Sein skrupelloses Gegeneinanderausspielen zeigte bereits den gewünschten Effekt. Fontaines mangelndes Selbstbewusstsein trug ironischerweise zu ihrer Darbietung bei, was Hitchcock sicher nicht entgangen war, und er würde es sich zunutze machen, bis Fontaine nicht mehr wüsste, wo sie aufhörte und die nervöse, paranoide Mrs de Winter begann; wenn es eine Sache gab, die Alfred Hitchcock instinktiv begriff, dann Unsicherheit. »Jetzt gehen Sie sich mal zehn Minuten sammeln, und dann kriegen wir das in den Kasten«, schlug er freundlich vor. »Denken Sie einfach daran, was wir geprobt haben, damit machen Sie nichts falsch.«

Fontaine nickte und machte sich auf den Weg zu ihrer Garderobe. Marta wäre ihr am liebsten gefolgt, um ihr Beistand zu leisten, doch Hitch legte ihr eine Hand auf den Arm. »Bleib, wo du bist, wir müssen noch ein paar Sachen besprechen. Miss Schiller kümmert sich um Joan.« Er lächelte die Dramaturgin, die ganz in der Nähe saß, süßlich an. Er hatte rasch herausgefunden, dass Lydia Schiller Selznicks Spionin beim Dreh war und ihm täglich

Bericht erstattete, wobei sie sofort Alarm schlug, wenn Hitchcock auch nur vom geringsten kreativen Detail abwich, auf das sie sich geeinigt hatten. Hitchcock konnte es nicht ausstehen, eine Verräterin in den eigenen Reihen zu haben: Loyalität war für ihn eine Grundvoraussetzung, und jeder, der sich ihm nicht bedingungslos unterwarf, würde es nicht leicht haben. Schiller verzog missmutig das Gesicht, da sie offensichtlich nicht das Kindermädchen geben wollte, folgte Fontaine jedoch widerwillig.

Fast unmittelbar darauf tauchte ihr Chef auf. Marta spürte Hitchs Anspannung, als Selznick die Kulisse betrat und hier und da ein paar Worte mit seinen Leuten austauschte. Auch äußerlich unterschieden sich die beiden Männer: Selznick war groß und korpulent, trug eine Brille mit kleinen, runden Gläsern und eine ernste Miene, die ihn gelehrtenhaft wirken ließ; seine Kleidung war wie stets teuer, aber zerknittert – sein Dreiteiler sah aus, als hätte er darin geschlafen, was vermutlich stimmte. »Wieso laufen die Kameras nicht?«, fragte er ohne weitere Umstände und sah Hitchcock vorwurfsvoll an.

»Kleines Problem mit den Schauspielern. Nichts Wildes, aber sie machen gerade ein Päuschen.«

»Ach ja? Als ich gestern hier war, hatten Sie gerade ein kleines Problem mit den Kameras. Ich dachte, heute wird vielleicht mal etwas gearbeitet.«

Hitch zuckte hilflos mit den Schultern, als könnte er nicht das Geringste dafür. »Morgen vielleicht? Aller guten Dinge sind drei.«

Marta unterdrückte ein Lächeln und machte es sich bequem. Die regelmäßigen Wortgefechte zwischen den beiden Hauptverantwortlichen waren genauso unterhaltsam wie mitunter das Filmmaterial vom Vortag. Für Hitchcock war es ein furchtbarer Schock gewesen, dass Produzenten in Amerika nicht nur eine finanzielle, sondern auch eine kreative Rolle spielten, und sie würde nie seine empörte Reaktion vergessen, als eine Assistentin ihn am ersten Drehtag darüber informierte, dass Selznick sehen wolle, wie die Szene aufgebaut worden war, bevor sie gedreht wurde. Von da an hatte er mit sämtlichen Tricks unter der Sonne dafür gesorgt, dass die Kameras jedes Mal stillstanden, wenn sie Besuch von Selznick bekamen. Der Studioboss wusste zwar, dass er zum Narren gehalten wurde, hatte jedoch bislang nichts daran aussetzen können. Er lernte rasch, dass Hitchcock den Regisseuren, die er in der Vergangenheit engagiert oder gefeuert hatte, in nichts glich – er hatte sich vielleicht bei Streitfragen über das Drehbuch durchgesetzt, doch in Sachen Dreharbeiten lag Hitch weit vorn. »Und Sie arbeiten mit dem neuen Text?«, fragte er und gestikulierte Richtung Esstisch. Hitchcock nickte. »Gut. Ich hoffe, diesmal stimmen die Bediensteten. Ich dachte, ihr Engländer kennt euch mit so was aus. Da habe ich schon in Wohnungen in Brooklyn bessere Butler erlebt.« Er zog einen Stuhl heran und ließ sich darauf fallen. »Ich hatte mir gestern Abend etwas Zeit frei gehalten, um die Aufnahmen durchzusehen, aber damit war ich schnell durch. Mehr gibt es nicht an Material?«

»Ich habe gedreht, was ich drehen musste«, erwiderte Hitchcock. »Nicht mehr und nicht weniger.« Mit der Antwort ging er etwas in die Defensive – womöglich lag es daran, dass es sich um eine Halbwahrheit handelte, die Spielraum für Interpretation ließ. Bislang hatte er lediglich die Einstellungen gefilmt, die er für nötig hielt – keine halbnahen oder großen Aufnahmen, die es Selznick ermöglicht hätten, in den Film einzugreifen. Diese Strategie, am längeren Hebel zu bleiben, hatte sich als höchst effektiv erwiesen. Zwar war das Vorgehen riskant, da es kein Sicherheitsnetz bot, doch Hitch war so sehr von seiner Vision überzeugt, dass er das Risiko bereitwillig einging. Außerdem wusste er, dass Selznick zu viel mit dem Schnitt von *Vom Winde verweht* zu tun hatte, um sich großartig zu wehren. »Sie werden alles bekommen, was Sie brauchen«, wiederholte er und war offenbar zu einer wortreichen Verteidigung bereit, doch Selznick winkte ab.

»Mit Ihrem verdammten Gehackstückel freunde ich mich nicht mehr an«, sagte er. »Aber wir müssen über das Tempo reden. Die Sache braucht mehr Geschwindigkeit, Hitch. Wieso ist Olivier die ganze Zeit so langsam? Er soll über einen Ball nachdenken und nicht als Präsident kandidieren. Und Sie lassen ihn den Text wegnuscheln. Ich weiß ja, dass das jetzt modern ist, aber das amerikanische Publikum wird ihn nicht verstehen, und auf lange Sicht wird ihn das teuer zu stehen kommen. Hier stimmt überhaupt nichts, verdammt noch mal.«

Marta hatte nur wenige Gespräche der beiden mitbekommen, doch ihr fiel auf, wie unverblümt sich Selznick ausdrückte, während Hitch mit diplomatischem Feingefühl vorging, um sich in den ihm wichtigen Fragen durchzusetzen. »Ich spreche mit Larry darüber.« Er war zu diesem Kompromiss bereit, weil er sich davon die Oberhand in der nächsten Streitfrage erhoffte. »Wir legen einen Zahn zu.«

»Gut. Im Zweifel ist mir ein zu hohes Tempo lieber. Abgesehen von Danvers natürlich, sie spricht langsamer als der Rest.«

»Ich erinnere mich.«

»Ich habe gehört, dass Sie die Schauspieler herumstehen lassen, während die Kameraleute sich bereit machen?« Hitchcock warf einen mürrischen Blick zum unbesetzten Dramaturgenstuhl. »Dann muss der ganze Stab warten, während die Schauspieler proben. Ist das Ihre Vorstellung von Effizienz? Sie können doch sicher beides gleichzeitig machen.«

»Ich kann nicht proben, während die Beleuchtung eingestellt wird. Der Lärm stört die Schauspieler.«

»Dann machen Sie es eben irgendwo am Rand, um Himmels willen. Wir hinken jetzt schon hinter dem Zeitplan her, und wir sind gerade mal in der ersten Woche.«

Hitchcock war blauäugig gewesen, was die Überwachung seiner Arbeit in Hollywood anging. Täglich wurden im Studioprotokoll Anfang und Ende des Arbeitstages notiert, dazu die Anzahl der abgeschlossenen Drehbuchseiten und Filmminuten. In Verbindung mit dem ständigen Informationsfluss von seinen Leuten beim Dreh hielt Selznick ihn an einer kürzeren Leine, als Hitchcock es je erlebt hatte. »Wie Sie schon sagten, wir sind noch in den Anfangstagen.« Er schlug nun einen versöhnlicheren Ton an. »Wenn sich alles ein bisschen gelegt hat, geht es bestimmt flotter.«

»Schön. Da wäre nämlich noch ein Krieg, den es zu berücksichtigen gilt. Wenn sich alle verpflichten, bevor der Film im Kasten ist, haben wir den Salat.«

»Ich würde behaupten, Polen hat den größeren Salat.«

»So meinte ich das nicht, und das wissen Sie auch. Was die Verlobungsszene angeht – davon war ich sehr enttäuscht. Wir brauchen eine Nahaufnahme ihrer Reaktion. Sie muss mit der Antwort hervorplatzen, als ob es ihr etwas bedeutet. Da muss ein bisschen Gefühl rein, damit es sich anhört, als ob sie ihn auch wirklich heiraten will.«

»Sie meinten doch, ich solle mich mit ihr zurückhalten.«

»Ja, aber nicht ständig. Wenn es wirklich wichtig ist, darf sie nicht untertreiben, sonst hat der Film doch keine Abwechslung. Na los, Hitch – etwas mehr Jiddisches Kunsttheater, nicht so sehr englisches Repertoire.«

»Wenn Sie das sagen.«

»Ja, das sage ich. Es gibt keinen Grund, in der Szene vom Roman abzuweichen, sie ist perfekt. Schauen Sie sie sich noch mal an, ja? Ich will das Wort für Wort.« Die Anweisung, sich erneut dem Quellmaterial zuzuwenden, würde Hitchcock garantiert zur Weißglut treiben, dafür musste Marta ihn nicht einmal ansehen. »Haben Sie mein Memo bekommen?«, fragte Selznick.

»Welches?« Die Antwort kam wie aus der Pistole geschossen – Selznicks Memos waren berüchtigt, erstreckten sich manchmal über mehrere Seiten – doch Hitchcocks Sarkasmus war sorgfältig abgewogen, und er kam damit durch.

»Das von heute Morgen, über das Budget. Sie müssen sich mit den Kostümen zurücknehmen. Das hier ist kein Historiendrama, kümmern Sie sich drum.« Hitchcock nickte Marta zu, und sie machte sich einen Vermerk und hoffte, Selznick würde wieder nach oben gehen, aber er hatte noch ein letztes Anliegen. »Ich habe über die Schlussszene nachgedacht …«

Hitch wäre an einem Pokertisch bestens aufgehoben gewesen. »Ja?« Er sah Selznick unschuldig an, als wäre ihm nichts lieber als ein Ratschlag dazu, wie er einen Film beenden sollte, mit der er gerade erst begonnen hatte.

»Der Rauch vom Feuer muss über den Trümmern ein riesiges ›R‹ formen.«

Selznick vollführte eine enthusiastische Geste in der Luft und wirkte dabei ungewohnt theatralisch. Marta sah Hitchcock neugierig an, da sie wusste, wie vulgär und albern er dies fände. »Würde das nicht implizieren, dass Rebeccas Anwesenheit fortbesteht?«, gab er diplomatisch zu bedenken.

»Nicht unbedingt.«

»Aber es ist zweideutig. Ich dachte, wir wollten in den Schlussszenen genau das Gegenteil zum Ausdruck bringen.«

Es war schwer zu sagen, ob Selznick schon wusste, dass er geschlagen war. »Aber Sie denken darüber nach?«, beharrte er.

»Natürlich.«

»Wie weit sind wir mit den Zensoren?«

»Miss Fox kümmert sich darum.« Hitchcock warf Marta einen verschwörerischen Blick zu. »Wir haben gerade darüber gesprochen, als Sie zu uns gestoßen sind.«

Davon hörte Marta zum ersten Mal, doch sie nickte bekräftigend. »Genau, fast alles geklärt. Wir haben mehrere Möglichkeiten, wir müssen uns bloß für die beste entscheiden.«

»Gut. Und klären Sie das mit mir, bevor Sie irgendetwas entscheiden.«

»Machen wir das nicht immer?« Hitchcock zuckte

nicht mit der Wimper, bis Selznick verschwunden war, und wandte sich dann an Marta. »Die Möglichkeiten, aus denen wir wählen müssen …?«

»Habe ich mir ausgedacht.«

»Das habe ich befürchtet. Du warst allerdings sehr überzeugend, und das ist ein großer Schritt. Als du bei uns angefangen hast, hast du dich noch gegen die kleinste Notlüge gewehrt.«

»Ich hatte den besten Lehrer.«

»Das nehme ich als Kompliment.« Hitchcock seufzte tief. »Am besten besprechen wir das noch jetzt, bevor Davids Spitzel die arme Joan wieder aufgepäppelt hat.« Er griff nach seinem Drehbuch, das mit Anmerkungen und Skizzen für die geplanten Einstellungen übersät war; am Ende der Dreharbeiten würde Hitchcocks Drehbuchexemplar dem Skizzenbuch eines fahrenden Künstlers gleichen. »Wie ist der Stand mit dem Hays Office?« Mit der inoffiziellen Bezeichnung war die Zensurstelle gemeint.

»Wir haben gerade das bereinigte Drehbuch zurückbekommen, und es gibt zwei Hauptprobleme. Zum einen die Beziehung zwischen Rebecca und Mrs Danvers, oder, um es mit ihnen zu sagen, ›die unvermeidlichen Rückschlüsse auf sexuelle Perversion‹. Ich weiß wirklich nicht, wie wir das umgehen sollen, ohne es komplett zu streichen.«

»Davon geht die Welt nicht unter. Schade, aber das können wir auch anders zum Ausdruck bringen.« Daran zweifelte Marta nicht. Hitchcock war ein Genie, was Anspielungen und Atmosphäre anbelangte, und es war ihm ein Leichtes, die Zensoren zu überlisten; wenn er mit den Schlüsselszenen zwischen Judith Anderson und Joan Fontaine fertig wäre, würde das Publikum zweifelsfrei davon ausgehen, dass die Zuneigung der Haushälterin zu ihrer ersten Chefin alles andere als platonisch gewesen war. Doch selbst der erfahrenste Zensor würde keine Stelle finden, die herausgeschnitten werden müsste. »Den Spruch über die Nonnen würde ich nur ungern verlieren.«

Marta lächelte. »Ich werde mein Bestes geben.«

»Danke. Und ich schätze, das andere Problem ist Max' Schuld an Rebeccas Tod?«

»Genau. Falls wir uns an die Buchvorlage halten …«

»So wie David sich das wünscht.«

»… verstoßen wir gegen die Richtlinien, und der Film wird nie genehmigt. Max darf nicht mit dem Mord davonkommen, und im Buch schießt er Rebecca mitten ins Herz und bereut es kein bisschen.«

»Wenn es um den Mangel an Reue geht, können wir das anpassen. Ein paar Gewissensbisse hier und da, und wir zeigen, was in seinem Kopf vorgeht. Das könnte beim Publikum gut ankommen – ein gut aussehender, gepeinigter Mann, der unter seinem Gewissen leidet, bis ihn die Liebe einer unschuldigen Frau erlöst.«

»Das habe ich schon versucht.«

»Und was haben sie dazu gesagt?«

»Dass er trotzdem noch ein Mörder ist und bestraft werden muss.«

»Ich werde nie verstehen, wieso Mord in Hollywood als so niveaulos gilt. Verbrechen sind nicht der zweitklassigen Literatur vorbehalten, genauso wenig wie Tragödien.«

»Da bin ich ganz deiner Meinung, aber im Publikum wird es auch solche geben, die Hays unterstützen. Es darf einfach nicht danach aussehen, dass wir den Mord an Rebecca gutheißen.«

»Sie wäre doch sowieso gestorben.«

»Das Gleiche kann man von uns allen behaupten. Ich glaube nicht, dass sie das als Argument gelten lassen.«

Hitchcock lächelte. »Und gänzlich unprovoziert war es ja auch nicht. Sowohl im Roman als auch im Drehbuch steht sehr deutlich, dass Rebecca Max verhöhnt hat, weil sie wollte, dass er sie umbringt und anschließend darunter leidet. Gibt uns das nicht ein wenig Spielraum? Er reagiert in der Hitze des Gefechts auf eine unerträgliche Grausamkeit. Ist das wirklich Mord?«

»Kommt wahrscheinlich auf die Geschworenen an.«

»Unsere Geschworenen sind das Publikum, und ich weiß, auf wessen Seite es sein wird. Immerhin wurde das Buch als Fortsetzungsroman im *Ladies' Home Journal* gedruckt, und das hat den Amerikanerinnen offensichtlich auch nicht geschadet. Ich habe zumindest nichts von einer plötzlichen Selbstmordwelle gehört, du vielleicht?« Marta schüttelte den Kopf, obwohl die Frage rhetorischer Natur war. »Wir sind alle dazu in der Lage, glaubst du nicht auch?« Hitchcock hatte einen ernsteren Ton angeschlagen. »Wir würden alle für irgendetwas töten.«

»Ja, das stimmt.« Für Marta war dafür nicht viel Vorstellungskraft nötig. In ihrem Leben hatte es eine Zeit gegeben, in der sie – aus Trauer, Ungerechtigkeit und Wut – zum Töten bereit und so verzweifelt gewesen war, dass sie jemandem eine Waffe in die Hand gedrückt hatte, in der Hoffnung, von ihrem Elend befreit zu werden. Die komplexen Gefühlswelten in du Mauriers Roman waren ihr bestens vertraut, und im Laufe ihres Lebens war sie mal Max, mal Rebecca gewesen; vielleicht kam ihr dieses Projekt deshalb so anders vor als ihre bisherigen.

»Und du?«, fragte sie, obwohl sie die Antwort zu kennen glaubte. »Was würde dich zum Töten veranlassen?«

»Ich würde jeden umbringen, der meine Familie bedroht«, antwortete er, ohne zu zögern. »Wenn Alma oder Patricia auch nur in der geringsten Gefahr schweben würden, würde ich keinen weiteren Gedanken daran verschwenden und es hinterher bestimmt nicht bereuen.«

»Und ich glaube, daraus kann dir niemand einen Vorwurf machen«, erwiderte Marta. »Das Problem bei Max besteht darin, dass er im Grunde aus Eifersucht gehandelt hat, und das können wir für die Zensoren nur schwer in ein selbstloses Gewand hüllen.«

Hitchcock seufzte. »Welche Möglichkeiten bleiben uns dann?«

»Nicht viele. Wir könnten einen Unfall daraus machen. Max könnte Rebecca schlagen, sie stürzt, dann gerät er in Panik, als ihm klar wird, was er getan hat, und muss die Leiche loswerden, genau wie im Buch.«

»So ein Unfall trägt nicht gerade zur Spannung bei.«

»Aber wenn wir uns darauf konzentrieren, wie es sich für ihn angefühlt hat …«

Hitchcock wirkte skeptisch. »Ohne Rückblende ist das schwierig zu machen, und dafür müssten wir eine Rebecca einsetzen. Damit wäre das Rätsel komplett ruiniert.«

»Dann machen wir es eben über seine Aussage, wenn er seiner neuen Frau alles gesteht. Denk dran, viele Zuschauer haben das Buch gelesen und werden seine Schuld im Hinterkopf haben. Dadurch wird seine Version der Ereignisse unverlässlich, und das verschärft die Sache.«

»Das Wissen können wir nicht voraussetzen. Der Film

muss selbstständig funktionieren, sonst taugt er nichts.« Er schüttelte den Kopf. Offenbar ärgerte es ihn, dass sie noch keine Lösung gefunden hatten. »Tu, was du kannst, und dann werde ich auch noch mal mit ihnen reden. Wer weiß, vielleicht kann ich die Herrschaften von der Zensur ja überzeugen.« Gelegentlich drängte sich Marta tatsächlich der Eindruck auf, die Zensoren seien gleichermaßen beeindruckt wie alarmiert, dass Hitchcock immer wieder Dinge an ihrem wachsamen Auge vorbeischmuggelte. »Wann kommt Victor mit seinen Leuten aus England zurück?«, fragte er dann.

»Freitag.«

»Gut. Fahr bitte am Wochenende mit ihnen an die Küste, um nach geeigneten Orten für die Aufnahmen von Cornwall und Monte Carlo zu suchen. Bis dahin ist Joanie wieder hier, und auf sie kann ich wirklich nicht verzichten.« Marta lächelte trocken und war froh, dass sie als eine der wenigen damit zurechtkam, für Alfred Hitchcock verzichtbar zu sein. Sie konnte Joan Harrison, die Hitchcock während Dreharbeiten kaum von der Seite wich, gut leiden und sah zu ihr auf, doch sie hegte kein Interesse daran, sich auf lange Sicht um ihre Rolle zu bemühen. »Jedenfalls sollen diese Szenen so authentisch sein wie möglich, und du kennst dich in Cornwall aus.«

Sie war genau zwei Mal dort gewesen, widersprach jedoch nicht. Die Vorstellung, der eingeengten Studioatmosphäre für ein paar Tage zu entkommen, war himmlisch, und ihr gefiel die Freiheit, die die Arbeit mit dem zweiten Filmstab bot. Und was am besten war: Josephine könnte sie begleiten. Im Studio wäre sie nur selten willkommen und wollte sicher auch nicht im Weg sein, doch an der Küste Kaliforniens hätten sie etwas mehr Zeit für sich, fernab der alltäglichen Sorgen.

»Hört sich an, als ob alle es gerade noch rechtzeitig rausgeschafft haben.« Unwissentlich hatte Hitchcock ihren Gedankengang nachempfunden. Er betrachtete geistesabwesend, wie die Kerzen erneut ausgetauscht und das Besteck neu ausgerichtet wurde. »Ich bin froh, wenn Alma und Patricia wieder hier sind. Bei unserem Telefonat schien Alma irgendetwas zu belasten.«

»Aber sie hat nichts gesagt?«

»Nein, und deswegen muss es ernst sein. Sie hatte es sehr eilig, mich an Pat weiterzugeben.«

»Vielleicht war sie müde oder mit den Gedanken woanders.« Marta fragte sich, ob Alma und Josephine einander bereits begegnet waren. »Von hier aus vergisst man leicht, dass drüben Krieg herrscht, viel zu leicht. Sie musste zurück und sich der Realität stellen, da wundert es kaum, dass sie aufgewühlt ist.«

»Ja, da hast du wohl recht.«

Er wirkte skeptisch, und seine Sorgen übertrugen sich auf sie. Die Hitchcocks standen einander sehr nah, und wenn Alma ihrem Mann etwas verschwieg, dann höchstwahrscheinlich deswegen, weil sie ihm kein Kopfzerbrechen bereiten wollte. Auf einmal war auch Marta nervös darüber, was Josephine auf offener See zustoßen könnte; die Annahme, das Schiff wäre außerhalb englischer Hoheitsgewässer in Sicherheit, war naiv gewesen. »Wirst du noch mal mit Alma telefonieren?«, fragte sie betont beiläufig.

»Sofern es klappt. Die Verbindung ist nicht besonders verlässlich.«

»Könntest du sie fragen, ob sie Josephine gesehen hat? Und ihr alles Liebe ausrichten?« Marta hatte bereits beschlossen, es selbst mit einem Anruf zu probieren, doch es konnte nicht schaden, sich doppelt abzusichern.

»Aber natürlich.« Hitchcock schaute auf die Uhr. »Wir trommeln besser alle zusammen und machen mit dieser vermaledeiten Szene weiter. Ich weiß wirklich nicht, wieso David am Text herumpfuschen musste. So funktioniert das einfach nicht.«

»Eins noch, während wir warten. Die Schlussszene …«

»O ja.« Hitchcock verdrehte die Augen. »Ein rauchendes ›R‹ im Himmel, lachhaft. Ich verstehe nicht, wieso ich mir hier die Mühe mache, wenn er auf solche billigen Tricks aus ist. Damit machen wir uns doch zum Gespött.« Er hielt inne und musterte sie. »Jetzt sag bloß nicht, dass dir die Idee gefällt …«

»Nein, natürlich nicht, aber vielleicht könnten die Flammen in der letzten Szene den Gedichtband verschlingen, den sie Max geschenkt hat, und das ›R‹ wäre das Letzte, was verbrennt.«

»Marta, meine Liebe, du bist ein Genie. Was für eine wunderbare Idee.«

»In der Tat, aber sie stammt leider nicht von mir. Du kannst dich bei der Autorin bedanken, Seite vierundsechzig.« Sie warf ihm eine abgegriffene Ausgabe von *Rebecca* in den Schoß. »Manchmal lohnt es sich eben doch, das Original zur Hand zu haben.«

Er schmunzelte und lupfte einen imaginären Hut. »Touché.«

»Erzählen Sie Selznick einfach, so steht es bei du Maurier, dann ist er sicher ganz begeistert.«

»Und ich erzähle ihm, dass es billiger ist«, erwiderte Hitchcock mit einem Zwinkern.

Fontaine und Olivier kehrten zum Dreh zurück, um mit der Szene fortzufahren. Nachdem die Kameras ausgerichtet waren, bereitete Hitchcock die Schauspieler vor. Wie den meisten alten Hasen gab er Olivier kaum Anweisungen; mit Fontaine jedoch diskutierte er noch die kleinste Einzelheit, beleuchtete die Figur in sämtlichen Nuancen und zeigte ihr, was sie tun sollte. Er war ein genialer Mime, und als er einen Teil ihres Texts sprach, hatte das einen unheimlichen Effekt. Nachdem er davon überzeugt war, dass sie genug geprobt hatte, nahm er wieder Platz. »Na dann, Kamera ab.«

Anderthalb Stunden später war Hitchcock immer noch nicht zufrieden. Fontaine war befangener als je zuvor, und sie hatte offensichtlich nicht damit gerechnet, dieselbe Szene wieder und wieder auf dieselbe Art und Weise aufführen, sie für die Nahaufnahme als auch für die Totale wiederholen zu müssen. Es half nicht gerade, dass Olivier seine Kunst beherrschte und sogar sein Essen jedes Mal auf denselben Platz fallen ließ. »Das Problem ist Davids beschissener Text«, fauchte Hitchcock, woraufhin Lydia Schiller erschrocken nach Luft schnappte. Ob es der Kraftausdruck war, der sie mehr verstört hatte, oder der Hieb gegen ihren Chef, war schwer zu sagen. Hitchcock knüllte die Seite zusammen, die am Vortag hinzugefügt worden war, und warf sie über die Schulter. »Gut, versuchen wir's mal anders.«

Hitchcock diskutierte zunächst mit seinem Kameramann, dann mit den Schauspielern, und Marta war gespannt, was er vorhatte. Als die Szene erneut begann, war die Kamera auf die spitzenbesetzte Serviette mit Rebeccas Initialen gerichtet, die auf dem Platz der zweiten Mrs de Winter lag. Während Fontaine sie auf ihrem Schoß ausbreitete, fuhr die Kamera langsam immer weiter zurück, bis sie von einer Position hinter Olivier auf Fontaine hinabschaute, sodass sie noch isolierter und haltloser wirkte als je zuvor. Innerhalb weniger Minuten hatte Hitchcock den gewünschten Effekt erzielt, ohne dass auch nur ein Wort geäußert worden wäre. Marta schüttelte bewundernd den Kopf. Wie oft er David Selznick wohl noch beweisen würde, dass er jeden Cent wert war?

5

James wollte seine letzten Gedanken nicht mit Hass füllen, doch jedes Mal, wenn er die Augen schloss, sah er die gerissene Kruzifixkette und Marion Plummers schlaffen, nutzlosen Körper vor sich, der so leicht aufgegeben hatte, als hätte sie ihr unverfrorenes Geständnis absichtlich abgelegt, damit er sie aus ihrem Elend erlöste. Sicher hatte sie sich das Leid ausmalen können, das sie ihm damit zufügen würde.

Nun war es die höchste Form ihrer Rache – zumindest kam es ihm so vor –, selbst im Tod zwischen James und ihrem Sohn zu stehen. Er suchte in seinem Gedächtnis nach Matthews Gesicht, fand jedoch nur ihres, hassverzerrt und triumphierend. Ihre schwarzen, hohlen Augen leuchteten in dem Wissen, dass sie ihrer Gebrechlichkeit zum Trotz immer noch Macht ausüben konnte. Als er nach dem Abflug aus Southampton schließlich in einen unruhigen Schlaf gesunken war, hatte Marion Plummer ihn in seinen Träumen heimgesucht, und er war davon aufgewacht, dass Victor ihn an der Schulter rüttelte und schimpfte, er würde noch den ganzen verdammten Flieger wecken. Falls er im Schlaf die Gedanken und Ängste ausgesprochen haben sollte, die ihn seit seiner Abreise aus Milton Hall begleiteten, kam es einem Wunder gleich, dass er noch auf freiem Fuß war. Er war froh, dass er es bis hierher geschafft hatte, und steckte die Hand in die Tasche, wo er neben einem Taschentuch und einer Zugfahrkarte nach Pasadena, die er nicht benutzen würde, auch das Kruzifix spürte. Er hatte Frank und Vic direkt nach ihrer Ankunft in Chicago entwischen können; angeblich, um etwas Zeit für sich zu haben, bevor sie in den Zug zurück an die Westküste steigen würden. In der Dearborne Station herrschte am frühen Morgen Hochbetrieb. Pendler strömten in das markante Gebäude und achteten nicht darauf, wie die Septembersonne den rosa Granitwänden auch noch das letzte bisschen Farbe abrang, die spitzen Winkel und steilen Dächer erweichte und den Glockenturm noch majestätischer als sonst über den Dächern aufragen ließ. Die Leute verpassten so viel, indem sie einfach ihrem Alltag nachgingen, dachte er; wenigstens deswegen spürte er keine Reue.

In der Eingangshalle drängten sich Reisende um die Schalter und Wartebereiche. In den Restaurants wurde Frühstück serviert, doch beim Geruch von Speck verdrehte sich James der Magen. Er bahnte sich einen Weg durch die Menge, wobei seine Gedanken ihn automatisch an den Tag zurückversetzten, an dem er zum ersten Mal mit dem Zug nach Milton Hall gefahren war, den Tag, der ihn – auf verwobenen Wegen – zu diesem Punkt gebracht hatte, von dem es kein Zurück mehr gab. Der Bahnsteig hatte ihn damals an ein Bruegel-Gemälde erinnert, vollgestopft und laut, das Leben in seinen merkwürdigen Einzelheiten. Damals war der Krieg so weit fortgeschritten, dass nur noch wenige Menschen Zivilkleidung trugen, und er wusste noch, wie er sich verlegen über den Anzug gestrichen und gereckt hatte, um über die Schultern der Männer vor ihm in der groben Uniformwolle hinwegzusehen. Die erbarmungslose Maskulinität überwältigte ihn, und beim Vorkämpfen zum Rand der Menge schickte er ein Dankesgebet gen Himmel, dass er vom Wehrdienst freigestellt worden war, egal, wie feige und verachtenswert es ihn auch machte. Als er unter einem Bogen innehielt, um wieder zu Atem zu kommen, erblickte er auf dem Nachbargleis zum ersten Mal die Realität des Krieges – reihenweise Bahren, die aus einem Zug ausgeladen und übereinandergestapelt wurden wie Hochbetten, um auf den Transport zum Krankenhaus zu warten. Er würde nie vergessen, wie sehr ihn die Vorstellung, dass er für diese Männer sorgen sollte, verängstigt hatte, und nun erkannte er, dass es nicht der Bahnhof war, der die Erinnerungsflut ausgelöst hatte, sondern der Knoten aus Angst in seinem Magen, genauso spürbar wie damals und fast schon überwältigend.

Bei den Zügen angekommen, blieb er erneut stehen und überlegte, wohin er gehen solle. Wie zur Antwort ertönte eine Lautsprecheransage, die vor einem Durchgangszug auf Gleis zwei warnte. So schnell er konnte, machte sich James auf den Weg, und er war erleichtert, dass es dort viel ruhiger und für die nächste halbe Stunde kein Zug angeschlagen war. Ein, zwei Frühankömmlinge warteten auf den Bänken, vertrieben sich die Zeit mit einem Buch oder einer Zeitung, doch niemand achtete weiter auf ihn, als er den Bahnsteig hinauf- und hinabspähte, auf der Suche nach dem besten Ort zum Sterben.

Er zog das Taschentuch hervor, um sich den Schweiß von der Stirn zu wischen, und trat etwas näher an die Bahnsteigkante. In der Ferne entdeckte er den Durchgangszug, und beim Gedanken an den Zugführer, der für den Rest seines Lebens an dieser Last zu tragen hätte, überkamen ihn kurz Zweifel. Fast hätte es gereicht, damit er es sich anders überlegte, aber nur fast.

Der Zug kam näher und entschleunigte kaum, als er in die Kurve zum Bahnhof einbog, und James trat einen weiteren Schritt nach vorne. Er wollte abschätzen, wie lange es wohl dauern würde, bis er bei ihm ankäme. Dabei war ihm schlecht vor Angst, und er fragte sich, ob ihn das Gefühl des Friedens, mit dem er gerechnet hatte, wohl in diesen letzten Sekunden treffen würde. Er versuchte sich auszumalen, wie Matthew nach ihm rief, doch die Stimme, die er so sehr geliebt hatte, war nur schwer greifbar, und er war sich nicht mehr sicher, ob seine Erinnerungen der Wirklichkeit entsprachen. Irgendwie verwandelte sich die Stimme im schrillen Pfeifen des Zugs in die Mrs Plummers, die ihn mit den Worten anstachelte, die sie zu ihrem eigenen Sohn gesagt haben musste. »Wofür lohnt es sich überhaupt noch zu leben? Versuch es doch mal. Es ist einfach, kurz und schmerzlos.« Sie höhnte immer weiter, beharrlich und monoton, und James war froh, ihr endlich nachzugeben.

Er stand direkt an der Bahnsteigkante, und der Zugführer musste ihn gesehen haben, da die Pfeife die Luft durchschnitt wie ein Messer, lauter und dringlicher als zuvor, doch es war viel zu spät, um noch anzuhalten. James schloss die Augen und spürte, wie sein Körper sich in Bewegung setzte, doch die Angst und das Dröhnen der Maschine verwirrte ihn, und es kam ihm vor, als würde er zurückgezogen, statt auf die Schienen zu fallen. Er nahm eine Hand an seinem Arm wahr und griff in der Hoffnung danach, es wäre Matthew, der ihn abholen wollte, doch an diese Art der Rettung glaubte er nicht, und als er endlich den Mut zusammengenommen hatte, um wieder aufzuschauen, stand sein Schutzengel in Form einer dunkelhaarigen Frau vor ihm, die etwa so alt war wie er. Ihre Lippen bewegten sich, doch im Lärm des vorbeifahrenden Zuges konnte er sie nicht verstehen – ein Güterzug, der scheinbar endlos war und James die Gelegenheit bot, sich einigermaßen zu fassen. Der Luftstoß, der auf den Zug folgte, brachte ihn wieder zur Besinnung, und er trat ein paar Schritte zurück, wobei er nicht zeigen wollte, wie unsicher er auf den Beinen war.

Die Frau wartete ab, bis der Lärm abgeklungen war, und streckte ihm dann das Kruzifix entgegen. »Das ist Ihnen aus der Tasche gerutscht«, sagte sie, und er war von ihrem britischen Akzent überrascht. »Das ist sicher wertvoll, so etwas will man nicht verlieren.« Er nahm den Anhänger entgegen und starrte darauf hinab, wobei ihm die Ironie des Schicksals nicht entging, dass ausgerechnet dieses Kruzifix ihm das Leben gerettet hatte. »Ist alles in Ordnung?«, fragte sie.

James zwang sich, ihr ins Gesicht zu sehen, und erkannte sofort, dass sie genau wusste, was er vorgehabt hatte, allerdings zu liebenswürdig oder diskret war, um ihn darauf anzusprechen. Die Demütigung schmerzte, und er reagierte ruppig. »Ja, alles gut. Danke. Wenn Sie mich jetzt bitte entschuldigen würden, ich muss los.«

Der Bahnsteig füllte sich allmählich mit Passagieren auf der Reise nach Kalifornien, und er entdeckte Victor, der neben ihrer Ausrüstung stand und ihn heranwinkte, damit er ihm hälfe. In der Hoffnung, Victor hätte nichts von dem Vorfall mitbekommen, stopfte sich James das Kruzifix rasch wieder in die Tasche, wobei er sich fragte, ob es sich bei dem ungewollten Talisman um Mrs Plummers letzte Gehässigkeit handelte und es ihn unerwünscht retten, bei jeder Gelegenheit seine Bemühungen stören würde, endlich Frieden zu finden.

6

Penrose stand in einer langen Schlange an der Ampel, und seine Geduld wurde von Kopfschmerzen auf die Probe gestellt, gegen die weder Aspirin noch frische Luft etwas ausrichten konnten. Der Hyde Park zu seiner Linken war noch belaubt und grün, und es fiel ihm schwer zu glauben, dass der Sommer vorbei sein sollte. Selbst die kleinen, tröstlichen Lichtblicke wurden jedes Mal schnell von weiteren Veränderungen zerrissen, die der September mit sich gebracht hatte. Weiter vorne, gegenüber der Kaserne von Knightsbridge, sah er die Umrisse der Dampfbagger, die mittlerweile die Rasenflächen in zahlreichen Parks bevölkerten – riesige, kranartige Maschinen, die schaufelweise Erde aushoben und auf Anhänger luden, damit sie in die Sandsäcke gefüllt würde, die schon jetzt eine allgemein akzeptierte Unstimmigkeit in sämtlichen Ecken Londons darstellten. Als sich der Verkehr mühselig wieder in Bewegung setzte, hörte er den Klang der Ketten, die zum unablässigen Rhythmus der Maschinen auf dem Boden schleiften, und die Tonspur passte zu den neuen Beschränkungen, die plötzlich den Alltag regierten – Beschränkungen, die sich anscheinend noch die letzten Grashalme unter den Nagel rissen, die den dunkelsten Winter aller Zeiten hätten erhellen können.

Auf den Straßen herrschte reger Betrieb, sogar zu dieser frühen Stunde, und viele Autos, die auf der gegenüberliegenden Spur vorbeizogen, hatten kleine Zettel an der Windschutzscheibe, die sie als Freiwillige in offiziellem Kriegsdienst auswiesen; in den meisten saßen Frauen mittleren Alters, und Penrose bewunderte ihre Hilfsbereitschaft, wo sie ihre Behandlung nach dem letzten Krieg sicher noch nicht verwunden hatten – sie waren fallengelassen worden, sobald die Männer von der Front zurückgekehrt waren und ihre Stellen wieder aufnehmen wollten. London war so ernst geworden, dachte er, während er die schmallippigen Mienen musterte. Der Krieg war noch keine zwei Wochen alt, und die Sperren von Theater, Kino und Sport – von allem, was die Menschen zusammenbrachte und die Moral hob – waren drakonischer, als ein Großteil der Bevölkerung sich je ausgemalt hätte. Hier und da flammte Patriotismus in den Straßen auf – Lieder, die er veraltet und nostalgisch fand, wobei die meisten Leute sie für 1939 genauso geeignet zu finden schienen wie für 1914 –, doch die allgemeine Stimmung schwankte zwischen Düsternis und einer Art unbesiegbaren Fröhlichkeit, die kein bisschen natürlich wirkte.

Er näherte sich Scotland Yard, und am Embankment drängten sich die Zeitungsverkäufer, eine der wenigen Branchen, die von den frühen Kriegstagen profitiert hatte. In London brodelte die Gerüchteküche – manche waren glaubwürdiger als andere –, und die Berichte, die Regierung stelle sich auf einen dreijährigen Krieg ein, hatten allgemeines Entsetzen ausgelöst. Penrose hätte vor Freude gejauchzt, wenn er geglaubt hätte, der Krieg würde tatsächlich so schnell vorbei sein, doch er gab sich Mühe, nicht über die Zukunft nachzudenken. Der einzige Weg, den Krieg zu überstehen, lag darin, jeden Tag zu nehmen, wie er kam, und es war sinnlos, darüber zu spekulieren, was ihnen womöglich bevorstand. Dennoch konnte er sich nicht gegen den Gedanken wehren, Josephine könnte in Amerika bleiben, sofern Marta sie davon überzeugte, dass ihre Sicherheit und ihr gemeinsames Leben an erster Stelle standen. Immerhin war Josephine in ihrer Arbeit nicht ortsgebunden, und für talentierte Schriftstellerinnen gab es jenseits des Atlantiks sicher zahlreiche neue Herausforderungen. Zwar liebte sie ihren Vater und seine Gesellschaft, aber sie hatte auch zwei kleine Schwestern, die sich stärker einbringen könnten, falls sie jemals ein Machtwort sprechen sollte. Tief drinnen wusste er, dass Josephines Pflichtgefühl es ihr nie erlauben würde, auf lange Sicht fortzubleiben, zumindest in schlechten Tagen. Nach dem Krieg würde sie vielleicht ihre Optionen abwägen, aber einstweilen würde sie, wie alle anderen auch, zähneknirschend ihren Beitrag leisten. Wieso hatte er dann bei ihrer Abreise so ein bedrückendes Gefühl gehabt? Einen abergläubischen Anflug von Endgültigkeit, dessentwegen er sich zu einem letzten Abschied umgedreht hatte. Er wusste, wie albern es war, doch er sah sich nun dazu gezwungen, seine Verantwortung gegenüber den liebsten Menschen in seinem Leben neu zu betrachten. Wie einfach es doch wäre, Virginia und die Kinder einzusammeln und mit dem nächsten Schiff abzulegen.

Als er die Tore von Scotland Yard passierte, sah er noch mehr Männer, die mit Säcken voll Londoner Erde auf Leitern hantierten. Die Befestigungen kletterten am roten Backstein empor wie eine Flut und machten die stabilen Mauern noch stabiler, und Penrose fragte sich, ob am Ende noch etwas von dem schönen, grünen Land übrig wäre, das es zu verteidigen galt. Er war reizbar und hatte keine Lust auf den Papierkram, der ihn in seinem

Büro erwartete, doch auf seinem Schreibtisch fand er eine Notiz, die ihn einstweilen vor der Büroarbeit bewahrte – eine Vorladung nach oben, sobald er einträfe. Er stellte sich auf eine Salve verfahrenstechnischer Anweisungen ein und machte sich auf den Weg zum dritten Stock, wo er an die Tür des Direktors der Kriminalpolizei klopfte.

»Kommen Sie rein, Penrose, setzen Sie sich.« Penrose tat, wie ihm geheißen, und wartete ab, während der Superintendent seine Pfeife erst ausklopfte und dann neu stopfte. »Wie geht es Ihnen?«, fragte er, ohne aufzusehen.

Die Frage passte nicht zu ihm. Alexander Bell war ein stolzer, geradliniger Schotte, genau wie sein berühmter Namensvetter, und selbst wenn er in seiner Position Zeit für Nettigkeiten gehabt hätte, war er nicht der Typ dafür.

Mit seinem Scharfsinn war er für die Überholung zahlreicher Ermittlungsmethoden Scotland Yards verantwortlich, insbesondere in der Kriminalpsychologie, und Penrose hatte im Laufe der letzten Jahre viel von ihm gelernt, aber Samthandschuhe gehörten eigentlich nicht zu seinem Repertoire. Wenn es jedoch um Mordfälle an Kindern ging, so wie bei Penrose' letztem Fall, herrschte eine gewisse Etikette, an die sich selbst der ruppigste Beamte hielt. Die Wut und Hilflosigkeit, die auf eine solch unvorstellbare Tat folgten, gaben den gewöhnlichen Neckereien unter Kameraden einen anderen Anstrich; die Wellen breiteten sich durch das gesamte Gebäude aus, von den hochrangigsten Beamten bis zu den Kantinenmitarbeitern, und niemand blieb davon unberührt. Jede Beamtin und jeder Beamte, der an derart entsetzlichen Ermittlungen beteiligt gewesen war bekam den Respekt und das Mitgefühl der Kollegen zu spüren und war dankbar dafür.

»Gut, danke, Sir«, erwiderte Penrose. »Nur etwas frustriert vom Clifford-Mord.« Der Tod des Mieteintreibers in einem Haus in Hoxton hatte sich als praktisch unlösbar erwiesen, da jeder, der etwas gesehen oder gehört haben könnte, stur den Mund hielt, und Penrose wollte Bell zuvorkommen, bevor er nach seinem Fortschritt fragen konnte. »Wir sind nicht weiter als am ersten Tag, und zwar nicht, weil wir es nicht versuchen würden. Wir haben an sämtlichen Türen geklopft, und –«

»Na, ist ja jetzt auch egal.« Bell wischte die Beteuerungen mit einer Schwade aus Pfeifenrauch beiseite. »Ich will, dass Sie die Ermittlungen abgeben. Sie haben schon genug Zeit damit verschwendet, und Fallowfield kann es allein zu Ende bringen. Außerdem hat sich etwas anderes ergeben. Etwas, das sich als heikel erweisen könnte.«

»Ach ja?« Penrose musterte seinen Vorgesetzten neugierig und wagte kaum zu hoffen, dass der »heikle« Aspekt etwas Interessanteres betraf als Regierungsbürokratie.

»Kennen Sie Milton Hall? Liegt in der Nähe von Peterborough, oben in Ihrer Ecke.«

Penrose belustigte es nach wie vor, dass zwei Jahre in Cambridge und ein dank des letzten Krieges abgebrochenes Studium Ostengland auf immer zu »seiner Ecke« gemacht hatten, was Ortsfremde anging. Er hätte erklären können, wie unterschiedlich Cambridge und Peterborough waren, wie lange seine Zeit dort zurücklag oder dass ein abgeschottetes Universitätsleben kaum mit Ausflügen ins Umland einherging, doch Bell verschwendete nur ungern Zeit, und Penrose war gespannt. »Nur vom Hören, Sir. Ich war noch nie dort.«

»Na, jetzt fahren Sie jedenfalls hin. Verdächtiger Todesfall – eine der Angestellten. Sie wurde in der Nacht entdeckt.«

Er schob einen Zettel über den Schreibtisch. Penrose überflog die Einzelheiten, fand jedoch nichts, das sich als heikel hätte klassifizieren lassen, und fragte sich, was er wohl noch nicht wusste. »Wieso kümmern sich die Kollegen vor Ort nicht darum? Glauben die Besitzer, ihnen stünde eine Vorzugsbehandlung zu? Haben sie irgendetwas damit zu tun?«

Bell schüttelte den Kopf. »Nein, gar nicht. Sie wohnen im Moment nicht einmal dort. Der ganze Laden wurde einstweilen ans Militär übergeben, und die Besitzer sind bis auf Weiteres ausgezogen. Im letzten Krieg wurde das Haus als Lazarett beschlagnahmt, und damals sind sie dortgeblieben, deswegen wissen sie wahrscheinlich, wie unschön es werden kann. Da kommen einem fast die Tränen, ich weiß.«

Penrose lächelte, obwohl er ein gewisses Mitgefühl für alle hatte, die ihr geliebtes Zuhause zurücklassen mussten, egal, wie klein oder groß es war; die Chancen standen gut, dass seine Familie in Cornwall ihr Haus ebenfalls abtreten müsste, und er wusste, dass sie es schweren Herzens, aber bereitwillig tun würden. »Das ging schnell«, sagte er unverbindlich. »Für die Besitzer und das Militär. Aber ich verstehe immer noch nicht, was wir damit zu tun haben.«

»Zum einen wurde persönlich nach Ihnen verlangt.« Bell erfreute sich offenbar an Penrose' überraschter Miene. »Der Kerl, der da das Sagen hat, ist ein Freund von Ihnen. Selwyn Scott. Oberst im Heer, aber Sie waren wohl zusammen an der Uni?« Er sah von seinen Notizen auf und fügte trocken hinzu: »Vielleicht tun Sie einfach so, als würden Sie sich an ihn erinnern. Niemand wird gern so leicht vergessen, und er hat Ihre Laufbahn anscheinend verfolgt.«

»Auch wenn ich nicht wüsste, warum«, erwiderte Penrose. »Ja, ich kann mich vage an ihn erinnern. Wir haben zusammen am Downing College Medizin studiert, aber ich wüsste nicht, dass wir uns jemals unterhalten hätten. Freunde waren wir jedenfalls nicht.«

»Das spielt auch keine Rolle. Ich hätte Sie sowieso geschickt, auch wenn er Sie nicht erwähnt hätte. Die Ermordung einer Frau in einer Regierungsinstitution, bevor in Deutschland überhaupt ein Flugzeug gestartet ist – das ist kein besonders gutes Omen für den Kriegsbeginn. Die örtlichen Kräfte werden Sie unterstützen. Sie waren nicht sonderlich wild auf die Pressespekulationen.«

»Weil sie glauben, dass der Täter im Heer ist?«, wollte Penrose wissen.

Bell zuckte die Achseln. »Möglich ist es. Aber falls Sie eine alternative Erklärung finden, ein persönlicheres Motiv vielleicht, wird Ihnen das Innenministerium zu ewigem Dank verpflichtet sein, und zwar besonders, wenn es schnell geht. Tempo ist hier alles, Penrose, das muss ich Ihnen sicher nicht sagen.«

»Natürlich nicht, Sir. Ich mache mich so bald wie möglich auf den Weg. Gibt es sonst noch etwas?«

»Nein, das wars. Sie wissen genauso viel wie ich.« Er schaute auf die Uhr. »Ich sorge dafür, dass Sie am Bahnhof abgeholt und direkt nach Milton Hall gebracht werden. Und halten Sie mich auf dem Laufenden, ja? Falls Sie irgendetwas brauchen, nachdem Sie sich einen Überblick verschafft haben, melden Sie sich einfach bei mir.«

7

Sie waren gerade mal in Las Vegas, doch Josephine hatte den Luxus bereits gründlich satt. Normalerweise wäre sie von einer Zugfahrt durchs Herz Mittelamerikas begeistert gewesen, da sie ihr so viel vom Land bieten könnte, doch nach vier Tagen auf See und einem Flug von New York nach Chicago konnte sie die Ankunft kaum noch erwarten. Sie sehnte sich danach, allein zu sein und nicht mehr bedient zu werden, und auch die eleganteste Ausstattung der gesamten Santa Fe Railway konnte nun nicht mehr das wohlige Gefühl ersetzen, einfach mal zehn Minuten nichts zu tun oder sich selbst einen Tee einzuschenken.

Der *Super Chief* war das Aushängeschild der Eisenbahngesellschaft, ein rot-gelb-silbernes Wunder, das zwei Mal die Woche zwischen Chicago und Los Angeles verkehrte und dabei in unter vierzig Stunden über dreitausend Kilometer zurücklegte. Regelmäßig reisten berühmte Schauspieler und Musiker mit dem Zug an die Westküste, wodurch er den Spitznamen »Zug der Sterne« geerntet hatte. Angeblich war Fats Waller an Bord, und eine Frau im Speisewagen schwor Stein und Bein, sie habe Carole Lombard gesehen, doch die einzigen Passagiere, die Josephine erkannt hatte, waren diejenigen, denen sie bereits auf der *Queen Mary* begegnet war – Bob Hope und seine Frau, die Hitchcocks und Lee Hessel, die sich anscheinend mit ein paar amerikanischen Freunden zusammengeschlossen hatte, zwei gut aussehenden Männern, die mit ihrem selbstbewussten Auftreten vermutlich ebenfalls in der Filmbranche tätig waren. Zu Josephines großer Erleichterung war Miss Hessel viel zu sehr mit ihren neuen Reisebegleitern beschäftigt, um das Gespräch fortzusetzen, das sie auf dem Schiff geführt hatten.

Josephine hatte am Vorabend mit den Hitchcocks zu Abend gegessen, und die zwei Erwachsenen waren ebenso erschöpft von der Reise wie sie. Lediglich Patricia war vom *Super Chief* genauso begeistert wie von der *Queen Mary* und berichtete aufgeregt davon, wie ihr Vater beim Dreh von *Eine Dame verschwindet* einmal eine Überraschung für sie organisiert hatte. Um die Mittagszeit hatte Hitch die Bühne »für einen wichtigen Gast« räumen lassen. Ein paar Studiomusiker spielten ausgewählte Lieder, während er mit seiner Tochter an Bord des Filmzugs zu Mittag aß. Neben ihren Lieblingsgerichten gab es außerdem Orangensaft in Champagnerkelchen. Die Geschichte war rührend, ganz anders als die Anekdoten, die es in die Presse schafften, und Josephine spürte, wie ihr die Familie weiter ans Herz wuchs. Besonders Almas Mutter Lucy hatte es ihr angetan. Mrs Reville ließ sich nicht zum Narren halten und besaß einen derart ausgeprägten Menschenverstand, dass Josephine nur zu gern Mäuschen gespielt hätte, wenn sie in ein paar Tagen mit den Exzessen Hollywoods konfrontiert wurde. Nun verstand Josephine auch, woher Alma ihre Besonnenheit hatte.

Abgesehen von Kansas City, wo einige Passagiere zustiegen, hielt der *Super Chief* nur, um die Besatzung zu wechseln oder den Motor warten zu lassen. In einem englischen Zug hätte man sich womöglich gefangen gefühlt, doch das Reisen per Bahn in Amerika war grundverschieden. Die dieselbetriebenen Hochgeschwindigkeitszüge konnten zwar nicht mit der Romantik der traditionellen Lokomotiven mithalten, machten das jedoch mit klimatisierten Wagen, geräumigen Schlafabteilen und einer Besatzung junger, enthusiastischer Zugbegleiterinnen und -begleiter wieder wett, die auf unerklärliche Weise den Eindruck erweckten, das Eisenbahnblut fließe seit Generationen in ihren Adern. Am Vorabend war Josephine früh zu Bett gegangen, da der Wechsel von Schiff zu Flugzeug zu Zug ihr einiges abverlangt hatte, aber trotz des bequemen Schlafplatzes und der sanften Fahrt wollte sich der Schlaf nicht einstellen. Irgendwann öffnete sie das Fenster und erfrischte sich an der kühlen Nachtluft. Der Vorfall an der Dearborn Station beschäftigte sie nach wie vor, und immer wieder musste sie an den Mann denken, der sich das Leben hatte nehmen wollen. Es füllte sie mit Entsetzen, wozu es beinahe gekommen wäre, und sie verspürte gleichzeitig ein schlechtes Gewissen, weil sie ihn instinktiv davon abgehalten hatte. Bislang war sie immer im festen Glauben gewesen, Gedanken und Handlungen eines Menschen gingen niemand anderen etwas an und jeder Mensch besäße das Recht darauf, über sein Leben zu bestimmen, sofern er dazu in der privilegierten Lage war. Was auch immer den Mann an die Bahnsteigkante getrieben hatte, die Entscheidung musste ihm Mut abverlangt haben, und Josephine war nicht so überheblich, als dass sie glaubte, es besser zu wissen. Und natürlich hatte sie ihn nicht gerettet, auch das war ihr klar. Wenn es ihm ernst wäre, würde er einen anderen Weg finden.

Sie saß lange am Fenster und sah zu, wie die Lichter in den anderen Wagen in jeder Kurve nach und nach verschwanden, und starrte dann hinaus in die Dunkelheit, wobei sie sich die Landschaft ausmalte, die unbemerkt an ihnen vorüberzog. Hin und wieder flackerte das Gesicht des Mannes vor ihr auf. Was hatte es mit dem Schatten auf sich, der beim Anblick des Kruzifixes darüber gehuscht war? Hatte das altmodische Schmuckstück vielleicht einmal seiner Mutter gehört? Er hatte es jedoch derart verwirrt angestarrt, dass sie sich kurz gefragt hatte, ob es überhaupt ihm gehörte, bevor der Ausdruck ganz unmissverständlich in Hass umgeschlagen war. Hass, der kurz von Verzweiflung gedämpft wurde. Seine Geschichte interessierte sie, doch ihr blieben lediglich Spekulationen. Bevor sie schließlich einschlummerte, spürte sie noch eine irrationale Traurigkeit darüber, dass sie nicht einmal seinen Namen kannte.

Als sie vom Tageslicht geweckt wurde, begrüßte sie die fremde Landschaft mit frischer Begeisterung: Am Abend würde sie bei Marta sein und im amerikanischen Gegenstück ihres eigenen Bettes schlafen. Das Frühstück wurde durch ohrenbetäubendes Glockengeläut auf dem Gang angekündigt, und Josephine wappnete sich für eine weitere Mahlzeit, während sie sich halbherzig ankleidete. Die Delikatessen an Bord standen denen auf der *Queen Mary* in nichts nach, und sie hoffte, Marta würde ihre Ankunft nicht mit einem mehrgängigen Abendessen in einem schicken Restaurant feiern wollen; im Moment konnte sie sich nichts Köstlicheres vorstellen als eine Scheibe Toast mit Käse im Bett.

Mittlerweile waren sie im tiefsten Arizona, und Josephine starrte in die Wüstenlandschaft hinaus, während der Vormittag vorbeizog und sie die Bahnhöfe auf einer Karte abhakte, die sie in Chicago erworben hatte. Der

Zug entschleunigte, als sie sich Kingman näherten, und hielt mit einem langen, klagenden Zischen der Bremsen. Angestellte gingen den Flur hinab und kündigten eine halbstündige Pause an, um Speisen und Getränke aufzufüllen; die Passagiere seien herzlich eingeladen, auszusteigen und sich die Beine zu vertreten. Das Gedränge an den Türen ließ darauf schließen, dass Josephines Mitreisende ihre Erleichterung teilten. Als sie auf den Gang trat, kam Clark Gable aus dem Nachbarabteil, und sie starrte ihn in der peinlichen Stille wortlos an. Der Schauspieler lächelte und wartete ab – leicht beklommen, wie sie fand –, ob sie eine Unterhaltung anfangen würde, doch sie nickte ihm nur zu und ging weiter. Wie sollte sie in Hollywood je ein Gespräch in Gang halten, wenn es ihr beim Anblick eines berühmten Gesichts jedes Mal die Sprache verschlug?

Die Sonne schien auf den glänzenden Zug hinab, während sie den Bahnsteig auf und ab spazierte und es genoss, zur Abwechslung selbst die Geschwindigkeit zu bestimmen. Alma, die mit ein paar anderen Passagieren in der Nähe des Bahnhofsgebäudes stand, winkte Josephine zu sich heran. »Ich würde Ihnen gern jemanden vorstellen«, sagte sie, als Josephine sich in Hörweite befand.

»Kann er mit Clark Gable mithalten?«

Alma lächelte. »Sie sind ihm also begegnet. Carole ist auch an Bord, aber sie wollten unbemerkt bleiben. Nein, das hier ist James Bartholomew. Er hat mit uns an *Jung und unschuldig* gearbeitet.« Sie berührte den Mann neben ihr am Arm, und James Bartholomew unterbrach sein Gespräch, um sie zu begrüßen. »Bart, das hier ist Josephine Tey. Sie hat die Buchvorlage zum Film geschrieben.«

Es war schwer zu sagen, wer von beiden überraschter

war – Josephine oder der Mann, den sie davor bewahrt hatte, sich vor einen Güterzug zu werfen. Er wirkte derart befangen, dass sie ihm erneut zur Rettung eilte. »Schön, Sie kennenzulernen.« Sie streckte ihm die Hand hin und hoffte, er würde merken, dass sie nicht vorhatte, ihre Begegnung in Chicago anzusprechen. »Wofür waren Sie zuständig?«

Das harmlose Gesprächsthema schien ihn tatsächlich zu entspannen. »Spezialeffekte«, antwortete er. »Wobei ich nicht wusste, was das alles bedeuten kann, bis ich mit Hitch zusammengearbeitet habe.« Aufrichtig bewundernd warf er Alma einen kurzen Blick zu. »In dem Film hat er ein paar fantastische Einstellungen geschaffen. Die Aufnahmen mit dem Zug zum Beispiel. Wussten Sie, dass das alles Modelle waren?« Josephine nickte. Die Szene war eine der wenigen Modifikationen Hitchcocks, an denen sie nichts auszusetzen hatte, obwohl sie ebenfalls den romantischen Aspekt der Verfilmung unterstrich. Sie spielte am Ende des Films – die Hauptfiguren halten auf der Flucht vor der Polizei im Schutz der Nacht an einem monderleuchteten Zugdepot –, und Hitchcock hatte eine zauberhafte Kulisse erschaffen, stimmungsvoll und atmosphärisch. »Das war gar nicht so einfach«, fuhr Bartholomew fort, und seine Begeisterung war ansteckend. »So viele Dinge spielten mit hinein. Die seitliche Kamerafahrt, wenn der Zug unter der Brücke durch rauscht, die Schatten, die die Scheinwerfer auf die Häuser werfen, die hinabschauende Perspektive, wenn die Kamera bei dem Pärchen im Auto ankommt.« Er schüttelte lächelnd den Kopf. »Es hat ewig gedauert, bis wir das richtig hinbekommen haben.«

»Es hat sich jedenfalls gelohnt. Das ist wahrscheinlich meine Lieblingsszene.«

»Wirklich?« Er wirkte aufrichtig erfreut, und Josephine verkniff es sich, das Kompliment mit der Bemerkung zu schmälern, dass die Verfilmung sonst kaum etwas bot, das sie erträglich fand. »Die meisten Leute reden immer nur über die Kranaufnahme am Ende, wenn die Kamera den Mörder findet.«

»In meinem Buch war er allerdings nicht der Mörder, deswegen bereitet mir dieser Teil keinen sonderlichen Genuss.« Rasch warf sie Alma einen Seitenblick zu, doch diese war in ein Gespräch verwickelt, sodass Josephine kein Blatt vor den Mund nehmen musste. »Angesichts des Drehbuchs war ich froh über ein bisschen optischen Zauber«, gab sie zu. »Und wenn es mir niemand verraten hätte, wäre ich nie auf die Idee gekommen, dass die Szene mit Modellen gefilmt wurde.«

»Warten Sie nur ab, bis Sie *Rebecca* sehen.« Er lächelte, wobei sich die Fältchen um seine Augen vertieften – der einzige Hinweis darauf, dass er kein junger Mann mehr war. »Sie sind mit Marta befreundet, oder?«

»Genau. Woher wissen Sie das?«

»Sie setzt sich beim Dreh immer für die Autorin ein, auch wenn niemand auf sie hört. Im Grunde redet sie ständig über Sie.«

Josephine spürte, wie ihr die Röte ins Gesicht stieg. »Sie kennen einander also gut?« Sie überlegte, ob Marta ihn je erwähnt hatte.

»So gut, wie man einander in unserer Branche eben kennen kann. Wir sind beide Überbleibsel der beschaulichen englischen Tage«, fügte er mit einem überzeugend kalifornischen Akzent hinzu. »Deswegen halten wir zusammen. Und wir haben eine ähnliche Sicht auf die Dinge, würde ich sagen.« Eine Glocke schrillte lang und anhaltend, und die Angestellten der Bahngesellschaft hielten die Passagiere zum Einsteigen an. »Anscheinend wars das. Darf ich Sie im Zug auf einen Kaffee einladen? Das wäre das Mindeste, und wahrscheinlich schulde ich Ihnen noch eine Erklärung.«

»Sie schulden mir überhaupt nichts, Mr Bartholomew, wirklich nicht.«

»Wir könnten uns doch trotzdem die Zeit mit einem Tässchen vertreiben, sofern Sie nichts dagegen haben, sich in die zweite Klasse herabzulassen. Und nennen Sie mich bitte James.«

Josephine war zu neugierig, um abzulehnen. »Na gut, das wäre schön«, sagte sie. »Und die zweite Klasse klingt himmlisch. Ehrlich gesagt, wäre ich am liebsten schon auf halbem Weg über den Atlantik gewechselt.«

Das Glockensignal erklang erneut, um die anstehende Abfahrt zu verkünden. James hielt ihr die Tür zum Pullman-Waggon auf und ging dann ihr voran den Gang hinab. Die Abteile der zweiten Klasse waren kleiner und wurden mit anderen geteilt, womit sie den Schlafwagen in englischen Zügen ähnelten, und der Speisewagen war weniger protzig als sein Gegenstück in der ersten Klasse, aber dennoch geräumig und hübsch eingerichtet. Die riesige Lokomotive fuhr langsam an, passierte die Betriebshöfe, verließ die Stadt und befand sich dann wieder auf der Haupttrasse. James überließ es Josephine, einen Tisch auszuwählen, während er eine Kanne Kaffee und zwei Tassen besorgte. Ein paar Minuten später nahm er ihr gegenüber Platz, und in der unangenehmen Pause suchten beide nach den richtigen Worten. Aus der Art und Weise seiner Einladung ging hervor, dass er nicht nur auf belanglose Konversation aus war, doch Josephine konnte auch nicht einfach nach der Erklärung verlangen, die er ihr zuvor versprochen hatte. »Haben Sie seit *Jung und unschuldig* noch etwas anderes geschrieben?«, fragte er schließlich, und sie war froh um die harmlose Frage – so froh, dass sie es ihm verzieh, ihrem Roman versehentlich einen neuen Titel verpasst zu haben.

»Eine Biografie«, erwiderte sie. »Aber keine Spannungsromane.«

»Schade. Mir hat es gut gefallen. Marta hat mir eine Ausgabe geschenkt«, fügte er erklärend hinzu, als er ihre Überraschung bemerkte. »Ich bin davon ausgegangen, dass bald eine Fortsetzung erscheint, zumal es so erfolgreich war, aber vielleicht hat Hitchcock es Ihnen ja verdorben.«

Josephine lachte. »Er hat es mir vielleicht verdorben, die Rechte an meiner Arbeit abzutreten, ohne Einfluss auf das Drehbuch zu haben, aber für meine Faulheit kann ich ihn nicht verantwortlich machen. Ich weiß selbst nicht genau, warum ich nichts Neues geschrieben habe. Vor ein paar Jahren habe ich einen Roman angefangen, aber daraus wurde nichts. Ein paar Dinge sind vorgefallen, sodass mir das Buch zu naheging, also habe ich uns beide von unserem Elend befreit. Seitdem fehlt mir wahrscheinlich einfach –«

»Bitte erzählen Sie Marta nicht, was Sie gesehen haben«, fiel James ihr ins Wort, ohne ihr ins Gesicht zu sehen. »Ich will nicht, dass irgendwer beim Dreh weiß, was ich vorhatte.« Deswegen hatte er sich also mit ihr treffen wollen, dachte Josephine: nicht, um ihr irgendetwas zu erklären, sondern um sie um Verschwiegenheit zu bitten. »In der Branche geht es hart zu, und Optik ist alles«, fuhr er fort. »Sogar hinter der Kamera. Mit Schwäche kommt man nicht weit. Irgendwer lauert immer darauf, einem den Platz wegzunehmen.«

»Ich halte das, was Sie vorhatten, nicht für schwach«, erwiderte Josephine. »Ganz im Gegenteil. Ich kann mir nicht vorstellen, jemals den Mut zu so etwas zu besitzen.« Sie hielt inne, um ihren Worten Gewicht zu verleihen, und die Stille zwang James dazu, ihr in die Augen zu schauen. »Hätten Sie es zu Ende gebracht, wenn ich nicht da gewesen wäre?«

Er zuckte die Achseln. »Ganz ehrlich, ich weiß es nicht. Wahrscheinlich. Es war meine einzige Option. Das Einzige, was noch Sinn ergab.« Seine offensichtliche Begeisterung für die Arbeit hatte bei Josephine einen anderen Eindruck erweckt, doch sie wollte ihn nicht beleidigen, indem sie behauptete, seine Gefühle besser zu kennen als er. »Sie behalten es also für sich?«, drängte er mit einem Anflug von Verzweiflung in der Stimme. »Ich habe kein Recht darauf, Sie um irgendetwas zu bitten, aber ich kann den Gedanken nicht ertragen, der Vorfall könnte öffentlich werden. Die Leute stempeln einen vorschnell ab, egal unter welchen Umständen, und nicht jeder wird so verständnisvoll reagieren wie Sie.«

Wenn er nur wüsste, dachte Josephine. Zumindest Marta dürfte die Gefühle, die ihn an die Bahnsteigkante getrieben hatten, besser nachvollziehen können als die meisten anderen Menschen. »In Ordnung«, stimmte sie widerwillig zu. »Aber ich darf im Gegenzug wohl nicht darum bitten, dass Sie es nicht noch mal versuchen?«

»Das kann ich Ihnen nicht versprechen.«

»Das dachte ich mir.« Sie schenkte ihnen Kaffee nach. »Was waren also die Umstände?« Sie wusste, wie aufdringlich sie klang, war allerdings zu neugierig, um sich das Angebot einer Erklärung entgehen zu lassen. »Wieso waren Sie so verzweifelt?«

Er starrte mit zusammengekniffenen Augen aus dem Fenster in die Mittagssonne, und Josephine war sich nicht sicher, ob die Tränen in seinem Blick seinen Emotionen oder dem grellen Licht geschuldet waren. »Ich habe jemanden enttäuscht«, sagte er schließlich. »Jemanden, den ich geliebt habe. Ich werde Sie nicht mit den Einzelheiten langweilen, aber ich habe alles verraten, an das ich je geglaubt habe. Ich hätte nie zurückkehren dürfen.«

»Zurück nach England?« Er nickte. »Was haben Sie dort gemacht?«

»Offiziell oder inoffiziell?«

»Beides. Fangen wir doch mit offiziell an.«

»Ich war mit dem zweiten Filmstab dort. Mr Selznick hat uns hingeschickt, damit wir das Haus ablichten, auf dem Manderley basiert, zumindest die Innenräume. Je besser ihm ein Buch gefällt, desto näher will er an der Vorlage bleiben, und er liebt *Rebecca.*«

»Wie schön für Daphne«, bemerkte Josephine etwas spitzer als beabsichtigt.

James lächelte. »Falls es Sie irgendwie tröstet, Hitch kommt mit einigem durch. Wir haben haufenweise Ansichten für ihn, aber er verwendet ohnehin nur, was zu dem Schema passt, das er sich ausgemalt hat. Die Modelle für die Außenaufnahmen, die ich für ihn gebaut habe, ähneln Milton nicht im Geringsten. Ich kann sie Ihnen ja zeigen, wenn Sie mal beim Dreh sind.«

»Danke, das wäre ganz wunderbar. Wo steht das Haus? Ich glaube, ich kenne es gar nicht.«

»Milton Hall? In Cambridgeshire, in der Nähe von Peterborough. Die du Mauriers waren mit den Besitzern befreundet und haben oft den Sommer dort verbracht. Miss du Maurier war damals noch ein kleines Mädchen – ein neugieriges kleines Mädchen, wenn ich mich recht entsinne, aber vielleicht bilde ich mir das auch nur ein. Zusammen mit ihren Schwestern und zwei kleinen Jungs aus der Familie hat sie das Haus unsicher gemacht, und ich weiß bis heute nicht, wer die Anführer waren. Irgendwas haben sie immer ausgeheckt, und ich kann das gut nachvollziehen. In dem Alter muss das ein toller Spielplatz gewesen sein. Kein Wunder, dass sie es nie vergessen hat.«

»Sie waren auch dort? Wann war das?« Josephine war fasziniert von seiner Verbindung zu der berühmten Autorin, an deren Geschichte er arbeitete.

»Während des Krieges. Damals war Milton Hall ein Militärkrankenhaus.«

»Und Sie waren verwundet?«

»Nein, ich war Sanitäter. Meine Eltern waren Quäker, und wir waren gegen die Kampfhandlungen.«

Er sprach die Worte mit einer Art misstrauischem Trotz aus, und Josephine fragte sich, wie oft er schon die Annahmen anderer Leute über diesen Abschnitt seines Lebens hatte korrigieren müssen, die – wie ihre – auf seinem Alter und den verbreiteten Erfahrungen mit dem Krieg basierten. »Tut mir leid, dass ich voreilige Schlüsse gezogen habe«, sagte sie. »Und auf die Gefahr hin, dass ich mich wiederhole: Dazu war sicher einiges an Mut nötig.«

»Ich dachte, es würde schwierig«, erwiderte er. »Mich um Männer kümmern, die zu dem bereit waren, was ich verweigert hatte, und deswegen solchem Leid ausgesetzt waren. Ich dachte, sie würden mich verachten, taten sie aber gar nicht. Wenn sie über ihr Leben da drüben sprachen, klangen sie nie bitter, und das hat mich verwundert. Keine Verbitterung, den Schmerzen zum Trotz – bloß Traurigkeit, und selbst die war schwer greifbar, so als hätten sie etwas über die menschliche Natur gelernt, das sie noch nie zuvor erlebt hatten. Ich bin nur einem einzigen Soldaten begegnet, der ständig wütend war, und ich glaube, das hatte nicht viel mit dem Krieg zu tun.« Er lächelte, und Josephine wartete ab, dass er fortfahren würde. Seine Aufrichtigkeit rührte sie, und sie erkannte ihre eigenen Erfahrungen als freiwillige Krankenschwester in seinen Worten wieder. »Ich habe mit diesen Männern zusammen in Milton gewohnt, und zwischen uns herrschte eine Freundschaft und eine Herzlichkeit, die ich bislang noch nie außerhalb meiner Familie erfahren hatte, ein echtes Band. Aus irgendeinem Grund war es so stark, dass es unsere unterschiedlichen Einstellungen zum Krieg überwand, und ich werde nie vergessen, wie dankbar sie für jede Kleinigkeit waren, die wir für sie getan haben. Dabei waren wir manchmal nicht wirklich gut darin – ich hatte vorher noch nie so eine Verantwortung.«

»Schon spannend, wie schnell man sich daran gewöhnt, oder? Selbst an die grauenhaftesten Verletzungen.«

»Sie waren auch in einem Lazarett?«

Josephine nickte. »Direkt nach der Ausbildung. Es war

eine echte Feuertaufe, und wir mussten uns schnell abhärten, aber die Männer waren immer geduldig und stoisch, wie Sie schon sagten. Die meisten zumindest. Da war es das Mindeste, dass wir unser Entsetzen versteckten und weitermachten.«

»Damals waren Sie doch sicher noch sehr jung.«

Hätte er nicht so mitfühlend und verständnisvoll geklungen, hätte Josephine dahinter eine billige Schmeichelei vermutet, doch James schien sich lediglich über die Gemeinsamkeit zu freuen. »Auch nicht jünger als die Soldaten«, erwiderte Josephine. »Wahrscheinlich auch nicht jünger als Sie. Und im Gegensatz zu Ihnen musste ich mich keiner so schwierigen Entscheidung stellen. In der Hinsicht hatten wir Frauen Glück. Ich musste nie mein Gewissen befragen, ob ich in die Schlacht ziehen will, und kann mir vorstellen, wie kompliziert das alles für Sie gewesen sein muss. Die Gefühle, die ich als Krankenschwester damals für die Soldaten empfand, waren jedenfalls die stärksten, denen ich bislang begegnet war, und damit hatte ich genug zu tun.«

James schaute kurz verlegen zu Boden, bevor er antwortete. »Manchmal war es wirklich schockierend. Das Schlimmste waren die Operationen. Ab und zu kamen Chirurgen aus London für bestimmte Eingriffe, mit denen unsere Ärzte überfordert waren. Viele davon haben die Männer überhaupt nicht angesehen, wenn sie ihre Runden gemacht haben. Sie haben sie untersucht, als wären sie Präparate, völlig gefühllos.«

»Bestimmt haben Sie Ihre Patienten richtig gut kennengelernt«, meinte Josephine. Ihr war James' betretener Blick nicht entgangen, und sie fragte sich, ob die Gefühle, die sein Besuch in Milton Hall hervorgerufen hatte, mit einem bestimmten Menschen zusammenhingen. »Für die Männer war es sicher ein großer Trost, sich mit jemandem unterhalten zu können.«

»Ja, das hoffe ich. Ich dachte allerdings auch oft, dass es ein Privileg für uns war.« Er hielt inne, und es war schwer abzuschätzen, ob er ihr noch mehr erzählen oder das Thema wechseln würde. »Sie haben aber recht. Unter solchen Umständen wird man viel schneller mit jemandem vertraut. Da wird nicht um den heißen Brei herumgeredet, niemand verbirgt seine Gefühle. Einer der ersten Männer, die ich kennengelernt habe, war schwer von einer Granate verwundet worden und erblindet, aber er wollte einen Brief an die Eltern eines gefallenen Kameraden schreiben. Sie hatten sich zusammengeschlossen, und er fühlte sich verantwortlich, weil sie sich damals immer umeinander gekümmert hatten. Jedenfalls hat er mich gebeten, alles für ihn aufzuschreiben, und ich saß eine Woche lang jeden Nachmittag an seinem Bett, während er nach den richtigen Worten suchte. Es war unglaublich schmerzhaft für ihn, sich daran zu erinnern, und trotzdem war der Brief liebevoll und rührend. Ich bin mir sicher, dass er den Eltern des Jungen viel Trost gespendet hat, aber dafür hat er sich fast selbst zugrunde gerichtet.«

»Sie tragen bestimmt viele Erinnerungen mit sich«, sagte Josephine leise. »Kein Wunder, dass die Reise Sie derart aufgewühlt hat.« Sie hatte den Köder zu beiläufig ausgeworfen, und er biss nicht an; stattdessen wurde die Stille von einem schrillen Pfeifen unterbrochen, während der Zug durch einen weiteren Bahnhof donnerte und dabei kaum verlangsamte. Vielleicht versetzte das Geräusch

James zurück an die entscheidenden Augenblicke auf dem Bahnsteig in Chicago, denn plötzlich hatte er es eilig, wieder auf sicheren, weniger persönlichen Boden zurückzukehren. »Hoffentlich gefällt Miss du Maurier der Film«, sagte er gezwungen fröhlich.

»Weiß sie, dass Sie daran arbeiten?«

Die Vorstellung schien ihn zu amüsieren. »Nein. Ich habe nur einmal kurz mit ihr gesprochen. Ich bezweifle, dass sie sich noch an mich erinnert.«

Bislang hatten sie den inoffiziellen Grund seiner Reise nach England gemieden, und Josephine wollte es noch einmal probieren, bevor sie sich wieder in ein allgemeines Gespräch über den Film verstrickten. Sie entschied sich für den direkten Weg. »Der Mensch, den Sie enttäuscht haben – war das jemand in Milton Hall? Sind Sie deswegen zurückgekehrt? Um wiedergutzumachen, was Sie getan oder gelassen haben?«

»Dafür war es zu spät. Zweiundzwanzig Jahre zu spät.« Er klang gefasst, doch Josephine konnte sich nicht daran erinnern, jemals ein derart trauerverzerrtes Gesicht gesehen zu haben. »Gott, ist es wirklich schon so lange her?«, sagte er leise zu sich selbst. »Manchmal trifft es mich heute noch so hart, als hätte ich gerade erst von dem Tod erfahren.«

»Das tut mir leid.«

»Nicht nötig. Ich habe kein Mitleid verdient.« Er fuhr sich mit der Hand über die Augen, doch sein Kummer ließ sich nicht so leicht beiseitewischen. »Mich würde sowieso keiner wiedererkennen. Ich bin ein anderer Mensch. Da ist es wahrscheinlich besser, wenn das keiner mit ansehen muss.«

Josephine fragte sich, um wen es sich bei »keinem« handelte, oder ob James damit lediglich elegant das Pronomen »er« umging. Aus seinen Erzählungen schloss sie, dass seine engsten Freunde in Milton höchstwahrscheinlich keine Krankenschwestern, sondern Soldaten gewesen waren; sie selbst war ein alter Hase darin, sich möglichst vage auszudrücken, was ihre Geliebte anging, und erkannte es instinktiv in anderen. Sie beschloss, zunächst die Alternative auszuschließen. »Meinen Sie Ihre Eltern?«

»Meine Eltern?«

»Ja. Das Kruzifix, das Ihnen heruntergefallen ist, sah aus wie ein Erbstück, und ich dachte, es gehörte vielleicht Ihrer Mutter.«

»Um Gottes willen, nein.« Seine heftige Reaktion überraschte sie. »So etwas hätte meine Mutter nie getragen. Sie trug ihren Glauben im Herzen und musste nicht damit hausieren gehen.«

Die Antwort war interessant, da sie ebenso viel über die Besitzerin des Schmuckstücks auszusagen schien wie über seine Mutter, und Josephine bemerkte, dass dieselben extremen Gefühle über sein Gesicht huschten wie am Vortag – Hass, dicht gefolgt von Verzweiflung. »Mir kommt es etwas merkwürdig vor, dass Sie es mit sich herumtragen, wenn Sie es nicht ausstehen können.«

Er warf ihr einen raschen Blick zu, als hätte sie ihn bei etwas ertappt, und sie befürchtete schon, sie hätte es zu weit getrieben, doch er nickte lediglich. »Sie haben recht.« Er stand auf und holt das dicht mit Edelsteinen besetzte Kruzifix mitsamt Kette aus der Tasche. »Wieso sollte ich das behalten?«

Bevor Josephine etwas erwidern konnte, öffnete er das

Fenster und schleuderte das Kruzifix in die weite, fremde Landschaft. »Das meinte ich doch gar nicht«, protestierte sie. »Ich hoffe, Sie werden das nicht bereuen, bloß weil ich irgendetwas dahingesagt habe.«

»Keine Angst, wahrscheinlich bedanke ich mich eher. Mir geht es direkt besser.« Er setzte sich wieder, um nicht noch weitere Aufmerksamkeit zu erregen. »Wenn sich doch nur alles so leicht loswerden ließe.«

»Wie meinen Sie das?«

James ließ sie warten, während er sich eine Zigarette ansteckte, und allmählich wünschte Josephine, sie hätte die Einladung nie angenommen. Je mehr er sprach, desto überzeugter war sie davon, dass er sich eines Tages das Leben nehmen würde, und desto mehr machte es ihr etwas aus. »Manche Sachen lassen einen nicht los, oder?«, sagte er. »Egal, wie weit man flieht. Und nicht jeder hat das Glück, von einer Erica vor sich selbst gerettet zu werden.«

Die rätselhafte Bemerkung bezog sich auf ihr Buch und Hitchcocks Verfilmung, und Josephine wollte ihn gerade fragen, wovor er auf der Flucht war, da bemerkte sie, wie einer von Lee Hessels Bekannten auf sie zukam. Zu ihrer Überraschung blieb er direkt vor James stehen. »Ich hab überall nach dir gesucht«, sagte er, wobei er Josephine mit einem neugierigen Blick bedachte.

»Jetzt hast du mich ja gefunden.« Aus seinem Tonfall zu schließen, hatte James nichts für den Mann übrig. »Was willst du?«

»Wie wäre es mit einer Vorstellung? So langsam kann ich bei deinen Frauengeschichten nicht mehr mithalten.«

James sah Josephine entschuldigend an, ging aber nicht auf die Anspielung ein. »Miss Tey, das hier ist Frank

Wheeler. Kameramann des zweiten Filmstabs und die größte Nervensäge aller Zeiten.«

Wheeler grinste. »Freut mich, Miss.« Er nahm James' Jacke auf den Schoß und setzte sich auf den freien Platz. »Und woher kennt ihr zwei euch?«

Panik huschte über James' Gesicht, da er anscheinend immer noch nicht ganz darauf vertraute, dass sie sein Geheimnis für sich behalten würde. »Wir haben uns bei einem Film in England kennengelernt«, log sie. »*Jung und unschuldig*. Ich habe den Roman geschrieben und bin mit den Hitchcocks befreundet.«

Die leichte Übertreibung verfehlte ihr Ziel nicht. Die Erwähnung seines Chefs vertrieb den Übermut aus seinem Gesicht, und zur Abwechslung war Josephine dankbar über ihre Bekanntschaft. »Was willst du, Frank?«, wiederholte James ungeduldig. »Wir haben zu tun.«

Wheeler hob abwehrend die Hände, als würde er nicht einmal im Traum daran denken, die beiden zu stören. »Schon gut, schon gut, ich lass euch ja schon wieder allein. Ich wollte dir bloß Bescheid sagen, dass Vic und ich später mit ein paar alten Freunden einen trinken gehen, falls du Lust hast.«

»Nein, danke. Ich muss noch was erledigen, und morgen geht es früh los. Du hast doch nicht etwa vergessen, dass du dieses Wochenende arbeiten musst?«

»Nein, Opa, habe ich nicht. Umso wichtiger, dass ich mich heute Abend ein bisschen amüsiere.« Er zwinkerte Josephine zu, und sie spürte, wie sich sein Bein unter dem Tisch dem ihren näherte. »Und Sie, Miss Tey? Falls Sie jemanden brauchen, der Ihnen die Stadt zeigt …«

Er ließ das Angebot in der Luft hängen und grinste,

während sie errötete und von ihm abrückte. »Danke, aber ich habe schon etwas vor.«

»Wie siehts aus, Bart? Du könntest dich ruhig mal ein bisschen locker machen, und es sind doch bloß ein paar Bier. Komm mit.« James starrte ihn lediglich an. »Na gut, wie du willst. Dann sehen wir uns morgen im Studio.«

Er stand auf und warf James' Jacke wieder auf den Sitz, bevor er den Gang hinab verschwand, und Josephine fragte sich, ob Lee wohl zu den »alten Freunden« gehörte, die er erwähnt hatte. »Tut mir leid«, sagte James. »Bescheuerter Kerl.«

»Kein Grund zur Entschuldigung. Man kann sich nicht immer aussuchen, mit wem man zusammenarbeitet.«

»Leider nicht.«

»Haben Sie auch an *Jamaica Inn* gearbeitet?« Josephine war eingefallen, dass James unter Umständen mit Lee Hessels Vater bekannt gewesen sein könnte.

»Nicht besonders viel. Haben Sie den Film gesehen?« Sie nickte. »Dann wissen Sie ja, dass da nicht besonders viel gezaubert wurde, abgesehen von dem Trick, Charles Laughton auf ein Pferd zu bekommen. Wieso?«

»Ach, ich hatte bloß auf der Überfahrt mit Alma darüber gesprochen. Einer der Schauspieler ist kürzlich gestorben, William Melrose.«

»Ja, das habe ich gehört. Wirklich schade, er war ein netter Kerl und sehr beliebt.«

»Sind Sie je seiner Tochter begegnet?«

James schüttelte den Kopf. »Nicht, dass ich wüsste. Mir war nicht einmal klar, dass er eine Tochter hat, aber ich kannte ihn auch nicht besonders gut.«

Er war offensichtlich interessiert, weshalb Josephine

danach gefragt hatte, und sie erklärte es ihm. »Ich habe mich bloß gefragt, weil ich seine Tochter vorhin mit Ihrem Freund Frank gesehen habe …«

»Wir sind nicht befreundet.«

»Ich weiß, ich wollte es bloß erwähnt haben, weil ich glaube, dass sie Hitch und Alma Probleme machen will.«

»Was für Probleme?«

Seine Zigarette war im Aschenbecher erloschen, und er kramte in seiner Jacke nach einem Feuerzeug, das er schließlich zusammen mit einem Päckchen Camels und einem zusammengefalteten Blatt Papier hervorzog. Er sah den Zettel an, als bekäme er ihn zum ersten Mal zu Gesicht, und erbleichte. »Alles in Ordnung?«, fragte sie. James antwortete nicht, und sie versuchte, einen Blick auf die Nachricht zu erhaschen, was ohne Brille jedoch unmöglich war. Insgeheim verwünschte sie ihre schwachen Augen. Sie erkannte lediglich, wie kurz die Botschaft war.

Ohne Vorwarnung oder Erklärung knüllte James den Zettel fest zusammen und zündete ihn im Aschenbecher an. »Tut mir leid«, sagte er. »Sie haben gerade etwas über Probleme für Hitch gesagt.«

Josephine setzte zu einer Erklärung an, erkannte jedoch, dass er nicht richtig zuhörte. Die Nachricht hatte ihn abgelenkt, und sie war froh, als er das Gespräch schließlich zu Ende brachte und sich entschuldigte. Sie ging zurück zu ihrem Abteil, um ihre Sachen für die Ankunft in Pasadena zu packen, wobei sie über Inhalt und Absender der Nachricht nachgrübelte. Im Speisewagen sah sie, wie Patricia Hitchcock ihre Großmutter mit einer weiteren Geschichte unterhielt, und plötzlich schwappte eine Welle der Nostalgie über Josephine. Die Freuden des

Kindseins – alles schien möglich, und nichts war kompliziert. Ihr leises Lächeln verblasste schnell wieder, als sie ein paar Tische weiter Lee Hessel entdeckte, die die beiden entschlossen anstarrte.

Der Halt in Pasadena war extra eingeführt worden, damit Prominente den Zug unbemerkt verlassen konnten, abseits des Trubels und der übergriffigen Presse von Los Angeles. Josephine sehnte die Ankunft herbei und schaute vorfreudig den langen, erleuchteten Bahnsteig hinab, der an ihnen vorbeiglitt und dabei immer langsamer wurde, bis sie schließlich einzelne Gesichter ausmachen konnte. Marta stand in der Mitte des Bahnsteigs und wartete anscheinend schon eine ganze Weile, da sie einen Platz in der ersten Reihe hatte. Sie winkte wie wild, als der Zug hielt, und Josephine wartete ungeduldig ab, bis der Zugbegleiter die Stufen an ihrem Wagen ausgeklappt hatte. Am liebsten wäre sie darüber hinweggesprungen, um schneller bei Marta zu sein. Sie schlossen einander in die Arme, und Josephine drückte ihre Liebste fest an sich. Es war nur knapp eine Woche her, dass sie sich zuletzt gesehen hatten, doch es kam ihr vor wie mehrere Monate, und erst jetzt bemerkte Josephine die Spuren, die das emotionale Auf und Ab der Reise bei ihr hinterlassen hatte. Insbesondere das Gespräch mit James Bartholomew hatte sie auf schwer beschreibliche Weise beunruhigt, und sie wusste, dass sie ihr Versprechen an ihn früher oder später brechen und Marta davon erzählen würde. Doch nun war sie erst einmal froh, ihre Sorgen beiseitezuschieben.

»Ist alles in Ordnung?« Marta spürte – so wie immer –, dass Josephine etwas belastete.

»Ja. Bloß völlig erschlagen und unglaublich froh, dich

zu sehen. Je mehr ich darüber nachdenke, desto surrealer kommt mir die ganze Reise vor.«

»Du musst mir jedenfalls alles ganz genau erzählen. Ich dachte, nach den Strapazen willst du bestimmt nicht ausgehen. Du hast doch hoffentlich nichts dagegen, wenn wir zu Hause essen und früh ins Bett gehen?«

»Klingt perfekt.«

»Und du bist wirklich nicht enttäuscht? Du hast dir keine Hoffnungen auf ein schickes Restaurant gemacht? Ich habe nämlich nichts reserviert, und so kurzfristig kriegen wir auch nichts Anständiges mehr.«

»Schicke Restaurants stehen ganz unten auf meiner Liste. Im Moment wäre es mir gleich, wenn ich nie wieder essen gehen würde.«

»Gut. Dann holen wir mal dein Gepäck und entfliehen dem Chaos. Ich will dich endlich für mich allein haben.«

8

Penrose war froh, dass er in Wansford aussteigen und so das Gewimmel am Hauptbahnhof von Peterborough meiden konnte; der Bahnsteig auf der anderen Seite des Gleises war auch hier voller Soldaten auf dem Weg nach London und ihren Familien, die sich verabschieden wollten. Die Nachmittagssonne, die hier ebenso ungewöhnlich großzügig war wie in der Stadt, leuchtete auf das hübsche Bahnhofsgebäude hinab, das im jakobinischen Stil aus regionalem Kalkstein errichtet worden war, und über der Szene lag eine Gelassenheit – wie illusorisch sie auch sein mochte –, die Penrose als tröstlich empfand. Sowohl zu Hause als auch auf der Arbeit schwankte sein Leben zwischen hektischen Planungen und angespanntem Abwarten, und es fiel ihm zunehmend schwer, damit zurechtzukommen. Während die Tage vergingen und der schlimmste Fall nicht eintrat, kam er sich vor wie ein Kind am Guy-Fawkes-Tag, das sich die Ohren zuhielt, während sein Vater die größte Rakete entzündete, dann die Hände abnahm und merkte, dass sie gar nicht abgehoben hatte.

Er ging durch den Schalterbereich, wobei er einen großen Haufen Postsäcke umschwenkte, und trat ins Freie. Nach allem, was Bell über die delikate Natur des Falles gesagt hatte, rechnete er fast mit einem militärischen Transport, doch der Wagen vor dem Eingang war ein gewöhnlicher Polizei-Wolseley mit einem uniformierten Beamten am Steuer, der ausstieg, sobald er Penrose entdeckt hatte. Er war etwa Mitte fünfzig, und sein Ruhestand war wahrscheinlich gerade ein Stück weiter in die Ferne gerückt, da die Truppe durch den Einzug des Nachwuchses geschwächt worden war. Penrose war jetzt schon überrascht und leicht peinlich berührt davon, wie sehr es ihn störte, zum alten Eisen zu gehören, die Lücken zu füllen, die die jungen Männer hinterlassen hatten. Dieser Mann war sicher zehn Jahre älter als er, und vielleicht bildete Penrose es sich auch nur ein, doch als er sich als Sergeant Tunnicliffe vorstellte und das Eis mit ein paar Nichtigkeiten brach, schwang in seiner Einstellung eine auf Alter und Perspektive basierende Kameradschaft mit, die Penrose innerlich auf die Palme trieb.

Sie machten sich über die Hauptstraße von Wansford auf den Weg Richtung Osten und hinaus in die Moorlandschaft. »Anscheinend nimmt die Sache an Schwung auf, Sir.« Tunnicliffe nickte in Richtung der Autowerkstatt am Ortsrand, wo sich an den Zapfsäulen eine lange Schlange gebildet hatte, die bald die Zufahrtsstraßen in beide Richtungen blockieren würde. Am Wochenende würde die Benzinrationierung in Kraft treten, und die Obergrenze lag bei knapp 300 Kilometern pro Monat. Offenbar waren alle auf die gleiche Idee gekommen und wollten sich für die drohende Knappheit wappnen. »Bei Ihnen hat sich sicher auch einiges verändert.«

»Ich erkenne die Stadt kaum wieder«, gab Penrose zu. Vor seinem inneren Auge tauchten mühelos die mit Sandsäcken verschanzten Restauranttüren auf, die vertrauten roten Briefkästen, die von gelben Quadraten verunziert wurden, die beim ersten Zeichen von Gas die Farbe ändern würden. »Anscheinend braucht es keine Bomben, um unsere Lebensweise zu zerstören. Hitler könnte sich eine Menge Ärger sparen.«

»Schön wärs.«

»Auf welcher Station arbeiten Sie?«, fragte Penrose, da er kein Interesse an einem weiteren deprimierenden Gespräch über die Weltlage hatte, und – was noch wichtiger war – er wollte so viel über die Gegend erfahren wie möglich, bevor sie Milton erreichten.

»Peterborough, Sir. Da bin ich schon seit Anfang an, abgesehen von meiner Ausbildung.«

»Kennen Sie sich mit Milton Hall aus?«

»Nicht über die Arbeit, aber meine Schwiegermutter hat früher dort gearbeitet, da sind mir ein paar Geschichten zu Ohren gekommen. Das war allerdings lange vor dem letzten Krieg, eine andere Generation als heute.«

»Ich nehme an, sie war im Ruhestand, als das Haus damals beschlagnahmt wurde?«

»Ja, Sir. Nach allem, was ich gehört habe, war sie sehr zufrieden dort, und soweit ich weiß, tun die Besitzer auch viel für die Leute vor Ort. Man sieht den Namen oft in der Zeitung – Wohltätigkeitsorganisationen, Benefizveranstaltungen, solche Sachen.«

Er verlangsamte und bog links ab, wo ein Wegweiser Richtung Marholm zeigte. »Ist Marholm die nächstgelegene Ortschaft?«, wollte Penrose wissen.

»Bei uns heißt das Marram, Sir«, berichtigte Tunnicliffe seine Aussprache. »Und ja. Das Anwesen reicht direkt bis ans Dorf und dahinter noch weiter. Alle Höfe hier gehören zur Hall. In ein paar Minuten sind wir am Tor, und Marholm liegt ein Stück weiter die Straße hinunter.«

Frisch gepflügte Äcker erstreckten sich zur Linken,

soweit das Auge reichte, doch als sie sich dem Anwesen näherten, tauchte ein schützender Waldring auf, der die flache, nichtssagende Landschaft durchkreuzte und ohne den man meilenweit in alle Richtungen hätte sehen können. Da stieß Tunnicliffe einen genervten Laut aus, und Penrose, der vergeblich versucht hatte, durch das Baumdickicht einen Blick auf das Haus zu erhaschen, schaute wieder auf die Straße. Eine Schafherde, die in gemächlichem Tempo von einer Weide zur nächsten getrieben wurde, versperrte ihnen den Weg. »Tut mir leid, Sir«, sagte der Sergeant, als wäre er für den Rhythmus der Landwirtschaft verantwortlich. »Das kann eine Weile dauern.«

Ein Stück weiter stand ein Tor, das zum Anwesen führte, und Penrose wollte die Gelegenheit nutzen, um ein erstes Gefühl für den Ort zu bekommen. »Kein Problem.« Er öffnete die Tür. »Ich schaue mich so lange um. Rufen Sie einfach nach mir, wenn die Straße wieder frei ist.«

Er ging rasch den Straßenrand entlang und war froh um die frische Luft. Die Grenze des Anwesens wurde von einer wunderschönen, unregelmäßigen Steinmauer markiert, die mit tiefgrünen und gelben Tönen durchsetzt war, wo Moos und Flechten über die Jahre ihre Spuren hinterlassen hatten; als er eine Hand darauflegte, meinte er, die Wärme Hunderter vergangener Sommer zu spüren. Das Tor war verschlossen, ließ sich allerdings leicht übersteigen, und er fand sich am Rand eines Wäldchens wieder – knappe fünfzig Meter aus Tannen und Farndickicht, die sich zu einer traumhaften Parklandschaft hin öffneten, die von breiten, grasigen Wegen durchzogen wurde und hier und da mit majestätischen Eichen besetzt war. Der lange, heiße Sommer hatte seine Spuren hinterlassen: Der Graben entlang des Waldstücks war staubtrocken, und Äste zerbrachen unter seinen Schritten, als er auf die offenen Wiesen hinausging, die teils ausgetrocknet und von Wollbüscheln und Taubenfedern übersät waren. Auf den sanften Hügeln standen Hürden, die auf ein Interesse am Reitsport hinwiesen, doch ansonsten herrschte eine träge, reglose Atmosphäre, die lediglich ab und zu von einem Schaf unterbrochen wurde, das sich unter einem Baum regte, oder dem rastlosen Schwirren einer Libelle.

Zur Linken entdeckte er ein Pförtnerhäuschen neben dem Tor, das Tunnicliffe erwähnt hatte, und er fragte sich, ob er wohl beobachtet wurde. Ein dorniger Ast blieb an seinem Regenmantel hängen, als wollte er ihn davon abhalten, weiterzugehen, doch er schritt entschlossen voran, den Waldrand entlang auf offeneres Gelände zu. Dennoch blieb Milton Hall ihm verborgen, und er ärgerte sich unsinnigerweise darüber – irgendwie kam es ihm vor wie ein Symbol für die Heimlichkeiten und Verschleierungsversuche, die stets mit Mordermittlungen einhergingen und in diesem Fall vom Zeitpunkt der Tat und den Vorgängen im Hintergrund verschlimmert wurden. Er wollte endlich anfangen und machte sich auf den Weg zurück zur Straße, wo der Verkehr anscheinend weiterging. Tatsächlich tauchte Tunnicliffe prompt am Tor auf, um ihn zurückzuwinken. Penrose hob die Hand zum Zeichen, dass er ihn gesehen hatte.

Am Tor warteten sie, bis ein Militärkonvoi vor ihnen abgebogen war – viel mehr Verkehr, als die kleine Landstraße gewohnt war. Penrose meldete sich am Pförtnerhäuschen an, und sie wurden über den schnellsten Weg zum Nordeingang geschickt, wo sie an den Stallungen parken sollten und in Empfang genommen würden. Als Penrose den ersten freien Blick auf das Haus erhaschte, hätte man es ihm nicht zum Vorwurf machen können, falls er den eigentlichen Grund für seinen Besuch vergessen hätte: Das im elisabethanischen Stil errichtete Herrenhaus lag niedrig in der ländlichen Umgebung und wurde von sanften weißen Wolken vor einem wasserblauen Himmel umrahmt, ein Bild der Gelassenheit, in dem für Gewalt scheinbar kein Platz war. Das Gemäuer bestand aus Quadern, und ihm fiel sofort die elegante Zurückhaltung ins Auge – acht Erker, die eine bescheidene Terrasse flankierten, und eine Vielzahl von Fenstern, die für die Ära so typisch waren. »Nicht übel, oder?«, fragte Tunnicliffe, dem Penrose' Staunen nicht entgangen war. »Meine Frau liebt ja Schnulzenfilme. Einmal die Woche geht sie mit ihrer Schwester ins Kino, na, zumindest, bevor sie alles dichtgemacht haben, und ich habe immer über diesen sentimentalen Kram gelacht. Bei dem Anblick hier verstehe ich allerdings, wie sie sich fühlt. Bei dem, was uns bevorsteht, kann man bei allem, was noch intakt ist, leicht in Nostalgie verfallen.«

Er hatte recht. Penrose wusste das Haus und die Landschaft umso mehr zu schätzen, da sie in starrem Kontrast zu der Stadt standen, die er gerade verlassen hatte. Wie angewiesen hielten sie auf die Stallungen zu – ein unpassender Name für die geschmackvollen Gebäude. Die Stallungen lagen zu drei Seiten eines Hofes und wurden von einem Glockenturm mit Kuppel gekrönt. Ein wunderschönes Buntglasfenster war in den Giebel über der

Tür eingelassen, und obwohl er sich mit Pferden nicht auskannte, vermutete er, dass die Tiere hier von höchstem Kaliber waren, wenn sie so ein Zuhause verdient hatten. Das Auto rumpelte über das Pflaster, und Tunnicliffe hielt vor einem kleinen, achteckigen Gebäude in der Mitte des Hofes, in dem das Zaumzeug aufbewahrt wurde. Noch bevor er den Motor abstellen konnte, kam ein Offizier auf sie zu. Ob Penrose den Mann wohl wiedererkannt hätte, wenn Bell ihn nicht informiert hätte? Auf gar keinen Fall.

»Penrose! Wie schön, dich endlich mal wiederzusehen.« Scott klopfte ihm jovial auf die Schulter, als wären sie bei einem Klassentreffen. »Danke, dass du gekommen bist. Ist ein ganz schöner Weg, aber wir haben hier eine unangenehme Situation, und ich weiß, dass du mit so was umgehen kannst.«

Damit beleidigte er nicht nur Penrose' professionelle Distanz, sondern gleichzeitig auch die Grundsätze seiner Arbeit. »Eine Frau verlangt nach Gerechtigkeit«, sagte er, bevor er es sich anders überlegen konnte. »Und deswegen werde ich alles tun, was in meiner Macht steht, egal, wie unangenehm es wird.« Sein höfliches Lächeln konnte seinen bissigen Unterton nicht gänzlich verhehlen. Scott war allerdings zu sehr mit sich selbst beschäftigt, um etwas davon zu bemerken. Sein Kameradschaftsgetue war derart fehl am Platz, dass Penrose fast damit rechnete, er könnte eine Zigarrenkiste und eine Flasche Whisky hervorholen. Ein Erinnerungsfetzen flackerte in seinem Gedächtnis auf – ein arroganter Zwanzigjähriger mit unhinterfragtem Anspruchsdenken, dem Penrose stets aus dem Weg gegangen war. Auch Tunnicliffe brodelte spürbar vor Abneigung, allem Respekt für Hierarchien zum Trotz.

»Gehen wir doch in mein Büro«, fuhr Scott fort. »Da können wir uns unterhalten.«

Die Uhr schlug vier und erinnerte Penrose erneut daran, dass ihm nicht viel Zeit blieb, wenn er den Nachmittag nutzen wollte. »Ich würde lieber direkt zum Tatort gehen«, erwiderte er. »Meine Anreise hat lange genug gedauert. Kann uns jemand begleiten?«

»Ja, natürlich, aber ich dachte, ein bisschen Kontext könnte nicht schaden.« Scott trommelte ungeduldig mit den Fingern auf das Autodach – die geplante Unterhaltung hatte offensichtlich nichts mit den Ermittlungen zu tun. »Sie liegt schon seit Tagen dort, da kann sie auch noch eine halbe Stunde warten.«

»Wir können uns später unterhalten«, sagte Penrose. »Erst muss ich mit dem Gerichtsmediziner sprechen, um mir ein genaueres Bild zu machen.« Eine gewisse Dringlichkeit war das Mindeste, das er einem Opfer schuldig war, doch es hatte keinen Sinn, Scott das zu erklären, und er griff auf einen pragmatischeren Grund zurück. »Es wird langsam spät, und ich will das Tageslicht nutzen.«

»Na gut, aber ich bring dich selbst hin, da können wir uns unterwegs unterhalten. Wir gehen durchs Haus, von da sind es nur fünf Minuten.«

Damit war Tunnicliffe im Grunde entlassen, und Penrose fragte sich, ob Scott genau das beabsichtigt hatte. Es war ungewöhnlich, dass er nicht von einem hochrangigen Kollegen in Empfang genommen und über den Fall ins Bild gesetzt worden war; womöglich war der verantwortliche Beamte noch am Tatort, oder die Versuche des Heeres, die Kontrolle zu übernehmen, waren auf wenig Widerstand gestoßen – Penrose hatte es jedenfalls umso eiliger, endlich anzufangen. »Danke, Sergeant«, sagte er zu seinem Fahrer. »Sie müssen nicht warten. Ich rufe auf der Station an, wenn ich fertig bin, oder fahre mit jemandem von hier.«

Tunnicliffe nickte, und Penrose folgte seinem neuen Begleiter, der schon den halben Hof überquert hatte. Sie betraten das Haus über den Dienstbotentrakt, einem verwirrenden Labyrinth aus gepflasterten Gängen und angelehnten Türen zu Küchen, Kellern und Stiefelkammern. »Du kennst dich ziemlich gut aus«, bemerkte Penrose, während Scott sie zielstrebig hinauf ins Erdgeschoss führte. »Wie lange seid ihr schon vor Ort?«

»Seit Anfang der Woche, aber ich war ja schon beim letzten Mal hier, drei Monate zur Genesung. Wurde wieder zusammengeflickt und zurückgeschickt, obwohl ich gedacht hatte, alles wäre vorbei, deswegen ist mir der Laden ans Herz gewachsen. Ich habe ihm meine Karriere zu verdanken, und was für eine.« Er bedachte Penrose mit einem neugierigen Blick. »Dich hat es nicht gereizt, beim Heer zu bleiben, nachdem alles vorbei war?«

»Vorbei? Die letzten Wochen haben wohl deutlich gezeigt, dass gar nichts vorbei ist.«

»Du weißt schon, was ich meine. Wie bist du bei der Polizei gelandet? Mit Medizin hat das ja nicht so richtig viel zu tun, und du warst immer der Hellste von uns. Du hättest es in jedem beliebigen Krankenhaus bis ganz nach oben geschafft.«

Scott betrachtete mangelnden Ehrgeiz anscheinend als Schwäche, und Penrose spürte kein Bedürfnis, ihm zu erklären, dass seine Arbeit dem menschlichen Leben eine Wertschätzung entgegenbrachte, die ihm dabei half, die sinnlose Verschwendung auf dem Schlachtfeld zu verarbeiten; der willkürliche Tod hatte in ihm das Bedürfnis nach Ordnung und Gerechtigkeit geweckt, oder zumindest die Illusion davon. »Ich habe die Entscheidung nie bereut«, sagte er stattdessen, als sie das geschäftige Erdgeschoss betraten, wo kakifarbene Uniformen sich mit der schwarz-weißen Kleidung der Hausangestellten mischten und so zwei strikte Hierarchien aufeinandertrafen.

Scott zuckte die Achseln. »Jedem Tierchen sein Pläsierchen.« Sie gingen schweigend durch die Eingangshalle zur Südfassade, vorbei an Räumen, in denen das Haus auf seine Umfunktionierung vorbereitet wurde. Das Zusammentreffen von Vergangenheit und Gegenwart hatte einen verstörenden Effekt; Geschichte wurde bewahrt, sodass neue Geschichte geschrieben werden konnte. Penrose sah, wie Zierstücke und Besteck sorgfältig verpackt und Ahnenporträts in kunstvollen Rahmen von den Wänden genommen wurden, und stellte sich die Verwirrung und Erleichterung der Männer vor, die zur Genesung hierherkommen würden. Er dachte an seine Zeit im Lazarett in Cambridge zurück – zwischen den stillen Kreuzgängen und dem Schmutz und Lärm der Schützengräben hatten Welten gelegen, und die Schönheit und Beständigkeit der Umgebung hatte ungemein tröstlich auf ihn gewirkt. Das Gefühl von Geschichtsträchtigkeit hatte ihn durch einige der dunkelsten Tage seines Lebens getragen, und er hoffte, den Männern, die nach Milton kamen, würde es ähnlich gehen. »Was für ein riesiger Umbruch, neben dem Haus und dem Anwesen auch noch ein Lazarett führen zu müssen«, sagte er. »Mit einem zweiten Mal hätten sie wahrscheinlich nie gerechnet.«

»Wer hat irgendetwas von einem Lazarett gesagt?« Die Frage erwischte Penrose auf dem falschen Fuß, und rückblickend wurde ihm klar, dass Bell überhaupt nicht erklärt hatte, was das Heer mit dem Haus plante; er hatte lediglich voreilige Schlüsse gezogen. »Nein, dieses Mal nutzen wir es als Ausbildungsstützpunkt«, fuhr Scott fort. »Erst mal nur für die Grundausbildung, aber später, wenn wir eine bessere Vorstellung von der Lage haben, dann auch für Sondereinsätze. Dafür ist der Ort ideal.«

Als sie das Haus hinter sich ließen und über die formellen Gärten auf einen weiteren Waldgürtel zuhielten, warf Penrose einen Blick zurück zur Südfassade, offenbar ein Anbau; er wirkte weicher als der Rest, und die kreisförmigen Rasenflächen, gepflasterten Wege und Blumenrabatten verliehen ihm eine häusliche Eleganz, die der strengen Nordfassade fehlte. Scotts Worte jedoch schienen das romantisierte, unverdorbene England zu verhöhnen, das Tunnicliffe beim Anblick des Hauses vor sich gesehen hatte, und Penrose konnte sich kaum ausmalen, wie sehr sich das Haus verwandeln würde, bevor die Besitzer zurückkehren durften. »Was kannst du mir über das Opfer erzählen?« Penrose nahm das Heft in die Hand, bevor ihm anderweitige Absichten zuvorkommen konnten. »Sie war Haushälterin hier, richtig?«

»Genau.«

»Wer hat sie gefunden?«

»Einer der Wildhüter. Hör mal, darüber kannst du gleich mit deinen Leuten sprechen, soviel du willst, aber in erster Linie musst du verstehen, wie wichtig es ist, dass unsere Operation hier nicht in Mitleidenschaft gezogen wird.«

Endlich hatte er zugegeben, dass sie nicht am gleichen Strang zogen, und Penrose wusste zumindest die Ehrlichkeit zu schätzen. Er beschloss, den Spielchen ein Ende zu setzen. »Eine Frau wurde umgebracht, direkt nachdem das Heer das Haus übernommen hat. Wenn die Sache an die Öffentlichkeit gelangt, wird sich ein schlechtes Licht auf eure Operation nicht vermeiden lassen, und wenn du erwartest, dass ich etwas vertusche, um –«

»Um Gottes willen, natürlich nicht, und ich verbitte mir solche Annahmen. Ich erwarte bloß, dass du keine voreiligen Schlüsse ziehst und in sämtliche Richtungen ermittelst. Wir waren nicht die einzigen Außenstehenden hier, als sie ermordet wurde. Bei unserer Ankunft waren schon ein paar Filmleute hier, was wir natürlich nie erlaubt hätten, aber es war mit den Besitzern so abgemacht, da konnten wir nichts mehr dran ändern. Die solltest du genauer unter die Lupe nehmen – einer von ihnen war wohl im letzten Krieg hier, da ist es gut möglich, dass er sie kannte. Und dann ist da natürlich noch der ganze Rest des Personals. Vielleicht hatte jemand ein Problem mit ihr. Das kann doch gut sein, oder?«

»Und du?«

»Was ist mit mir?«

»Kanntest du sie? Du meintest, du wärst im letzten Krieg drei Monate hier gewesen, da ist es doch gut möglich.«

Scott wirkte verlegen, und Penrose schämte sich ein bisschen dafür, wie sehr ihn die Reaktion befriedigte. »Ich wusste von ihr«, gab er zu. »Mehr nicht. Sie stand einem Freund von mir nahe, einem Freund von damals, meine ich, der auch hier behandelt wurde.«

»Und was ist aus ihm geworden?«, bohrte Penrose, eher aus Schadenfreude als aus ermittlungstechnischen Gründen. Es trat Schweigen ein, und Scott mied seinen Blick. »Ja?«

»Er hat sie geheiratet.«

Penrose starrte ihn ungläubig an. »Ein Freund von dir …«

»Ein ehemaliger Freund.«

»Ein Freund von dir war mit dem Opfer verheiratet, und du bist nicht auf die Idee gekommen, mir das zu erzählen? Ist er zufällig auch noch im Heer?«

»Bloß in der Verwaltung. Wurde ausgemustert.«

»Aber er ist hier?«

»Ja, natürlich.«

»Dann verstehe ich auch, wieso ich mir die Filmleute näher ansehen soll.«

Sie waren fast am Waldstück angelangt, das einen der zahlreichen Wege begrenzte, die hinauf zur Hall führten, und Penrose bemerkte ein auffälliges, gotisches Gebäude, das sich zwischen den Bäumen verbarg. Mit den steinernen Kreuzblumen und Zinnen bildete es eine Mischung aus Kapelle und Zierbau. Ein ehemals prachtvolles Rosenfenster prangte über dem Eingangsbogen, doch mehrere Scheiben waren zerbrochen, und als sie sich näherten, erkannte Penrose, dass das Gebäude so gut wie verfallen war. Zwei Streifenwagen standen davor, in diskretem Abstand hatte ein Leichenwagen geparkt, und an der Tür wachte ein Streifenpolizist.

»Sie liegt dahinter im Wald«, sagte Scott. »Ich überlasse dich dann mal deiner Arbeit, aber ich wäre dir dankbar, wenn du hinterher bei mir im Büro vorbeischauen würdest. Wir müssen besprechen, welche Informationen wir mit der Öffentlichkeit teilen.«

Und viel wichtiger, welche nicht, dachte Penrose, schwieg jedoch. Er ließ Scott stehen und machte sich auf den Weg zur Rückseite der Kapelle, wobei er im Vorbeigehen einen Blick durch die Fenster warf und sah, wie Efeu und Elemente den kleinen Bau zurückerobert und in eine Märchenruine verwandelt hatten. Zwei Polizisten in Zivil standen an ein paar jungen Buchen herum, während ein dritter Mann ein paar Meter weiter am unteren Ende eines dichten Farnwäldchens kniete und den Boden inspizierte. Die Umrisse des vornübergebeugten Gerichtsmediziners waren Penrose erfreulich vertraut, und er war froh, einen Verbündeten zu sehen. Er stellte sich den beiden örtlichen Polizisten vor und ging dann vorsichtig auf den Tatort zu. Bernard Spilsbury hob den Kopf, drehte sich jedoch nicht um. »'n Abend, Archie. Schön, dass du noch zu uns stößt.«

»Ich wurde von der ausgeprägten Gastfreundschaft unserer Streitkräfte aufgehalten.«

Spilsbury lachte auf und mühte sich auf die Beine. »Die ist mir auch schon aufgefallen. Mir haben sie einen Nachmittag in Newmarket verhagelt, weil der örtliche Kollege plötzlich auf mysteriöse Art und Weise nicht verfügbar war, und beim Außenministerium waren sie mir ungewöhnlich dankbar. Wahrscheinlich müsste ich mich eher bei ihnen bedanken – ich habe beim Rennen um Viertel nach drei eine Menge Geld gespart.«

Spilsbury schritt zurück den Hang hinauf, wobei er kurz innehielt, um sich zur besseren Durchblutung die Beine zu reiben. Er war mittlerweile Anfang sechzig, aber gefragt wie noch nie und für sein Alter erstaunlich gut in Form. Penrose zweifelte nicht daran, dass er dem zusätzlichen Druck des Krieges mit der Widerstandsfähigkeit eines weitaus jüngeren Mannes begegnen würde, von der Weisheit seiner Erfahrung ganz zu schweigen. Zum unzähligsten Mal war er froh über Spilsburys Weigerung, in den Ruhestand zu gehen; er würde ihm sowohl beruflich als auch als Freund fehlen. »Darf ich es mir mal ansehen?«, fragte er.

»Natürlich. Ich bin fast fertig. Wahrscheinlich muss ich dir nicht sagen, dass es kein schöner Anblick ist. Sie liegt seit mindestens vier Tagen dort, und die Aasfauna lässt sich nicht lange bitten.«

Sie arbeiteten schon seit Jahren zusammen und waren mit der Arbeitsweise des anderen entsprechend vertraut. Spilsbury hielt sich im Hintergrund, während Penrose auf die Leiche zuging, da er wusste, wie wichtig es ihm war, etwas Zeit allein mit dem Opfer zu verbringen. Es war seine einzige Möglichkeit, das Opfer am Ort seines Todes zu beobachten, ein Gefühl für Identität und Umstände zu bekommen, bevor die Wissenschaft mit ihren Tricks und Kniffen übernahm. Penrose wich einem dichten, flach gedrückten Farnstand aus, über den das Opfer vermutlich tiefer in den Wald gezerrt oder gerollt worden war. Als er schließlich vor der kläglichen Gestalt im Gestrüpp stand, war er allerdings überrascht, dass der Täter oder die Täterin sich mit dem Verstecken der Leiche nicht mehr Mühe gegeben hatte.

Evelyn Young lag auf dem Rücken, war der trügerisch sanften Landschaft schutzlos ausgeliefert. Von Ameisen bis hin zu Füchsen hatte sich alles an der Leiche vergangen, angesichts der kälteren Nächte und des nahenden Winters skrupellos gütlich getan. Der Schaden war beträchtlich, und sie hatten Glück, sie rechtzeitig gefunden zu haben – nicht viel länger, und die Leiche wäre womöglich komplett zerstört gewesen. Penrose rügte sich für die unangebrachte Vorstellung von Glück angesichts des entsetzlichen Anblicks. Er machte Bissspuren in ihrem Gesicht und an ihrem Hals aus, wo beträchtliche Stücke fehlten, und Insekten hatten sich der Wunden und des Weichgewebes angenommen, wobei sie ihre mangelnde Stärke und Größe mit ihrer Gier wettgemacht hatten. Die Verletzungen rund um die Augen waren besonders abstoßend: Leuchtend rote Wundränder zogen sich über ihre Wange, und Penrose wandte sich kurz ab, um die Vorstellung von Ratten, die die Zähne in ihre Haut gruben, zu verdrängen. Die Stille des Waldes kam ihm in seinem Kummer alles andere als friedlich vor, als hätte die Natur selbst, die die Anwesenheit des Todes durchaus gewohnt war, gemerkt, dass sie es diesmal zu weit getrieben hatte. Als schließlich ein Vogelschrei ertönte, war es nicht etwa der melodische Gesang eines Waldvögelchens, sondern der schroffe, raue Lärm einer Elster.

Von ihrem Gesicht war nur wenig übrig, sodass er sich unmöglich die Frau vorstellen konnte, die sie einmal gewesen war. Die kleinen Hinweise darauf, wie ein Opfer ausgesehen haben mochte, als es lachte, weinte oder liebte, die sich selbst nach dem Tod noch finden ließen, blieben ihm verwehrt, und er würde sich mit Fotografien begnügen müssen, um sich ein Bild ihres Lebens zu machen. Sie trug schlichte, schwarze Dienstbotenkleidung, und sein Blick wanderte erst zum Ehering an ihrer linken

Hand, dann zu den Schrammen an ihren Handknöcheln, von denen er gerne geglaubt hätte, dass sie harter Arbeit geschuldet waren, doch er wusste es besser. Er hoffte inständig, den Menschen, die sie geliebt hatten, würde mithilfe zahnärztlicher Unterlagen eine offizielle Identifikation erspart bleiben. Zwischen den zahllosen Übergriffen wirkte die Wunde, die sie getötet hatte – ein Schuss in die Stirn, der von den Spuren der Aasfresser verborgen und mit bloßem Auge kaum sichtbar war –, auf absurde Art barmherzig.

Beim ersten Anblick einer Leiche verspürte Penrose oft Wut oder Ungerechtigkeit, doch eine derartige Trostlosigkeit hatte er selten an einem Tatort erlebt. Es lag nicht an den Verletzungen, die an sich schon grausam genug waren, sondern am Gefühl der Verlassenheit. Die Art, mit der ihr Körper so gleichgültig entsorgt worden war, hatte etwas Elendes an sich, ein Maß an Verachtung, das ihn heftiger traf, als ihm lieb gewesen wäre. Schon seit dem Gespräch mit Scott war er nervlich angespannt, doch nun verabscheute er die unterschiedlichen Beweggründe, die das Opfer in den Hintergrund zu drängen drohten, umso mehr. Er würde Evelyn Young zu Gerechtigkeit verhelfen, egal wie unbeliebt es ihn auch machen würde. Er drehte sich auf dem Absatz um und schritt den Hügel hinauf, wo er seine Gefühle an Spilsbury ausließ, indem er ihm eine Frage entgegenschnauzte. »Was ist mit der Tatwaffe?«

»Die Tatwaffe? Hast du die etwa übersehen?«

»Wie bitte?« Penrose spürte eher, als dass er hörte, wie die örtlichen Polizisten hämisch kicherten. »Meinst du, die liegt noch bei der Leiche?«

Spilsbury nickte und begleitete ihn zurück zum Tatort.

»Ich habe sie liegen gelassen, damit du dir einen Eindruck verschaffen kannst.« Seinen überraschten Unterton fasste Penrose als Kritik auf; ein so fahrlässiger Fehler war untypisch für ihn. Spilsbury deutete auf die Waffe, die zwischen dem Farndickicht neben Evelyn Youngs Leiche lag. Es war eine Pistole der britischen Armee.

»Kein Wunder, dass Scott so nervös war«, sagte Penrose. »Können wir ausschließen, dass sie sich das Leben genommen hat?«

»So gut wie. Mit Sicherheit kann ich es erst sagen, wenn ich sie mir im Labor genauer angeschaut habe, aber ich würde behaupten, sie wurde aus einer Distanz von knapp anderthalb Metern erschossen. Über Ruß und Schießpulver kommen wir hier nicht weiter, dafür haben die Tiere gesorgt, aber es handelt sich um eine einzelne große Öffnung, und wenn man es sich genauer anschaut« – er winkte Penrose heran und hielt eine Lupe über die Wunde –, »sieht man leicht ausgefranste Ränder. Hier und hier, siehst du das? So was nennen wir Rattenloch, wobei ich das in Anbetracht der Umstände nur ungern sage.« Er stand auf und deutete erneut auf die Waffe. »Da sind ein paar Abdrücke drauf, und wir kontrollieren natürlich erst, ob es nicht ihre sind, aber bei der Wunde bin ich mir recht sicher. Ich melde mich, sobald ich mehr weiß.«

»Danke.« Penrose starrte erneut auf die Leiche hinab, wobei ihn sein Flüchtigkeitsfehler immer noch schmerzte. »Wieso hat der Täter die Waffe hiergelassen?«, überlegte er laut. »Und wieso hat er sich so wenig Mühe gegeben, die Leiche zu verstecken?«

Spilsbury zuckte die Achseln. »Das ist dein Fachbereich, Archie. Vielleicht ist er einfach in Panik verfallen, aber mir kommt es vor, als wäre es ihm einfach egal gewesen, sobald die Tat vollbracht war. Jemand, der dummerweise darauf vertraut hat, dass er nicht erwischt wird, oder zu sehr auf das Endergebnis konzentriert war, als dass es ihn interessiert hätte.« Er grinste. »Vielleicht wird es ja leichter, als du denkst. Und jetzt brauche ich noch zehn Minuten, dann können wir die Arme abtransportieren.«

Tief in Gedanken überließ Penrose den Gerichtsmediziner seiner Arbeit und ging hinüber zum örtlichen Detective Inspector, um weitere Informationen zu sammeln. »Sie wurde in der Nacht gefunden, wenn ich das richtig verstehe?«, sagte er.

»Genau, Sir. Der Wildhüter hat sie entdeckt, beziehungsweise sein Hund. In letzter Zeit gab es hier wohl eine Menge Ärger mit Wilderern. Er ist direkt hoch zum Haus und hat Bescheid gesagt, und der Butler hat uns gerufen.« DI Hughes schien sich nicht an der Anwesenheit eines Außenstehenden zu stören, sondern wirkte im Gegenteil froh, seinen Wissensstand zu teilen und die Verantwortung abzugeben. Penrose konnte es ihm nicht verdenken. »Middleditch, so heißt der Wildhüter, er hat ein Häuschen hier auf dem Gelände, und ich habe ihm schon gesagt, dass Sie vielleicht mit ihm sprechen wollen. Er ist ein bisschen neben der Spur, verständlicherweise.«

»Danke.« Penrose bezweifelte, dass Middleditch ihm etwas Neues berichten oder sich darüber freuen würde, den Fund noch einmal zu durchleben. »Mrs Young liegt anscheinend schon seit mehreren Tagen hier. Wurde sie nicht als vermisst gemeldet?«

Hughes schüttelte den Kopf. »Merkwürdig, oder? Ich hab mit ein paar Angestellten darüber gesprochen, bevor sich dieser Kerl vom Heer eingemischt hat. Sie ist während der Arbeit verschwunden, und ihr Mann meinte, sie hätte kurzfristig abreisen müssen, um sich um ihre Tante zu kümmern, aber dem Butler kam das seltsam vor, weil sie sonst so zuverlässig war und sich kaum freigenommen hat, und dann nie ohne Ankündigung. Und noch komischer wird die Sache, weil sie einen anderen Notfall in der Familie hatte, um den sie sich eigentlich hätte kümmern müssen.«

»Was für einen Notfall?«

»Ihre Mutter hatte einen Schlaganfall am gleichen Tag, an dem sie verschwunden ist. Marion Plummer – sie hat früher hier als Haushälterin gearbeitet, und ihre Tochter hat die Stelle übernommen, als sie in Rente gegangen ist. Jemand hat sie bewusstlos zu Hause entdeckt, anscheinend gerade noch rechtzeitig. Dann wollten sie natürlich Mrs Young Bescheid sagen, und ihr Mann meinte, er würde es ihr ausrichten, aber sie ist trotzdem nicht aufgetaucht. Die anderen Angestellten haben das nicht verstanden, aber es stand ihnen nicht zu, irgendetwas zu sagen. Wenn die Besitzer hier gewesen wären, wäre das vielleicht anders gelaufen, aber …«

Er ging nicht weiter darauf ein. »Haben Sie mit ihrem Mann gesprochen?«, fragte Penrose.

»Nein, Sir.« Hughes bemerkte offenbar, dass sich Penrose daran störte, denn er schickte rasch eine Erklärung hinterher. »Und zwar nicht, weil ich es nicht versucht hätte, aber ich wurde nicht gerade mit offenen Armen empfangen, wenn Sie verstehen, was ich meine.«

»Das kann ich mir vorstellen, und ich verstehe genau, was Sie meinen.«

»Vielleicht haben Sie ja mehr Glück.«

»Darauf können Sie wetten«, gab Penrose zurück. »Wir gehen jetzt sofort zu Mr Young, Sie können gerne mitkommen. Wo ist er?«

»Zu Hause. Hier den Weg runter, bis zur Kreuzung mit der großen Straße.«

»Gut. Sagen Sie Ihrem Mann, er soll hierbleiben und den Abtransport der Leiche überwachen, in Ordnung?«

»Jawohl, Sir.«

Spilsbury war offensichtlich mit der Arbeit fertig und packte gerade die große Tasche zusammen, die ihn überall mit hin begleitete und die von medizinischen Instrumenten, Schutzanzug und Gummihandschuhen bis hin zu Probengläsern und seinem persönlichen Formalinbedarf alles Nötige enthielt. Penrose lächelte, als der andere Polizist ihm helfen wollte und vehement davongewinkt wurde: Sobald Spilsbury seine Untersuchung begann, durfte niemand seine Tasche berühren, nicht einmal, um sie zum Auto zu bringen, und dank dieser Disziplin waren seine Befunde vor Gericht so verlässlich. Er versprach noch rasch, seinen Bericht am Folgetag einzureichen, und ging dann gedankenversunken zwischen den Bäumen auf das offene Gelände zu, wo die einsetzende Dämmerung sich mit dem Laubdach verschworen hatte und Schatten über das gesamte Anwesen warf. Verschwand so unauffällig, wie er gekommen war.

»Na dann.« Penrose gab Hughes ein Zeichen, während der Leichenwagen langsam auf seine düstere Aufgabe zurollte. »Zeigen Sie mir den Weg, dann holen wir uns ein paar Antworten.«

9

Die Sonne stand tief am Himmel, als sie das Cottage der Youngs erreichten, und an ihre Stelle hatte sich die typische Moorkühle geschlichen. Das Häuschen war in traditionellem Stil aus demselben Yorker Stein gebaut wie die meisten kleineren Gebäude auf dem Anwesen. Es war äußerst gepflegt, wie er es auf einem angesehenen Landgut erwartet hätte, doch im Garten wurde deutlich, dass hier aus Liebe gearbeitet wurde und nicht nur aus Pflichtgefühl. Eine Fülle an rosa und weißen Kletterrosen umrahmte die Fenster im Erdgeschoss und verströmte ihren Duft, und die Blumenbeete, die aus dem ordentlich gemähten Rasen ausgehoben worden waren, boten einen traumhaften Anblick – ein Überfluss an Dahlien und Chrysanthemen in feurigen Rot- und Gelbtönen, die im Kontrast zum zarten Malveton einer Bergaster standen. Durch einen Bogen an der Seite sah Penrose, dass der hintere Teil des Gartens für praktischere Zwecke genutzt wurde; Gemüsebeete umgaben ein Treibhaus. Eine alte Holzbank, deren Farbe im langen, heißen Sommer stellenweise abgeplatzt war, stand in den letzten Abendstrahlen, und Penrose wollte sich ausmalen, wie Evelyn Young am Ende eines geschäftigen Arbeitstages dort saß und das Gesicht zur Sonne hob, doch die Bilder, die vor seinem geistigen Auge aufstiegen, hatten mit Ruhe und Zufriedenheit nichts zu tun, und er schüttelte sie rasch ab.

Er klopfte, und seine Schläge wurden prompt von einem Schuss in der Ferne geechot – der unschuldige Klang eines Wildhüters oder der Rebhuhnsaison, doch für Penrose war es eine trostlose Erinnerung daran, was ihn hierhergeführt hatte. Zunächst geschah nichts, und Hughes machte sich schon auf die Suche nach einem Hintereingang, doch Penrose rief ihn zurück, als er Schritte im Flur hörte. Die Tür wurde von einer Frau mit einem aschblonden Dutt geöffnet. Sie war groß und trug ein geschmackvolles, dezent kariertes Tweedkostüm, und ihr Alter lag irgendwo zwischen vierzig und sechzig; lediglich die zarten Fältchen an ihrem Hals und um ihre Augen verorteten sie am oberen Ende der Schätzung.

Penrose zückte seinen Dienstausweis. »Ich bin Detective Chief Inspector Archie Penrose von der Metropolitan Police«, sagte er. »Das hier ist Detective Inspector Hughes von der Polizei Cambridgeshire.«

Die Frau nickte. »Natürlich. Sie sind wegen Evelyn hier. Wir haben schon mit Ihnen gerechnet. Wie schrecklich.«

»Und Sie sind …?«

»Ach, tut mir leid. Georgia Wells, ich bin eine Freundin der Familie, beziehungsweise eine Freundin von Marion. Ich habe sie am Montag gefunden und kümmere mich seitdem um sie. Ein paar von uns wechseln sich ab, damit sie hierbleiben kann. Falls sie sich wieder erholen sollte, dann nur zu Hause.«

Sie sprach sanft, aber bestimmt, und von einem Akzent war nichts zu hören. Penrose fragte sich, ob sie früher als Krankenschwester gearbeitet hatte, so gut passte ihre Stimme zur Ruhe eines Krankenbettes. »Wer genau wechselt sich ab?«, fragte er.

»Ein paar Frauen aus der Kirche. Mein Mann ist Pfarrer in St Mary's in Marholm, und Marion war früher ein aktives Gemeindemitglied, da helfen wir natürlich. Und zum Glück sind wir jetzt hier. Donald steht völlig neben sich, wie Sie sich vorstellen können, und er kann die Unterstützung gut gebrauchen.«

»Seinetwegen sind wir hier. Ist er zu Hause?«

»Ja, natürlich. Kommen Sie doch rein.«

Sie ließ sie in den Flur und schloss die Tür zur Rechten, doch Penrose hatte noch einen Blick auf das Krankenzimmer erhaschen können. Eine schmale ältere Dame lag totenstill unter einem frisch gestärkten weißen Laken. Über dem Kopfende hing ein Kruzifix, und auf dem Nachttisch standen eine Wasserkaraffe sowie eine kugelförmige Kristallvase mit Blumen. »Wie geht es Mrs Plummer?«, fragte er.

Georgia Wells schien von der Frage überrascht, als hätte sie von einem Mordermittler kein Mitgefühl erwartet. »Sie ist leider sehr gebrechlich. Sie leidet an Arthritis, damit hatte sie schon schwer zu schaffen, und der Schlaganfall hat sein Übriges getan. Sie ist allerdings bei Bewusstsein, und langsam sehen wir Zeichen der Besserung, aber bis zur Genesung ist es noch ein langer Weg. Im Moment können wir nur dafür sorgen, dass sie es so bequem hat wie möglich, und für ein Wunder beten.« Sie seufzte und senkte die Stimme weiter, sodass Penrose sich anstrengen musste, um sie zu verstehen. »An so etwas findet sich ja nur schwer eine gute Seite, aber wenigstens hat sie nicht mitbekommen, was Evelyn zugestoßen ist.«

»Standen die beiden sich nahe?«

Sie zögerte kurz. »Ja, ich glaube schon.«

»Sie klingen unsicher. Gibt es einen Haken?«

»Eigentlich nicht – zumindest nicht so, wie Sie wahrscheinlich meinen.« Sie betrachtete ihn scharfsinnig; ein leises Lächeln umspielte ihre Lippen. »In den letzten Jahren war Marion ihrer Tochter weniger freundlich gesinnt, weil sie auf sie angewiesen war. Donald war in ihren Augen der reinste Heilige und konnte nichts falsch machen, aber Evelyn hat es immer zu spüren bekommen, wenn Marions Verbitterung die Oberhand gewann. Und dann war da natürlich noch Milton Hall. Marion hat das Haus wie eine militärische Operation geführt, noch bevor es wirklich eine wurde, und ich denke oft, dass es keine gute Wahl von Evelyn war, in die Fußstapfen ihrer Mutter zu treten. Die Zeiten ändern sich, und mittlerweile werden gewisse Dinge anders gehandhabt, aber Marion neigt dazu, Modernisierung mit Revolution zu verwechseln. Sie hat überall Verrat gewittert. Na, ich muss jedenfalls wieder zu ihr. Ich bringe Sie noch in die Küche.«

Sie ging auf den Raum am Ende des Flurs zu, doch jemand kam ihr zuvor. Die Tür wurde von innen geöffnet, und ein Mann, der sich auf einen Gehstock stützte – vermutlich Donald Young –, blitzte sie misstrauisch an. »Was ist hier los?«, wollte er wissen. »Worüber redet ihr da?«

»Die Polizei ist hier, Donald«, erwiderte Mrs Wells sanft. »Ich habe den Herren gerade von Marion erzählt.«

»Wieso verschwenden Sie damit Ihre Zeit? Warum sind Sie nicht da draußen und suchen den Kerl, der Evelyn das angetan hat?«

Penrose hielt die Annahme, es handele sich um einen männlichen Täter, für interessant, doch womöglich hielt Donald Young Gewalt auch einfach für eine reine Männerdomäne. »Wir würden gern mit Ihnen über Ihre Frau sprechen«, sagte er ruhig. »Und ich hoffe, dass uns Ihre Informationen genau dabei weiterhelfen. Dürfen wir uns zu Ihnen setzen?«

Young nickte und ließ sie in die Küche. Georgia Wells drückte ihm mitfühlend den Arm und ging davon. Die Küche war hell und geräumig und nahm die gesamte Breite des Hauses ein, und offenbar fungierte sie gleichzeitig als Wohnzimmer. Zwei Sessel standen an einer vollgehäuften Kommode, und neben dem Herd befand sich ein Esstisch. Young war offenbar kein großer Haushälter, und in Abwesenheit seiner Frau war die Grenze zwischen gemütlich und chaotisch verschwommen. Geschirr stapelte sich in der Spüle, und der Boden war mit Fußabdrücken und Blättern aus dem Garten übersät. In der Ecke neben der Hintertür starrte ein hübscher getigerter Kater klagend auf zwei leere Schüsseln hinab.

»Mein aufrichtiges Beileid«, sagte Penrose, während Young ein paar Rechnungen und eine leere Whiskyflasche vom Tisch räumte.

Er zuckte die Achseln, eine verlegene Geste, die darauf hindeutete, dass ihm Mitgefühl unangenehm war. »Möchten Sie Tee?« Er legte die Hand an die Kanne auf dem Tisch. »Der hier ist schon kalt, aber ich kann gerne frischen kochen.«

»Nein, danke. Wir wollen Ihnen keine Umstände machen, aber es ist wichtig, dass wir so viel wie möglich über Ihre Frau herausfinden.«

»Ja, das hatten Sie gesagt.« Young ließ sich schwerfällig auf einen Stuhl sinken, wobei sein Gesicht von einer Lampe erhellt wurde. Zum ersten Mal erkannte Penrose, wie furchtbar er aussah. Er war ein eindrucksvoller Mann, wirkte jung für sein Alter, doch seine Augen waren rot und geschwollen, das Haar ungewaschen, und der Bartschatten trug zu seinem ungepflegten Äußeren bei. Seine Haut war fahl, bis auf zwei surreale, blutrote Streifen auf den Wangenknochen, die an schlechte Theaterschminke erinnerten. Selbst vom anderen Tischende war seine Whiskyfahne überwältigend. Er schaute zu dem Notizbuch, das Hughes auf den Tisch gelegt hatte. »Was wollen Sie wissen?«

»Wie lange waren Sie verheiratet?« Penrose wollte die konfrontativen Fragen zurückhalten, bis sich Young etwas entspannt hatte.

»Knapp über zwanzig Jahre. Wir haben direkt nach dem Krieg geheiratet. Ich konnte es kaum erwarten, um ehrlich zu sein. Evelyn war so wunderschön, ich konnte mein Glück kaum fassen.«

Seine Stimme brach, und Penrose wartete ab, bis er sich wieder gefasst hatte. »Und Sie haben sich während Ihrer Genesung hier kennengelernt?«

»Richtig. Ich war verwundet, und sie war damals Krankenschwester. Mein Bein konnten sie retten, aber seitdem hinke ich, und ich habe nur wegen Evelyn durchgehalten. Mir war klar, dass ich beim Heer oder in einer anderen anständigen Position keine Zukunft hatte. Ich musste den Rest meines Lebens am Schreibtisch verbringen, aber dank Evelyn war es erträglich. Das hatten wir gemeinsam – wir haben beide eine Stelle verloren, die wir liebten. Ich wollte immer beim Heer bleiben, und sie wusste, dass es ihre Mutter glücklich machen würde, wenn sie eine Stelle im Haus anträte, obwohl sie lieber Krankenschwester geblieben wäre.« Der Plan war anscheinend nicht aufgegangen, wenn Penrose Mrs Wells Glauben schenken durfte. »Sie hat es für Matthew getan. Sie wollte ihre Mutter dafür trösten, was passiert war, und ihr einen Grund zum Stolz geben.«

»Matthew?«

»Evelyns kleiner Bruder. Er hat da draußen sein Augenlicht verloren, im gleichen Angriff, bei dem auch Georgias Sohn ums Leben gekommen ist. Die beiden waren befreundet und haben sich zusammen gemeldet, aber Robert hat es nicht zurückgeschafft. Deswegen ist Georgia schon immer so gut zu Mutter gewesen – zu Marion, meine ich. Die beiden haben sich gegenseitig geholfen.«

Penrose nahm die vertraute Bezeichnung mit Interesse zur Kenntnis. »Das heißt, Matthew ist auch verstorben?«

Young nickte. »Er wurde hierhergebracht, damit er bei seiner Familie gepflegt werden kann, aber der Fall war hoffnungslos. Irgendwann hat er sich oben im Haus das Hirn weggepustet. Marion hat sich nie verziehen, dass sie ihn allein gelassen hat, und sie konnte die Schande kaum ertragen. Die Besitzer haben ihr allerdings keinen Vorwurf daraus gemacht, wenn ich das richtig verstehe.« Er schüttelte den Kopf. »Das war eine schreckliche Zeit, und niemand hat den Grund verstanden – außer mir. Wenn Evelyn nicht gewesen wäre, hätte ich wahrscheinlich den gleichen Weg gewählt.«

So tragisch die Geschichte auch sein mochte, Penrose sah keine Verbindung zum Mord an Evelyn Young und musste die Befragung vorantreiben. »Wann haben Sie Ihre Frau zum letzten Mal gesehen?«

»Als ich am Montagmorgen los bin zur Arbeit. Das war ein wichtiger Tag, weil die ersten Jungs gekommen sind, und ich wollte rechtzeitig anfangen. Ich weiß ja, dass es nur Schreibtischarbeit ist, und vielleicht auch nicht auf lange Sicht, aber mir kam es vor, als würde ich endlich wieder dazugehören, und ich war wirklich dankbar, dass Scottie ein gutes Wort für mich eingelegt hat. Er war mein Trauzeuge, und wir haben uns schon immer gegenseitig geholfen.«

Was Young wohl davon halten würde, dass »Scottie« ihn als »ehemaligen Freund« bezeichnet hatte? Penrose würde wohl nie die Sehnsucht mancher Männer nach der Kameradschaft des Krieges nachvollziehen können, doch er hielt den Mund. Sollte es sich als relevant herausstellen, bliebe ihm noch genug Zeit, Youngs Rolle bei der Operation in Milton Hall unter die Lupe zu nehmen. »Ihre Frau war also noch hier, als Sie aufgebrochen sind?«

»Ja. Ich hatte gehofft, wir könnten zusammen rübergehen, aber an dem Tag hatte sie Spätschicht.« Er holte ein Päckchen Zigaretten hervor und klopfte seine Taschen auf der Suche nach Streichhölzern ab, bis Hughes ihm mit seinem Feuerzeug aushalf. »Ich hatte es eilig«, erwiderte er mit angestrengt unterdrückter Gefühlsregung. »Ich habe ihr nicht mal einen Abschiedskuss gegeben. Albern, ich weiß, aber ich wünschte, ich wäre noch mal umgekehrt und hätte es getan, sie nur noch einmal gesehen, aber ich hatte nur die Stelle im Kopf. Ich habe sie im Stich gelassen.«

Penrose studierte ihn aufmerksam, suchte nach Zeichen von Heuchelei, doch falls Young seine Trauer nur vorspielte, war es eine der überzeugendsten Aufführungen, die er je gesehen hatte. »Um wie viel Uhr hätte sie wieder zu Hause sein sollen?«

»So gegen zehn.«

»Wieso haben Sie ihr Verschwinden nicht gemeldet?«, fragte Penrose. »Als sie am Abend nicht nach Hause kam, wussten Sie doch sicher, dass etwas nicht stimmte, oder? Sie haben sich bestimmt Sorgen gemacht.« Young schwieg stur, und Penrose bemerkte Hughes' ungläubigen Blick. »Ist sie schon öfter über Nacht weggeblieben?«

Young schüttelte den Kopf. »Nein, natürlich nicht.«

»Wieso haben Sie es also nicht gemeldet? Was wollten Sie damit vertuschen?«

Aufrichtiges Entsetzen breitete sich auf Youngs Gesicht aus. »Sie glauben, ich hätte das getan? Wollen Sie das damit sagen?«

»Ich will überhaupt nichts sagen, ich verstehe bloß nicht, wieso Sie nicht alles darangesetzt haben, Ihre Frau zu finden. Selbst wenn Sie die Polizei nicht einschalten wollten, hätten Sie doch sicher im Haus nachgefragt, oder bei ihren Freundinnen oder Kollegen. Aber das haben Sie nicht. Im Gegenteil, Sie haben alle angelogen und behauptet, sie wäre bei ihrer Tante. Und die ganze Zeit über war Ihre Schwiegermutter schwer krank und brauchte Ihre Frau. Wieso, Mr Young, wenn Sie sie angeblich lieben?«

Die Unterstellung war zu viel für Young, genau wie Penrose vermutet hatte. »Weil ich dachte, sie ist bei einem anderen«, rief er und schlug mit der Hand auf die Tischplatte, um der Befragung ein Ende zu setzen. »Ich dachte, sie will mich für einen anderen verlassen, und das konnte ich nicht ertragen, in Ordnung? Sind Sie jetzt zufrieden?«

Er stand auf und ging zu einem Schrank, um noch eine Flasche Whisky zu holen, doch seine Hände zitterten zu stark, um sie zu öffnen, und schließlich goss Penrose ihm den Drink ein. »Warum dachten Sie das?«

»Weil ich sie mit ihm gesehen habe. Ich wollte ihr erzählen, wie gut alles bei der Arbeit lief, und mich bei ihr dafür bedanken, dass sie mich aushält –«

»Inwiefern aushält?«, fiel Penrose ihm ins Wort.

»Mit mir lebt es sich nicht besonders leicht, das gebe ich gern zu. Ich kann meine Einschränkungen nicht ertragen, und wenn ich mir das Leben vorstelle, das ich hätte haben können, ärgert mich das ungemein. Und manchmal lasse ich das an Evelyn aus. Nicht körperlich«, fügte er rasch hinzu, um Penrose' Verdacht zuvorzukommen. »Ich würde ihr nie wehtun, Ehrenwort. Aber ich habe meine schlechten Tage, und das ist bestimmt genauso schwer.«

»Heißt das, Sie haben gerade darüber gelogen, wann Sie Ihre Frau das letzte Mal gesehen haben?«

Young nickte. »Ja, tut mir leid. Ich habe sie danach noch einmal mit ihm gesehen, so gegen Mittag. Sie standen draußen auf der Veranda und haben sich unterhalten. Ich habe sie ein paar Minuten beobachtet, bis ich es nicht mehr ertragen konnte.«

»Haben die beiden Sie gesehen?«

»Nein, ich glaube nicht.«

»Kennen Sie den Mann?« Es wäre nur zu leicht, einen mysteriösen Fremden zu erfinden und sie damit auf eine sinnlose Suche zu schicken. Da er bereits einer Lüge aufgesessen war, betrachtete er Young nun mit frischer Skepsis.

»Ja, er hat im Krieg hier als Sanitäter gearbeitet. Eine verdammte Memme auch noch.«

»Erinnern Sie sich an seinen Namen?«

»Natürlich. Was James Bartholomew anbelangt, erinnere ich mich an alles. Er hat uns beigebracht, wie man Modelle aus Zündhölzern baut, während unsere Jungs niedergemetzelt wurden – was für ein Mann macht so was? Was fand sie bloß an ihm?«

Offenbar mehr als nur eine Uniform, dachte Penrose. »Haben Sie Körperkontakt zwischen den beiden gesehen?«, fragte er vorsichtig, und Young schüttelte den Kopf. »Wieso glauben Sie also –«

»Weil sie ihn geliebt hat, zufrieden? Damals ... sie hat nie etwas gesagt, aber ich wusste es. Sie lag ihm völlig zu Füßen und dachte, er wäre ein verdammter Heiliger, weil er sich so um Matthew und die anderen gekümmert hat, mich eingeschlossen.« Er drückte seine Zigarette aufgebracht im Aschenbecher aus und griff sofort nach der nächsten. »Darin war er auch wirklich gut«, gab er mürrisch zu. »Wenn er nicht so ein beschissener Feigling gewesen wäre, hätte ich ihn wahrscheinlich gemocht, so wie alle anderen. Marion war die Einzige, die ihn durchschaut hatte.«

»Was ist aus James Bartholomew geworden?«

»Ich weiß es nicht. Er hat Milton noch vor Kriegsende verlassen. Ich wusste nicht, warum, und ich habe nie danach gefragt. Ich war einfach nur froh, dass ich ihn los war.«

»Und seitdem haben Sie ihn nie wiedergesehen?«

»Erst am Montag wieder.«

Penrose warf einen Blick auf Youngs linke Hand, die den Gehstock so fest umklammert hielt, dass die Knöchel weiß hervortraten. »Das war sicher ein schwerer Schock«, bemerkte er. »Sie waren bestimmt sehr wütend darüber, die beiden zusammen zu sehen.«

»Natürlich war ich wütend! Ich wollte sie dafür bestrafen, der Herr möge mir verzeihen, und als ich hörte, was mit Marion passiert ist, dachte ich, dass es Evelyn recht geschieht. Sie hat ihre Mutter geliebt, und ich dachte, sie würde ihre Lektion schon lernen, wenn sie sich nicht von ihr verabschieden kann. Sie hatte ständig ein schlechtes Gewissen wegen irgendwas.«

Der wenig schmeichelhafte Kommentar schien Young Freude zu bereiten. »Wissen Sie, weshalb Mr Bartholomew hier war?«, fragte Penrose. »Als Wehrdienstverweigerer ist er sicher nicht mit dem Heer eingetroffen.«

»Nein, das wäre ja das Allerhöchste. Er war mit ein paar Filmleuten aus Hollywood hier. Anscheinend waren sie schon länger bei der Arbeit. Ich hatte keine Ahnung, dass er dazugehörte, bis ich ihn gesehen habe, aber das hat natürlich einiges erklärt. Evelyn hatte sich schon ein paar Tage lang merkwürdig benommen, sie war still und zurückgezogen, und ich bin ihr noch mehr auf die Nerven gegangen als sonst. Sie wusste bestimmt, dass er hier ist, und Gott weiß, was sie hinter meinem Rücken mit ihm getrieben hat. Die Leute sind am Montag abgereist, deswegen dachte ich, sie wäre mit ihm durchgebrannt, als sie nicht nach Hause gekommen ist. Ich dachte, er hätte so lange Süßholz geraspelt, bis sie mit ihm ein neues Leben in Amerika anfangen wollte.«

»Sie wussten, dass die Filmleute aus Amerika kamen?«

»Ja, Scottie hat es erwähnt. Wie gesagt, Bartholomew war ein feiges Schwein, da passt es ja gut zu ihm, sich vor dem Krieg davonzumachen.« Er lächelte freudlos. »Hollywood, was? Wieso sollte sie da nicht mit ihm gehen? Er konnte ihr sicher mehr bieten als ich.«

»Aber Sie haben sich getäuscht«, bemerkte Penrose. »Sie ist nirgendwohin durchgebrannt, oder?«

»Nein, und das ist wahrscheinlich meine Strafe dafür, dass ich ihr nicht vertraut habe.« Er sah Penrose flehentlich an, erneut lagen Tränen in seinen Augen. »Sie kriegen ihn doch dafür ran, oder? Er darf damit nicht durchkommen.«

»Wir werden ihn in jedem Fall ausfindig machen und uns anhören, was er zu sagen hat.«

»Was er zu sagen hat?« Young starrte ihn ungläubig an. »Sehen Sie etwa nicht, was hier passiert ist? Evelyn wollte nicht mit ihm gehen, da ist er wütend geworden. Nachdem sie sich mit ihm getroffen hat, ist sie nicht mehr auf der Arbeit aufgetaucht. Sie lassen ihn jetzt doch nicht einfach entwischen?«

»Wie gesagt, wir werden ihn finden und mit ihm reden«, wiederholte Penrose. »Aber ich ziehe noch keine voreiligen Schlüsse. Sie haben uns sehr weitergeholfen, Mr Young, und wir sind Ihnen äußerst dankbar, besonders in einer so schwierigen Zeit. Ich habe nur noch ein, zwei Fragen, dann lassen wir Sie in Ruhe. Waren Sie am Montag den ganzen Tag über auf der Arbeit, abgesehen davon, als Sie nach Ihrer Frau gesucht haben?«

»Ja, und das können die Jungs bezeugen. Sie werden Ihnen sagen, dass ich den ganzen Tag und ein gutes Stück vom Abend da war.«

Das bezweifelte Penrose nicht. »Wann haben Sie sich auf den Heimweg gemacht?«

»Kurz nach zehn. Da wusste ich schon von Marion. Mrs Wells hatte aus dem Krankenhaus angerufen und wollte wissen, wo Evelyn ist, weil sie nicht auf der Arbeit war. Da wurde mir klar, dass sie durchgebrannt ist, und ich habe ihr einfach das Erstbeste erzählt, was mir eingefallen ist.«

»Aber Sie haben nicht nach Ihrer Frau gesucht oder im Haus gefragt, wo sie sein könnte?«

»Das ging nicht, ich hatte Mrs Wells ja gerade angelogen. Ich war wütend, habe mich geschämt und mir Sorgen um Marion gemacht und nicht richtig nachgedacht. Ich bin länger im Büro geblieben als nötig. Ehrlich gesagt wollte ich nicht zurück in unser leeres Haus.«

Auf die Gefahr hin, zum Narren gehalten zu werden, tendierte Penrose dazu, ihm zu glauben. Außerdem musste er den genaueren Todeszeitpunkt von Spilsbury abwarten, bevor er Youngs Alibi überprüfen konnte. »Besitzen Sie eine Schusswaffe?«, fragte er.

Die Frage erwischte Young auf dem falschen Fuß, und einige Sekunden verstrichen, ehe er antwortete. »Ja«, erwiderte er argwöhnisch. »Eine alte vom Heer, aber die benutze ich nicht. Seit meiner Ausmusterung habe ich nicht mehr abgedrückt. Wieso auch? Ich habe mich bloß noch nicht um die Entsorgung gekümmert. Man weiß ja nie …«

Er brach ab, da ihm offenbar klar war, wie belastend der Rest des Satzes klingen würde, und Penrose beendete ihn an seiner Stelle. »… wann man sie mal gebrauchen kann? Das stimmt wohl. Darf ich sie mir mal ansehen?«

Besorgt mühte sich Young auf die Beine und ging aus dem Zimmer, kehrte ein paar Minuten später jedoch mit leeren Händen zurück. »Sie ist nicht da, wo ich dachte«, erklärte er. »Da muss ich wohl noch ein bisschen länger suchen. Ich weiß nicht mal mehr, wann ich sie zum letzten Mal gesehen habe, das ist schon Jahre her.«

Nun zögerte Penrose. Er war sich sicher, dass einer von Youngs Heereskumpeln ihm bereitwillig mit einem Revolver aus der Patsche helfen würde. »Dürfte Inspector Hughes Ihnen dabei behilflich sein?« Er wollte sichergehen, dass sich keine Waffe im Haus befand, selbst wenn er es später nur schwer beweisen könnte. »Ich muss noch einmal betonen, dass es in Ihrem eigenen Interesse ist, wenn wir die Pistole als Tatwaffe ausschließen können.«

»Machen Sie, was Sie wollen.« Young klang nun geschlagen. »Suchen Sie das ganze verdammte Haus ab, wenn Sie lustig sind. Ich habe nichts zu verbergen.«

Penrose nickte Hughes zu, der froh um die Aufgabe schien. Er stand auf, und Penrose hörte seine Schritte auf der Treppe. »Haben Sie ein Foto Ihrer Frau?« Im Zimmer hatte er keine bemerkt.

»Hab ich an dem Abend alle weggeschmissen. Ich konnte ihren Anblick nicht ertragen, als ich dachte, sie wäre mit ihm durchgebrannt. Gott sei Dank habe ich das hier vergessen. Das ist das Einzige, was mir noch bleibt.« Er zog eine Aufnahme aus der Brieftasche und schob sie über den Tisch, und Penrose versuchte, die lachende Frau mit den Schreckensbildern in seinem Kopf zu vereinen. Sie war äußerst hübsch, wie ihr Mann bereits erwähnt hatte. Langes, welliges blondes Haar umgab ein offenes, gut gelauntes Gesicht, frei von Schminke oder anderen Kunstgriffen.

Young beobachtete ihn, während er das Foto genauer betrachtete. »Darf ich sie sehen?«, fragte er fast schon herausfordernd. Diese Frage fürchtete Penrose unter solchen Umständen jedes Mal am meisten, und er fragte sich, ob derjenige, der ihm die Nachricht überbracht hatte, umsichtig genug gewesen war, um ihm den Zustand der Leiche vorzuenthalten.

»Ich würde davon abraten«, erwiderte er sanft. »Aber ich kann Ihnen versichern, dass wir sie mit dem höchsten Respekt behandeln, und ich melde mich persönlich bei Ihnen, sobald ihre sterblichen Überreste zur Beisetzung freigegeben sind.«

»Danke.« Penrose erhob sich zum Gehen, und Young sah nervös zu ihm auf. »War das alles?«

»Einstweilen, ja. Sie werden noch eine offizielle Aussage machen müssen, und jemand wird sich bei Ihnen melden, um einen Termin dafür zu vereinbaren, und zu Ausschlusszwecken werden wir Ihre Fingerabdrücke nehmen. Sobald uns die Ergebnisse der Untersuchung vorliegen und ich alles überprüft habe, was Sie mir erzählt haben, werde ich mich noch mal bei Ihnen melden. Möchten Sie noch irgendetwas hinzufügen?«

»Nur, dass ich sie geliebt habe. Das glauben Sie mir doch, oder?«

»Auf Wiedersehen, Mr Young.« Penrose widerstand der Versuchung, ihn darauf hinzuweisen, dass es ihm nicht zustand, ihm zu verzeihen, selbst wenn er dazu geneigt gewesen wäre. Die Art von Liebe, die in der Befragung deutlich geworden war, hatte einen unschönen Beigeschmack und sprach sicher nicht für Youngs Unschuld. »Inspector Hughes wird mit Ihnen über die verschwundene Waffe sprechen. Ich finde den Weg zur Tür allein.«

Hughes ging offenbar gründlich vor. Penrose hörte, wie oben Möbel verrückt wurden, während er den Flur hinabging. Die Tür zu Mrs Plummers Schlafzimmer stand einen Spaltbreit offen, und er sah, wie Georgia Wells am

Bett saß und vor sich hin redete, um ihr mit der vertrauten Stimme Trost zu spenden. Sie sah auf, als sie seinen Blick spürte, und hob kurz die Hand, bevor sie leise aus dem Zimmer schlich. »Ich hatte gehofft, Sie auf dem Weg nach draußen zu erwischen.« Sie zog die Tür hinter sich ins Schloss. »Ich würde gern mit Ihnen über etwas sprechen. Wie geht es Donald?«

Penrose war sich nicht sicher, ob die beiden Sachen miteinander zu tun hatten, und entschied sich für eine taktvolle Antwort. »Er hat mir sehr weitergeholfen, aber er leidet natürlich schwer unter dem Vorfall. Er hat uns erlaubt, uns umzusehen«, fügte er hinzu, als von oben ein dumpfer Knall ertönte. »Aber sobald wir damit fertig sind, lassen wir Sie in Ruhe, zumindest für heute.«

Er wartete ab, ob sie noch etwas sagen würde. »Tut mir leid, falls das albern ist«, setzte sie an. »Aber mich belastet schon seit Tagen etwas, und ich muss es einfach loswerden, und sei es auch nur, damit Sie es abtun können.«

»Hängt es mit Mrs Youngs Tod zusammen?«

»Nein, ich glaube nicht, und deswegen belästige ich Sie auch nur ungern damit, Sie haben ja wirklich genug zu tun. Jedenfalls ist Marions Kruzifix verschwunden, und das kommt mir sehr merkwürdig vor. Ich habe sie in den letzten dreißig Jahren nie ohne es gesehen.«

»Ihr Kruzifix? Sie meinen ein Schmuckstück?«

»Kommt drauf an, wen Sie fragen.« Sie lächelte erneut, und es wirkte leicht ironisch. »Mein Mann würde Ihnen womöglich widersprechen, Marion in jedem Fall. Ihr Mann hat es ihr zur Hochzeit geschenkt, und er ist sehr jung gestorben, es hat also sowohl eine sentimentale als auch eine religiöse Bedeutung für sie. Als ich sie am

Montag gefunden habe, hatte sie es nicht um, und ich habe überall danach gesucht, aber es ist verschwunden. Ich verstehe wirklich nicht, wie das passieren konnte, es sei denn …«

»Jemand hat es gestohlen?« Sie nickte. »Kann es sein, dass sie es vor Montag verloren hat?«

»Am Sonntag hatte sie es noch um, als Donald sie zum Gottesdienst gebracht hat.«

Penrose hatte bereits einen gewissen Respekt für Georgia Wells' Beobachtungsgabe entwickelt und verzichtete daher auf die Frage, ob sie sich sicher sei. »Wo haben Sie Mrs Plummer gefunden?«

»Im Wohnzimmer. Mir ist sofort aufgefallen, dass das Kruzifix weg war, aber es war ein Notfall und nicht der richtige Zeitpunkt, um sich darüber Sorgen zu machen.«

»Also hätte es auch nicht im Krankenhaus verloren gehen können?«

»Nein, auf gar keinen Fall. Sie hatte es nicht dabei, als sie eingewiesen wurde, und ich weiß noch, dass es mir vorkam wie ein schlechtes Omen.«

»Ist sonst noch etwas verschwunden?«

Sie schüttelte den Kopf. »Nicht, soweit ich das überblicken kann. Sie finden das auch seltsam, oder? Ein Glück. Mein Mann meinte, ich würde übertreiben.«

Penrose lächelte. »Eine naheliegende Erklärung gibt es jedenfalls nicht. Ich bin froh, dass Sie es erwähnt haben. Würden Sie mir Bescheid sagen, falls es wieder auftaucht?«

»Ja, natürlich.«

»Wenn ich Sie noch etwas fragen dürfte – wie würden Sie Evelyn Young beschreiben?«

Sie sah ihn überrascht an. »Donald kann Ihnen das sicher am besten beantworten. Ich weiß nicht, was ich dem noch hinzufügen könnte.«

Diesmal erlaubte sich Penrose ein sardonisches Lächeln. »Eine unvoreingenommenere Perspektive vielleicht. Ein Ehemann, besonders ein trauernder, ist oft nicht der vernünftigste Zeuge, und mit gutem Grund. Und Sie sagten, Sie kennen die Familie schon lange.«

»Ja, das stimmt.« Sie überlegte einen Moment. »Ein Wort kommt mir immer wieder in den Sinn, wenn es um Evelyn geht. Enttäuscht.«

»Enttäuscht? Wie meinen Sie das?«

»Das weiß ich selbst nicht so genau. Aber die meisten von uns lassen sich in zwei Lager einteilen. Entweder sind wir glücklich mit unserem Los oder zumindest zufrieden, oder wir sind zutiefst unglücklich und suchen jemanden, dem wir die Schuld daran geben können. Das ist zumindest meine Erfahrung, das war schon bei meinen Eltern so, und vierzig Jahre in der Gemeinde meines Mannes haben mich nicht gerade vom Gegenteil überzeugt. Aber Evelyn war keins von beidem. Sie war nicht glücklich, aber verbittert wirkte sie auch nicht. Wie ich schon sagte, sie war enttäuscht.«

»Wovon?«

Sie zuckte die Achseln. »Vom Leben, von sich selbst, von ihrer Ehe – ich weiß es nicht. Tut mir leid, dass ich keine hilfreichere Antwort habe, aber wie gesagt, ich bin besser mit Marion bekannt.«

Penrose hätte gern gefragt, zu welchem Lager sich Mrs Wells zählte, doch Hughes kam die Treppe herunter, bevor er entschieden hatte, ob die Frage zu unverschämt war. »Und?«, fragte er ihn ungeduldig.

»Bis jetzt noch nichts, Sir. Soll ich hier unten weitermachen?«

»Ja, bitte.«

»Müssen Sie hier rein?«, fragte Mrs Wells besorgt. »Ich verstehe das natürlich, aber mir wäre es lieber, wenn Marion nicht gestört wird, solange es nicht unbedingt sein muss.«

»Muss es nicht.« Penrose schickte Hughes zur anderen Tür. »Wir nehmen uns nur Wohnzimmer und Küche vor.« Innerlich war er bereits davon überzeugt, dass Donald Youngs Pistole im Wald neben der Leiche seiner Frau gelegen hatte. Ihr plötzliches Fehlen wäre ein zu großer Zufall, und sein Instinkt sagte ihm, dass Young gelogen hatte, als er behauptete, er hätte sie seit Jahren nicht gesehen. Er sagte ihm allerdings nicht – zumindest noch nicht –, ob Young auch gelogen hatte, als er behauptete, dass er sie seit Jahren nicht betätigt hatte.

10

Josephine erwachte früh am Morgen davon, dass Marta in der Küche das Frühstück zubereitete. Sie stand auf und öffnete die Vorhänge, um die Umgebung zum ersten Mal bei Tageslicht zu betrachten, und wurde von einem wunderschönen Anblick aus Sonne, Geräumigkeit und Grün begrüßt, der sich auch im Inneren widerspiegelte. Die Wohnungen, die Selznick International für Hitchcock und seine Mitarbeiter gemietet hatte, befanden sich in den Wilshire Palms auf dem Wilshire Boulevard in Westwood, knapp hinter der Grenze zu Beverly Hills – ein niedriger Neubau mit traumhaftem Ausblick auf Berge und Meer. Neben der nur zehnminütigen Fahrt zu den Studios bot die Wohnung zahlreiche weitere Annehmlichkeiten, etwa die wunderschöne Ausstattung: Teppichböden und Vorhänge in Pastelltönen, modernes, schlichtes, aber dennoch gefälliges Mobiliar. Die in weichen Farben gestrichenen Wände absorbierten und verstärkten das Licht, das von einer Reihe geometrischer Spiegel – die einzigen geraden Linien in der Wohnung – zurück in den Raum geworfen wurde, sodass alles frisch und zuversichtlich leuchtete.

Die Fenster standen weit offen, und trotz der frühen Stunde fühlte sich die sanfte Brise bereits warm an und versprach einen heißen Tag. In ihrer typischen extravaganten Art hatte Marta zur Begrüßung sämtliche Oberflächen mit Blumen dekoriert, und der grüne, erdige Duft von Gardenien, dem eine subtile Süße innewohnte, begrüßte Josephine auf dem Weg ins Wohnzimmer.

»Guten Morgen.« Marta stellte ein Tablett auf dem Couchtisch ab und gab ihr einen Kuss. »Tut mir leid, dass es noch so früh ist. Ich wollte dir das hier eigentlich ans Bett bringen. Als der Wecker geklingelt hat, hast du dich nicht einmal geregt.«

»Ich weiß nicht, wann ich das letzte Mal so gut geschlafen habe. Irgendwie habe ich nicht damit gerechnet, dass Hollywood so friedlich ist.«

»Die Anreise hat dabei bestimmt geholfen. Und die Gänsedaunen. Frag mich bloß nicht, was die Kissen gekostet haben.«

»Die Investition hat sich jedenfalls gelohnt.« Josephine sah sich um, nahm das Gefühl von Raum und Luxus in sich auf, dem Martas angeborene Unordentlichkeit noch nichts hatte anhaben können. »Im Grunde sollte ich mich geehrt fühlen, dass du überhaupt noch nach Hause kommst. Die Wohnung ist herrlich.«

»Schön, dass sie dir gefällt. Es gibt bloß eine Sache, mit der sie nicht mithalten kann.« Marta zog sie an sich und küsste sie erneut. »Die ist jetzt allerdings hier, und wer weiß, vielleicht sehe ich England nie wieder.« Früher hätte so ein Kommentar Josephine in Panik versetzt, egal, wie spielerisch er auch gemeint sein mochte, doch nun lachte sie lediglich und staunte darüber, wie weit sie es gebracht hatten. Ihre Liebe zu Marta war der Ankerpunkt in ihrem Leben, keine Gefahr mehr, die ihre Welt aus den Angeln zu heben drohte. »Jetzt, wo du wach bist, können wir ja hier essen«, sagte Marta. »Und wenn du glaubst, das hier ist die Höhe der Eleganz, dann warte mal, bis du die Bude von Hitch und Alma siehst. Vier Zimmer im obersten Stock, da gibt es sogar eine Bar.«

»Das hier reicht mir. Ich bin auch ohne Bar zufrieden.«

»Die beiden, glaube ich, auch. Da oben ist alles weiß gestrichen, die Möbel monochromatische, und sie fühlen sich dort kein bisschen zu Hause, besonders Alma nicht.«

»Ja, das hat sie mir erzählt. Sie meinte, sie würden gerne irgendwo hinziehen, wo es eine anständige Küche gibt.« Josephine hob vielsagend eine Augenbraue. »In Carole Lombards Haus, wenn ich das richtig verstehe, sobald sie zu Clark Gable auf die Ranch gezogen ist. Wie es bei den oberen Zehntausend eben so ist. Kann ich dir irgendwie helfen? Ich werde seit Tagen nur bedient.«

»Nein, alles unter Kontrolle. Machs dir einfach bequem.« Marta stellte Brötchen, Käse, Obst und Orangensaft auf den Tisch und ging in die Küche, um den Kaffee zu holen. »Wir haben knapp eine Stunde, bevor wir losmüssen, da genießen wir lieber die Ruhe. Das Wochenende mit dem zweiten Filmstab wird ein echter Geduldstest, egal, wie schön es da oben auch ist.«

»Und du bist dir sicher, dass ich mitkommen kann? Ich will nicht im Weg sein, und ich bin auch kein bisschen beleidigt, wenn es einfacher ist, dass ich hierbleibe. Du meintest doch, es gäbe einen Pool, oder?«

»Ja, und einen Tennisplatz, aber du bist nicht im Weg. Wir gehen nur auskundschaften, und zwei Tage sollten dafür völlig reichen. Ich passe auf, dass sie nicht zu sehr trödeln, dann haben wir auch noch etwas Zeit zusammen. Es sei denn, du würdest lieber hierbleiben? Nach dieser Anreise steht dir vielleicht nicht gerade der Sinn nach einer langen Autofahrt. Wenn du lieber ein, zwei Tage am Pool liegen willst, von mir aus gern. Wenn alles glatt läuft, bin ich morgen Abend wieder hier.«

»Nein, ich würde viel lieber mitkommen. Ich will so viel Zeit wie möglich mit dir verbringen, und ein Wochenende an der Küste klingt wunderbar. Wo fahren wir hin?«

»Point Lobos. Das ist in der Nähe von Monterey, ungefähr sechs Stunden von hier. Dir wird das gefallen – schroffe Klippen und umwerfende Ausblicke, und ein Naturschutzgebiet ist es auch, da kreucht und fleucht es so richtig. Wir waren im Sommer auf Erkundung dort, und da habe ich mir schon gewünscht, ich könnte es dir zeigen.«

»Was für eine Rolle soll es im Film spielen?«

»Cornwall und Monte Carlo.«

»Sehr vielseitig.«

»Ja, und es eignet sich unheimlich gut für beides. Am Anfang gibt es eine Aufnahme, wo Max an einem Abhang steht, und Fontaines Figur denkt, dass er springen will, das filmen wir dort, und ein bisschen später kommt noch eine Monte-Carlo-Szene, wo Fontaine und Oliver auf der Hotelterrasse sind, beziehungsweise ihre Doubles, keine Nahaufnahmen. Und dann noch ein paar Aufnahmen für den Vorspann.«

»Wer kommt sonst noch mit?« Josephine hoffte inständig, es würde James Bartholomew erspart bleiben, einem Mann dabei zuzusehen, wie er über den Suizid nachdachte.

»Victor, Frank und Bart. Aber keine Angst«, fügte sie rasch hinzu. Sie hatte Josephines Miene falsch interpretiert. »Wir nehmen mein Auto, damit ich nicht die ganze Fahrt über die Schiedsrichterin zwischen den Jungs geben muss. Dann können wir auch so lange bleiben, wie wir wollen. Ich habe dir das noch nicht erzählt, für den Fall, dass es in letzter Sekunde ins Wasser fällt, aber ich habe am Montag frei, und wir haben den ganzen Tag für uns. Wir können entweder in Monterey bleiben oder hierher zurückkommen, und ich zeige dir die Stadt – wie du willst. Wir müssen uns auch erst am Sonntagabend entscheiden.«

»Klingt nach einem perfekten Wochenende, besonders der freie Tag. Was für eine schöne Überraschung. Ich dachte, du musst rund um die Uhr arbeiten.«

»Muss ich wahrscheinlich auch, wenn die Sache so richtig in Fahrt kommt. Gut, dass du noch ganz am Anfang hier bist.«

»Und ich bin froh, dass wir allein hochfahren. Ich habe Frank gestern kurz im Zug kennengelernt. Er und James sind sich nicht so wirklich grün, kann das sein?«

Marta lächelte. »Alles nur Neckerei. Bart ist ein netter Kerl und viel zu entspannt, um sich von Franks Blödsinn reizen zu lassen.« Josephine wären zahlreiche Adjektive eingefallen, um James zu beschreiben, aber »entspannt« gehörte nicht dazu. Sie dachte an seine Reizbarkeit im Zug zurück, besonders, nachdem er die Nachricht aus seiner Tasche gezogen hatte, und fragte sich erneut, was in England vorgefallen sein musste, um ihn derart zu verwandeln. »Und er ist richtig talentiert. Du solltest dir mal die Modelle anschauen, die er für *Rebecca* gebaut hat.«

»Er hat mir versprochen, dass er sie mir zeigt, wenn wir Zeit dafür haben.«

»Dann mag er dich. Normalerweise ist er viel zu bescheiden, um mit seiner Arbeit anzugeben.«

»Wir haben uns über *Jung und unschuldig* unterhalten.

Die Arbeit daran hat ihm anscheinend sehr viel Spaß gemacht.« Am liebsten hätte sie Marta von ihrer ursprünglichen Begegnung erzählt, doch sie fühlte sich noch an ihr Versprechen gebunden, und nun war nicht der richtige Zeitpunkt; vielleicht später, wenn sie noch einmal mit James gesprochen hätte und seine Stimmung besser einschätzen konnte. »Er hat Daphne du Maurier kennengelernt, als sie noch ein Kind war«, sagte sie stattdessen. »Wusstest du das?«

»Nein, das höre ich zum ersten Mal. Wo denn?«

»In Milton Hall, wo sie gerade die Aufnahmen gemacht haben. Anscheinend waren die du Mauriers mit den Besitzern befreundet.«

»Interessant. Ich wusste, dass Bart Milton Hall kennt, deswegen haben sie ihn ja dorthin geschickt, aber davon hat er mir nie erzählt. Wie Daphne wohl als Kind war? Ich komme immer noch nicht damit zurecht, wie jung sie ist. Ich denke ständig, sie ist so alt wie wir, und dann fällt mir wieder ein, dass sie so ein außergewöhnliches, komplexes Buch mit gerade mal dreißig geschrieben hat, und über eine Million Mal verkauft. Da wird einem schlecht, oder?« Sie leerte ihren Kaffee und stand auf. »Wir ziehen uns besser mal um. Um acht treffe ich mich mit den anderen am Studio.«

Obwohl sie sich auf das Wochenende freute, sehnte sich Josephine zurück nach den kühlen, weißen Laken, die sie gerade verlassen hatte, doch eine Dusche und die Aussicht auf einen Besuch bei Selznick International belebten sie rasch wieder.

»Auf wen soll ich achten?«, fragte sie auf dem Weg zum Auto. Marta hatte erwähnt, dass in den Palms zahlreiche aufstrebende Schauspielerinnen und Schauspieler sowie geschiedene Filmstars ein und aus gingen.

»Billy Wilder ist gerade oben eingezogen, und Franchot Tone leckt seit ein paar Wochen hier seine Wunden.«

»Ach ja? Wie aufregend.« Josephine hatte eine Schwäche für den Hauptdarsteller aus *Meuterei auf der Bounty*, der sich kürzlich unter viel Aufsehen von Joan Crawford hatte scheiden lassen. »Wenn du mir sagst, in welcher Wohnung, bringe ich ihm einen Auflauf. Und was ist das? Wer wohnt da?«

Sie deutete auf das Nachbargebäude, eine Art französisch anmutende Burg mit Türmen und Bleiglasfenstern. Nur die Kletterpflanzen, die gerade erst die Wände erklommen, zeugten davon, dass es sich um einen Neubau handelte. »Chateau Colline«, erwiderte Marta. »Ölbarone. Playboys. Am Anfang noch Bette Davis.«

Sie bogen auf den Wilshire Boulevard ein, eine lange, breite Straße, die Santa Monica im Westen mit Downtown Los Angeles verband und dabei mitten durch Beverly Hills führte, und Josephine nutzte die Gelegenheit, um sich einen ersten Eindruck von den Stadtteilen zu verschaffen. Wie schon von Marta angekündigt, glänzte Westwood mit einer erstklassigen Auswahl an Geschäften, Restaurants und Kinos, auf die Josephine sich besonders freute, doch am meisten fiel ihr auf, wie bekannt ihr alles vorkam. »Es fühlt sich so englisch an«, sagte sie mit Blick auf die Straßenlaternen und im Tudorstil errichteten Häuser, die gepflegten Rasen und Straßenschilder mit den Namen britischer Städte. Die Gegend hatte einen altertümlichen Charme, der sie fast davon überzeugte, sie wäre überhaupt nie abgereist, wären da nicht die Palmen und die schieren Ausmaße gewesen. »Alma hat mir von den zahlreichen Briten hier erzählt. Kein Wunder, dass sie sich hier so wohlfühlen.«

»Der ganze Bezirk wurde im Grunde von Anglophilen entworfen.« Marta hielt an der Ampel vorm Los Angeles Country Club. »Ich habe mich schlaugemacht, damit ich die Fremdenführerin geben kann. Sie haben extra jemanden aus Kew Gardens engagiert, der in jeder Straße eine andere Baumart gepflanzt hat. Ich weiß nicht mehr genau, wie viele unterschiedliche, ich bin jedenfalls ganz begeistert.« Tatsächlich war es hier wunderschön. Josephine betrachtete die Magnolien, Ulmen, Eukalyptusbäume, Palmen und Ahorne, und das waren nur die ihr bekannten Arten. Zu den Bäumen gesellten sich in dieser Ecke der Stadt geschwungene Straßen und dreiecksförmige Parkanlagen, die Welten entfernt von dem eintönigen Gittermuster lagen, mit dem sie gerechnet hatte.

Marta machte sie auf weitere Sehenswürdigkeiten aufmerksam, während sie sich Culver City näherten, doch als sie sich in Sichtweite ihres Ziels befanden, war keine Erklärung nötig. Das Hauptquartier von Selznick International Pictures befand sich in einer prachtvollen weißen Säulenvilla im Stil einer Südstaatenplantage auf dem Washington Boulevard und war ihr aus der berühmten Eröffnungsaufnahme sämtlicher Filme des Produzenten bekannt. Die imposante Fassade war ursprünglich als Stummfilmkulisse erbaut und dann von Cecil B. DeMille in ein Verwaltungsgebäude umgewandelt worden. Die breiten Wege, grünen Rasenflächen und Zierhecken, die die Villa von der Straße trennten und ihr von der Leinwand so vertraut waren, hatten etwas Illusorisches an sich, und sie kam sich vor wie Dorothy auf dem Weg in die Smaragdstadt. »Sind alle Studios hier in der Gegend?«, wollte sie wissen.

»Einige.« Marta deutete über die Schulter. »MGM ist knappe anderthalb Kilometer in die Richtung, und Fox weiter hinten Richtung Wilshire. Hal Roach ist ein Stück die Straße runter, da sind Laurel und Hardy zu Hause.« Sie bog auf den Parkplatz hinter dem Gebäude ein, und Josephine erkannte sofort, dass das Haupthaus nur die Spitze des Eisbergs bildete: Auf dem weitläufigen Gelände stand eine bunte Sammlung Bungalows und Bauten, die an Lager- oder Flugzeughallen erinnerten und hoch über die elegante Außenfassade des Studios hinausragten. »Das geht ja bestimmt noch mehrere Kilometer in die Richtung weiter«, staunte Josephine, während sie den Anblick zu erfassen suchte.

»Insgesamt knapp sechzehn Hektar.«

»Wie merkst du dir, wo alles ist?«

»Muss ich gar nicht. Mich gehen nur die Tonbühne und Hitchs Bungalow was an, und wenn ich mich mal verirre, ist immer jemand da, den ich nach dem Weg fragen kann.«

»Hitch hat nicht nur die Dachwohnung, sondern auch noch einen Bungalow?«

»Ganz genau. Zu Hause arbeiten sie nämlich nicht. Er hat hier eine gemütliche Suite, in der er mit Alma, Joan und mir schreiben kann. Schöne Küche, schönes Bad, ein bisschen so wie früher in London, als wir alle in der Cromwell Road gearbeitet haben.« Sie lachte, als sie Josephines Miene bemerkte. »Er ist hier ein hohes Tier. Selznick hat eine Menge Geld in ihn investiert, da wird er mit einer ordentlichen Rendite rechnen, also müssen sie sich gegenseitig bei Laune halten. Ein Bungalow fällt da nicht weiter in die Waage, solange das Ergebnis stimmt.«

»Das ist wirklich eine ganz andere Welt hier, oder? Vielleicht hätte ich doch beim Drehbuchschreiben bleiben sollen.« Vor ein paar Jahren, auf dem Höhepunkt ihres Erfolgs im West End, hatte Universal ein Drehbuch für eine Romanze in Auftrag gegeben, die verfilmt werden sollte, doch der Prozess war grauenhaft gewesen, und sie hatte nur wenig Inspiration darin gefunden, mit den Figuren und Ideen eines anderen Menschen zu arbeiten. »Ich kann es kaum erwarten, dich bei der Arbeit zu sehen.« Sie brannte darauf, mehr über Martas Rolle in dem aufwendigen Betrieb zu verstehen.

»Hoffentlich bist du nicht zu enttäuscht. Wenn wir erst mal so weit sind, stehe ich meistens rum oder schimpfe.« Sie parkten am Hauptgebäude und stiegen aus. »Wir melden uns erst an, und dann will ich dir schnell die Kulisse zeigen. Heute steht eine Szene in Rebeccas Schlafzimmer auf dem Plan, und das ist wirklich umwerfend. Dafür haben wir gerade noch genug Zeit, bevor wir uns mit den Jungs treffen.« Josephine folgte Marta zum Empfang, wo sie sie beide eintrug, und dann mehrere Gänge mit auf Hochglanz polierten Böden und einer schwindelerregenden Anzahl an Türen zu beiden Seiten entlang. »Hier sitzt hauptsächlich die Verwaltung«, erklärte Marta. »Selznicks Büroräume sind im ersten Stock, aber der wahre Zauber passiert hier draußen.«

Kaum vorstellbar, dass zwei so unterschiedliche Welten von einer schlichten Tür getrennt werden konnten. Das Studiogelände bildete einen krassen Kontrast zum vornehmen Haupthaus mit den Fensterläden und historisch anmutendem Mauerwerk. Es war weitaus industrieller – grau und staubig und laut –, und man hätte es einem Betrachter nicht verdenken können, wenn er daran gezweifelt hätte, dass in dieser trostlosen Umgebung ausgeklügelte Fantasiewelten heraufbeschworen wurden. Das geschäftige Treiben allenthalben erinnerte Josephine an eine kleine, eigenständige Stadt. Ob wohl in irgendeiner anderen Branche so viele verschiedene Handwerke und Künste aufeinandertrafen? »Ist hier immer so viel los?« Sie trat beiseite, um einem Lastwagen auszuweichen.

»In den letzten paar Monaten jedenfalls immer. Derzeit wird an drei Filmen gearbeitet – *Intermezzo, Vom Winde verweht* und *Rebecca* –, und das ist ziemlich ungewöhnlich. Bald wird es bestimmt wieder ruhiger.«

Mithilfe eines Ausschlussverfahrens, das Josephine nicht ganz verständlich war, fand Marta rasch die Tonbühne, nach der sie suchte. Dort liefen die Vorbereitungen für den Drehtag bereits auf Hochtouren. Die Tontechniker schienen schon seit einer ganzen Weile auf Position, steckten Kabel ineinander, richteten Mikrofone aus und testeten die Ausrüstung, während andere mit dem Drehbuch in der Hand Details in der Kulisse überprüften. Auf Josephines unerfahrenes Auge wirkten die Vorgänge chaotisch und rätselhaft, doch im Raum herrschte eine friedliche Atmosphäre, und sie zweifelte nicht daran, dass jeder einzelne Mitarbeiter und jede einzelne Mitarbeiterin seine oder ihre Aufgabe fest im Griff hatte. Sie entdeckte Hitchcock sofort, der wie immer in ein weißes Hemd und einen schwarzen Anzug gekleidet war. Er schien in ein ernstes Gespräch mit seinem Kameramann über verschiedene Leuchten und Reflektoren vertieft. Seine stämmige Gestalt war ohnehin schwer zu übersehen, doch nicht sein Gewicht zog ihre Aufmerksamkeit auf sich, sondern seine Lebhaftigkeit und offenkundige Begeisterung für die Arbeit. Sie wusste von ihrer letzten Begegnung, wie ansteckend sie wirken konnte. »Bist du dir sicher, dass wir nicht im Weg sind?«, raunte sie. Es war ihr unangenehm, der einzige Mensch ohne klar definierten Zweck zu sein.

»Absolut. Hitch hat mich sogar darum gebeten, dass ich dich vor unserer Abreise vorbeibringe.«

»Tatsächlich?«

Marta lächelte. »Ich weiß ja, dass es dir schwerfällt, an seine Menschlichkeit zu glauben, aber ja, tatsächlich. Während du dich mit Alma auf der *Queen Mary* amüsiert hast, waren wir krank vor Sorgen, dass ihr während des Krieges den Atlantik überqueren müsst. War sehr nett, sich in Gesellschaft verrückt zu machen.«

Josephine beobachtete, wie Hitchcock völlig entspannt mit seinen Leuten scherzte, als hätte er sich im Leben noch nie wegen etwas verrückt gemacht. »Du magst ihn, oder? Von seiner Arbeit mal abgesehen.«

»Ja, ich mag ihn sehr gern, und ich glaube, du würdest ihn auch mögen, wenn er dein Buch nicht verfilmt hätte. Wir gehen rüber, wenn er mit George fertig ist. Jetzt guck dir erst mal die Kulisse an.«

Nun kam sich Josephine noch mehr wie ein Eindringling vor – nicht nur, weil sie niemandem in die Quere kommen wollte, sondern weil die Bühnenbildner in Rebeccas Schlafzimmer eine außergewöhnliche Atmosphäre erschaffen hatten. Selbst wenn sie nicht aus dem Roman gewusst hätte, dass das Zimmer der Verstorbenen von der Haushälterin als Heiligtum bewahrt wurde, das nur wenige betreten durften, hätte sie es anhand der akribischen Darstellung verzerrter Hingabe gespürt. Der augenfälligen Eleganz zum Trotz – verzierter Kronleuchter, Himmelbett, schwere Vorhänge und Elfenbeinbürsten auf dem Schminktisch – wohnte dem Raum etwas Gruftartiges, Abweisendes inne; die weißen Gladiolen und die kunstvoll gerahmte Fotografie erinnerten eher an ein Mausoleum als an ein Schlafzimmer. Noch die schlichtesten häuslichen Einzelheiten wirkten bedrohlich, selbst der Hund, der gehorsam am Rand der Kulisse saß, und Josephine konnte sich nicht gegen den Gedanken wehren, dass nur Alfred Hitchcock einen wohlerzogenen schwarzen Spaniel so unheilvoll wirken lassen konnte.

»Miss Tey! Wie schön, Sie wiederzusehen.« Offensichtlich war Hitchcock bester Laune, und er begrüßte Josephine wie eine alte Freundin. Zumindest auf seiner Seite war die Bitterkeit ihrer letzten Begegnung vergessen. »Marta und ich sind heilfroh, dass Sie und die Herzogin wieder festen Boden unter den Füßen haben. Meine Frau hat mir erzählt, wie lang und anstrengend die Reise war.«

»Und nicht immer harmonisch«, erwiderte Josephine. Ob er wohl etwas zu Almas Auseinandersetzung mit Lee Hessel sagen würde? Es schien ihm nicht in den Sinn zu kommen.

»Ich kann mir gut vorstellen, dass es sich nicht besonders angenehm anfühlt, wenn man glaubt, man wäre von der deutschen Flotte umzingelt.« Er hatte sie offenbar falsch verstanden. »Was halten Sie von unserem Drehort?«

»Sehr beeindruckend. Wobei ich mir für eine ruhige

Nacht ein anderes Schlafzimmer aussuchen würde, aber das ist vermutlich Absicht.«

Hitchcock lachte leise. »Ganz genau. Wir müssen jedenfalls unbedingt zusammen essen gehen, während Sie hier sind. Passt Ihnen Chasen's am Donnerstag? Es ist das beste Restaurant der Gegend – das kann Marta Ihnen bestätigen. Dort gibt es das leckerste Steak, das Sie je essen werden, und einen Cocktail, den ich mir selbst ausgedacht habe.«

»Das klingt wunderbar«, erwiderte Josephine überzeugter, als sie sich fühlte. »Wir kommen gern.«

»Gut, dann sage ich Alma Bescheid. Allerdings ist nur unsere Familie dabei, stellen Sie sich also nicht auf eine große Feier ein. Mehr als acht Leute auf einmal wäre eine Beleidigung meiner Freunde.«

»Wir freuen uns darauf.«

»Apropos Beleidigung, ich glaube, ich bekomme gleich meine Portion ab. Ich muss Sie unbedingt unserem geschätzten Produzenten vorstellen.« Hitchcock schaute über ihre Schulter hinweg und setzte ein Lächeln auf. Josephine drehte sich um und entdeckte einen großen, eulenartigen Mann mit Brille, der gerade die Tonbühne betreten hatte und – mit einiger Berechtigung – aussah, als ob ihm alles und jeder darin gehörte. »David, das hier ist Josephine Tey«, erklärte Hitchcock, und Josephine fragte sich, ob sie als praktische Ablenkungstaktik herhalten musste. »Auf ihrem wunderbaren Buch basiert *Jung und unschuldig*.«

Selznicks mürrische Miene wurde rasch von einem aufrichtigen Lächeln verdrängt. »Das war ein wirklich faszinierender und aufregender Film, Miss Tey.« Er schüttelte ihr die Hand. »Hitch hat Ihnen einiges zu verdanken.

Mit *Jung und unschuldig* hat er mich davon überzeugt, dass er ein wahrer Meister der Melodramatik ist.« Josephine war skeptisch, was die Melodramatik in ihrer Arbeit oder Hitchcocks Beherrschung derer anging, doch sie nahm das Kompliment so freundlich entgegen, wie es gemeint gewesen war.

»Wir müssen uns jetzt allerdings über das Material von gestern Abend unterhalten.« Josephine wandte sich ab, da sie nur ungern einer Privatunterhaltung der beiden beiwohnen wollte, doch Selznick war unmöglich zu überhören. »Haben Sie überhaupt zugehört, als wir über Joans Maske gesprochen haben? Diese Wimpern, um Gottes willen. Sie sieht aus wie die Dietrich in ihren schlimmsten Tagen. Ich habe gesagt, ›leicht geschminkt‹ – sie soll aussehen, als wäre sie überhaupt nicht geschminkt. Sie soll ein naives Mädchen sein. Wie kann ich euch bloß dazu bringen, eure Pinsel und Pinzetten wegzuschmeißen? Sie ruinieren meine Schauspielerinnen eine nach der anderen – und sagen Sie Miss Anderson bloß, sie soll aufhören, sich die Augenbrauen zu zupfen.«

Josephine sah sich nach Marta um, die jedoch mit einer anderen Frau in ein Gespräch über das Drehbuch vertieft war, also suchte sie sich einen Platz etwas abseits und beobachtete das Treiben. Hitchcock hatte die Standpauke gut gelaunt überstanden – entweder war er daran gewöhnt, oder er war fest entschlossen, die Anweisungen zu ignorieren, die ihm nicht passten –, und Selznick hatte sich Joan Fontaine zugewandt. Niemand sonst hatte bemerkt, dass die Hauptdarstellerin angekommen war. Sie stand am Rand des Geschehens, als gehörte sie nicht wirklich dazu, wirkte nervös und unsicher und trug ein altmodisches weißes Kleid – vermutlich ihre unglückselige Wahl für den Kostümball in Manderley. Josephine hörte sie zwar nicht, konnte allerdings an der Körpersprache ablesen, wie respektvoll Selznick mit ihr umging und wie dankbar Fontaine dafür war. Josephine dachte daran, was Alma ihr auf dem Schiff erzählt hatte; Selznick wirkte durchaus angetan von ihr, und Josephine konnte sich nicht vorstellen, dass das beim Rest der Besetzung gut ankommen würde. Hin und wieder hatte sie mit Theateraufführungen zu tun gehabt, wo ein Hauptdarsteller oder eine Hauptdarstellerin der Liebling des Regisseurs gewesen war, und das war nie gut gegangen.

»Sie haben es zu uns geschafft. Wie schön. Gestern hatten wir ja leider nicht die Gelegenheit, uns richtig voneinander zu verabschieden.« James war neben sie getreten und wirkte weitaus entspannter als im Zug, und Josephine freute sich aufrichtig darüber, ihn zu sehen. Nach seiner Verzweiflung am Vortag hatte sie fast damit gerechnet, dass er einfach nicht auf der Arbeit auftauchen würde. Die Erleichterung war ihr anscheinend anzusehen, denn er fügte lächelnd hinzu: »Kein Grund zur Sorge. Heute steht ein anderer Mann am Abgrund.«

»Ich weiß nicht, ob mich das beruhigt oder nervös macht, dass Sie Witze darüber reißen können.«

Marta bewahrte ihn unwissentlich vor einer Antwort. »Tut mir leid, aber mir ist etwas dazwischengekommen, und ich kann noch nicht los. Joan Harrison verspätet sich, und ich muss so lange hierbleiben, falls jemand irgendwas am Drehbuch auszusetzen hat. Bart, wenn du willst, könnt ihr schon los, und Josephine und ich machen uns auf den Weg, sobald wir hier fertig sind.«

»Uns fehlt noch ein Kameramann«, erwiderte James. »Frank ist noch nicht aufgetaucht. Wahrscheinlich liegt er verkatert in irgendeiner Ecke, und Vic ist stinksauer. Von uns aus also keine Eile.« Er wandte sich an Josephine. »Ich hatte doch versprochen, Ihnen die Trickkiste zu zeigen. Hätten Sie Lust?«

»Und wie.« Er führte sie aus der Tonbühne hinaus zur nächsten Tür. »Ich wusste gar nicht, dass Sie mit nach Point Lobos kommen.«

»Ich auch nicht, bis gestern Abend. Marta meinte, es wäre traumhaft dort.«

»Ja, ich freue mich schon darauf. Wir sind mit den Bauarbeiten hier fertig, abgesehen von Veränderungen, die wir während der Dreharbeiten vermutlich noch vornehmen müssen. Jedenfalls ist es schön, mal rauszukommen und einen anderen Teil von Kalifornien zu sehen. Hier kann es brutal zugehen, während die Kulisse Form annimmt, und man vergisst leicht, was echt ist und was nicht – wobei das manchmal gar nicht so verkehrt ist.«

»Sie sagten, Sie hätten viel von Hitchcock gelernt?«

»Das stimmt, und von Mr Selznick. Er war immer ganz vorne mit dabei, was Spezialeffekte anbelangt. Die meisten Produzenten verwenden sie nur als letztes Mittel, wenn sie irgendeinen Effekt sonst nicht erzielen können oder die Sache zu teuer wird, aber er sucht im Drehbuch praktisch nach Anlässen – optische Effekte, Maskenaufnahmen, sämtliche Einzelheiten, die das Szenenbild eines Films verbessern könnten.«

»Ich kann mir vorstellen, dass *Vom Winde verweht* Sie vor eine gewaltige Herausforderung gestellt hat.«

»Da haben Sie recht. Insgesamt mussten wir mehr als

hundert Tricktechniken verwenden, aber auf der Leinwand entdecken Sie garantiert höchstens eine Handvoll davon.«

»Wollen wir wetten? Wann erscheint der Film? Ich kann es kaum erwarten.«

»Ich auch nicht. Kurz vor Weihnachten. Ich verrate Ihnen allerdings schon mal ein Geheimnis – wir haben die Außenfassade von Twelve Oaks überhaupt nicht gebaut, bloß die Tür. Das sind alles Masken, sogar die Bäume.«

»Und Manderley? Wie haben Sie das geschafft?«

»Mit mehreren Versionen in unterschiedlichen Größen. Ich zeige es Ihnen.« Er ließ ihr mit einer theatralischen Geste den Vortritt und freute sich offenbar darüber, eine aufmerksame Zuhörerin zu haben. »Das hier ist die erste.«

Die massive Landhausfassade mit umliegender Bepflanzung und Himmel im Hintergrund, die fast die gesamte Tonbühne ausfüllte, übertraf Josephines kühnste Erwartungen. »Wieso um alles in der Welt bezeichnen Sie das hier als Miniatur?«

James lachte. »Da wirkt der Name nicht so richtig passend, oder? Aber im Grunde ist alles eine Miniatur, was in einem bestimmten Maßstab die Wirklichkeit ersetzt – ein Auto oder ein Zug, so wie in *Jung und unschuldig*, oder eine ganze Szene. Wir bauen sie so groß, wie wir können, weil man größere Modelle besser ausleuchten und ablichten kann, und sie wirken auf dem Bildschirm glaubwürdiger.« Er schaute stolz zu den Kaminen und zinnenbesetzten Dächern auf, die unheimlich glaubhaft wirkten. »Normalerweise sind sie allerdings nicht ganz so groß, da haben Sie recht. Gut möglich, dass Manderley die größte

Miniatur ist, die je gebaut wurde – einstweilen zumindest.«

»Und wie wird es genutzt?«, fragte Josephine mit Blick auf den engen Raum zwischen dem Modell und der hinteren Wand der Tonbühne, die kaum Platz für eine Kamera bot.

»Für Nahaufnahmen des Hauses. Es gibt zum Beispiel eine Szene von draußen, in der man sieht, wie im Haus ein Licht von Zimmer zu Zimmer wandert, das machen wir hier.« Er schnappte sich eine Taschenlampe von einem Regal und dimmte das Licht, bevor er durch die Eingangstür von Manderley trat. Josephine sah, wie das Licht an den Fenstern im Erdgeschoss vorbeizog. »Das wirkt jetzt amateurhaft«, sagte er, als er wieder hinauskam. »Aber wenn die Beleuchtung und die Kamerawinkel richtig eingestellt sind, wird es richtig atmosphärisch. Dann denken alle, dass sie ein echtes Haus vor sich haben, das schon seit dreihundert Jahren steht, und fragen sich, was es uns wohl an Zeit und Geld gekostet hat, an einem Originalschauplatz zu filmen. Miniaturen sind ziemlich teuer, was optische Effekte angeht, weil sie so detailliert sein müssen, aber es lohnt sich jedes Mal.«

»Die Details sind wirklich erstaunlich«, sagte Josephine. »Selbst aus der Nähe fühlt es sich authentisch an. Was das für eine Arbeit gewesen sein muss.«

»War es auch, besonders wenn man bedenkt, wie selten das Haus überhaupt gezeigt wird. Wenn Sie den Film sehen, wird Ihnen auffallen, dass Manderley kaum je sichtbar ist, und wenn, dann meistens unter Regen, Wolken oder Flammen. Das trägt alles zu der mysteriösen Atmosphäre bei. Wenn wir auf dem Land gefilmt und dem Haus einen genauen Standort gegeben hätten, würde es sich nicht annähernd so isoliert anfühlen. So macht Hitchcock dem Zuschauer unmissverständlich klar, dass Mrs de Winter niemanden hat, an den sie sich wenden kann.«

James winkte sie auf den »Rasen«, und Josephine zögerte. »Wirklich?«

»Keine Angst, Sie können nichts kaputt machen. Außerdem ist sowieso niemand zu Hause.«

Aus der Ferne wirkten die Bäume vor der Terrasse so lebensecht wie der Rest, doch bei genauerer Betrachtung entdeckte Josephine, dass sie aus Stangen in unterschiedlichen Längen bestanden, die auf geniale Art und Weise in Jute und Gips gehüllt und mit echten Blättern versehen waren. James grinste. »Wir lackieren die Blätter, damit sie frisch bleiben. Und sehen Sie den Eingang da drüben?« Sie nickte. »Den und ein paar andere Teile haben wir maßstabsgetreu nachgebaut, aber in exakter Kopie, sodass man die eine Tür nie von der anderen unterscheiden könnte – oder Mauerwerk von Pappmaschee.«

»Sie sagten, es gebe mehrere Modelle. Wie sind die anderen von der Größe her?«

»Das auf der nächsten Bühne ist halb so groß, damit können wir das Haus in der Totalen filmen. Sie sehen ja, dass hier dafür kein Platz ist. Es gibt eine lange Schwenkaufnahme, als sie nach den Flitterwochen zum ersten Mal nach Manderley kommen, und da bekommt man so richtig das Gefühl, man käme auf einem Herrenhaus an, in dem man nichts verloren hat.« Die Rede war von Mrs de Winter, doch er klang, als könnte er das Gefühl nachempfinden. Josephine vermutete, dass er im Geist den ersten Anblick Milton Halls vor sich sah. »Ich zeige es Ihnen gleich, dann verstehen Sie genau, was ich meine. Das Modell steht in einem Wald, durch den eine lange, kurvige Auffahrt führt.«

»Wie in dem Traum, den sie von Manderley hat?«

»Genau. Da sitzt Jack hinter der Kamera – Jack Cosgrove. Er leitet bei uns die Spezialeffekte, ein echtes Genie. Er will die Aufnahmen aus Point Lobos zusammen mit denen verwenden, in denen die Kamera durch das Unterholz aufs Modell zufährt, und zwar von hoch oben, meint Hitch, weil ein Gespenst nicht an den Boden gebunden ist.« Die Vorstellung war erstaunlich, und Josephine konnte sich die Szene schon ausmalen, bevor sie überhaupt das Modell oder die von Marta beschriebene Landschaft gesehen hatte. »Irgendwann kommt die Kamera auf Manderley an, und es liegt in Schutt und Asche. Die andere Miniatur fungiert dann als Ruine, aber die hier fackeln wir ab, so hat jede ihren Zweck.«

»Sie werden das hier alles niederbrennen? Zerreißt es Ihnen da nicht das Herz?«

»Solange uns nicht auf einmal einfällt, dass wir es noch für eine andere Szene brauchen … Endgültiger geht es nämlich wirklich nicht.«

»Und man hat nur eine Chance, nehme ich an.«

»Richtig, aber wir verwenden mehrere Kameras und Blickwinkel, damit für den Schnitt genug Material zur Verfügung steht. Für den Brand von Atlanta in *Vom Winde verweht* waren auch haufenweise Kameraleute nötig.«

Josephine lachte. Solche Geschichten könnte sie sich den ganzen Tag lang anhören. Sie hatte mit sich gerungen, ob sie wirklich zum Dreh kommen sollte, und nicht nur, weil sie nicht dorthin gehörte; schon als kleines

Mädchen war sie von Filmen fasziniert gewesen und hatte mit ihrer Mutter die Begeisterung an den Kindertagen des Kinos geteilt, als alles noch so magisch und mysteriös wirkte. Ein Teil von ihr wollte sich ihr Staunen nicht von dem Wissen zerstören lassen, wie Filme tatsächlich entstanden. Doch James' Einblicke verdarben ihr die Laune nicht, vielmehr ließen sie das Geschehen nur noch aufregender wirken. »Sind Sie für die Ideen verantwortlich?«, fragte sie.

James schüttelte lächelnd den Kopf. »Irgendwann vielleicht mal, aber im Moment baue ich nur, was mir gesagt wird. Ich überlege mir die Maßstäbe und hoffe, dass alles stimmt, aber für Spezialeffekte gibt es keine in Stein gemeißelten Regeln. Man lernt bei der Arbeit, und ich hatte Glück, dass mir mein Vater einen Vorsprung verschafft hat.«

»Hat er auch in der Filmbranche gearbeitet?«

»Nein, er war Tischler. Unglaublich raffiniert, und im Grunde habe ich ihm alles zu verdanken. Er hat mir gezeigt, dass nichts unmöglich ist und eine kunstvoll gefertigte Miniatur jeden täuschen kann, und dafür brauchte er nicht einmal Kameras. Ich habe ihm einfach alles abgekauft.«

»Was für ein unglaubliches Talent«, sagte Josephine.

»Man gewöhnt sich daran, und irgendwann ist es selbstverständlich. Darin besteht auch eins der Berufsrisiken: Man sieht Sachen, die gar nicht da sind.« Er betrachtete sie plötzlich ernster und schien ihre Gedanken zu lesen, denn er fügte hinzu: »Ja, ich weiß, was mir entgangen wäre, wenn ich es durchgezogen hätte, und ich schulde Ihnen –«

»Falls Sie sich bei mir bedanken wollen, sparen Sie sich das bitte. Denken Sie bloß an das Versprechen, um das ich Sie gebeten habe.«

»Das habe ich nicht vergessen, aber ich kann es Ihnen erst geben, wenn ich weiß, dass ich es auch halten kann.«

»Das klingt schon etwas besser als gestern. Es wird.« Josephine lächelte schief. »Vielen Dank, dass Sie mir das hier zeigen.«

»Schauen Sie es sich ruhig noch mal aus der Nähe an, und dann zeige ich Ihnen das andere nebenan.«

Das ließ sich Josephine nicht zwei Mal sagen. Sie schritt über die Terrasse zwischen zwei trügerisch stabil wirkenden Steinsäulen hindurch, wobei der eigentümliche Maßstab sie leicht desorientierte. Alles war groß genug, um sich darin zu bewegen, aber zu klein, um als lebensecht durchzugehen. Das Modell bestand aus der für Landhäuser typischen Mischung unterschiedlicher architektonischer Details, die über mehrere Generationen hinweg verändert und hinzugefügt worden waren – Türme, Zinnen, Kuppelfenster und Giebel im Tudorstil sowie das Durcheinander schräger Dächer und hoch aufragender Kamine bildeten eine effektvolle Silhouette. Weiter rechts befand sich ein Durchgang, und sie trat darunter hindurch, da sie unbedingt wissen wollte, wie es sich innerhalb der Mauern Manderleys anfühlen würde, selbst wenn diese nicht aus Stein waren. Sie hielt kurz inne, um sich an die Dunkelheit zu gewöhnen, und ihr fiel der Geruch von frischem Holz und Klebstoff auf, der nichts mit der muffigen, abgestandenen Feuchte der Landhäuser gemein hatte, in denen sie bislang gewesen war. Gerade, als sie tiefer ins Innere vordringen wollte, hörte sie, wie eine

Tür ins Schloss fiel und eine dritte Stimme erklang. »Was machst du hier ganz allein, Bart?«

Kurz herrschte Stille, dann antwortete James: »Ich wollte nur noch ein paar Sachen kontrollieren. Wieso? Können wir los?«

Er klang gleichzeitig überrascht und abweisend und korrigierte die Annahme nicht, er wäre allein. Josephine blieb an Ort und Stelle, da sie James keinen Ärger einbrocken wollte. Sie konnte zwar nicht sehen, um wen es sich handelte, doch aus James' Reaktion ließ sich auf ein Mitglied des Filmstabs schließen, und der Akzent klang nach Frank Wheeler.

»Hast du meine Nachricht bekommen?«

»Nein, welche?«

»Die ich dir gestern im Zug geschickt habe.«

»Ich habe nichts von dir bekommen, aber jetzt bist du ja hier. Spuck einfach aus, was du zu sagen hast.«

»Bist du dir sicher? Als wir in Pasadena angekommen sind, hast du ganz schön angespannt ausgesehen. Da könnte man glatt auf die Idee kommen, du hättest was zu verstecken.«

Er klang spöttisch, und Josephine saß in der Zwickmühle. Es war ihr unangenehm, einem Privatgespräch zu lauschen, gleichzeitig aber war sie fast schon beschämend neugierig. Da sie sich ohnehin nicht aus der Situation befreien konnte, schlich sie so leise wie möglich zum nächsten Fenster, um nichts zu verpassen und die Identität der zweiten Person zu verifizieren. Nach einer längeren Pause erklang wieder James' Stimme, leise und wutverzerrt. »Ich habe keine Ahnung, wovon du sprichst.«

»Ich weiß, was du gemacht hast, Bart. Ich weiß, was du

bist. Meinst du wirklich, ich hätte dich da drüben auch nur eine Sekunde aus den Augen gelassen? Meinst du, die Leute hätten sich nicht das Maul über dich zerrissen? Meine Beobachtungsgabe gehört zu meiner Arbeit, und ich habe dich beobachtet. Ich hab dich mit dieser Frau gesehen.«

»Du hast keine Ahnung, was du gesehen hast.« Sein verunsicherter Unterton strafte die Aussage Lügen, und Josephine spürte, dass seine Tapferkeit allmählich dahinschwand. Sie war versucht, einzugreifen, doch sie wusste auch, dass er sich nicht darüber freuen würde, und außerdem verängstigte sie die bedrohliche Wendung, die das Gespräch genommen hatte. Plötzlich verstand sie genau, wie Mrs de Winter sich gefühlt haben musste, während sie mit jemandem in einem isolierten Haus festsaß, der ihr Schaden zufügen wollte. James seufzte. »Was willst du von mir?«

»Erst mal gar nichts. Du stehst jetzt allerdings in meiner Schuld, vergiss das bloß nicht.« James zuckte zusammen, als wäre ihm ein Schlag versetzt worden, was jedoch an der Heftigkeit der Worte gelegen haben musste, da der andere Mann sich immer noch in der Nähe der Tür befand und sich stur weigerte, in ihr Blickfeld zu treten. »Ich sage dir Bescheid, wenn ich dich brauche, und wenn du auch nur ein Fünkchen Verstand hast, machst du, was ich dir sage.«

»Wenn ich auch nur ein Fünkchen Verstand hätte, würde ich dir auf der Stelle die Fresse polieren.«

»Ach, du bist unter die Kämpfer gegangen? Tatsächlich? In England habe ich was ganz anderes gehört. Im Grunde genau das Gegenteil.« Erneut entstand eine Pause, und Josephine fürchtete, James könnte darauf eingehen, doch sein Widerstand war geschmolzen, und er wirkte völlig geschlagen. »Du bist ein schlaues Kerlchen, Bart. Enttäusch mich bloß nicht. Und komm ja nicht auf die Idee, irgendwem von unserem kleinen Gespräch zu erzählen.«

Josephine wartete noch kurz in ihrem Versteck ab, bis James wieder allein war. Als sie wieder hervorkam, saß er am Rand der Kulisse und hatte das Gesicht in den Händen vergraben. Sie legte ihm die Hand auf die Schulter, und er zuckte zusammen, als hätte er vergessen, dass sie noch da war. »Ist alles in Ordnung?«

»Nein, überhaupt nicht.«

»War das Frank?«

James verneinte nicht. »Haben Sie alles gehört, was er gesagt hat?«

Josephine nickte. »Sie dürfen nicht zulassen, dass er Sie damit erpresst. Dann hat er Sie eben mit mir am Bahnhof gesehen, ja, und? Er kann nicht beweisen, was Sie vorhatten, und selbst wenn, das geht niemanden etwas an. Der einzige Mensch, dem Sie schaden wollten, waren Sie selbst, und Sie haben es nicht einmal getan. Wenn es hilft, rede ich gerne mit ihm und bestreite alles.«

Er starrte sie an, als hätte sie den Verstand verloren. »Darum geht es nicht. Verstehen Sie das nicht? Er hat von was ganz anderem gesprochen.« Er ging anscheinend davon aus, sie könne ihm folgen, und sie versuchte vergebens, seinen Gedankengang nachzuvollziehen. »Ich weiß zwar nicht, woher, aber er weiß es. Ich habe etwas Schreckliches getan, das sich nicht mehr rückgängig machen lässt, und Sie können mir dabei auch nicht helfen. Niemand kann mir helfen.«

Josephine war von der Endgültigkeit der Aussage genauso sehr verblüfft wie über die plötzliche Erkenntnis, dass ihre Sympathie für James ihr die Sicht auf mögliche Gründe für seinen Suizidversuch verstellt hatte. Sie war davon ausgegangen, dass er den Entschluss aus Trauer gefasst hatte; keinen einzigen Augenblick lang hatte sie vermutet, er könnte mit Schuldgefühlen kämpfen. »Frank meinte also nicht mich mit der Frau?« James schüttelte den Kopf. »Wen dann?«

»Jemanden, den ich früher einmal kannte.«

»Und was haben Sie ihr angetan?«

Sie war fast erleichtert, als er ihr die Antwort verweigerte; es gab nur wenige Dinge, die sich nicht rückgängig machen ließen, und insgeheim wollte sie nicht daran glauben, dass er zu einem davon in der Lage wäre. »Ich bringe Sie besser zurück zum Dreh.« Er stand auf und erklärte ihr Gespräch damit für beendet. »Marta ist jetzt wahrscheinlich auch so weit. Sie fragt sich bestimmt schon, wo wir abgeblieben sind.«

»Aber Sie können das doch nicht einfach ignorieren«, beharrte sie. »Egal, worum es geht, ich glaube nicht, dass Sie es nicht bereuen oder keinen guten Grund dafür hatten, also –«

»Ja, ich hatte einen Grund. Aber ich bereue es zutiefst.«

»Dann erzählen Sie es jemandem. Sorgen Sie dafür, dass Ihre Seite der Geschichte zählt, lassen Sie sich von Frank nicht einschüchtern. Nehmen Sie ihm die Macht, indem Sie das Richtige tun.«

Er sah ihr in die Augen, und Josephine erkannte, dass kein Argument der Welt es je mit seinem Kummer aufnehmen konnte, der völligen Abwesenheit von Hoffnung. »Seien Sie nicht so nett zu mir«, sagte James. »Bitte nicht. Das habe ich nicht verdient.«

11

Marta sah zu, wie Hitchcock die Szene mit Judith Anderson besprach und dabei selbst die Rolle von Mrs Danvers übernahm. Er zeigte der Schauspielerin, wie sie sich positionieren sollte – immer mit etwas Platz für den Geist Rebeccas –, um den besten Effekt zu erzielen. Wie gewohnt ging Hitchcock völlig in seiner Arbeit auf, und Anderson vertraute ihm offensichtlich vollkommen. Sie schien die Gelegenheit auszukosten, aus ihrer ersten großen Filmrolle zu lernen, und zwar nicht mit der gefesselten Ehrerbietung, in die Fontaine manchmal verfiel, sondern als eine Schauspielerin, die ihr Fach an seine Grenzen treiben wollte. Vom ersten Tag an war sie eine der selbstbewusstesten Menschen beim Dreh gewesen, war sich ihrer Rolle sicher, als kennte sie Mrs Danvers in- und auswendig, und diese Selbstgewissheit hatte sie mit ihrer Figur gemein. Anderson hatte bereits vor dem Vorsprechen außerordentliche Forderungen gestellt, was für Neuankömmlinge in Hollywood ungewöhnlich war – tausend Dollar die Woche plus Transport und Spesen, und eine schriftliche Garantie, dass Hitchcock selbst bei ihren Probeaufnahmen Regie führen würde; dieses Maß an Herrschsucht hatte ihr nicht nur die Rolle verschafft, sondern würde sie auch darin aufgehen lassen.

Hitch gab ihr noch ein paar letzte Ratschläge und erklärte ihr, wie er sich das Gleichgewicht in der Szene vorstellte. »Gehen Sie ans Fenster, öffnen Sie es und schauen Sie weg«, wies er an, während er an dem Fenster im gotischen Stil stand, das angeblich auf die Felsen hinausging, und seine eigenen Anweisungen ausführte. »Dann sagen Sie ganz nüchtern: ›Die frische Luft wird Ihnen guttun, Madam.‹ Übertreiben Sie es nicht. Die Kamera wird die Arbeit übernehmen.«

Er setzte sich wieder auf seinen Stuhl, und Anderson und Fontaine begaben sich an ihre Positionen. In der Szene folgt Mrs de Winter Mrs Danvers nach ihrer Demütigung beim Kostümball in Rebeccas Schlafzimmer, und die Feindseligkeit, die im ersten Teil des Films zwischen den beiden geschwelt hatte, kommt zum Höhepunkt. Es war eine Szene von vielen, in der Fontaine in Tränen ausbrechen sollte. Vier Aufnahmen später war Hitchcock immer noch nicht zufrieden. »Das versuchen wir noch mal«, sagte er geduldig.

»Aber ich habe keine Tränen übrig«, erwiderte Fontaine. »Können wir es nicht irgendwie anders versuchen?«

Hitch mühte sich aus dem Stuhl und ging zum Bett. »Was würde dich zum Weinen bringen, Joan?« Er zog einen Flunsch wie ein enttäuschtes Kind.

Vielleicht würde es helfen, ihr die Wahrheit über ihre Gage zu sagen, dachte Marta. Olivier bekam mehr als das Vierfache ihres Tagessatzes, und Anderson fast doppelt so viel. Stattdessen überraschte Fontaine sie mit einem pragmatischeren Vorschlag. »Ich weiß es nicht. Vielleicht, wenn Sie mir eine Ohrfeige geben?«

Entsetzt tauschte Marta einen Blick mit Lydia Schiller aus. Bestimmt würde selbst Alfred Hitchcock nicht zu derart extremen Mitteln greifen, um das gewünschte Ergebnis zu erzielen – doch natürlich tat er es. Der Schlag schallte durch die sprachlose Tonbühne. Fontaine schwankte kurz und taumelte dann vor die Kamera, zerbrechlich und verletzt, so wie die Szene es von ihr verlangte. Hitch bemerkte Martas missbilligenden Blick und zuckte zu seiner Verteidigung lediglich die Achseln, während er wieder Platz nahm. »Kamera ab«, wies er an.

Die Spannung am Dreh trug wesentlich zur Szene bei. Hitchcock begann mit einer Totalen und bewegte sich dann ins Zimmer, womit er die Zuschauer in das Drama involvierte und die Leidenschaft der Figuren die Leinwand füllen ließ. Im Laufe der Dreharbeiten war Marta aufgefallen, wie effektvoll er die Kamera in den Szenen mit den beiden Darstellerinnen nutzte, sich immer mit Anderson und auf Fontaine zubewegte, sodass die Macht bei der Haushälterin lag, während ihre Beute stillstand und ihr nicht entkommen konnte. Nun lag Fontaine schluchzend auf dem Bett, und Anderson stand reglos vor ihr, eine strenge, schwarze Säule, die an Bela Lugosi erinnerte, und Marta fiel keine andere Schauspielerin ein, die nur durch das Zusammenfalten ihrer Hände derart bedrohlich wirken konnte. Sie warf einen Blick zur versammelten Mannschaft, um die Aufregung mit jemandem zu teilen, da bemerkte sie Josephine und Bart weiter hinten; sie mussten in einer Pause wieder hereingeschlichen sein. Josephine war wie gebannt von der Szene, doch Martas Aufmerksamkeit richtete sich auf Bart. Er starrte Mrs Danvers an und wirkte völlig entsetzt, als hätte er ein Gespenst gesehen.

Unkonzentriert wandte sich Marta wieder dem Geschehen zu und warf einen Blick ins Drehbuch. Anderson hatte das Fenster geöffnet und schaute auf Fontaine im Bett hinab, zog ihr Opfer mit dem Blick zum Fenster, bevor sie auch nur den Mund geöffnet hatte. Dann sprach sie mit verführerischer, ermunternder Stimme ihren Text, genauso wie von Hitchcock instruiert – leise und sanft und dadurch umso angsteinflößender. Aus dem Augenwinkel nahm Marta wahr, wie Josephine etwas zu Bart sagte und er daraufhin nickte, dabei allerdings nicht den Blick von Anderson abwandte.

Fontaine schluchzte noch heftiger, drückte sich an das Mauerwerk, während Anderson sie dazu aufforderte, Manderley zu verlassen. Dank eines verborgenen Ventilators blähten sich die Vorhänge sanft, trugen die kühle Seeluft ins Zimmer wie den Atem der toten Rebecca. Marta sah, wie Bart sich näherte und damit gegen sämtliche Regeln des Studios verstieß. Hitchcock gab leise ein missbilligendes Geräusch von sich, doch die Darbietungen waren zu gut, um sie zu unterbrechen. »Sie haben ihn verloren«, sagte Anderson noch leiser. »Sie haben nichts, wofür Sie leben können.« Sie stand regungslos hinter Fontaine, berührte mit dem Gesicht fast ihre bloße Schulter in der Parodie einer zögerlichen Liebhaberin. »Schauen Sie hinunter. Es ist doch ganz einfach. Es tut gar nicht weh. Warum springen Sie nicht hinunter? Sie brauchen sich nicht zu fürchten. Es geht ganz schnell. Kommen Sie. Tun Sie's. Springen Sie hinunter.«

»Nein!« Der Schrei war so ungefiltert und untröstlich, Marta begriff erst nicht, dass er nicht zum Drehbuch gehörte. Zu ihrer Rechten ertönte ein Krachen, als Bart davonstürmte und dabei eine Beleuchtungsleiter umstieß. Hitchcock pfefferte sein Drehbuch auf den Boden, und sein Zorn verlieh ihm eine ungewohnte Agilität. Er sprang auf und schnauzte seine Leute an. »Schnitt! Kann mir bitte jemand verraten, was zum Teufel hier los ist?«

12

Penrose saß an einem Schreibtisch in dem ihm zugeteilten Zimmer in Milton Hall und wartete ungeduldig darauf, dass ein paar der Anfragen, die er gestellt hatte, endlich Ergebnisse hervorbringen würden. Viel lieber wäre er zur vertrauten Effizienz Scotland Yards zurückgekehrt, wo alles dazu diente, ihm die Ermittlungen zu erleichtern, doch da die anstehenden Aufgaben hauptsächlich aus Ferngesprächen und Befragungen der Leute bestand, die auf dem Anwesen lebten und arbeiteten, erschien es ihm vernünftiger, vor Ort zu bleiben. Das Zimmer gehörte zu den Stallungen, und wahrscheinlich hätte er sich geschmeichelt fühlen sollen, dass sowohl die Hausangestellten als auch das Heer ihm so bereitwillig eine Unterkunft angeboten hatten, doch er wusste auch, dass er womöglich beiden ein Dorn im Auge war, und es war kein Wunder, dass sie ihn im Blick behalten wollten. Am Ende hatten Scotts Rang und seine Beharrlichkeit obsiegt, und Penrose saß in einem kleinen Zimmer, das nur ein paar Türen vom Scotts Büro entfernt war, in praktischer Hörweite, als das Treiben des Tages allmählich abflaute.

Er war froh um den Zeitunterschied, der ihm gegenüber Los Angeles einen achtstündigen Vorteil verschaffte, und studierte das Blatt Papier, das der Butler ihm überreicht und dabei stillschweigend vermittelt hatte, dass unter seiner Aufsicht kein Filmstab auch nur in die Nähe von Milton Hall gekommen wäre, insbesondere keiner aus Hollywood. Drei Namen standen auf der Liste: Victor Petrie, Frank Wheeler und James Bartholomew, der Mann, den Donald Youngs Frau angeblich so sehr geliebt hatte, dass sie ihren Mann verlassen wollte. Alle drei arbeiteten für Selznick International Pictures, und Penrose konnte immer noch kaum fassen, dass sie ausgerechnet an *Rebecca* beteiligt waren, demselben Film, der Josephine aus dem Land geholt hatte. Die dunkle Vorahnung, die ihn bei ihrer Abreise so heftig gepackt hatte, umklammerte ihn erneut, und er fragte sich, ob er Marta wohl irgendwie erreichen könnte.

Es ging auf zehn Uhr abends zu, und die Schatten hinter den Fenstern wirkten nicht gerade aufheiternd. Seltsam, dass die schwere, unbegreifliche Dunkelheit in einer unbekannten Umgebung so viel beunruhigender erscheint, dachte er, wo es doch eigentlich keinen Unterschied machen sollte. Er starrte auf das Telefon und wünschte, es würde klingeln, zuckte dann jedoch vor Schreck zusammen, als sich sein Wunsch erfüllte. Die Antwort kam schneller, als er zu hoffen gewagt hatte, und beim Abheben verspürte er einen gesunden Respekt für die Effizienz des Los Angeles Police Departments.

»Spreche ich mit Detective Chief Inspector Penrose?«

Der Sprecher legte die Betonung in typisch amerikanischer Weise auf die zweite Silbe, genau wie Virginia, als sie sich kennengelernt hatten, und der Gedanke an ein normales Leben hob seine Laune. »Am Apparat. Vielen Dank, dass –«

»Hier spricht David Selznick«, erklärte der Mann. »Bei mir stehen zwei Beamte des LAPD, die mit meinen Leuten sprechen wollen, und angeblich haben Sie sie geschickt.«

»Ja, das stimmt.«

»Würden Sie mir wohl dann bitte erklären, was zum Teufel hier los ist?«

Penrose atmete einmal tief durch. Es wunderte ihn kaum, dass jemand in Selznicks Position nur seiner eigenen Zeit Wert beimaß, doch er wiederholte geduldig die Informationen, die die Beamten, die zum Studio geschickt worden waren, ihm mit Sicherheit bereits mitgeteilt hatten. »Wir untersuchen einen Mordfall in Milton Hall. Das Opfer wurde am Montag ermordet, während Ihre Leute vor Ort waren, und es ist wichtig, dass wir mit allen zum fraglichen Zeitpunkt anwesenden Personen sprechen, um sie aus den Ermittlungen auszuschließen und wertvolle Informationen zu sammeln. Wir wären Ihnen und Ihren Mitarbeitern sehr dankbar für Ihre Kooperation.«

»Sie glauben aber nicht, dass sie etwas damit zu tun haben, oder?«

Kurz fragte sich Penrose, wie oft ihm diese Frage im Laufe seiner Karriere wohl schon gestellt worden war. »Wie gesagt, wir sind für jegliche Informationen dankbar, aber die Sache eilt. Besonders mit James Bartholomew möchte ich sprechen, da er laut Zeugenaussagen mit dem Opfer bekannt war. Sie heißt Evelyn Young, und die beiden haben sich wohl während Bartholomews letztem Aufenthalt in Milton Hall kennengelernt.«

Die kurze Pause am anderen Ende, in der Selznick die Tatsache verarbeitete, dass seine Mitarbeiter durch mehr als nur Zufall mit dem Mord verbunden waren, verschaffte Penrose eine leise Genugtuung. »Wie lange wird das dauern?«, wollte er wissen.

»Das kommt ganz darauf an, was Ihre Männer zu sagen haben.«

Selznicks explosionsartige Reaktion überwand die achttausend Kilometer zwischen ihnen problemlos. »Sie wollen meinen kompletten zweiten Filmstab auf unbestimmte Zeit aus dem Verkehr ziehen?«, schnauzte er Penrose an. »Wir haben vier Drehbuchseiten pro Tag auf dem Plan, was an sich nicht gerade viel verlangt ist. Und wissen Sie, wie weit Hitchcock schon hinterherhinkt?« Die Frage war rhetorischer Natur, und Penrose kam nicht zu Wort, bevor die Tirade weiterging. »Drei Tage! Wir drehen seit einer Woche, und er hat bis jetzt nur achtzehn brauchbare Minuten abgeliefert. In dem Tempo steigt das Budget bald über eine Million.«

Erwartete Selznick wirklich, dass er die Gerechtigkeit warten ließ, damit Hitchcock mit *Rebecca* aufholen konnte? Penrose wünschte inständig, er hätte die Männer vor ihrem Abflug erwischt, und versuchte es erneut. »Ich verstehe gut, wie ärgerlich das für Sie ist, und ich verspreche Ihnen, dass Ihre Leute nicht länger festgehalten werden als absolut nötig, aber wir müssen sie unbedingt befragen, und falls Sie nicht kooperieren, muss ich die Kollegen vor Ort bitten, alle drei für eine offiziellere Befragung auf die Wache zu bringen.« Selznick schwieg und wägte offenbar seine Optionen ab. Penrose malte sich unterdessen aus, wie Hitchcock in Panik ausbrechen würde, wenn die Beamten des LAPD bei seinen Dreharbeiten auftauchten; sehr zu seinem Vorteil hatte er bei ihrer letzten Begegnung entdeckt, dass Hitchcock eine Heidenangst vor der Polizei hatte. »Ich muss Ihnen wahrscheinlich nicht erklären, dass solche Formalitäten auf lange Sicht mehr Zeit kosten«, fügte er hinzu. »Aber wir werden natürlich versuchen, die Umstände auf ein Minimum zu begrenzen.«

»Umstände ist noch harmlos ausgedrückt. Solche Fahrten zu Originalschauplätzen sind teuer, und Sie haben mir gerade meine ruiniert. Wenn Sie sie jetzt zurückschleifen, müssen wir noch mal von vorne anfangen.«

»Zurückschleifen? Was meinen Sie damit? Wo sind sie?«

»Point Lobos State Reserve, in der Nähe von Monterey. Sie sind vor drei, vier Stunden abgereist und kommen morgen Abend wieder. Kann das nicht bis dahin warten, Chief Inspector? Es könnte sich außerdem schwierig gestalten, sie da draußen zu erreichen.«

Penrose war enttäuscht, doch er glaubte kaum, dass Selznick International Pictures einen wertvollen Filmstab ohne Möglichkeit der Kontaktaufnahme davonschicken würde. »Sie müssen doch wissen, wo sie heute übernachten«, erwiderte er leicht streitlustig, da Selznick ihn wohl zum Narren halten wollte. »Würden Sie ihnen wohl eine Nachricht zukommen lassen, dass sie so schnell wie möglich zurückkehren sollen? Ich wäre Ihnen zudem für Ihre Diskretion dankbar. Je schneller wir mit den Männern sprechen und sie aus den Ermittlungen ausschließen können, desto schneller können Sie mit Ihrem Film weitermachen.«

Am anderen Ende enstand eine Pause, und kurz glaubte Penrose, die Verbindung wäre unterbrochen worden. Dann hörte er jedoch, wie Selznick mit jemand anderem sprach – gedämpft, als hätte er die Hand über den Hörer gelegt. »Meine Sekretärin wird versuchen, Miss Fox zu erreichen«, erklärte er schließlich widerwillig. »Sie organisiert das Ganze, und wir werden ihr ausrichten, dass sie alle so schnell wie möglich wieder zurückbringen soll. Ich kann Ihnen nicht genau sagen, wann das sein wird, aber sobald sie wieder hier sind, wird sich jemand bei Ihnen melden.«

»Miss Fox?«

»Ja, eine von Hitchcocks Leuten«, erwiderte er.

»Und sie ist mit den dreien unterwegs?« Penrose bemühte sich, seine Nervosität zu verbergen. Er hatte bereits vermutet, dass Marta die Männer kannte, doch es wäre ihm nie in den Sinn gekommen, dass sie mit ihnen in Monterey festsitzen könnte.

»Ja, natürlich. Wie gesagt, sie organisiert das Ganze.«

»Wer ist noch mit auf diesem Ausflug?«

»Ausflug? Das klingt ja fast nach Urlaub. Die drei Männer, mit denen Sie sprechen wollen, und Miss Fox mit einer Freundin. Sie arbeiten am North Point, wo der Cypress Grove Trail langführt.«

»Haben Sie eine Nummer, unter der ich Miss Fox erreichen kann? Eine Privatnummer, meine ich.«

»Wozu brauchen Sie die? Ich habe Ihnen doch schon gesagt, dass meine Sekretärin sich darum kümmert.«

»Reine Vorsorge, und ich wäre Ihnen sehr dankbar.«

Erneut wurde im Hintergrund gemurmelt, und schließlich gab Selznick ihm Martas Nummer durch. »Ich hoffe, das hilft Ihnen weiter.« Er klang nun etwas versöhnlicher. »Und ich bitte Sie, halten Sie es so weit wie möglich unter Verschluss. Die Zensoren kommen nicht mal mit einem Mord auf der Leinwand zurecht, da brauche ich wirklich keinen auf meiner Gehaltsliste.«

»Selbstverständlich. Danke, Mr Selznick.« Penrose legte

auf, ohne sich zu verabschieden, und wenn es nicht so unhöflich gewesen wäre, hätte Selznick die Zeitersparnis vermutlich zu schätzen gewusst. Penrose gab sich Mühe, seine Gedanken zu sortieren. Natürlich war Josephine mit Marta unterwegs; sie waren gerade erst wiedervereint worden, und ein Ausflug entlang der Küste Kaliforniens klang wunderbar, selbst wenn Marta währenddessen arbeiten müsste. Und es gab keinen triftigen Grund zur Annahme, einer der Männer sei gefährlich. Young wollte den Mord aus reiner Eifersucht einem Mann anhängen, der seine Frau vor zwanzig Jahren gekannt hatte, und ihm lag kein unterstützendes Beweismaterial vor. Keiner der Hausangestellten erinnerte sich daran, dass Evelyn Young mit den Filmleuten gesprochen hätte, während sie im Haus waren. Nein, es war weitaus sinnvoller, vor Ort nach dem Täter oder der Täterin zu suchen, insbesondere, wenn die verschwundene Dienstwaffe nicht wieder auftauchte und es sich bei den Fingerabdrücken auf der Mordwaffe um Youngs handelte. Sobald ihm die Bestätigung von Spilsbury vorläge, würde er höchstwahrscheinlich jemanden festnehmen – und vermutlich keinen der drei Unschuldigen jenseits des Atlantiks. Erneut drängte sich ihm jedoch der Anblick Evelyn Youngs auf und ließ keinen Platz für Logik. Er nahm den Hörer in die Hand, um sein drittes Ferngespräch zu buchen. Er mochte überreagieren, doch in diesem Fall wollte er kein Risiko eingehen.

Als Penrose endlich jemanden beim LAPD davon überzeugt hatte, mit jemandem in Monterey zu sprechen, war eine weitere Stunde verstrichen. Erschöpft, geschlagen und vor allem frustriert davon, sich auf weit entfernte

Fremde verlassen zu müssen, legte er auf – und er bezweifelte, dass ihn jemand ernst genug nehmen würde, um auf eine höchstwahrscheinlich sinnlose Fahrt nach Point Lobos aufzubrechen; an ihrer Stelle würde er es für eine fürchterliche Überreaktion und eine schändliche Verschwendung von Ressourcen halten. Es war fast Mitternacht, viel zu spät, um Virginia anzurufen, ohne die Kinder zu wecken, und er sollte wirklich ins Bett gehen, um morgen frisch ans Werk zu schreiten, doch er konnte sich nicht vom Telefon lösen. Er rechnete gerade nach, wann er wohl mit Neuigkeiten rechnen konnte, da klopfte es an der Tür, und Colonel Scott stand mit einer Flasche und zwei Gläsern auf der Schwelle. »Klang so, als könntest du einen gebrauchen, Penrose.« Er stellte den Whisky auf den Schreibtisch, ohne eine Antwort abzuwarten. »Führen diese Filmkerle dich an der Nase rum?«

»So würde ich es nicht beschreiben, aber aus der Ferne ist es nicht einfach.« Penrose klang rechtfertigender als beabsichtigt. »Aber wir machen Fortschritte.«

»Gut. Dann verzeihe ich dir auch diesen kleinen Fehler.« Scott schritt zum Fenster und zog mit einer übertrieben missbilligenden Geste den Verdunkelungsvorhang zu, ersetzte ein schwarzes Quadrat mit einem anderen, und Penrose kam sich vor wie ein unartiger Schuljunge. »Genau wie früher.« Scott setzte sich auf den freien Stuhl und schenkte großzügig Whisky aus. Dann schob er einen über den Schreibtisch, und Penrose war ihm dankbar dafür, obwohl er sich nicht erinnern konnte, zu Collegezeiten je einen Absacker mit ihm getrunken zu haben. »Ich habe auf dich gewartet – wie ging es Donald?«, fragte Scott.

Genau diese Art einstudierter Lässigkeit führte in der Regel zu Beförderungen, dachte Penrose trocken. »Er war wütend«, erwiderte er, doch er wusste genau, dass sich Scott nicht für Youngs Gefühle interessierte; er war auf Informationen aus, und Penrose hegte keinerlei Absichten, ihn damit zu versorgen. »Im einen Moment zutiefst traurig, im nächsten verbittert, den Umständen entsprechend.«

»Verständlich.« Scott nickte nachdenklich. »Es gibt da noch etwas, das du wissen solltest. Er war bei mir, nachdem du dich mit ihm getroffen hast, und wollte, dass ich ihm einen Revolver leihe. Seiner ist anscheinend verschwunden, und du glaubst angeblich, dass es sich dabei um die Tatwaffe handelt, aber er hat Stein und Bein geschworen, dass er nichts mit Evelyns Tod zu tun hat. Aber er weiß, was für ein schlechtes Licht die verschwundene Waffe auf ihn wirft, deswegen sollte ich ihm helfen. Ich habe ihm natürlich nichts gegeben.«

»Natürlich nicht.«

»Und er hat mich angefleht, dir nichts davon zu erzählen.«

»Er hält viel von dir, kann das sein? Muss er ja, wenn er dir mit so etwas vertraut.«

Die Bemerkung stand kurz zwischen ihnen, beschuldigte Scott vielmehr der Untreue als irgendeines Fehlverhaltens, und die Botschaft entging Scott nicht. »Zugegeben, ich saß in der Zwickmühle. Ich konnte Donald damals gut leiden, und wir waren miteinander befreundet, aber das ist lange her, und meine Priorität ist jetzt unsere Aufgabe hier vor Ort. Volle Transparenz, Penrose, das verspreche ich dir. Falls Donald tatsächlich schuldig ist – und soweit ich das mitbekommen habe, sieht es nicht gut für ihn aus –, muss er sich der Justiz stellen. Ich kann ihm dabei nicht helfen.«

Scott sparte sich zwar die Worte »Er gehört nicht mehr zu uns«, aber er hätte es nicht deutlicher ausdrücken können. Er war auf einmal sehr erpicht darauf, mit dem Finger auf seinen ehemaligen Kameraden zu deuten, und Penrose kam der Gedanke, dass er womöglich noch etwas anderes schützen wollte als den Ruf seines Regiments. »Du warst Mr Youngs Trauzeuge, korrekt?«

»Das stimmt. Was tut das zur Sache?«

»Wahrscheinlich gar nichts, aber ich möchte so viel wie möglich über Evelyn Young und ihre Familie in Erfahrung bringen, und als Trauzeuge hast du sicher ein paar Einblicke. Wie war sie?«

»Wie gesagt, ich kannte sie nicht wirklich gut, bloß als Krankenschwester.«

»Aber soweit du wusstest, waren die beiden glücklich miteinander?«

»Donald auf jeden Fall. Nach der Hochzeit habe ich sie nicht besonders oft zusammen gesehen, deswegen kann ich zu Evelyn nichts sagen.«

Scott leerte sein Glas, und Penrose überlegte, wie viel er noch preisgeben sollte. Er wollte ihn nicht an seinen Theorien teilhaben lassen, hatte allerdings nur wenige Zeugen, die ihm etwas über das Leben in Milton Hall während des letzten Krieges erzählen konnten, und falls dieser Zeitraum tatsächlich so eine wichtige Rolle spielte, wie er vermutete, war Scotts Perspektive sehr wertvoll. Mindestens zwei Leute aus der Vergangenheit waren hier gewesen, und Evelyn Young war ums Leben gekommen. Insgeheim glaubte Penrose nicht, dass es sich dabei um einen Zufall handelte. »Du hast erwähnt, dass einer von den Filmleuten hier Verbindungen hatte. James Bartholomew, er war Sanitäter. Erinnerst du dich noch an ihn?«

»Ja, aber nur vage.«

»Das hattest du gar nicht erwähnt, als wir über das Thema gesprochen haben.«

»Warum auch? Ich kannte ihn doch kaum. War nicht mein Typ.«

»Weil er den Kriegsdienst verweigert hat?«

»Nein, weil er ein warmer Bruder war, wenn du es genau wissen willst. Kaum zu glauben, oder? Eine verdammte Schwuchtel zwischen diesen wehrlosen Männern.« Anscheinend bemerkte er Penrose' Verwunderung, denn er rechtfertigte sich rasch für seinen Ausbruch. »Tut mir leid, aber allein schon bei dem Gedanken schüttelt es mich. Gott weiß, was er hier getrieben hat.«

»Bist du dir sicher?« Penrose bemühte sich um einen neutralen Tonfall. »Donald Young ist der Ansicht, dass zwischen Bartholomew und seiner Frau etwas gelaufen ist. Er behauptet, Evelyn wäre in ihn verliebt gewesen.«

»Sie mochte ihn, ja, aber da war sie an der falschen Adresse. Er hatte es auf Matthew abgesehen.«

»Ihren Bruder?« Scott nickte. »Woher weißt du das?«

»Das war offensichtlich, für mich zumindest. Bist du schon mal verwundet worden?«

»Ja, mehrfach.«

»Dann weißt du bestimmt, wie grauenhaft öde die Genesung ist. Da bleibt eine Menge Zeit, um andere Leute zu beobachten, man hat ja keine große Wahl. Ich habe gesehen, wie viel Zeit Bartholomew mit Matthew Plummer verbracht hat, direkt vor den Augen seiner Familie.

Er war ein guter Sanitäter, das muss ich ihm lassen. Er kümmerte sich um uns alle, aber um Matthew besonders gut. Unnatürlich gut. Bei jeder Gelegenheit waren sie zusammen unterwegs, frische Luft und Bewegung im Namen der Genesung.« Er schnaubte verächtlich. »Die Bewegung kann ich mir gut vorstellen. Ekelhaft war das. Sie sind immer zur Kapelle im Wald, um allein zu sein.«

»Der gleichen, bei der Mrs Youngs Leiche gefunden wurde?«

»Ganz genau. Ich habe immer gesehen, wie sie über den Rasen gegangen sind und Bartholomew ihn am Arm gestützt hat. Der hat jede Ausrede genutzt, um ihn anzufassen.«

Mit der Behauptung, seine Erinnerungen seien »vage«, hatte Scott sich selbst unrecht getan – dafür war seine Schilderung viel zu lebhaft. »Aber seine Schwester wusste davon nichts?«, fragte Penrose.

»Nicht, bis ich es ihr gesteckt habe. Sie war völlig entsetzt und hat Matthew konfrontiert. Kein Wunder, dass sie sich Donald zugewendet hat.«

»Wieso hast du ihr davon erzählt?«

»Wie meinst du das?«

»Was hast du dir davon versprochen?« Auf Penrose wirkte die Tat unnötig gehässig und zerstörerisch angesichts der schrecklichen Konsequenzen für alle Beteiligten.

»Ich fürchte, ich verstehe nicht, weshalb du das überhaupt fragst. Der Mann hat seine Position missbraucht, verdammt noch mal. Er musste aufgehalten werden. Matthew war eine zarte Seele, und er war angreifbar. Bartholomew hat das ausgenutzt.«

Penrose fragte sich immer noch, weshalb Scott ausgerechnet Evelyn Young davon erzählt hatte – beziehungsweise Evelyn Plummer, wie sie damals noch hieß –, statt die offizielle Route zu wählen. Vielleicht hatte er gedacht, niemand würde ihm glauben, oder er wollte seine eigene Akte nicht damit beschmutzen. Vielleicht wollte er seinem Freund Donald einen Gefallen tun, indem er Evelyn klarmachte, dass für sie keine Hoffnung auf eine Zukunft mit James Bartholomew bestand. Oder vielleicht lag der Entscheidung ein weitaus egoistischeres Motiv zugrunde: Selwyn Scotts Worte waren von Eifersucht gefärbt. »Hat sich Matthew Plummer deswegen das Leben genommen?«, fragte er leise. »Donald meinte, es hätte mit seiner Kriegsverletzung zu tun, aber war es am Ende die Scham? Die Angst, als Homosexueller gebrandmarkt zu werden? Verzweiflung darüber, was seine Familie denken würde?«

Scott zuckte die Achseln. »Keine Ahnung, warum er das gemacht hat, aber wenn du damit sagen willst, dass ich irgendwie die Schuld daran trage …«

»Ich will damit gar nichts sagen.«

»Gut. Bartholomew hat sich selbst die Schuld daran gegeben, zu Recht.«

Der letzte Kommentar klang so zufrieden, dass Penrose schlecht wurde. »Du warst also noch hier, als es passiert ist.«

»O ja. Ich kann mich sehr genau an den Tag erinnern.«

»Erzähl mir davon.«

Scott schenkte sich nach und reichte Penrose die Flasche. »So langsam kommen wir ganz schön vom Thema ab, kann das sein?«

»Tu mir den Gefallen. Mir steht noch eine lange Nachtwache hier am Telefon bevor, und je mehr ich über James Bartholomew in Erfahrung bringen kann, desto besser.«

»Na gut. Er war an dem Nachmittag zufällig mit mir zusammen. Wir waren in der Langen Galerie, die damals als Aufenthaltsraum genutzt wurde. Auf dem Grammofon lief Walter Glynne, das weiß ich noch, und wir saßen an einem Tisch bei den Flügeltüren. Es war Hochsommer, wunderschönes Wetter, aber ich saß noch im Rollstuhl und konnte es nicht ausstehen, durch die Gegend gefahren zu werden, deswegen bin ich dringeblieben. Bartholomew hatte Mitleid mit mir und wollte mich für seine elenden Streichholzmodelle interessieren. Ist das zu fassen? Wir waren Soldaten, verdammt noch mal, und davon hatte er natürlich keine Ahnung, aber wir mussten mit Streichhölzern und Puzzleteilen rumfuhrwerken, als wären wir noch im Sandkasten.« Penrose konnte Scotts Ärger über gewisse Therapieformen während der Genesung durchaus nachvollziehen, teilte allerdings nicht dessen Verbitterung. »Da war ein Kind, ein kleines Mädchen. Sie war wahrscheinlich zu Besuch, ich habe sie oft zusammen mit den Kindern aus dem Haus gesehen, aber an dem Tag war sie allein. Sie hat das Modell beäugt, da hat Bartholomew sie herangewinkt. Hauptsache, er hatte ein Publikum. Er hat kurz mit ihr gesprochen, um sich einzuschmeicheln, und dann hat er ein kleines Modell der gotischen Kapelle aus der Tasche geholt. Er hat in ihr eine Möglichkeit gesehen, mit Matthew in Kontakt zu treten.«

»Wie meinst du das? Warum brauchte er dazu eine Botin?«

»Ach, hatte ich das nicht erwähnt? Matthew war nicht mehr auf der Station. Evelyn hat ihrer Mutter erzählt, was los war, und sie hat für seine Verlegung gesorgt. Sie war damals als Haushälterin tätig, und sie hat das Haus mit eiserner Faust regiert, wobei sie im Lazarett offiziell nichts zu melden hatte. Sie haben ihn in ein Zimmer im Westflügel verlegt und Bartholomew nicht in seine Nähe gelassen. Er hatte Matthew seit über einer Woche nicht gesehen, und das machte ihn wahnsinnig, da hat er das Kind benutzt.«

»Wozu?«

»Er hat ihr das Modell gegeben und gesagt, wo sie es hinbringen soll. Die Kapelle war ihr geheimer Ort, und ich nehme an, es sollte Matthew beweisen, dass er ihn nicht vergessen hatte. Sie sollte ihm Bescheid sagen, wenn sie es übergeben hätte.«

»Und hat sie das gemacht?«

»Nein. Er hat noch ewig gewartet, aber sie kam nicht zurück, und dann wurde klar, dass irgendetwas nicht stimmte. Die Atmosphäre im Haus hatte sich komplett verändert, und Leute rannten durch die Gänge. Dann fuhr draußen ein Leichenwagen vor, was an sich nicht ungewöhnlich war, aber dieses Mal war es irgendwie anders. Alle waren bleich und verschlossen, und niemand wollte uns irgendwas erzählen.«

»Hast du den Schuss gehört?«

Scott schüttelte den Kopf. »Ich glaube nicht, dass wir weiter drauf geachtet hätten. Da draußen im Wald wurde immer geschossen, oder irgendein Auspuff knallte, und an dem Tag kamen besonders viele Verwundete an, da ging es auf den Gängen auch nicht gerade ruhig zu. Ich bin letzte Woche nicht drüber weggekommen, wie still hier alles war – wie in einer anderen Welt. Nein, wir haben erst am Abend erfahren, dass Matthew sich das Hirn weggepustet hat. Gott weiß, wie er an die Waffe gekommen ist.«

»Gab es eine offizielle Untersuchung?«

»Um die Schande noch zu unterstreichen, meinst du?«, fragte Scott sarkastisch. »Ich weiß nicht, wie es gehandhabt wurde, aber ich hatte den Eindruck, alle waren froh, dass die Tragödie selbstverschuldet war und niemand sonst die Finger im Spiel hatte.«

War Bartholomews wohlmeinendes Geschenk der Auslöser für den Suizid gewesen? Eine schmerzhafte Erinnerung daran, was er nie würde haben können? Oder womöglich war das Mädchen in seiner Mission gescheitert und wollte es nicht zugeben. Rückblickend hoffte er darauf; Gott bewahre, dass sie während des Vorfalls in der Nähe des Zimmers gewesen war. »Wie hat Bartholomew darauf reagiert?«, fragte er.

»Es hat ihn völlig umgehauen. Als er es erfahren hat, hat er das Modell von Milton Hall kurz und klein geschlagen. Ich habe noch nie jemanden so wütend erlebt, aber er war schon immer aufbrausend. Innerhalb eines Monats war er verschwunden. Wurde rausgeschmissen.«

Schwer zu sagen, ob Scott nicht merkte, was für ein schlechtes Licht die Geschichte auf ihn warf, oder ob es ihm einfach egal war. Doch womöglich war es auch Penrose' Reaktion, die von der Norm abwich; die meisten Männer, mit denen er gedient hatte, wären von der Vorstellung einer Affäre zwischen zwei Männern ebenso angewidert gewesen. »Kaum zu fassen, dass Bartholomew es noch mal hierhergeschafft hat«, sagte er.

»Das dachte ich auch. Er muss wohl einen guten Grund gehabt haben. Rache vielleicht? Er war bestimmt unheimlich wütend auf Evelyn.«

Das wärst du auch gewesen, dachte Penrose, wenn dir Matthew Plummer mehr bedeutet hätte, als du hättest zugeben wollen. Scott leerte seinen Drink und stand auf. »Mir reicht es dann mit der Schwelgerei«, sagte er. »Wir sehen uns morgen früh.«

Prompt klingelte das Telefon, doch es hatte mit dem Heer zu tun. Es hatte kaum Sinn, den Abend noch weiter in die Länge zu strecken, und Penrose ging auf dem Weg, den Scott ihm gezeigt hatte, zurück ins Haupthaus. Die Bediensteten hatten Feierabend, und die Eingangshalle lag bis auf ein schummeriges Licht an der Treppe im Dunkeln. Penrose war froh, dass er eine Taschenlampe mitgebracht hatte, und stieg die breite Treppe hinauf, wobei seine Schritte auf den steinernen Stufen widerhallten. Sein Zimmer befand sich im ersten Stock des Westflügels am Ende eines langen Ganges und war schlicht, aber bequem; vermutlich ähnelte es demjenigen, in dem sich Jahre zuvor ein Mann das Leben genommen hatte. Während er in der Dunkelheit an seinem Bett stand, füllte sich die dumpfe Stille des Hauses mit dem geschäftigen Lärm eines Lazaretts, mit den Schreien der Verwundeten, dem Geräusch rennender Füße, mit der Brutalität eines Schusses. Er war zwar erschöpft, doch es dauerte lange, bis er schließlich einschlief.

13

Josephine und Marta hatten so viel zu besprechen, dass die Fahrt nach Monterey wie im Flug verging. Josephine brachte Marta auf den neuesten Stand ihrer Gespräche mit Bart und enthüllte endlich, was tatsächlich auf dem Bahnsteig in Chicago passiert war. »Um Gottes willen«, erwiderte Marta entsetzt. »Ich arbeite seit drei Jahren mit dem Mann und hatte keine Ahnung, dass er so sehr leidet.«

»Ich hatte den Eindruck, er hat gelernt, mit der Sache zu leben, worin auch immer sie besteht, aber irgendwas muss in Milton Hall passiert sein, und alles ist wieder hochgekommen. Gott weiß, was es war. Er wollte es mir nicht sagen. Er meinte bloß, er hätte etwas getan, das sich nicht rückgängig machen ließe.«

»Denkst du das, was ich denke? Hat er jemandem etwas angetan?«

»Sagen wir mal so, mir ist durchaus der Gedanke gekommen, dass wir vielleicht lieber nicht mit ihm mitten ins Nirgendwo fahren sollten.«

»Ich kanns nicht fassen, dass wir wirklich darüber reden. Bart ist einer der sanftmütigsten Menschen, die ich kenne. Er ist Quäker, verdammt noch mal, Kriegsdienstverweigerer. Es verstößt gegen sämtliche seiner Glaubenssätze, auch nur einer Fliege etwas zuleide zu tun. Ich bin mir sicher, dass er nicht zu Gewalt in der Lage ist.«

»Was soll es denn sonst gewesen sein?«

Eine längere Pause entstand, während beide darüber

nachdachten, und Marta gab zuerst auf. »Meinst du, wir sollten jemandem davon erzählen?«

»Aber wem? Und was sollen wir sagen?« Josephine nahm ihre Sonnenbrille ab und tupfte sich den Schweiß vom Nasenrücken. Im Auto herrschte drückende Hitze, und die Temperatur würde im Laufe des Tages nur noch steigen. »Ich habe überlegt, ob wir herausfinden sollten, ob in Milton Hall irgendetwas vorgefallen ist«, sagte sie. »Falls er etwas verbrochen hat, wäre das der wahrscheinlichste Ort.«

»Du kannst doch nicht einfach auf einem Herrenhaus anrufen und fragen, ob alles in Ordnung ist. Wenn ja, halten sie dich für verrückt, und wenn nicht, machst du dich verdächtig.« Marta schüttelte den Kopf und schlug genervt auf das Lenkrad. »Ich verstehe einfach nicht, wieso er so heftig auf die Szene reagiert hat. Darin liegt vielleicht der Schlüssel.«

Darüber spekulierten die beiden schon, seit sie das Studiogelände verlassen hatten, und drehten sich mit ihren Erklärungsversuchen im Kreis. »Vielleicht ging es wirklich nur um den Selbstmordaspekt und die Vorstellung, sie könnte aus dem Fenster springen.« Josephine seufzte. Diese Vermutung hatte sie bereits mindestens zwei Mal geäußert.

»Da schien viel mehr dahinterzustecken. Hast du nicht sein Gesicht gesehen?«

»Doch, er sah aus, als wäre er einem Gespenst begegnet.« Sie dachte kurz nach, da kam ihr eine neue Idee. »Meinst du, er hat vielleicht jemand anders in den Selbstmord getrieben? Das ließe sich jedenfalls nicht rückgängig machen, und es ist einen Hauch glaubwürdiger als der

Gedanke, er könnte jemanden getötet haben.« Zum ersten Mal sprach sie ihren dunkelsten Verdacht aus, und ihre Spekulationen wirkten dadurch nur noch hanebüchener. »Oder vielleicht war es einfach eine Ansammlung von Sachen. Die Erinnerung an den Suizid war womöglich der Tropfen, der das Fass zum Überlaufen gebracht hat, nach allem, was ich auf der Tonbühne mitgehört habe.«

»Das ergibt übrigens auch keinen Sinn. Ich kann mir nicht vorstellen, dass Frank raffiniert genug für Erpressung ist«, sagte Marta rundheraus. »Wenn er irgendetwas gesehen hätte, würde er ihn direkt zur Rede stellen und ein Riesentamtam darum machen. Er hätte niemals die Geduld, den rechten Augenblick abzupassen oder zu überlegen, wie er das meiste aus so einer Sache herausholen kann.«

»Auf mich wirkte er jedenfalls ziemlich berechnend. Und du darfst die Frau nicht vergessen, die zu seinem Zirkel gehört.«

»Die, die Alma angegangen hat?«

»Genau. Sie will offensichtlich Ärger anzetteln, und da dachten sie vielleicht, sie ziehen Bart mit rein. Er steht Hitch und Alma von allen am nächsten.« Sie lagen gut in der Zeit, und Josephine warf einen Blick auf den Atlas in ihrem Schoß, um Marta die nächsten Anweisungen zu geben. »Wie gut kennst du James? Könntest du mit ihm reden?«, fragte sie.

»Nicht so richtig, und außerdem wüsste er dann, dass du sein Vertrauen missbraucht hast.«

»Der Zug ist sicher abgefahren. Er wird doch nicht wirklich glauben, dass wir sechs Stunden nebeneinander im Auto sitzen und nicht darüber sprechen, besonders nach dem, was beim Dreh passiert ist. Er weiß bestimmt, dass ich dir mittlerweile alles erzählt habe.«

»Und das macht die ganze Sache sicher kein bisschen unangenehmer.«

Der Kommentar triefte vor Sarkasmus, und Josephine musterte Marta besorgt. »Du passt doch gut auf dich auf, oder?«, fragte sie ernst. »Der Gedanke, dass du mit einem Erpresser und einem potenziellen Mörder unterwegs bist, gefällt mir gar nicht. Und was ist mit Victor?«

»Der ist eher der starke, stille Typ. Immer schlecht gelaunt. Macht sein eigenes Ding.«

»Klingt nicht gerade beruhigend. Kannst du dir nicht irgendeine Aufgabe für mich einfallen lassen, damit ich dich im Auge behalten kann?«

»Gar keine schlechte Idee. Wir schauen mal, wie die Stimmung ist, wenn wir da sind. Nach sechs Stunden auf engstem Raum haben sie sich entweder zusammengerauft oder fünf Kilometer vor Culver City umgebracht. Mittlerweile ist mir auch fast egal, welches von beidem.«

»Meinst du immer noch, ihr habt bis morgen Abend alles geschafft?« Josephine hatte dabei ganz egoistisch ihren kostbaren Montag im Sinn. »Heute Morgen habt ihr sicher schon zwei, drei Stunden verloren.«

»Sofern Vic entschlussfreudig ist, sollte das kein Problem sein, und wenn wir morgen früher loslegen, können wir auch wieder ein bisschen Zeit reinholen. Ich bin mir sicher, dass keiner von uns länger hierbleiben will als nötig. Noch fünf Wochen Dreharbeiten kommen mir mittlerweile ziemlich lang vor, und dafür müsste sich Hitch auch noch an den Zeitplan halten. Wenn es so weitergeht wie heute, schwinden die Chancen rapide dahin.«

Point Lobos lag ein paar Kilometer südlich von Carmel, und es war gerade siebzehn Uhr, als Marta den Highway verließ und in den Eingang zum Park einbog. Eine von Bäumen gesäumte Schotterstraße erstreckte sich vor ihnen, und nach etwa hundert Metern fuhr Marta rechts ran und stellte den Motor ab, um ein Gefühl für den Ort zu bekommen. Familien und Spaziergänger genossen ihren Samstagnachmittag, und die kühlen Schatten des Waldes boten eine willkommene Zuflucht vor der Hitze, doch nicht einmal die Schreie der spielenden Kinder oder gelegentliches Hundegebell konnte die Rätselhaftigkeit, den Frieden zerstören, der dem Ort innewohnte. Schon jetzt war die Atmosphäre auffällig, und als Josephine zu den Baumkronen aufschaute, wo sich die krummen Äste miteinander verwoben, dachte sie sofort an die traumartige Eröffnungsszene, die Bart beschrieben hatte. »Gespenster müssen nicht auf dem Boden gehen«, sagte sie, als ihr der Satz wieder einfiel.

»Hast du heimlich das Drehbuch gelesen?«

»Das habe ich von James, er hat Hitchcock zitiert. Ich fand das ganz wunderbar, und an so einem Ort hier kann man das wirklich glauben. Wirklich zauberhaft.«

»Gut, oder? Bart muss bloß aufpassen, dass er nicht selbst zum Gespenst wird. Wenn er sich noch so ein paar Dinger wie heute Morgen leistet, wird ihm ganz schnell der Boden unter den Füßen weggezogen.«

Sie fuhren weiter in Richtung Küste, wobei sie hin und wieder anhielten, um den Ausblick zu genießen. »Wenn wir heute alles von North Point kriegen, was wir brauchen, können wir uns morgen auf die Waldsequenz und Gibson Beach konzentrieren«, überlegte Marta laut.

»So ein bisschen frühmorgendlicher Nebel wäre gar nicht schlecht zwischen den Bäumen.«

»Und was gibt es am Gibson Beach?«

»Ein paar alte Holzstufen, die in die Bucht hinabführen – perfekt für die Szene, in der Mrs de Winter der Hund entwischt und sie das Bootshaus findet. Und ein toller Platz zum Schwimmen.«

North Point lag am äußersten Zipfel des Naturschutzgebiets und grenzte an einen ausgedehnten Wald aus Monterey-Zypressen. »Wunderschön.« Josephine war begeistert. »Kein Wunder, dass du herkommen wolltest. Ich wette, hier wimmelt es nur so vor Filmleuten, oder?«

»Mittlerweile nicht mehr. Früher durfte man noch komplett vor Ort drehen, aber die ganzen Dreharbeiten und Menschenmassen haben langsam den Park zerstört und an den Klippen genagt. Dann hat jemand hier einen Film namens *Evangeline* gedreht und dabei fast einen ganzen Kiefernwald abgefackelt. Über Luftaufnahmen hat man festgestellt, wie sehr die Gegend im Laufe der Jahre beschädigt wurde, und seitdem gibts hier nur noch Hintergrundaufnahmen und Personenzahlbegrenzungen.«

»Sehr beruhigend, dass Hollywood nicht alles kaufen kann. Ohne dir dabei zu nahe treten zu wollen.«

»Keine Angst, ich bin ganz deiner Meinung. Diese Zypressenwälder sind heilig, und ich hab mir ein Bein ausgerissen, um uns da reinzukriegen. Du solltest mal die Liste mit Sachen sehen, von denen ich versprechen musste, dass wir sie nicht machen. Die guten Leute von Carmel werden mit Fackeln und Mistgabeln hinter uns her sein, wenn wir dagegen verstoßen. Wir haben Glück, dass wir überhaupt eine Genehmigung bekommen haben.«

Erleichtert stellte Josephine fest, dass sie vor den anderen eingetroffen waren, und nach der heißen, anstrengenden Fahrt, die durch ihr Gesprächsthema nur noch unangenehmer gewesen war, genoss sie die ruhige Zeit mit Marta. Sie parkten das Auto im Schatten und stiegen auf eine Klippe, von der aus sie, wie von Marta beschrieben, einen Rundumblick über die Landzungen aus Granit und das glitzernd blaue Meer hatten, die jeweils von den uralten Zypressen eingerahmt wurden. Die Bäume, die auf den Felsen den Elementen ausgesetzt waren, erinnerten Josephine an die vom Wind geformten Tannen in Loe Bar in Cornwall in der Nähe von Archies Elternhaus, die erbitterte Meereswinde über Jahre hinweg zu wilden, rätselhaften Formen verzerrt hatten. Der eindrucksvolle Anblick war ideal für Filmaufnahmen, und sie verstand, weshalb der Küstenabschnitt als Ersatz für Cornwall herhalten sollte: Ihm wohnte dieselbe abenteuerliche Qualität inne – zauberhaft, wenn das Sonnenlicht auf dem azurblauen Meer glitzerte, aber bei Regen oder Nebel mit Sicherheit völlig verändert, abweisender. Hitchcock würde in den steilen, rauen Klippen und schäumenden Wellen jedenfalls so viel Dramatik finden, wie er brauchte.

»Spektakulärer können Meer und Land nicht aufeinandertreffen, hat mal irgendwer gesagt«, meinte Marta bewundernd.

Josephine lächelte. »Derjenige war anscheinend noch nie an einem Sommermorgen in Portknockie, aber vielleicht bin ich da vorbelastet.«

Sie fanden ein schattiges Plätzchen, an dem eine sanfte Meeresbrise ging, und Josephine wurde plötzlich von Müdigkeit überwältigt und döste ein, während sich Marta ein paar Notizen machte. Sie wachte davon auf, dass eine Tür zugeknallt wurde, und entdeckte einen Kleintransporter neben Martas Dodge. »Nur damit du Bescheid weißt«, sagte Marta. »Ich glaube, ich benehme mich wegen heute Morgen einfach furchtbar englisch und verliere kein Wort darüber, solange es sonst niemand anspricht.«

Josephine sah zu, wie sie zu den drei Männern ging, und verspürte Mitgefühl für James, der sicher eine schwierige Fahrt hinter sich hatte. Er wirkte in sich gekehrt und niedergeschlagen, und jegliche Vorfreude auf den Ausflug war wie weggeblasen. Marta stellte ihr Victor vor, den Regisseur, und Josephine erkannte ihn als Lee Hessels zweiten Reisebegleiter aus dem *Super Chief.* Nach einer flüchtigen Begrüßung wandte er sich von ihr ab und gab den anderen beiden Anweisungen, womit er ihr deutlich klarmachte, dass er nicht verstand, was sie hier verloren hatte. Josephine starrte ihn an; seine Stimme hatte etwas in ihr ausgelöst.

»Lass dich von ihm nicht ärgern«, sagte Marta. »Er geht mit jedem so um. Bei mir hat es Wochen gedauert, bis er sich für mich erwärmt hat.«

»Daran liegt es nicht.«

»Woran dann?«

»Ich bin mir nicht ganz sicher, aber seine Stimme kommt mir bekannt vor. Ich glaube, er hat heute Morgen mit James gesprochen.«

»Victor?« Josephine nickte und wartete darauf, dass Frank etwas sagen würde, doch der Akzent und die Tonlage der beiden waren sich so ähnlich, dass sie sie kaum voneinander unterscheiden konnte. Sie schaute zu James, um seine Körpersprache zu studieren, doch er schien beiden ähnlich distanziert zu begegnen. »Das würde wahrscheinlich besser passen«, bemerkte Marta nachdenklich. »Ich meine, Vic ist schlau und lässt sich nichts gefallen, aber ich wüsste nicht, was sein Motiv sein sollte. Er hat Bart eigentlich immer respektiert.«

»Vielleicht täusche ich mich auch. Ich wünschte, ich hätte mehr Anhaltspunkte als nur die Stimme.«

»Ich behalte jedenfalls beide im Auge. Kommst du zurecht, wenn wir jetzt loslegen?«

»Ja, natürlich.«

Josephine spazierte an der Klippe entlang und blieb weitestgehend in Sichtweite von Marta, achtete jedoch darauf, den Arbeiten nicht im Weg zu sein. Die Sonne stand nun tiefer am Himmel, und sie ging zum Auto, um sich eine Strickjacke zu holen. Da entdeckte sie James am Transporter, der gerade ein paar Skizzen anfertigte. Er schien bewusst in seine Arbeit vertieft, als wollte er Blickkontakt meiden, und sie ließ ihn in Ruhe. Die anderen hatten sich weiter ins Landesinnere bewegt, tiefer in den Zypressenwald, und Frank hackte sich durch die Schlingpflanzen und das Unterholz, das ihnen den Weg erschwerte, während Marta versuchte, ihn davon abzuhalten. »Bart?«, rief Victor. »Bring uns die Machete und den Bolzenschneider.«

Er tat, wie ihm geheißen, und Josephine folgte ihm zu den Bäumen, wobei sie sich nicht daran störte, womöglich für eine Einmischerin gehalten zu werden, falls Marta ihre Hilfe brauchen sollte. »Frank, das geht wirklich nicht«, protestierte Marta. »Wir sollen alles so hinterlassen, wie wir es vorgefunden haben. Dieser Bereich steht unter Naturschutz.«

»Was ist dein Problem? Ist doch nur Unkraut. Ich tue denen einen Gefallen.«

Er grinste, und Marta bemühte sich, nicht aus der Fassung zu geraten. »Lass ihn«, sagte Victor. »Wir müssen tiefer rein, um uns da drin umzusehen. Hast du das mit den Plattformen aufgeschrieben?«

»Nein, weil man da keine bauen darf«, erwiderte Marta. »Davon werden die Bäume beschädigt.« Sie deutete auf ein paar Zypressenschösslinge. »Ist dir überhaupt klar, wie viel Ärger wir uns einhandeln, wenn wir irgendetwas beschädigen?« Sie schaute Hilfe suchend zu James, aber er reduzierte seine Beteiligung auf das Mindestmaß und war schon wieder auf dem Weg zum Transporter. »Ich habe auf der Karte markiert, welche Bereiche wir betreten dürfen und welche nicht, und die Eröffnungssequenz muss am Eingang gefilmt werden«, beharrte sie. »Die Ecke ist dafür perfekt geeignet.«

»Schlecht ist sie nicht, aber das hier ist besser. Genau richtig für Jack. Und jetzt her mit dem Bolzenschneider.«

Frank reichte ihm das Werkzeug, und Victor schritt zu einem mit einer schweren Kette verschlossenen Tor, an dem ein Warnschild hing. Der Bereich war aus Naturschutzgründen nicht zugänglich. »Vic, das geht nicht«, rief Marta.

»Wetten, dass?« Die Kette leistete keinen Widerstand und fiel nutzlos zu Boden. »Na los.«

Er bahnte sich einen Weg durch die Büsche und verschwand, dicht gefolgt von Frank. Marta sah Josephine an. »Ich kann es nicht ausstehen, wenn sie so zusammenhalten und mich wie eine bessere Sekretärin behandeln. Bei Hitch stört mich das nicht, aber von einem verdammten zweitrangigen Aufnahmeleiter und einem Kameramann lasse ich mir das nicht bieten. Im Studio führen sie sich nie so auf.«

»Und was machst du jetzt?«

»Hinterhergehen und den Schaden begrenzen. Mir bleibt ja nichts anderes übrig. Wenn wir Platzverbot bekommen, wird Hitch stinksauer, und Selznick streicht wahrscheinlich den ganzen Film. Er hat ja jetzt schon seine Zweifel.«

»Na gut, aber pass auf dich auf.«

»Du auch.«

Josephine sah, wie Martas Blick unwillkürlich zu James schnellte. »Keine Angst. Ich weiß zwar nicht, womit er sich herumschlägt, aber ich glaube, eine Bedrohung stellt er nur für sich selbst dar. Kümmer dich um die anderen. Ich komme schon zurecht.«

Marta nickte widerwillig, und Josephine sah zu, wie sie zwischen den Bäumen verschwand und dabei das verräterische Kettenschloss mit dem Fuß ins Unterholz schob. James hatte wieder das Skizzenbuch in der Hand, saß nun jedoch auf einer Klippe und starrte hinaus aufs Meer. Sie ging zu ihm hinüber. »Haben Sie was dagegen, wenn ich mich dazusetze?« Er zuckte die Achseln, widersprach aber nicht. »Woran arbeiten Sie?« Josephine warf einen Blick auf die halb fertigen Zeichnungen, doch sie hörte selbst, wie hohl und gezwungen die Frage klang. Sie waren längst jenseits solcher Nichtigkeiten; wenn sie ihm wirklich helfen oder an die Antworten kommen wollte, die sie so verzweifelt suchte, müsste sie den Stier bei den Hörnern packen. »Was ist heute Morgen beim Dreh passiert?«, fragte Josephine. »Wieso haben Sie so heftig reagiert?«

»Was passiert ist? Ich habe meine Stelle weggeschmissen«, erwiderte James verbittert. »Das Einzige, was mir noch was bedeutet hat, und jetzt ist es weg. Hitch verzeiht mir das garantiert nicht. Mangel an Disziplin kann er nicht ausstehen. Mich wundert bloß, dass er mich nicht auf der Stelle gefeuert hat, jedenfalls brauche ich mich da nicht mehr blicken zu lassen.«

»Hitch ist doch nicht dumm. Er weiß sicher, wie wichtig Sie für den Film sind, und soweit ich das von Marta gehört habe, steht das an erster Stelle.« Sie lächelte und hoffte, ihm damit Zuversicht zu spenden. »Und falls er doch versucht, Sie rauszuschmeißen, wird Alma ihn bestimmt eines Besseren belehren. Sie weiß Ihre Arbeit sehr zu schätzen, und er hört immer auf seine Frau.«

»Das stimmt.«

»Was hat Sie an der Szene nun so verstört? Mrs Danvers? Sie sahen aus, als hätten Sie ein Gespenst gesehen.«

James starrte sie an, als hätte sie kein ausgelutschtes Klischee, sondern etwas zutiefst Einfühlsames ausgesprochen. »Das war das erste Mal, dass ich Miss Anderson vor der Kamera gesehen habe, und es war ein Riesenschock«, sagte er. »Als wir nach England sind, hatten die Dreharbeiten noch nicht begonnen, und mir stand bloß das Drehbuch zur Verfügung, aber wenn man die Szene vor sich hat, ist das was ganz anderes.« Hitchcock hatte die Worte tatsächlich mit einer eigentümlichen Intensität zum Leben erweckt, dachte Josephine; kein Wunder, dass die Szene James so sehr getroffen hatte, wenn ihr auch nur das kleinste Fünkchen seiner Lebenserfahrung innewohnte. »Sie haben recht«, gab er zu. »Danvers hat mich an jemanden erinnert, den ich früher mal kannte.«

»Jemanden in Milton Hall?«

»Ja. Sie hieß Marion Plummer und war dort Haushälterin, aber das ist nicht die einzige Gemeinsamkeit. Sie war voller Hass, genau wie Danvers. Sie hat andere genötigt.«

»Hat sie Sie genötigt?«

»Nicht mich, aber jemanden, den ich geliebt habe. Das dachte ich zumindest.«

Er zögerte, aber diesmal war ihm anzumerken, dass er fortfahren wollte, aber nicht wusste, wie. Josephine gab sich Mühe, es ihm zu erleichtern. »Erzählen Sie mir von ihm – demjenigen, den Sie geliebt haben, meine ich.« Auf James' Gesicht zeichnete sich eine vertraute Mischung aus Misstrauen und Erleichterung ab, und sie wollte ihm zeigen, dass sie ihn verstand. »Ich weiß noch genau, wie ich jemandem zum ersten Mal genug vertraut habe, um ihm von Marta zu erzählen«, sagte sie. »Ich werde Sie dafür nicht verurteilen, das wissen Sie doch sicher?«

»Ja, wahrscheinlich schon, aber einfach ist es trotzdem nicht. Nicht, wenn man sein ganzes Leben lang vorsichtig gewesen ist.«

»Nein, einfach ist es nie.« Besonders nicht, wenn man Leute wie Frank oder Victor täuschen musste. Sie malte sich die Farce aus, die James jeden Tag vollführen musste, um sein Geheimnis zu schützen. »Wie hieß er?«

»Matthew.«

»War er einer der Soldaten, um die Sie sich gekümmert haben, oder ein Sanitäter?« Sie nutzte die Vergangenheitsform, weil James es getan hatte, doch der Verlust stand ihm ohnehin deutlich ins Gesicht geschrieben.

»Ein Soldat, aber er war in Milton zu Hause. Die Frau,

von der ich Ihnen erzählt habe, Marion Plummer – sie war seine Mutter, und er ist dort aufgewachsen.« Beinahe hätte Josephine gesagt, dass es sicher tröstlich für Matthew gewesen sein musste, in vertrauter Umgebung zu genesen, aber nicht für jeden war das Elternhaus ein Zufluchtsort, und sich bekannten Gesichtern zu stellen, wenn man verletzt und verängstigt war, war sicher nicht einfach. Also schwieg sie und wartete darauf, dass James fortfuhr. »Ich war bei seiner Einlieferung erst seit ungefähr einem Monat in Milton Hall, und ich werde nie vergessen, wie ich ihn das erste Mal gesehen habe. Er hatte das Augenlicht verloren, anscheinend permanent, und er musste an der Schulter operiert werden. Ich sollte ihn hinterher wieder auf die Station bringen. Keiner von uns ging gerne zum OP-Saal, und mir hat es davor gegraut.«

»Das kann ich gut nachvollziehen. Mir verdreht sich beim Geruch von Chloroform immer noch der Magen.«

»Mir auch. Es war so komisch, letzte Woche wieder dort zu sein und den Raum zu sehen. Man würde nie erraten, dass es mal ein OP-Saal war. Einfach ein stattliches Zimmer in einem Herrenhaus.«

»Für Sie wahrscheinlich nicht.«

»Nein, für mich nicht. Alles war noch da – die Hitze des Feuers, das Blut im Waschtisch, und die Schreie, ich solle bloß nicht ohnmächtig werden, wenn ich bei einer Operation helfen musste.«

»Sind Sie denn ohnmächtig geworden? Ich schon.«

»Nur beim ersten Mal, das war eine Amputation. Aber dann habe ich mich daran gewöhnt. So ist das eben, und ich weiß nie, ob das Fluch oder Segen war. Die Männer auf dem Tisch kamen mir kaum noch menschlich vor, und ihr Fleisch sah nicht mal aus wie Fleisch. Es wirkte so barbarisch, nach allem, was sie vorher schon durchgemacht hatten.«

Er verstummte kurz, und Josephine wartete darauf, dass er weitersprechen würde, doch er schien seinen Gedanken nachzuhängen und benötigte einen Anstoß. »Sie haben Matthew also abgeholt?«

»Richtig. Zusammen mit einem Kollegen habe ich ihn vom OP-Tisch genommen und wieder auf die Station gebracht, und die Oberschwester hat mich angewiesen, bei ihm sitzen zu bleiben. Als er wieder bei Bewusstsein war, hat er reagiert wie ein gefangenes Tier, hat gebrüllt und gerungen, hat gewettert, dass er gar nicht da sein wollte, dass er lieber tot wäre. Ich habe noch nie erlebt, wie ein Mann derart zerbrochen ist. Alle anderen, um die ich mich gekümmert habe, waren so stoisch, so verdammt dankbar – nur nicht Matthew. Es war fast schon eine Erleichterung, obwohl ich keine Ahnung hatte, wie ich damit umgehen sollte. Wenigstens hat es sich ehrlich angefühlt.«

»Und was haben Sie dann gemacht?«

»Das Einzige, was mir übrig blieb. Ich habe ihn festgehalten und auf ihn eingeredet, während ringsum alle ihren Sonntagsbraten gegessen haben.« Er lachte und schüttelte ungläubig den Kopf. »Es war so surreal, aber irgendwann ist er eingeschlafen. Danach habe ich jeden Tag Zeit mit ihm verbracht – mehr, als ich eigentlich sollte, aber es hat ihm geholfen, deswegen haben sie es mir erlaubt. Seine Schwester hat ebenfalls als Pflegerin gearbeitet, und ich kannte natürlich seine Mutter, und die beiden waren sehr dankbar, dass ich mich um ihn gekümmert habe.

Zumindest am Anfang, bevor sie wussten, wie nahe wir einander gekommen sind.«

James klang sanft und gefühlvoll, und Josephine konnte sich gut vorstellen, wie es seiner Stimme gelang, jemanden aus einer alles verzehrenden Dunkelheit herauszuholen. »Hat er das Gleiche für Sie empfunden?«, fragte sie.

Ein Lächeln erhellte sein Gesicht und verschwand ebenso schnell wieder, wie es gekommen war. »Ich dachte schon, wobei es eine Weile gedauert hat. Er hat sich lange über mich geärgert, und gleichzeitig wollte er mich in der Nähe haben. Ein Teil von ihm hätte jeden gehasst, auf den er so sehr angewiesen war – so war er eben. Aber eines Abends hat sich das alles geändert. Es war ein Samstagabend, und ein paar von den Männern, denen es besser ging, waren in Peterborough gewesen und hatten etwas zu trinken mitgebracht. Am Billardtisch wurde gepöbelt und geprahlt, und dann ist einer von ihnen mit dem Queue auf mich zugesprungen und hat mich bedroht. Er meinte, Tunten wie ich gehörten in die Schützengräben. Ich glaube, er wollte mich einfach angehen, weil ich verweigert hatte, aber der Ausdruck war unglücklich gewählt. Matthew war auch da und ist mir zur Seite gesprungen. Vorher hatte ihn noch nie jemand so reden hören – er war in den Aufenthaltsräumen immer so still. Aber er hat völlig furchtlos über meine Grundsätze gesprochen, und darüber, wie mutig es war, nicht zu kämpfen. Bis dahin hatte ich keine Ahnung, dass er so viel Respekt dafür hatte. Der Kerl hat mir am nächsten Tag eine schriftliche Entschuldigung zukommen lassen, als er wieder nüchtern war.«

»Ich nehme an, danach waren Sie auf Augenhöhe, weil er zur Abwechslung etwas für Sie gemacht hatte.«

»Genau, und als er dann nicht mehr wütend auf mich war – beziehungsweise darauf, was ich täglich für ihn tat –, haben sich die Dinge zwischen uns verändert. Wir konnten uns endlich richtig kennenlernen, ohne dass seine Verletzungen im Weg standen, und er ist mit jedem Tag kräftiger geworden. Als er wieder auf den Beinen war, konnte ich ihn durch die Zimmer führen und die Gemälde beschreiben, sodass er sie sich vorstellen oder sich an die erinnern konnte, die er noch aus seiner Kindheit kannte. Der Sommer war wunderschön, und wir haben viel Zeit im Freien verbracht. Ich hatte vorher noch nie auf dem Land gewohnt und jeden Tag kleine Veränderungen festgestellt. Ich habe wahrscheinlich mehr darauf geachtet und meine Freude mit Matthew geteilt. Er sollte merken, dass trotz seiner Erblindung noch Platz für Schönheit in seinem Leben war. Und dann kehrte auf einmal die Sicht auf einem Auge zurück, Tag für Tag ein bisschen mehr. Es war wie ein Wunder, und es hat ihm Hoffnung gemacht. Uns beiden hat es Hoffnung auf die Zukunft gemacht.«

»Das klingt nach einer besonderen Zeit. Schön zu wissen, dass aus all dem Hass etwas Zärtliches entsprungen ist.«

»Mir kam es zu schön vor, um wahr zu sein«, erwiderte James. »Und das war es natürlich auch.«

»Wieso?«, fragte Josephine leise. »Was ist passiert?«

»Jemand hat mitbekommen, was zwischen uns vorging. Ich weiß nicht, wer oder wie, wir waren so vorsichtig, aber wir hatten einen geheimen Ort, wo wir immer waren – eine kleine Kapelle auf dem Gelände. Matthew hatte als Kind dort oft mit seinen Freunden gespielt und so getan, als wäre er der Gutsherr. Einer von ihnen hat ihm besonders viel bedeutet – sie waren zusammen ausgerissen, um sich zum Wehrdienst zu melden, und sein Freund ist im Krieg gefallen.«

»Der, dessen Eltern er mit Ihrer Hilfe geschrieben hat?«

Er wirkte überrascht, dass sie sich noch daran erinnerte. »Genau. Matthew hatte bei seiner Rückkehr ein unglaublich schlechtes Gewissen. Er war der Anführer gewesen und gab sich die Schuld. Keiner von beiden war alt genug, um eingezogen zu werden, sie hätten sich also gar nicht melden müssen, aber er war auf ein Abenteuer aus. Er hat mich gebeten, ihn zur Kapelle zu bringen, um Robert zu gedenken, und danach sind wir immer dorthin, wenn wir allein sein wollten. Eines Tages hat uns seine Mutter entdeckt, und das war der Anfang vom Ende. Noch am selben Abend wurde er verlegt, und ich habe ihn nie wiedergesehen.«

»Weil Sie Milton verlassen haben?«

»Nicht nur ich. Matthew war seit knapp über einer Woche nicht mehr auf der Station, als es passiert ist. Ich habe alles versucht, um ihn zu sehen, aber er war im Westflügel, wo wir nicht hindurften, und seine Familie ist zusammengerückt und hat dafür gesorgt, dass ich woanders zu tun hatte. Die Vorstellung von ihm, wie er ganz allein da oben lag und womöglich dachte, ich hätte ihn vergessen, hat mich wahnsinnig gemacht. Ich hatte Ihnen doch erzählt, dass ich Daphne du Maurier dort kennengelernt habe, oder?«

»Ja, als sie noch ein kleines Mädchen war.«

»Das war an diesem furchtbaren Tag. Sie ist in den Aufenthaltsraum gekommen, weil sie nach ihren Schwestern gesucht hat, und ich habe gerade einem Soldaten gezeigt, wie man ein Modell baut. Sie war offensichtlich daran interessiert, da habe ich sie herangewinkt, damit sie es sich anschauen kann – mehr nicht. Dann bin ich auf den Gedanken gekommen, dass sie sich frei im Haus bewegen durfte, und sie war offenbar von Natur aus neugierig, da könnte sie mir vielleicht einen Gefallen tun. Ich wusste, wo Matthew war, weil ich es von ein paar Schwestern gehört hatte, da habe ich ihr das Modell der Kapelle gegeben und sie gebeten, es ihm zu bringen. Damit wollte ich die Rückkehr seines Augenlichts feiern. Ich hatte vorher schon welche für ihn gebaut, aber dieses war ganz besonders. Ich dachte, damit könnte ich Matthew beweisen, dass ich ihn nicht vergessen hatte und er mir noch immer etwas bedeutete.«

»Hat sie es ihm gebracht?«

»Ich weiß es nicht. Sie ist damit los, ist aber nicht zurückgekommen. Später hat der Pfarrer ein paar von uns zusammengerufen und erklärt, ein schrecklicher Unfall sei passiert und Matthew sei ums Leben gekommen.«

»Ein Unfall?«

»So haben sie es genannt, aber die Gerüchte haben nicht lange auf sich warten lassen. Er hat sich erschossen – ich weiß nicht, ob sie Rücksicht auf uns nehmen oder der Familie die Schande ersparen wollten.«

James kämpfte nun mit den Tränen, und Josephine versuchte sich auszumalen, wie es sich angefühlt haben musste, mit einem Verlust zurechtzukommen, zu dem er nicht stehen konnte, durch den Tod von dem Mann getrennt worden zu sein, den er geliebt hatte. »Ich nehme an, Sie haben sich die Schuld an Matthews Isolation gegeben.« An seiner Stelle wäre es ihr genauso ergangen.

»Wahrscheinlich dachten Sie, Sie hätten sich mehr Mühe geben müssen.«

James nickte. »Und nicht nur deswegen. Ich hätte die Kleine nie mit in die Sache hineinziehen sollen. Lachhaft, oder? Wir wissen ja beide, wie erfolgreich sie ist, es hat sie also nicht fürs Leben gezeichnet, und höchstwahrscheinlich hat sie nie wieder darüber nachgedacht. Am Ende hat sie das Modell wahrscheinlich ins Gebüsch geschmissen und ist wieder zurück zu ihrer Familie. Aber mich hat es all die Jahre über belastet, dass ich sie in so eine Situation geschickt habe. Was, wenn sie dort war, als es passiert ist? Was, wenn sie deswegen Ärger bekommen hat? Vielleicht lenke ich mich damit auch nur ab, aber ich komme einfach nicht damit zurecht, was ich aus egoistischer Verzweiflung von einem Kind verlangt habe.«

»Bedeutet Ihnen dieser Film deshalb so viel?« Josephine dachte an die Liebe und Sorgfalt, die er in die Miniaturen gesteckt hatte; ursprünglich hatte sie darin schlicht einen Beweis für sein Talent und seinen Ehrgeiz gesehen, doch es ergab Sinn, dass seine herausragende Arbeit etwas Tieferliegendem geschuldet war.

»Gut möglich, wobei ich es noch nie so betrachtet habe. Aber Sie haben recht – dieser Film bedeutet mir mehr als alles andere. Deswegen bin ich auch so wütend darüber, wie ich mich heute Morgen aufgeführt habe. Ich ertrage den Gedanken nicht, meine Arbeit nicht zu Ende bringen zu können.«

Es war schwer zu sagen, an welchen Grund er dabei dachte. »Sind Sie nach Matthews Tod noch in Milton geblieben?«

»Nicht lange. Ich wurde praktischerweise zum Krankenwagendienst für das Rote Kreuz versetzt. Früher hatte ich mir genau das erhofft, aber nach dem Vorfall war mir egal, was aus mir wurde. Ich konnte es bloß nicht ertragen, dass ich nicht mit allen anderen um ihn trauern oder Fragen darüber stellen konnte, was passiert war – und ich weiß, dass seine Mutter bei meiner Versetzung die Finger im Spiel hatte. Deswegen habe ich auch alles darangesetzt, um für den Film zurück nach Milton geschickt zu werden – ich wollte mir Antworten holen.«

Bislang hatten sie das Thema gemieden, was während seines Aufenthalts geschehen war, und Josephine merkte plötzlich, dass sie es überhaupt nicht wissen wollte. Egal, wie viel Mitgefühl sie auch mit ihm hatte – es würde sie vermutlich zu Gegnern machen. »Ist Matthews Mutter noch in Milton Hall?«, fragte sie beklommen. »Haben Sie sie gesehen?«

»Ja, sie wohnt noch dort, in einem Cottage auf dem Anwesen. Ich hätte nie zu ihr gehen dürfen, weil ich wusste, dass ich die Beherrschung verlieren würde, aber es gab so viel, das ich an Matthews Tod nicht verstanden habe. Ich war so dumm, ich dachte, ein Gespräch mit ihr könnte mir Frieden verschaffen. Die Frau hat nie auch nur ein Wort geäußert, das irgendwem Trost gespendet hätte.«

»Was hat sie Ihnen erzählt?«

»Dass meine Liebe zu ihrem Sohn sie so sehr angewidert hat, dass sie ihm eine Waffe in die Hand gedrückt und ihn dazu ermuntert hat, abzudrücken.«

»Das hat sie zugegeben?« Der Schreck über seine Antwort saß umso tiefer, da sie auch erklärte, weshalb James die Szene in Rebeccas Schlafzimmer so sehr zugesetzt hatte. »James? Hat sie das wirklich zugegeben?«

»Sie meinte, so wäre es besser gewesen. Sie hat irgendetwas über die Krankheit seiner Seele gesagt.« Die beiden Dinge unterschieden sich grundlegend voneinander, doch Josephine erkannte an seinem unsicheren Ton, dass sie ihn nicht darauf aufmerksam machen musste. »Ich war so wütend«, gab er zu. »Es hat ihr kein bisschen leidgetan. Trotzdem würde ich mein Leben dafür opfern, die Zeit zurückzudrehen und es zu verhindern, das schwöre ich.«

Er weinte mittlerweile, wurde von Reue zermürbt, und sie legte ihm eine Hand auf die Schulter. »Haben Sie ihr etwas angetan?«

Sie wünschte, er würde antworten, er habe in seiner Trauer nach ihr geschlagen oder sie versehentlich zu Boden gestoßen, doch bei seinen Worten gefror ihr das Blut in den Adern. »Ich habe mir ein Kissen vom Sessel genommen und es ihr aufs Gesicht gedrückt, bis sie tot war.« Er starrte sie fast schon trotzig an. »Ich wette, jetzt verurteilen Sie mich, oder? Ich kann es Ihnen nicht verdenken, aber Sie können nicht härter mit mir ins Gericht gehen als ich selbst.«

Josephine antwortete nicht sofort, da sie wusste, dass ihr Ton ihm recht geben würde. »Hat das Kruzifix ihr gehört?« Sie dachte daran zurück, was James über die Besitzerin der Kette impliziert hatte, und war entsetzt, dass sie ihn womöglich dazu ermuntert hatte, ein wichtiges Beweisstück wegzuschmeißen. Er nickte, und plötzlich fragte sie sich, ob er nicht ungemein raffiniert vorging, sie womöglich manipulierte und sein Verbrechen so darstellte, dass es Mitgefühl in ihr auslöste. Soweit sie wusste, hätte er den Mord planen und sich die mildernden Umstände ausdenken können, aber hatte sie sich wirklich derart in ihm getäuscht? »Sie wissen, dass ich das nicht für mich behalten kann, oder?«, sagte sie zaghaft. »Ich kann es nicht einfach ruhen lassen, nur weil Sie mir leidtun, und ich kann nicht davon ausgehen, dass Sie das Richtige tun werden. Ich muss es melden.«

»Ich tue Ihnen also leid?«

»Ja, ob nun zu Recht oder nicht. Aber das allein reicht nicht, meine Gefühle spielen hier keine Rolle.«

»Für mich schon.« Er wischte sich mit dem Ärmel über die Augen und sah sie zum ersten Mal direkt an. »Ich glaube, deswegen spreche ich überhaupt mit Ihnen darüber – weil ich weiß, dass Sie es jemandem erzählen werden. Ich traue mir nicht zu, das Richtige zu tun, und ich hasse mich dafür, dass ich weggelaufen bin, fast genauso sehr wie für die Tat selbst. Mein ganzes Leben lang bin ich als Feigling beschimpft worden, und nun hat es sich bewahrheitet.«

»Sie hatten Angst, verständlicherweise.«

»Aber das ist keine Entschuldigung. Und als ich dann wieder hier war und mich an die Arbeit gemacht habe, dachte ich, es wird vielleicht nicht so schlimm. Ich wollte damit davonkommen, um weiter an dem zu arbeiten, was ich liebe. Die Vorstellung war zu verführerisch, aber im Leben geht es nun mal nicht zu wie im Kino. Ich habe kein gutes Ende verdient. Dadurch, dass ich es Ihnen erzählt habe, können wir jetzt beide dafür sorgen, dass ich keins bekomme.«

»Es gibt allerdings Dinge, die für Sie sprechen«, beharrte Josephine. »Falls Sie glauben, dass sie tatsächlich Beihilfe zu Matthews Suizid geleistet hat …«

»So einfach ist das nicht.«

Von Josephines Standpunkt aus war nichts an der Sache einfach, aber sie wartete ab, was er ihr noch erzählen würde. »Ich habe das in dem Moment wirklich alles geglaubt, aber seitdem …« Er brach ab, versuchte anscheinend, im Geiste alles zu ordnen, bevor er es mit Josephine teilte. »Matthews Schwester Evelyn war kurz da, als ich ihre Mutter besucht habe, aber dann ist sie zur Arbeit auf die Hall gegangen.« Bislang hatte er nicht erwähnt, dass es eine Zeugin gab – zumindest eine, die seine Anwesenheit im Haus zum Zeitpunkt des Mordes bestätigen konnte. »Ich dachte, ich kann verschwinden, ohne sie noch mal zu sehen, aber sie hat mich ausfindig gemacht und gesagt, es gebe ein paar Dinge, die sie mir über Matthew erzählen wolle. Sie hatte einen Brief geschrieben und ihren ganzen Mut zusammengenommen, um ihn mir zu überreichen.«

»Was stand darin?«

»Ich habe ihn nicht sofort gelesen. Ich hatte es so eilig, zu verschwinden, und konnte ihr kaum ins Gesicht sehen, da habe ich ihn einfach genommen und mich verabschiedet. Dann bin ich auf die Idee gekommen, dass darin vielleicht Antworten zu Matthews Tod stehen könnten, womöglich sogar, wie sehr er mich geliebt hat, und das hätte alles erträglicher gemacht. Aber davon war nicht die Rede, ganz im Gegenteil.«

»Dem dürfen Sie nicht zu viel Gewicht beimessen. Wenn die Familie Ihre Beziehung nicht verstanden oder gutgeheißen hat, ist es nur verständlich, dass Sie sie leugnen oder aus der Geschichte tilgen wollen. In Ihrem Herzen wissen Sie, was Sie füreinander empfunden haben.«

»So war es gar nicht. Evelyn wollte mir helfen, das war

offensichtlich, aber sie meinte, ich hätte nicht gewusst, wie Matthew wirklich war, und wenn ich ihn vor dem Krieg kennengelernt hätte, hätte ich ihn gehasst.«

»Hat sie auch erklärt, weshalb?«

»Sie meinte, er hätte eine grausame Ader besessen und wäre nicht der Mann, für den ich ihn hielt. Angeblich hat er seinen anderen Freunden schreckliche Dinge angetan, besonders Robert, und sie wollte nicht, dass mir das Gleiche passiert, deswegen musste sie unserer Beziehung ein Ende setzen.«

»Wie meinte sie das? Hat sie dafür gesorgt, dass Matthew verlegt wurde?«

»Vielleicht, oder sie meinte etwas viel Schlimmeres. Ich habe jedenfalls erst mal kein Wort davon geglaubt. Evelyn hatte damals eine Schwäche für mich – Matthew hat sie deswegen immer geneckt –, und ich habe mir eingeredet, dass sie den Brief nur aus Eifersucht geschrieben hat.«

»Aber jetzt?«

»Jetzt fallen mir lauter Kleinigkeiten wieder ein. Wie Matthew wütend wurde oder schmollte, wenn ich zu sehr mit anderen Männern beschäftigt war. Wie er mich auf subtile Art und Weise manipuliert hat, um genau das zu tun, was er wollte. Die Geschichten, die er mir über seine Zeit in den Schützengräben erzählt hatte – er klang so skrupellos, aber ich dachte, so wäre es eben im Krieg.« Er zuckte die Achseln und hob hilflos die Hände. »Jetzt bin ich völlig verwirrt und weiß überhaupt nicht, was ich noch glauben soll. Ich wünschte, ich hätte mit Evelyn gesprochen, als ich noch die Gelegenheit hatte.«

»Die Gelegenheit ist nicht vorüber, sofern Sie gestehen und der Gerechtigkeit ihren Lauf lassen.«

James schwieg kurz, dann antwortete er leicht spöttisch: »Glauben Sie wirklich, sie will noch mit mir reden, wenn sie herausfindet, was ich ihrer Mutter angetan habe? Nein, ich hätte mich mit ihr treffen sollen, so wie sie es vorgeschlagen hat.«

»Und wieso haben Sie das nicht?«

»Zum einen saß mir die Panik im Nacken, aber eigentlich hauptsächlich um Evelyns willen.« Er bemerkte, dass sie ihn nicht verstand. »Die Wut, die ich gespürt habe, als ich ihre Mutter umgebracht habe – sie kam aus dem Nichts und war mir völlig unbekannt. So etwas habe ich vorher noch nie und seitdem auch nie wieder gespürt, und es hat nur ein paar Sekunden gedauert, aber Sie sehen ja, was es angerichtet hat. Ich wollte nicht riskieren, dass mir mit Evelyn etwas Ähnliches passiert, und falls sie Matthew irgendetwas angetan hätte …«

Er brauchte den Satz nicht zu beenden, und Josephine erkannte, dass sie der Sache nicht gewachsen war. Sie wünschte inständig, sie könnte alles mit Archie besprechen; auf einmal kam ihr London unglaublich weit entfernt vor. »Haben Sie den Brief noch?« Sie hoffte, darin stünde etwas, das die Geschehnisse von damals erklärte; James würde dadurch nicht entlastet, aber zumindest würde es doch zeigen, dass andere Leute ebenfalls Rechenschaft schuldig waren.

»Nein, ich habe ihn zerstört. Ich musste ihn nicht noch mal lesen. Ich werde leider nie vergessen, was drinstand, und ich wollte nicht, dass es wahr ist. Ich kann ohnehin nicht damit leben, was ich getan habe, aber die Vorstellung, ich könnte Marion Plummer für etwas umgebracht haben, wofür sie überhaupt nicht verantwortlich war, ist unerträglich – oder für einen Mann, der es nicht wert war.«

»Umso wichtiger, dass Sie die Wahrheit sagen und jemanden untersuchen lassen, was wirklich passiert ist. Die Geschichte gehört nicht mehr nur Ihnen, oder?«

»Wie meinen Sie das?«

»Es steht viel mehr auf dem Spiel als nur Ihr Schicksal. Nun geht es auch um Gerechtigkeit für andere – für Matthew, falls ihn wirklich jemand zum Selbstmord ermutigt hat, und für den anderen Jungen, Robert. Sie schulden es den beiden und sich selbst, die Wahrheit ans Licht zu bringen, aber daraus wird nichts, wenn Sie sich einfach das Leben nehmen – und ich weiß, dass Sie mit dem Gedanken spielen.«

»Diese alten Geschichten interessieren doch niemanden mehr.«

»Wenn Sie sich da mal nicht täuschen.« Josephine klang überzeugter, als sie sich fühlte; sie wusste, dass ihre Freundschaft mit Archie ihren Blick auf das Interesse des Gesetzes an der Wahrheit verzerrte. »Wie lautet noch dieser Spruch? Alte Sünden werfen lange Schatten – und die will nicht jeder unter den Teppich kehren.« James schwieg, und Josephine dachte über ihre Unterhaltung nach. »Als Matthews Mutter von seiner kranken Seele gesprochen hat, meinte sie vielleicht gar nicht seine Liebe zu Ihnen«, sagte sie. »Falls das stimmt, was Evelyn über seine grausame Ader gesagt hat, könnte sie sich darauf bezogen haben. Matthews Tod könnte ganz einfach auf privaten Vorgängen in der Familie beruhen und nichts mit Ihnen zu tun haben.«

Sie hatte ihn damit trösten wollen, doch ihre Worte

bewirkten das Gegenteil. James stand wortlos auf, und Josephine konnte nicht abschätzen, ob sie ihm in irgendeiner Weise geholfen hatte. »Können Sie mir eines versprechen?«, fragte sie.

»Kommt darauf an.«

»Egal, was Victor zu wissen glaubt, lassen Sie sich davon nicht zu etwas treiben, das Sie bereuen werden. Es war doch Victor, der Sie erpressen wollte, oder?« James nickte. »Wie sollte er davon erfahren haben?«

»Die Frage treibt mich noch in den Wahnsinn. Frank meinte, Victor hätte im Haus nach mir suchen wollen, da hat er womöglich gesehen, wie ich aus dem Cottage gekommen bin. Vielleicht hat er auch nur meine Verzweiflung am Bahnhof bemerkt und es auf gut Glück versucht. Ich habe dumm reagiert. Er hatte ja überhaupt nichts in der Hand, aber ich habe mich schuldig verhalten, weil ich schuldig bin.«

»Also weiß er eventuell gar nicht, was Sie getan haben?«

»Nein, aber das wird er nur zu bald erfahren. Ich glaube allerdings, Sie hatten recht. Was auch immer er von mir will, es hat mit Hitch zu tun. Nach unserem Gespräch im Zug habe ich ihn abgeklopft, als Frank außer Hörweite war – ich habe ein paar abschätzige Kommentare über Hitch und seine Arbeitsweise fallen lassen, damit es so klingt, als würde ich ihm irgendetwas verübeln, und Vic hat mich aufgestachelt. Irgendwann hat er dann erzählt, wie …«

Doch Josephine wurde von einer bleistiftdünnen grauen Linie abgelenkt, die hinter dem Zypressenwald aufstieg. »Bitte sagen Sie mir, dass das kein Rauch ist.« Panik schlich sich in ihre Stimme. »Was um Himmels willen machen die da? Wo ist Marta?«

Sie rappelte sich rasch auf, doch James hielt sie am Arm fest. »Ich gehe schon. Sie bleiben hier, für den Fall, dass es Ärger gibt. Und keine Angst wegen Marta, ich hole sie da raus.«

Er hielt sein Versprechen, und zehn Minuten später, die sich wie zehn Tage anfühlten, trat er mit Marta an der Seite aus dem Waldstück. Sie sahen stinkwütend aus und hatten Victor und Frank im Schlepptau. Alle waren von der Expedition zerzaust, und Marta blutete an einem Riss in ihrem Oberteil. Außerdem machte Josephine leuchtend rote Stellen an ihrer Haut aus, wo sie sich am Unterholz gekratzt oder gestochen hatte. Victor zeigte keinerlei Gefühlsregung, doch Frank wirkte genauso großspurig wie immer. »Gott sei Dank ist alles in Ordnung.« Josephine warf einen Blick auf das Waldstück, wo die letzten Spuren des Brandes erstorben waren.

»Bei den beiden können wir uns dafür jedenfalls nicht bedanken.« Marta gestikulierte genervt nach hinten. »Einer von denen dachte, es wäre eine gute Idee, eine Kippe ins Gebüsch zu schmeißen.«

»Was ist dein Problem?«, gab Frank zurück. »Ich habs doch wieder gelöscht, oder?«

»Nachdem es schon zu spät war. Und wir machen jetzt Feierabend, in Ordnung? Mir reicht es. Wir können morgen früh weitermachen.«

»Du siehst völlig erschlagen aus«, sagte Josephine, während die anderen wieder zum Transporter gingen. »Und wir müssen zurück ins Motel, deine Wunden waschen. Ein paar sind ganz schön tief.«

Marta schaute auf ihre Verletzungen hinab, als bemerkte sie sie zum ersten Mal. »Und bei dir? War mit Bart alles in Ordnung?«

»Das kann ich dir später erzählen. Jetzt will ich erst mal nicht mehr an die drei denken und mich auf dich konzentrieren.«

14

Es war Sonntagmorgen, und Penrose hatte mehr als genug Beweismaterial gesammelt, um Donald Young wegen Mordverdachtes an seiner Frau zu verhaften. Spilsbury hatte ihn in aller Frühe über die wichtigsten Ergebnisse der Autopsie in Kenntnis gesetzt. Interessanterweise befanden sich sowohl Youngs Fingerabdrücke als auch die seiner Frau auf der Tatwaffe, doch Entfernung und Schussrichtung schlossen einen Suizid aus; womöglich hatten sie um die Waffe gekämpft, doch der Zustand der Leiche ließ keine Schlüsse auf mindere Verletzungen zu, die diese Theorie untermauern könnten. Der Todeszeitpunkt war auf zwischen fünfzehn und achtzehn Uhr am Montagnachmittag festgelegt worden, und die Aussagen zu Youngs Anwesenheit an seinem Schreibtisch in diesem Zeitraum waren widersprüchlich; zwei Kollegen hatten sie nur zu gerne bezeugt, doch nach seinem Versuch, Scott eine Ersatzwaffe abzuringen, würde jeder vernünftige Staatsanwalt dieses Alibi als im besten Fall fragwürdig darstellen. Die verzweifelte Bitte würde vermutlich das erdrückendste Beweismittel bilden. Zusammen mit dem äußerst glaubwürdigen Motiv, das Young am Vortag versehentlich preisgegeben hatte, griffen die Zahnräder der Ermittlungen geschmeidig und effizient ineinander, genau wie von Superintendent Bell – und dem Innenministerium – erhofft.

Wieso teilte er also nicht die allgemeine Begeisterung für das rasche Ergebnis? Wieso bot ihm eine kleine

Stimme in seinem Kopf unablässig alternative Erklärungen? Natürlich würden sich Youngs Fingerabdrücke an einer Waffe finden, die ihm gehört hatte, und jemand anderes hätte sie mit Handschuhen nutzen können. Seine Trauer und Fassungslosigkeit hatten aufrichtig gewirkt, und er hatte ein Alibi, so dürftig es auch sein mochte. Wenn es wirklich Young gewesen wäre, hätte er die Waffe vom Tatort entfernt. Und zu guter Letzt war Young mit seinem persönlichen Motiv die Lösung, die der Kriegspolitik im Allgemeinen am wenigsten Schaden zufügen würde – oder der Politik Hollywoods. Wenn der erste Skandal erst einmal abgeflaut wäre, würde sich niemand an Donald Young erinnern, und Penrose sah sich zu dem unangenehmen Schluss gezwungen, dass er – tief in seinem Inneren – Selwyn Scott nicht ganz so leicht davonkommen lassen wollte.

Von Selznick International gab es noch immer keine Neuigkeiten, aber er hatte schon damit gerechnet, dass sich Selznick mit der Rückbeorderung seiner Leute Zeit lassen würde. Dank Spilsburys Bericht wirkte die Lage außerdem weitaus weniger dringlich als in den langen, dunklen Stunden der vergangenen Nacht, und Penrose schickte ein dankbares Stoßgebet für die Klarheit der Morgenstunden und die problemlose Kommunikation in den Himmel, die er mittlerweile als selbstverständlich hinnahm; falls der Hauptverdächtige tatsächlich einer der Männer in Amerika gewesen wäre, hätte ihm das seine Arbeit ungemein erschwert. Er beschloss, ein transatlantisches Telefonat für den Abend zu buchen, und hoffte, dass Marta und Josephine bis dahin aus Monterey zurück wären. Selbst wenn die Ermittlungen zum Abschluss kommen sollten, würde es ihm helfen, sich davon zu überzeugen, dass bei Josephine alles in Ordnung war. Er verließ die Stallungen und ging Richtung Nordeingang, wobei ihn der Gedanke beschwingte, dem Heer ein weiteres Ferngespräch auf die Rechnung zu setzen.

An der Terrasse warteten, wie besprochen, zwei Streifenwagen, und auf der kurzen Fahrt zum Cottage der Youngs brachte Penrose Inspector Hughes auf den neuesten Stand. Hughes sprach zwar nicht aus, dass er Young von Anfang an für den Täter gehalten hatte, doch es war ihm deutlich anzusehen. Penrose zweifelte nicht daran, dass die Kollegen aus Cambridgeshire hinterfragen würden, weshalb für so eine simple Lösung Scotland Yard nötig gewesen war. Sie passierten die Zierkapelle, und die strahlende Sonne auf dem honigfarbenen Mauerwerk ließ die Schrecken vom Vortag fast unvorstellbar wirken. Am Lattenzaun der Youngs hielten sie, und im Erdgeschoss regte sich ein Vorhang – im Zimmer, in dem Marion Plummer lag. Ob es sich wohl um Georgia Wells oder ein anderes treues Gemeindemitglied handelte? Penrose hoffte auf die Frau des Pfarrers: Ihre Reaktion auf die Festnahme könnte ihm weitere Rückschlüsse erlauben, und er wollte herausfinden, ob sie ihm mehr über Matthew Plummer und den Suizid erzählen konnte.

Hughes klopfte fest an die Tür, und diesmal wurde sie rasch von Young persönlich geöffnet. »Tut mir leid, dass wir Sie schon wieder stören, Mr Young«, sagte Penrose. »Wir haben allerdings noch ein paar Fragen.«

»Kann das warten? Ich kümmere mich heute allein um Marion.«

Penrose hatte nicht darauf geachtet, welcher Wochentag es war, aber natürlich waren die Gläubigen an einem Sonntagmorgen anderweitig beschäftigt. »Leider nicht. Dürfen wir hereinkommen?«

»Na dann.«

Seine Müdigkeit schmälerte die Angst in seinem Blick nicht. Er zog die Tür hinter sich zu und führte sie ins Wohnzimmer. »Wie geht es Ihrer Schwiegermutter?« Penrose warf einen Blick auf das Aquarell über dem Kamin, eine kunstvolle Ansicht von Milton Hall aus hellen, weichen Farben, die einen angenehmen Kontrast zur Trostlosigkeit des feuerlosen Kamins darstellte.

»Unverändert. Ich bilde mir ständig Zeichen der Verbesserung ein, aber da ist wohl der Wunsch Vater des Gedankens.«

»Haben Sie Ihre Pistole gefunden?«, fragte Penrose, obwohl er die Antwort bereits kannte. Der Themenwechsel war so abrupt, dass es fast herzlos klang, doch er sah keinen Sinn darin, das Gespräch unnötig in die Länge zu ziehen.

»Nein, aber ich konnte auch noch nicht richtig danach suchen, mit Marion und allem.«

Die Ausrede war so halbherzig wie unglaubwürdig. »Mr Young, ich muss Ihnen mitteilen, dass wir Ihre Fingerabdrücke an der Mordwaffe feststellen konnten. Bestreiten Sie immer noch, dass die Waffe Ihnen gehört?«

»Ja.«

»Wie erklären Sie sich das dann?«

»Ach, ich weiß auch nicht.« Er ließ sich auf einen Sessel sinken und vergrub das Gesicht in den Händen. »Ich verstehe nicht, wie das passieren konnte. Es muss ja meine sein, oder? Aber ich habe Evelyn damit nicht umgebracht, ich schwöre es. Das müssen Sie mir glauben. Ich habe die Waffe nie mit aus dem Haus genommen.«

»Ein Zeuge hat ausgesagt, Sie hätten ihn gebeten, Ihnen eine identische Waffe zu leihen. Stimmt das?«

Youngs Reaktion war schmerzhaft mit anzusehen; ein ungläubiges Lächeln, gefolgt von einem Gefühl des Verrats, das ihn schwerer zu treffen schien als Penrose' Vorwürfe. »Nein«, sagte er. »Nein, das ist unmöglich. Scottie hätte das doch niemals verraten.«

»Stimmt das, Mr Young?«, wiederholte Penrose leise, obwohl seine Frage indirekt bereits beantwortet worden war.

Young nickte. »Tut mir leid, aber ich wusste nicht, was ich sonst machen sollte. Ich wusste ja, was Sie denken würden, und das war mein einziger Ausweg.« Er sah bittend von Penrose zu Hughes. »Irgendwer muss sie mir geklaut haben, anders geht es nicht. Was ist mit Bartholomew? Haben Sie ihn schon befragt?«

»Wir versuchen noch, mit ihm in Kontakt zu treten.«

»Vielleicht hat er die Waffe genommen.«

»War er denn hier?«

»Ich weiß es nicht, aber möglich ist es doch, oder? Evelyn hat sich vielleicht mit ihm getroffen und ihn dann hierhergebracht. Das kann doch sein, oder?«

»Ja, das kann sein, und wir werden uns bei ihm danach erkundigen.«

»Selbst wenn, dann wird er Sie mit Lügen abspeisen. Herrje, ich wünschte, Marion könnte mit Ihnen sprechen. Sie würde Ihnen sagen, was das für einer war.«

Er redete sich allmählich in Rage, und Penrose beendete die Szene, bevor sie Marion Plummer weiter stören würden. »Donald Young, ich verhafte Sie unter Verdacht des Mordes an Evelyn Young …«

»Aber ich war auf der Arbeit, ich schwörs. Sie haben den Falschen.«

»Sie werden zur weiteren Befragung auf die Wache gebracht. Haben Sie das verstanden?«

»Ja, aber was ist mit Marion? Ich kann sie doch nicht einfach allein lassen.«

»Ich sorge dafür, dass jemand aus Milton Hall bei ihr bleibt, bis wir eine längerfristige Lösung gefunden haben.« Er gab Hughes ein Zeichen, einen der Streifenpolizisten mit der Aufgabe davonzuschicken, und wandte sich wieder an Young. »Wir lassen sie nicht allein, das kann ich Ihnen versichern. Wollte Mrs Wells heute noch kommen?«

»Ja, aber erst heute Nachmittag. Sie hat sonntags immer viel zu tun.«

»Dann spreche ich persönlich mit ihr, damit für alles gesorgt ist.«

»Müssen Sie ihr das erzählen? Was wird sie denn von mir denken?«

Penrose war überrascht, dass Georgia Wells' Meinung ihn so sehr belastete, wo er doch reichlich andere Sorgen hatte, aber vielleicht meinte er auch seine Schwiegermutter; in jedem Fall würde ihm eine ehrliche Antwort wenig Trost spenden. Er nahm Hughes zur Seite und wies ihn an, den Verdächtigen auf die Wache zu bringen und die erste Befragung durchzuführen, sobald Young ein Anwalt zur Seite gestellt worden wäre. »Wollen Sie das nicht selbst machen, Sir?«, fragte Hughes verwundert.

»Sie wissen genauso viel über den Fall wie ich, und

eigentlich gehört er sowieso Ihnen. Wir unterhalten uns später. Sagen Sie einem von Ihren Leuten, er soll bei Marion Plummer bleiben, bis jemand von der Hall eintrifft.«

»Jawohl, Sir.«

Während Hughes seiner Aufgabe nachging, sah sich Penrose im Haus um. Oben gab es zwei Schlafzimmer, und er entdeckte, dass die Youngs offenbar getrennt voneinander geschlafen hatten. Das größere Zimmer, das im vorderen Teil des Cottage lag und einen Blick auf Milton Hall bot, war penibel und spärlich eingerichtet, als wäre sein Bewohner jederzeit für einen Umzug bereit; es zeugte nicht gerade von zwanzig glücklichen Ehejahren, doch Penrose hatte diesen Zug schon an anderen ehemaligen Soldaten bemerkt und war froh, davon verschont geblieben zu sein. Das Einzige, was nicht ordentlich in Schubladen oder Schränken verstaut war, waren eine Handvoll gerahmter Fotografien auf einer Kommode am Fenster. Er ging hinüber, um sie genauer zu betrachten, und sah Young zu Militärzeiten, bevor seine Verletzungen ihn nach Milton Hall gebracht hatten. Außerdem stand dort eine Aufnahme von der Hochzeit, Bräutigam und Trauzeuge, und beim Anblick Selwyn Scotts, wie Penrose ihn von früher kannte, fielen ihm zahlreiche neue Erinnerungen ein, und keine davon war positiv. Die Braut war auffällig abwesend, und er dachte daran, was Young mit den Fotografien seiner Frau angestellt hatte, als er glaubte, sie würde ihn betrügen. Drei der Rahmen waren leer, zwei kaputt, und Penrose spürte die Wut und den Schmerz in dem gesprungenen Glas und dem gesplitterten Holz.

Das Zimmer von Evelyn Young war dagegen warm

und einladend, fast schon rührend, und nicht nur, weil die Morgensonne hereinschien. Sie hatte Farben offensichtlich gemocht; der gleiche freudvolle Überfluss, den er im Garten bewundert hatte, fand sich hier auf der Bettwäsche, den Kissen und Teppichen, den Blumendrucken an der Wand und einer Vase welker Rosen auf dem Schminktisch. In einer Ecke stand ein kleines Regal, und Penrose stellte fest, dass sie eine Vorliebe für weibliche Autorinnen besessen hatte – Stella Gibbons, Elizabeth Bowen, Dorothy Whipple –, wobei hier und da ein P. G. Wodehouse oder Beverley Nichols hervorlugte. Er konnte sich gut vorstellen, wie sympathisch die Besitzerin dieser Sammlung gewesen sein musste, doch das war reine Spekulation und eine Bemerkung, die er sich nur in persönlicher Kapazität gestattete. Auf dem unteren Regal stand eine Ausgabe von *Rebecca*. Ob sie es wohl wegen der Bedeutung Milton Halls für die Geschichte gekauft hatte? Allerdings besaß sie auch *Jamaica Inn* und *Der Geist von Plyn*, also war sie vermutlich eine Bewunderin du Mauriers.

Er ließ den Blick durch das Zimmer schweifen und sog die friedliche Atmosphäre auf – näher würde er der echten Evelyn Young wohl nie kommen, frei von den Bedürfnissen und Erwartungen ihrer Mutter und der Ehe, die sie laut Georgia Wells so sehr enttäuscht hatte. Das Zimmer ließ auf eine stille Zufriedenheit mit sich selbst und der Freude an gewöhnlichen Dingen schließen, und er hoffte, sie hätte genug Zeit dafür gehabt, es zu genießen. Hier standen keine Fotografien, doch als er ein Buch vom Nachttisch nahm – ein altes, abgegriffenes Gartenhandbuch, in dem sie anstehende Aufgaben und Büsche markiert hatte, die sie pflanzen wollte – fiel ihm eine Aufnahme entgegen, die als Lesezeichen fungiert hatte. Darauf war einer der großen Säle Miltons zu Lazarettzeiten abgebildet, und er fand die Tote rasch unter den Krankenschwestern, die sich um die Verwundeten kümmerten. Die Station war voll, die Betten eng zusammengerückt, und weitere Männer – die Verwundeten, die noch laufen konnten – standen am Rand oder kauerten unbeholfen auf Stühlen. Einige trugen Bandagen über den Augen, andere litten an Knochenbrüchen, doch alle hatten das gleiche, schüchterne Halblächeln aufgesetzt, das irgendwo zwischen Stolz, schlechtem Gewissen, Leben und Tod fiel. Uniformierte Sanitäter waren im Saal verteilt, und er fragte sich, bei welchem es sich wohl um James Bartholomew handelte. Ohne triftigen Grund steckte er sich das Foto in die Jackentasche.

Zurück im Erdgeschoss, drückte er sanft die Tür zu Marion Plummers Zimmer auf. Sie schien friedlich zu schlafen, und er trat ein paar Schritte hinein, um sich umzusehen, blieb jedoch stehen, als sie plötzlich die Augen aufriss und ihn zutiefst verängstigt anstarrte. Sie wollte etwas sagen, brachte allerdings nur ein gequältes Stöhnen hervor, und Penrose zog sich rasch zurück, wobei er beschwichtigend die Hände hob. Verstört schloss er die Tür hinter sich und war froh, als eine uniformierte Hausangestellte den Gartenweg hinaufkam. »Also war er es doch, was?«, sagte sie unvermittelt. »Das hat Evelyn nicht verdient. Sie hat das Beste aus der Ehe gemacht.«

»Ich kann Ihnen derzeit leider nichts dazu sagen«, erwiderte Penrose diplomatisch. Er konnte sich den Tratsch im Dienstbotentrakt lebhaft ausmalen. »Aber vielen Dank, dass Sie so kurzfristig gekommen sind.«

»Warum bringen wir sie nicht ins Haupthaus? Jetzt hat sie ja keinen mehr«, meinte die Frau. »Das ist doch das Mindeste, nach all den Jahren im Dienst. Milton war ihr ganzes Leben, da ist es nur recht und billig, dass sie da oben stirbt.«

»Das ist womöglich die beste Lösung.« Penrose wusste nicht, was er mehr bewundern sollte – den offensichtlichen Respekt der Frau oder ihre Pragmatik im Angesicht der Tragödie. »Ich wäre Ihnen jedenfalls dankbar, wenn Sie so lange bei ihr bleiben könnten, bis jemand anders übernehmen kann.« Er ging aus dem Haus, drehte sich dann aber noch einmal um. »Wie weit ist es von hier nach Marholm? Ich suche die Kirche – komme ich da zu Fuß hin?«

»Ja, von hier aus sind es knappe anderthalb Kilometer. Einfach den Weg runter zu den Toren, und dann an der Straße rechts abbiegen. Am schnellsten geht es über den Feldweg, den können Sie gar nicht übersehen, wenn Sie erst mal im Dorf sind.«

»Vielen Dank.« Er war spontan auf die Idee gekommen und froh darüber. Etwas Zeit zum Nachdenken, fernab vom Haus und seinen Gespenstern, war genau das, was er brauchte. Zum ersten Mal in diesem Jahr wohnte dem hellen Tag eine gewisse Schärfe inne, und der Morgen stellte die schönsten Seiten des englischen Herbstes zur Schau. Eine Last fiel von ihm, als er die Begrenzung des Anwesens mit seinen allgegenwärtigen Erinnerungen an die beiden Kriege hinter sich ließ, und als die Dächer von Marholm vor ihm auftauchten, hatte er sich fast eingeredet, dass Frieden und Vernunft obsiegen würden.

Sein erster Blick auf die Kirche verlieh der Lüge Glaubwürdigkeit. St Mary of the Virgin war eine der zeitlosen ländlichen Kirchen, die nicht nur aus Stein und Mörtel, sondern auch aus einer gewissen Lebensweise bestanden. Sie war in Sonnenlicht getaucht; lediglich ihr untersetzter normannischer Turm lag im Schatten einiger uralter Zedern. Ein kleiner Graben trennte sie von den umliegenden Weiden, auf denen die Kühe in geselliger Nähe zu den Toten grasten. Der Gottesdienst war anscheinend gerade zu Ende gegangen, und ein Großteil der Gemeinde stand noch auf dem Kirchhof, unterhielt sich in kleinen Gruppen oder sprach mit dem Pfarrer, und es herrschte eine nüchterne Atmosphäre. Die Gemeinschaft war eng gestrickt, und Penrose vermutete, dass ein beträchtlicher Teil des Gottesdienstes dem Gedenken Evelyn Youngs und Gebeten für die Genesung ihrer Mutter gewidmet gewesen sein dürfte.

Er konnte Georgia Wells unter den Anwesenden nicht entdecken und ging zum Eingang, um im Inneren nachzusehen. Der Weg zur Tür war auf einer Seite von alten, kunstvoll gravierten Grabsteinen gesäumt, auf der anderen von mehreren Sarkophagen, auf denen die Namen von Efeu bedeckt wurden, der sich bis ins Innere schlängelte und die Privatsphäre der Toten störte. Der Pfarrer bemerkte den Fremden sofort, als er die Kirche betrat, und warf ihm einen interessierten Blick zu. Die Kirche war hell und einladend, der Altarraum besonders beeindruckend. Mrs Wells sammelte gerade die Gesangbücher ein, hielt jedoch inne, als sie ihn bemerkte. »Mr Penrose, ist alles in Ordnung? O Gott, geht es um Marion? Ist etwas passiert?«

Er war froh, sie – zumindest in der Hinsicht – beruhigen zu können. »Nein, es geht nicht um Mrs Plummer, aber wir mussten Mr Young verhaften.«

Sie wirkte schockiert. »Das war aber abrupt. Also ist Marion jetzt allein. Sind Sie deshalb hier?«

»Richtig. Derzeit kümmert sich jemand aus Milton Hall um sie, aber ich wollte Ihnen Bescheid sagen, damit Sie etwas organisieren können.«

»Natürlich. Sehr nett von Ihnen. Ich setze alles in Gang. Heute Morgen haben schon mehrere Leute gefragt, ob sie irgendwie helfen können. In solchen Zeiten kommt man sich so hilflos vor, nicht wahr? Und jetzt gibt es anscheinend noch mehr Ärger.«

»Soweit ich das verstanden habe, würden die Angestellten sich auch in der Hall um Mrs Plummer kümmern, wenn es Ihnen zu viel wird.« Die Worte klangen herablassend, und er fügte rasch hinzu: »Für den Fall, dass jetzt zu viele Stunden abzudecken sind, meinte ich. Wir müssten es natürlich mit den Besitzern und dem Heer klären, aber ich kann mir nicht vorstellen, dass es bei jemandem, der so lange im Dienst war, ein Problem sein sollte.«

»Das ginge auch, aber ich glaube, Marion würde lieber zu Hause bleiben, wenn es irgendwie möglich ist. Das geht doch den meisten von uns so, oder? Wenn Milton wieder zu einem Krankenhaus umfunktioniert würde, wäre das eine andere Sache, aber so gibt es doch da oben nichts, was wir nicht auch mit vereinten Kräften zu Hause hinbekämen.«

»Das ist sehr freundlich von Ihnen.«

»I wo. Marion muss sich einfach erholen, das geht gar nicht anders«, erwiderte sie mit sturer Entschlossenheit, als hinge ihr Leben davon ab. Dann bemerkte sie Penrose'

Verwunderung, riss sich zusammen und fügte hinzu: »Ihrer Familie sind schon viel zu viele Tragödien zugestoßen, und jetzt auch noch das. Ich kann gar nicht glauben, dass Donald zu so etwas in der Lage sein soll.«

Sie widmete sich wieder den Gesangbüchern, und Penrose nahm sich die andere Seite des Ganges vor. »Mir würde es helfen, wenn ich genauer wüsste, wo Mr Young am Montagnachmittag war«, sagte er. »Wann waren Sie bei Mrs Plummer?«

Sie warf ihm einen fragenden Blick zu, als wüsste sie nicht, was es für eine Rolle spielte. »Um kurz vor drei. Niemand hat mir aufgemacht, da bin ich zur Hintertür rein. Das ist an sich nicht ungewöhnlich. Marion hat Arthritis, das habe ich ja schon erwähnt, und manchmal kann sie sich nicht besonders gut fortbewegen. Aber dann habe ich sie im Wohnzimmer gefunden. Ehrlich gesagt dachte ich, es wäre schon zu spät, aber sie hatte noch einen schwachen Puls, einen sehr schwachen, da habe ich sofort den Krankenwagen gerufen.«

»Was ist mit Evelyn Young? Haben Sie versucht, ihr eine Nachricht zukommen zu lassen?«

»Ja, natürlich. Ich habe im Haupthaus angerufen, sobald ich wusste, dass der Krankenwagen unterwegs ist, und mit einem der Bediensteten gesprochen. Anscheinend hatte Evelyn gerade Pause und wollte nach ihrer Mutter sehen. Das macht sie oft so, selbst wenn Donald zu Hause ist. Ich war heilfroh, dass sie auf dem Weg war.«

»Aber sie ist nie angekommen?«

»Richtig. Der Krankenwagen war, Gott sei Dank, sehr schnell da, und die Sanitäter wollten Marion so schnell wie möglich ins Krankenhaus bringen. Ich bin im Haus geblieben, um zusammen mit Evelyn im Auto nachzukommen. Irgendwann habe ich dann erneut auf der Hall angerufen, aber da hatte sie auch keiner gesehen, und ich wusste nicht, was ich tun sollte. Am Ende bin ich allein ins Krankenhaus gefahren und habe die Angestellten gebeten, es an Evelyn weiterzugeben, wenn sie zurückkam.«

»Wie lange waren Sie in Marion Plummers Cottage?«

»Höchstens zwanzig Minuten. Ich wollte nicht, dass sie im Krankenhaus allein ist, nur für den Fall, dass sie aufwachen würde und Angst bekäme.«

»Haben Sie versucht, Mr Young zu erreichen?«

»Nicht direkt. Um ehrlich zu sein, hatte ich vergessen, dass er an dem Tag seine neue Stelle angetreten hat, da bin ich gar nicht auf die Idee gekommen. Ich habe nur an Evelyn gedacht.«

»Wann genau haben Sie mit ihm gesprochen?«

Sie überlegte. »So ungefähr um Viertel nach fünf. Ich habe aus dem Krankenhaus noch mal auf der Hall angerufen, um mich nach Evelyn zu erkundigen. Sie war nicht auf der Arbeit, aber dort dachten sie natürlich, sie wäre bei ihrer Mutter. Dann kam der Vorschlag, ich solle mit Donald sprechen, und das habe ich dann auch. Da meinte er, Evelyn hätte kurzfristig abreisen müssen.« Sie seufzte tief und nahm Penrose die Gesangbücher ab. »Wahrscheinlich hätte ich da misstrauischer sein sollen, aber ich habe mir solche Sorgen um Marion gemacht, da habe ich es einfach hingenommen. Welche andere Erklärung hätte es auch geben sollen?«

»Wusste er da schon, was mit seiner Schwiegermutter passiert war?«

»Nein. Er war entsetzt, dass ihm niemand Bescheid gesagt hatte. Die beiden standen einander sehr nahe, Marion hat ihn immer wie den Sohn behandelt, der ihr genommen worden war.«

»Hätten Sie etwas dagegen, wenn ich Ihnen noch ein paar Fragen zu der Familie stelle? Es gibt kaum jemanden, der sie schon so lange kennt wie Sie.«

»Da haben Sie wohl recht. Nur zu, wenn es hilft.«

»Matthews Suizid muss ein furchtbarer Schock für Mrs Plummer gewesen sein. Wissen Sie, weshalb er sich das Leben genommen hat?« Ein Schatten legte sich auf Georgia Wells' Gesicht, und Penrose bereute die unsensible Frage sofort. Er hatte vergessen, dass der Sohn der Wells' in der gleichen Schlacht ums Leben gekommen war, die Matthew das Augenlicht gekostet hatte. »Tut mir leid«, sagte er. »Das ruft sicher schmerzhafte Erinnerungen bei Ihnen hervor.«

»Ja, das stimmt.«

»Bitte fühlen Sie sich nicht gezwungen.«

»Wieso wollen Sie das wissen? Was hat das mit Evelyns Tod zu tun?«

»Womöglich gar nichts, aber laut eines Zeugen, der damals vor Ort war, hatte Matthew eine homosexuelle Beziehung zu einem der Sanitäter, und er hat sich umgebracht, bevor sie ans Licht kommen konnte. Wissen Sie, ob da etwas dran ist?«

Vielleicht bildete er es sich nur ein, doch sie schien ihre Worte mit Bedacht zu wählen. »Marion hat mir gegenüber jedenfalls nie etwas erwähnt, und sonst habe ich auch nichts davon gehört. Aber selbst, wenn es stimmt, was spielt es für eine Rolle?«

»Der gleiche Zeuge hat ausgesagt, dass Evelyn ihren

Bruder verraten hat. Der fragliche Sanitäter war vor Kurzem in Milton Hall, und ich möchte sämtliche anderen Möglichkeiten ausschließen, bevor –«

Sie fiel ihm ins Wort. »Sie sind sich also nicht sicher, dass es wirklich Donald war, oder? Gibt es noch einen anderen Verdächtigen?« Plötzlich lag Hoffnung in ihrer Stimme, und auf einmal fiel Penrose ihre Hand auf Donald Youngs Arm am Vorabend wieder ein, die distanzierte Art und Weise, in der sie über Evelyn gesprochen hatte, und kurz fragte er sich, ob sich zwischen Georgia Wells und dem trauernden Witwer etwas abspielte. »Es wäre so eine Erleichterung, wenn Marion das nicht auch noch durchmachen müsste.«

»Wie gesagt, wir müssen sämtliche Möglichkeiten ausschließen. Matthew war wohl gut mit Ihrem Sohn befreundet?«

Er hatte damit nichts andeuten wollen, doch Georgia Wells sträubte sich sofort. »Was wollen Sie damit sagen, Chief Inspector? Ich kann zwar nicht beweisen oder widerlegen, was Sie über Matthew gesagt haben, aber ich werde nicht zulassen, dass Sie meinen Sohn beschuldigen, wenn er sich nicht einmal verteidigen kann.«

»Ich wollte damit überhaupt nichts sagen, Mrs Wells, außer, dass die beiden miteinander befreundet waren. Sie haben sich zusammen zum Wehrdienst gemeldet, richtig?«

»Ja, und um auf Ihre Frage zurückzukommen: Ich dachte immer, Matthew hätte sich deswegen das Leben genommen. Sie sind zusammen ausgerissen. Robert hat sich nicht einmal verabschiedet – hat einfach seinen Koffer gepackt und ist verschwunden. Michael und ich wären uns nicht einmal sicher gewesen, wenn Matthew nicht Marion geschrieben hätte. Robert war noch minderjährig, er hätte gar nicht gehen müssen, und er wusste, dass wir ihn aufhalten würden, aber er ist Matthew schon von klein auf gefolgt. Matthew war immer der Anführer, das hat er hinterher auch zugegeben, aber er kam zurück und Robert nicht. Er gilt als vermisst.«

Ihr Blick schnellte automatisch zur Gedenktafel, einer großen Bronzeplakette an der Westmauer, in die mittig ein Kreuz eingelassen war; sämtliche Ecken waren mit einer Rose verziert. Zehn Namen standen darauf, und Penrose stellte fest, dass Robert Wells nicht dazugehörte. Sie merkte, dass es ihm auffiel, bot ihm jedoch keine Erklärung an, und er drängte sie nicht; viele Familien von Vermissten ließen die Namen ihrer Liebsten nicht auf offiziellen Gedenkstätten verewigen, als könnte damit bestätigt werden, was sie sich selbst nicht eingestehen wollten. »Das war sicher eine schwere Belastung für Ihre Freundschaft mit Mrs Plummer«, sagte er stattdessen. »Ein Teil von Ihnen hat Matthew doch sicher die Schuld an Roberts Tod gegeben.«

»Das sollte man glauben, aber so war es tatsächlich nicht. Vielleicht war ich naiv, aber ich habe wirklich geglaubt, dass er sich da draußen um Robert gekümmert hat. Mich hat die Vorstellung getröstet, dass Robert mit einem Freund an der Seite gestorben ist. Und außerdem konnte Marion nichts dafür. Das war die schrecklichste Zeit meines Lebens, und ich weiß wirklich nicht, wie ich sie ohne Marion überstanden hätte. Als Matthew gestorben ist, war es das Mindeste, ihr den Gefallen zu erwidern.«

»Was können Sie mir über den Tag erzählen?«

»Nichts. Ich war nicht dabei.«

»Ich schon.« Penrose drehte sich nach der Stimme um. Auf der Türschwelle stand der Pfarrer.

»Michael, das hier ist Mr Penrose, der Polizist, von dem ich dir erzählt habe.«

»Sehr erfreut.« Sie reichten einander die Hand, und Wells fragte höflich, aber reserviert: »Wie kann ich Ihnen weiterhelfen?«

»Sie waren in Milton, als Matthew Plummer gestorben ist?«

»Ja, ich war dort als Seelsorger für die Soldaten tätig. Ich musste seinen Freunden und Kollegen die Nachricht überbringen. Mein Gott, das war ein furchtbarer Tag.«

»Erinnern Sie sich noch an einen Sanitäter namens James Bartholomew?«

Michael Wells nickte. »Und wie. Er war untröstlich, ich konnte nichts ausrichten. Das Militär musste um seiner Sicherheit willen und der aller anderen eingreifen.«

»Wieso? Was ist passiert?«

»Na ja, für einen Quäker und Kriegsdienstverweigerer schien ihm Gewalt nicht allzu schwerzufallen. Er war wie wild vor Wut und hat angefangen, das Mobiliar im Aufenthaltsraum zu zerlegen – ein paar Männer hat es auch erwischt. Nur ein paar Kratzer und blaue Flecken, aber es hätte weitaus schlimmer kommen können.«

»Aber er hat niemandem absichtlich etwas angetan?«

»Nein, die Wut schien sich nach innen zu richten, aber er hat auch mehrere Leute bedroht.«

»Wen?«

»Evelyn, ihre Mutter, Gott. So lästerlich das jetzt auch klingen mag, ich weiß noch, wie ich dachte, dass Marion ihm am ehesten gewachsen wäre – sie war schon immer eine sehr eindrucksvolle Frau.«

»Erinnern Sie sich noch an die Drohungen?«

»Sehr deutlich. Dass es ihnen leidtun und er es ihnen heimzahlen würde, egal, wie lange es dauern würde. Soweit ich das mitbekommen habe, hatte sich zwischen Bartholomew und Matthew eine ungesunde Verbundenheit gebildet, und die Plummers haben dem ein Ende gesetzt, aber das war damals nicht allgemein bekannt. Ich habe keine Sekunde daran geglaubt, dass er es in die Tat umsetzen würde, und seine Wut hielt auch nicht lange an. Kurz darauf wurde er allerdings versetzt, um weiteren Ärger zu vermeiden.«

»Haben Sie Mr Bartholomew gesehen, als er letztes Wochenende in Milton war?«

»Nein. Ich wusste überhaupt nicht, dass er hier war.«

Georgia Wells betrachtete ihren Mann, als hörte sie alles zum ersten Mal, und Penrose beschloss, die beiden einander zu überlassen. »Vielen Dank, dass Sie sich die Zeit genommen haben.« Er erhob sich zum Gehen. »Sie haben mir beide sehr weitergeholfen. Mrs Wells, Sie werden sich wegen Mrs Plummer mit dem Haus in Verbindung setzen?«

»Natürlich. Ich mache mich auf den Weg, sobald ich hier fertig bin. Können wir sonst noch etwas tun?«

»Im Moment nicht.« Er ging zur Tür, doch da fiel ihm noch eine letzte Frage ein, und er drehte sich um. »Liegt Matthew hier begraben?«

»Das wäre bei einem Großteil der Gemeinde nicht gut angekommen, selbst wenn ich es für angebracht gehalten hätte. Matthew wurde kremiert.«

»Und seine Asche?«

Reverend Wells lächelte über Penrose' Hartnäckigkeit, doch seine Frau schien den Tränen nahe. »Auf der Nordseite des Kirchhofs steht eine junge Eiche, bei der Marion Plummer immer viel Zeit verbracht hat. Das war das Mindeste, was wir tun konnten, nach allem, was ihr Sohn für unseren getan hatte.«

15

Selznicks nebulöse, aber bestimmte Anweisung, der zweite Filmstab solle direkt am Sonntagmorgen nach Hollywood zurückkehren, entpuppte sich als Glück im Unglück. Nach ihrem Kampf mit dem Unterholz in Point Lobos hatte Marta eine unruhige Nacht verbracht, und die Kratzer, die Josephine ursprünglich Sorgen bereitet hatten, waren ein weitaus geringeres Problem als der schmerzhafte, Blasen werfende Ausschlag, der sich auf Martas Armen und ihrem Gesicht ausgebreitet hatte. Um acht Uhr morgens, als sie das Motel verlassen sollten, war ihre Temperatur deutlich erhöht, und da keine von beiden länger als ein paar Stunden am Stück geschlafen hatte, bot James an, sie zurückzufahren. Er war von Folgeschäden verschont geblieben, und Josephine hatte dankend zugesagt. Es war ihr egal, ob er es aus Nettigkeit tat, weil er nicht mit Frank und Victor im Transporter festsitzen wollte, oder weil er Einfluss darauf nehmen wollte, was sie Marta von ihrem Gespräch am Vortag weitererzählte. Sie wollte nur noch in die kühle, friedliche Wohnung zurückkehren, wo sie die Tür vor der Welt verschließen konnte. Ihr einziger Trost bestand darin, dass die zwei Unruhestifter unter der gleichen allergischen Reaktion litten wie Marta, und ihre Symptome schienen eine Spur schlimmer.

»Es tut mir so leid.« Marta ließ sich auf ihr Sofa fallen. »Erst nimmst du den langen Weg auf dich, und dann ist es die reinste Katastrophe.«

»Dafür kannst du ja wohl nichts.«

»Aber Giftefeu? Wer kommt denn auf so eine Idee? Ich hätte den beiden gar nicht erst nachgehen sollen. Zum Glück habe ich dich wenigstens nicht mit reingeschleppt.« Sie stand auf und ging zu einem Spiegel. »Schau dir nur mal mein Gesicht an! Wie kannst du den Anblick bloß ertragen?«

Trotz allem musste Josephine lachen. »Wenn das deine größte Sorge ist, sei beruhigt. Ich liebe dich immer noch, aber jetzt hörst du gefälligst auf mich und gehst direkt ins Bett.«

»Erst muss ich noch hoch und Hitch Bericht erstatten.«

»Das kann bis morgen warten.«

»Kann es nicht. Jemand muss ihn vorwarnen, damit er nicht im Studio von Selznick davon erfährt.«

»Dann gehe ich. Ich erkläre ihm alles Wichtige, und dann könnt ihr euch morgen früh treffen – sofern es dir dann besser geht.«

»Na gut, danke. Ich wehre mich nicht mehr, aber vorher muss ich noch mal kalt duschen, bevor ich mich zu Tode kratze.«

»Leg deine Kleider an die Seite, damit ich alles waschen kann. Und falls es auch nur einen Hauch schlimmer wird, rufe ich einen Arzt.«

Während Marta unter der Dusche stand, streifte Josephine ihre zerknitterte Kleidung ab, um den Hitchcocks seriöser gekleidet gegenüberzutreten. Sie stellte einen Krug Eiswasser und etwas Zinksalbe auf den Nachttisch und wollte gerade losgehen, da klingelte das Telefon. Sie hob ab und konnte ihrem Glück kaum trauen, als die Telefonistin erklärte, sie habe ein Ferngespräch aus England, und dann Archies Stimme erklang – entfernt und leicht verzerrt, aber noch willkommener als sonst. »Ist alles in Ordnung mit euch?«, fragte er.

»Jein. Wir glauben, Marta ist mit Giftefeu in Kontakt gekommen, aber die Geschichte ist zu lang für ein transatlantisches Telefongespräch. Wir waren an der Küste.«

»Ja, ich weiß. Und es ist meine Schuld, dass ihr zurückbeordert wurdet.« Josephine hörte aufmerksam zu, während er ihr den Grund für seinen Anruf erklärte. Sie hatte nicht damit gerechnet, dass das Gespräch, nach dem sie sich gesehnt hatte, so unerwartet eintreffen würde. »Mittlerweile ist es nicht mehr ganz so dringend«, räumte Archie ein. »Alle Indizien deuten auf den Ehemann hin, und wir haben ihn festgenommen, aber wir müssen trotzdem noch mit Martas Leuten sprechen – und ich wollte sichergehen, dass ihr beide in Sicherheit seid.«

»Du hast ihren Mann festgenommen?« Josephine war verwirrt. In ihren Gesprächen mit James war nie die Rede von Matthews Vater gewesen. »Wieso das?«

Selbst aus der Ferne spürte sie seine Überraschung. »Ich kann dir keine Einzelheiten nennen, aber die kriminaltechnischen Beweise an der Tatwaffe sind recht eindeutig.«

Es kam ihr seltsam vor, ein Kissen als Tatwaffe zu bezeichnen. »Archie, du darfst ihren Mann nicht festnehmen. Ich weiß, wer Marion Plummer ermordet hat. Du hattest recht mit dem Aufnahmeteam. James Bartholomew hat sie erstickt. Das war nicht geplant, aber sie hat ihn verhöhnt, und er –«

Archie kam ihrer dürftigen Ausrede zuvor. »Wovon redest du da? Marion Plummer ist noch am Leben.«

»Wie bitte?«

»Sie hatte einen Schlaganfall, und es geht ihr nicht gut, aber sie lebt noch.«

»Das verstehe ich nicht. Du hast doch gesagt, du würdest den Mord an einer Frau in Milton Hall untersuchen.«

»Das stimmt auch, aber es geht nicht um Marion Plummer, sondern um Evelyn Young.«

»Ihre Tochter?«

»Ganz genau. Sie wurde am Montagnachmittag erschossen. Was ist mit Marion Plummer? Woher weißt du überhaupt, wer sie ist?«

»James hat mir von ihr erzählt. Er meinte, er hätte sie erstickt.«

Das Geräusch, das am anderen Ende der Leitung ertönte, signalisierte entweder eine schlechte Verbindung oder das Ende von Archies Geduld, und sie hätte ihr Geld auf Letzteres gesetzt. »Hör zu, Josephine, ich habe bei so einem Anruf keine Zeit zu raten, woher du das alles weißt, aber du musst mir erzählen, *was* du weißt. Und zwar alles, lass nichts aus.«

Sie tat, wie ihr geheißen, und wiederholte sämtliche Einzelheiten ihrer drei Gespräche mit James so kurz und bündig wie möglich. »Er hat also die ganze Zeit über geglaubt, er hätte sie umgebracht.«

»Es dauert länger als nur ein paar Sekunden, um jemanden zu ersticken. Aber die Belastung kann zu einem Schlaganfall führen, also ist er immer noch schuldig.«

»Aber es gilt nicht als Mord?«

Kurz erlaubte sich Josephine einen Hoffnungsschimmer, doch er hielt nicht lange an. »Noch nicht, aber sie steht auf der Kippe. Und versuchter Totschlag ist immer noch ernst – der Unterschied liegt nur in der Argumentation vor Gericht.«

»Für James wird der Unterschied die Welt bedeuten.«

Archie schien ihr nicht zuzuhören. »Ich kann nicht fassen, dass ich so dumm war«, sagte er. »Von allen Seiten hieß es, ich soll mich auf ihn konzentrieren, und ich habe alle ignoriert. Young hat recht – er hätte die Waffe aus dem Cottage holen können, während er dort war.«

Josephine war entsetzt. »Du meinst doch nicht etwa, dass er beides getan hat?«

»Sieh den Tatsachen ins Auge, Josephine. Die zwei Frauen, die seine Liebe zu Matthew verraten haben, werden während seines Aufenthalts in Milton Hall attackiert. Willst du mir etwa weismachen, das wäre Zufall?«

»Nein, aber vielleicht war seine Anwesenheit ja auch nur der Auslöser für den Mord an Evelyn. James hat mir erzählt, dass sie ihn mochte – vielleicht war ihr Mann eifersüchtig.« An seinem Schweigen konnte sie ablesen, dass sie ins Schwarze getroffen hatte. »Außerdem hat James keine Ahnung, dass Evelyn tot ist. Er hofft, dass er noch mal mit ihr reden kann.«

»Das kann er vorgetäuscht haben. Sehr raffiniert.«

Rückblickend erkannte Josephine zudem, dass es ihre Idee gewesen war, nicht seine. »Wenn er gelogen hat, dann war es jedenfalls äußerst überzeugend«, erwiderte sie leicht trotzig.

»Wo ist er jetzt?«, fragte Archie.

»Woher soll ich das wissen? Wir sind gerade erst wiedergekommen, und ich bin mit Marta beschäftigt.«

»Er hat dir also alles gestanden, und du hast nichts unternommen?«

»Was hätte ich denn machen sollen? Ihm die Handschellen anlegen, die ich immer mit mir herumtrage, und ihn zum LAPD schleppen? Mensch, Archie.«

»Tut mir leid, das war unvernünftig.« Sie verzieh ihm sofort, da sie wusste, dass er aus Sorge um sie so ungeduldig war, beschloss jedoch, ihn nicht weiter anzustacheln, indem sie ihm von dem Kruzifix berichtete, das auf ewig in der Wüste Arizonas verschollen war. »Bartholomew glaubt also, dass entweder die Mutter oder die Schwester Matthew dazu gezwungen hat, sich das Leben zu nehmen?«

»Richtig.«

»Wo ist der Brief, den Evelyn ihm geschrieben hat? Hast du ihn gesehen?«

»Nein. Er meinte, er hätte ihn vernichtet.«

»Wie praktisch. Besonders, da die Absenderin nicht mehr in der Lage ist, seine Geschichte zu bestätigen.«

»Ich glaube nicht, dass es nur eine Geschichte ist. Er wollte den Brief eigentlich gar nicht lesen, aber jetzt will er unbedingt herausfinden, was auf Matthews Zimmer passiert ist.«

»Nur leider sind die zwei Frauen, die es ihm erzählen könnten, dazu nicht mehr in der Lage.«

»Er hat eine Person erwähnt, die womöglich helfen könnte.«

»Und zwar?«

»Daphne du Maurier. James hat sie als Botin benutzt.«

Sie rechnete damit, es ihm näher erklären zu müssen, doch zu ihrer Überraschung war Archie im Bilde. »Sie war also das kleine Mädchen! Wie spannend.«

»Das wusstest du?«

»Nur in Teilen. Ein Soldat, der damals hier war, hat

sich noch an ein Kind erinnert, aber er wusste natürlich nicht, um wen es sich dabei gehandelt hat.«

»Könntest du mit ihr sprechen? Vielleicht erinnert sie sich ja noch an etwas.«

»Josephine, ich weiß ja, dass du ihn für unschuldig hältst, aber ich kann keine Zeit damit verschwenden, Schriftstellerinnen über ihre möglichen Erinnerungen von vor zwanzig Jahren zu befragen. Wir haben es mit einem Verdächtigen zu tun, der verhaftet und wegen zwei Verbrechen verhört werden muss, von denen er zumindest eins begangen hat. Das steht an erster Stelle.«

»Selbst wenn du genauso sehr wissen willst, was damals passiert ist, wie ich?«

Sie kannte ihn einfach zu gut, und er knickte lachend ein. »Zufällig bin ich bald wieder in London. Ich muss morgen früh an einer Konferenz teilnehmen, deswegen wurde ich zurückgerufen. Wenn ich Zeit habe, hinterlasse ich eine Nachricht bei du Mauriers Verlag und frage, ob ich mit ihr sprechen kann. Falls ich Zeit habe.«

»Danke. Und falls du mit ihr sprichst, richte ihr bitte aus, wie leid es James tut, dass er sie in diese Situation gebracht hat. Der Gedanke, dass sie irgendetwas Schreckliches mit angesehen haben könnte, verfolgt ihn bis heute.«

Falls sie gehofft hatte, Archie damit von James' wesenseigener Gutherzigkeit zu überzeugen, hatte sie sich getäuscht. »Aber zuerst rufe ich beim LAPD an«, erwiderte er. »Er muss zur Befragung auf die Wache.«

»Vielleicht kommt er dir ja zuvor. Ich glaube, dass er ein Geständnis ablegen will.«

»Das würde für ihn sprechen.«

»Und was wird jetzt aus ihm?«

»Das kommt darauf an, was er verbrochen hat.«

»Ich meine, falls er Evelyn nicht umgebracht hat.«

»Dann sollte er dafür beten, dass Marion Plummer sich wieder erholt. Du willst dich doch nicht noch mal mit ihm treffen, oder?«

Innerlich war sie fest entschlossen, James mitzuteilen, dass er kein Mörder war, und sie fragte sich, ob die Lüge aus dieser Entfernung zählte. »Nein, natürlich nicht. Und mach dir keine Sorgen um mich. Tu, was du tun musst, und sag mir Bescheid, was passiert, sobald du kannst.«

Marta kam aus der Dusche, als sie gerade auflegte, und Josephine war entsetzt über die feuerroten Spuren auf ihrer Haut. »Fühlt es sich besser an?«

»Ein bisschen, aber das hält wahrscheinlich nicht lange. Wer war das?«

»Archie. Ob du es glaubst oder nicht, er hat wegen Milton Hall angerufen.«

Marta lauschte ihrem Bericht und war zwischen Erstaunen und Erleichterung hin- und hergerissen. »Hast du ihm von Bart erzählt?«

»Ja.«

»Gott sei Dank. Jetzt kann ich vielleicht sogar schlafen. Ich kann den Gedanken nicht ertragen, dass du die Vertraute eines Mörders bist.«

»Vielleicht ist er gar kein Mörder. Die Frau ist überhaupt nicht tot – noch nicht.«

»Wie bitte?«

»Ich erkläre es dir, wenn du dich etwas ausgeruht hast. Und jetzt gehe ich zu Hitch, also drück mir die Daumen.«

Wie sich herausstellte, war das überhaupt nicht nötig. Hitch war mit Patricia unterwegs, und Josephine war froh, unter vier Augen mit Alma sprechen zu können. »So früh haben wir gar nicht mit Ihnen gerechnet.« Sie führte Josephine in die Küche, wo sie gerade einen Braten für das Abendessen zubereitete. »Ist alles in Ordnung?«

»Leider nicht. Deswegen bin ich auch hier.«

»Sagen Sie bloß nicht, dass es noch mehr Ärger gibt. Ich habe Hitch mit Patricia in die Eisdiele geschickt, um ihn aufzumuntern. Er war heute den ganzen Tag über so niedergeschlagen. Zu Hause gibt es Probleme.«

»Inwiefern?«

»Ein paar seiner ehemaligen Kollegen haben ihn in der Presse beschuldigt, er würde sein Land im Stich lassen.« Alma schob eine New Yorker Zeitung über den Tisch, in der ein Artikel über britische Schauspieler und Regisseure abgedruckt war, die sich fernab der Gefahren des Krieges in Hollywood einen schönen Lenz machten. Der Artikel wurde von einer boshaften Karikatur begleitet, die einen Film namens *Vom Kriegswind verweht* bewarb, unter der Regie von Alfred Hitchcock. »Er steht völlig neben sich. Mich trifft es natürlich auch, aber Hitch ganz besonders.«

»Ich nehme an, Neid spielt dabei eine große Rolle«, sagte Josephine.

»Ganz Ihrer Meinung. Einige von den Leuten, die sich negativ geäußert haben, hatten in der Vergangenheit kreative Differenzen mit Hitch, und bei ihnen wundert es mich nicht, aber Michael Balcons Kommentare haben ihn wirklich verletzt.« Sie tippte wütend auf den entsprechenden Absatz. »Wir dachten wirklich, er wäre unser Freund.«

Josephine überflog den Abschnitt, in dem Hitchcock zwar nicht namentlich erwähnt wurde, aber von einem molligen Nachwuchstechniker die Rede war, den Balcon als einen der führenden Regisseure des Landes gefördert hatte und der nun in Hollywood saß, während den Briten die Leute fehlten, um die Filmbranche in die Kriegsanstrengungen einzubinden. Sie konnte sich gut vorstellen, wie sehr es schmerzen musste, als Deserteure bezeichnet zu werden. »Es ist so ungerecht«, fuhr Alma fort. »Hitch hat sich schon längst dazu bereit erklärt, Filme mit dem Informationsministerium in London zu machen. Er wird seinen Teil leisten, und ich bin stolz auf ihn, aber weil er es nicht so lauthals kundtut wie alle anderen, wird er als Drückeberger gebrandmarkt.«

»Er wird sich doch bestimmt dagegen wehren, oder?«

»Hoffentlich, wobei ich mich auch frage, weshalb er das nötig haben sollte. Wie er seinem Land hilft, geht nur ihn etwas an. Wütend macht es mich natürlich trotzdem. Gott sei Dank sind wir hier. Wenn es nach mir geht, rühren wir uns sicher nicht vom Fleck.« Sie öffnete einen riesigen Kühlschrank und holte einen Krug mit einem rosa Getränk voller Obst hervor, schob Josephine ein Glas davon hin und schenkte sich dann selbst ein. »Das ist alkoholischer, als es aussieht, aber das kann ich jetzt gebrauchen. Und ich will Ihnen ja nicht zu nahe treten, aber Sie anscheinend auch.«

»Ist das wirklich so offensichtlich? Ich habe leider noch mehr schlechte Neuigkeiten, aber Marta wollte, dass Sie beide so bald wie möglich davon erfahren. Sie wäre auch selbst gekommen, aber ihr geht es nicht gut.«

»Aber doch nichts Ernstes?« Alma wirkte aufrichtig besorgt.

»Hoffentlich nicht, solange sie sich ausreichend schont.

Wir glauben, dass sie in Point Lobos mit Giftefeu in Kontakt gekommen ist. Frank und Victor haben die gleichen Symptome.«

Alma stöhnte. »Das hat uns gerade noch gefehlt. Wissen Sie, so langsam glaube ich, dass auf diesem Film ein Fluch liegt. Richten Sie Marta bitte alles Liebe aus, und sie soll erst wieder auf die Arbeit kommen, wenn sie wiederhergestellt ist.«

»Mache ich, aber das war noch nicht alles. Vielleicht setzen Sie sich besser.« Sie umriss die Ereignisse der letzten Tage, erklärte, weshalb der Filmstab zurückbeordert worden war, und sah keinen Grund darin, irgendwelche Einzelheiten über James zu verschweigen.

Als sie fertig war, schwieg Alma fassungslos. »Komisch – ich wollte gerade sagen, dass ich das Bart nie zugetraut hätte, aber dann habe ich gemerkt, dass das gar nicht stimmt. Mir war schon immer klar, dass er sehr empfindsam ist, und ich hätte zwar nie behauptet, dass er zu Gewaltausbrüchen neigt, aber es überrascht mich nicht, dass er unter solchen Umständen ausfällig werden könnte.«

»Das bleibt doch unter uns, oder?«, fragte Josephine. »Irgendwann wird alles ans Licht kommen, aber ich will ihm wirklich keinen vorzeitigen Ärger bereiten.«

»Hitch wird am Boden zerstört sein. Er hält so viel von Bart.«

»Ich glaube, das würde ihn sehr freuen. Er ist fest davon überzeugt, dass Sie ihn nach dem Vorfall gestern feuern wollen.«

»Ach was. Hitch wird sich im Zweifel immer auf seine Seite schlagen, und ich auch. Hat Mr Penrose schon gesagt, was mit ihm passieren wird?«

Josephine schüttelte den Kopf. »Wir konnten uns nicht ausführlich darüber unterhalten. Ich nehme an, dass Archie sich melden wird, sobald es etwas Neues gibt.« Sie zögerte. Eigentlich wollte sie zurück zu Marta, doch ihr lag noch etwas auf der Seele. »Darf ich Sie etwas im Vertrauen fragen?«

»Ja, natürlich.«

»Wie gut kennt Hitch Victor Petrie?«

Alma zuckte die Achseln. »Nicht besonders gut, soweit ich weiß. Sie haben sich kennengelernt, als es mit *Rebecca* losging, und zu mir hat er nichts über ihn gesagt. Wieso?«

»Victor will James erpressen. Ich dachte, Sie sollten das wissen. Im besten Fall entsteht dadurch Ärger beim Dreh, schlimmstenfalls könnten Sie und Hitch mit hineingezogen werden.«

»Wie kommen Sie auf die Idee?«

»Victor ist mit Lee Hessel bekannt. Ich habe die beiden zusammen im *Super Chief* gesehen, und während der Überfahrt hat sie mir von ihrem Vater erzählt. Sie wirkt immer noch sehr verbittert darüber.«

»Ja, das habe ich an der Szene im Restaurant gemerkt. An ihren Vorwürfen ist allerdings nichts dran, das müssen Sie mir glauben.«

»Tue ich auch. Deswegen wollte ich Sie auch warnen.« Sie leerte ihr Glas und stand auf. »Ich muss zurück zu Marta. Tut mir leid, dass ich so viele Probleme mitgebracht habe.«

»Ich bitte Sie. Ich weiß Ihre Loyalität sehr zu schätzen, und Hitch wird es genauso sehen. Vielleicht lenkt ihn ein Intrigant vor Ort auch von den Dingen ab, über die er keine Kontrolle hat, und Gefahr erkannt, Gefahr gebannt. Richten Sie Marta viele Grüße aus, ja?«

»Ja, natürlich.«

Sie verabschiedeten sich gerade, da klingelte das Telefon. Josephine war schon fast zur Tür hinaus, doch als sie die Panik in Almas Stimme hörte, blieb sie stehen. »Hitch? Wo seid ihr? Ihr solltet doch schon längst wieder hier sein.« Stille trat ein, und als Alma weitersprach, klang sie noch verstörter. »Hitch, mach langsam. Das ergibt doch keinen Sinn. Was meinst du damit? Sie kann doch nicht einfach verschwunden sein. Schon gut, schon gut. Sag mir, wo genau du bist, und ich komme sofort.«

Sie legte auf und drehte sich zu Josephine. Ihrem Gesicht war jegliche Farbe entwichen, und sie schien um Jahre gealtert. »Patricia.« Sie bemühte sich sichtlich, die Panik in ihrer Stimme zu verbergen. »Hitch ist zum Kiosk gegangen, um etwas zu trinken zu holen, und als er zurückkam, war sie verschwunden.«

16

»Gute Arbeit, Penrose.« Alexander Bell saß auf einem leeren Schreibtisch in den Räumen der Kriminalpolizei und lächelte seinen Chief Inspector breit an, wobei er an einen stolzen Vater am Ende des Schuljahres erinnerte. »Schneller, als ich zu hoffen gewagt habe, und viel billiger, als jemanden aus Amerika rüberzuschleppen, um ihn unter Anklage zu stellen.«

»Vielen Dank, Sir. Darüber wollte ich allerdings mit Ihnen sprechen. Ich wusste nicht, dass Sie noch hier sind.« Penrose bemerkte, wie sich Bell innerlich für drohende Komplikationen wappnete, und er wählte seine Worte mit Bedacht, um damit den Anschein zu geben, seine Informationen stammten aus einer offizielleren Quelle als einem Telefonat mit seiner engsten Freundin. »Während der Befragungen hat sich etwas ergeben – etwas, das wir uns womöglich näher ansehen sollten.«

»Ach ja?«

»James Bartholomew, der Sanitäter, der mit den Filmleuten in Milton war …«

»Ist mir ein Begriff, Penrose. Die Telefonrechnungen, die uns das Heer anhängen wollte, werde ich so schnell nicht vergessen.«

»Jedenfalls besteht der Verdacht, er könnte Marion Plummer tätlich angegriffen haben, die Mutter des Opfers.«

»Der Verdacht? Spucken Sie es schon aus, Sie reden doch sonst auch nicht um den heißen Brei herum.«

»Er hat jemandem beim Dreh davon erzählt.«

»Wieso sollte er das tun?«

»Anscheinend lastet es auf seinem Gewissen. Er glaubt, Mrs Plummer sei tot.«

»Und da ist er in dem Glauben geflohen, er wäre mit einem Mord davongekommen?« Penrose nickte. »Wie glaubwürdig ist dieser Zeuge? Niemand, der noch ein Hühnchen mit Bartholomew zu rupfen hat?«

Er klang erwartungsvoll, und Penrose tat es leid, seine Hoffnung gleich wieder zerstören zu müssen. »Äußerst glaubwürdig. Ich habe keinerlei Zweifel daran, dass Bartholomew diese Aussage getätigt hat.« Er nannte weitere Einzelheiten zu Bartholomews Aufenthalt in Milton und möglichen Motiven für den Übergriff. »Das ist natürlich im Moment nur Hörensagen, aber ich glaube, wir sollten dem nachgehen.«

»Natürlich. Haben Sie schon mit dem Krankenhaus gesprochen? Wurden bei Marion Plummers Einlieferung Kampfspuren festgestellt?«

»Das habe ich gerade versucht, aber der Arzt ist erst morgen wieder im Dienst. Ich werde mich auch mit der Frau unterhalten, die sie gefunden und den Krankenwagen gerufen hat. Für heute ist es schon zu spät.«

»Und wie geht es Mrs Plummer? Wie stehen die Überlebenschancen?«

»Unklar.«

Bell musterte ihn argwöhnisch. »Verheimlichen Sie mir was, Penrose? Ich nehme lieber alle schlechten Nachrichten auf einmal, wenn Sie mir also sagen wollen, dass Sie Bartholomew für den Young-Mord unter Verdacht haben, verraten Sie es mir lieber gleich.«

»Ich will es noch nicht ausschließen, Sir. Falls an den Gerüchten um Matthew Plummers Tod etwas dran ist, hatte Bartholomew ein eindeutiges Motiv für beide Morde, und Gelegenheit zum Mord an Evelyn hatte er auch.« Er dachte daran zurück, wie überzeugt Josephine davon gewesen war, dass Bartholomew die Wahrheit sagte; sie war in solchen Dingen nicht leichtfertig, und er tendierte dazu, ihrem Urteil zu vertrauen. Allerdings stand zu viel auf dem Spiel, um sich ausschließlich auf seinen Instinkt zu verlassen. »Und Donald Young besteht nach wie vor auf seiner Unschuld«, fügte er hinzu. »Ich habe vorhin mit Inspector Hughes gesprochen, und bislang haben sie nichts Neues aus ihm herausbekommen. Die Uhr tickt – irgendwann müssen wir ihn entweder unter Anklage stellen oder freilassen.«

»Na gut. Schauen Sie, was Sie herausfinden, und wenn Sie noch mal da hochmüssen, um Young zu befragen, dann ist es eben so. Und sorgen Sie dafür, dass unsere amerikanischen Freunde Bartholomew einkassieren.«

»Die Anfrage ist bereits gestellt, Sir. Ich hoffe, sie melden sich bald.«

»Gut, aber bleiben Sie deswegen nicht die ganze Nacht wach. Morgen müssen Sie wieder frisch sein, also ab ins Bett. Das ist ein Befehl.«

Penrose gehorchte nur zu gern und machte sich zu Fuß auf den Heimweg. Er genoss die frische Luft und die, aller Beschränkungen zum Trotz, vertraute Freiheit der Londoner Straßen, die einen erfrischenden Kontrast zur beengenden Atmosphäre in Milton Hall bildete. Die Schönheit des Nachthimmels traf ihn mitten in der Stadt unerwartet, wurde sie doch für gewöhnlich vom Leuchten der Straßenlaternen überlagert, und er fragte sich, wie lange die kleinen, unerwarteten Schätze, die die Verdunkelung mit sich brachte, die Unannehmlichkeiten wohl noch wettmachen würden. Er griff nach seiner Taschenlampe, die derzeit noch erlaubt war, sofern sie auf den Boden gerichtet und mit Seidenpapier gedämpft wurde, und ging zu seiner Wohnung auf der Maiden Lane, einer schmalen Kopfsteinstraße, die parallel zum Strand verlief. Der kurze Fußweg wurde von Stimmen begleitet, die über die Dunkelheit fluchten, weil sie sich verlaufen hatten oder über ein ungünstig abgestelltes Fahrrad gestolpert waren, doch der Ärger klang noch wohlwollend, eine der geteilten Kriegsanstrengungen, welche die Leute erst allmählich ernster nahmen. Die Restaurants, die er so gut kannte, waren schwarz und gesichtslos, und der Lärm, der zu ihm herausdrang, wirkte seltsam körperlos und unwirklich, ein Überbleibsel vergangener Freuden, auf die die Bevölkerung kein Recht mehr hatte. Normalerweise müsste er sich um diese Zeit durch die Menschenmassen kämpfen, die aus dem Vaudeville Theater drangen, und es überraschte ihn, wie traurig ihn der Anblick der verschlossenen Türen stimmte – im größeren Zusammenhang mochte es eine Kleinigkeit sein, aber dennoch war es ihm wichtig, und er legte mehr Hoffnung als ratsam in die Nachricht, die Beschränkungen im Unterhaltungsbereich könnten bald aufgehoben werden.

Seine Wohnung befand sich im obersten Stockwerk eines dreistöckigen Hauses, das er mit seinen Cousinen Lettice und Ronnie sowie deren Haushälterin Dora Snipe teilte. Als er eintrat, hörte er ein Grammofon, und die Tür der Erdgeschosswohnung war lediglich angelehnt, so wie immer, wenn Lettice zu Hause war. Er steckte kurz den Kopf zur Tür hinein und entdeckte seine Cousine auf dem Wohnzimmerboden, wo sie von einem Hintergrund umgeben wurde, den man leicht für ein Theater im West End hätte halten können. Die Motley-Schwestern waren zwei der gefragtesten Bühnen- und Kostümbildnerinnen Londons, und Penrose war daran gewöhnt, im Flur über eine Ankleidepuppe zu stolpern oder als Double für den jeweiligen männlichen Hauptdarsteller herzuhalten. Der Anblick, der sich ihn nun bot, setzte dem Ganzen die Krone auf: Sämtliche Oberflächen waren mit Kleidern in unterschiedlichen Größen und Stoffen bedeckt, und auf dem Teppich vor dem Kamin schien jemand achtlos die gesamte Schuhabteilung von Selfridges abgeladen zu haben. »Archie! Was für eine nette Überraschung!«, nuschelte Lettice, mehrere Nadeln zwischen den Lippen. Sie vollendete den Saum, an dem sie gerade arbeitete, und stand dann auf, um ihn mit einer Umarmung zu begrüßen. »Mrs Snipe und ich dachten schon, du wärst ausgezogen, ohne uns Bescheid zu sagen. Hat Virginia dich rausgeschmissen?«

Penrose lächelte. »Noch nicht. Sie bringt Teddy zurück zur Schule in Cambridge und kommt erst in ein paar Tagen wieder.«

»Dann kannst du ja hierbleiben und einen mit mir trinken. Ich habe noch eine lange Nacht vor mir, und es ist schön, dich mal wiederzusehen. Bist du mit Whisky einverstanden?«

»Klingt wunderbar. Hast du in letzter Zeit von Ronnie gehört?« Lettice' Schwester hatte den vergangenen Monat in New York verbracht, wo sie an einem Broadwaystück arbeitete, und Penrose wusste, dass Lettice sich Sorgen um sie machte.

»Seitdem es hier losging, erst einmal. Ihr geht es bestens, und das Stück läuft gut, aber Gott weiß, wann sie wiederkommt.« Seufzend reichte Lettice ihm seinen Drink. »Alles bricht langsam zusammen, oder?«

Die Frage war ungewöhnlich niedergeschlagen; Lettice war der optimistischste Mensch, den er kannte, und manchmal ging sie ihm dank seiner zynischen Veranlagung damit auf die Nerven, doch er wusste, wie sehr die Trennung von Ronnie sie belastete, sowohl privat als auch beruflich. Die beiden Schwestern hätten vom Charakter her nicht unterschiedlicher sein können, waren jedoch im kreativen Bereich ideale Partnerinnen und zudem beste Freundinnen. »Sie kommen bald wieder.« Unbewusst hatte er seine Sorgen um Josephine mit ins Gespräch fließen lassen. »Und wenigstens sind sie dort drüben in Sicherheit.«

»Ja, immerhin«, stimmte Lettice mit aufgesetzter Fröhlichkeit zu. »Hast du schon etwas gegessen? Ich habe noch kalten Schweinebraten von heute Mittag, damit könnte ich dir ein Sandwich machen.«

Lettice erkundigte sich stets mit der ersten oder zweiten Frage nach seinem Appetit, und plötzlich merkte Penrose, wie viel Hunger er hatte. »Ein Sandwich wäre toll, aber ich übernehme das. Du isst doch mit, oder?«

»Ja, obwohl ich mir das besser verkneifen würde und auch nur, weil ich mir solche Sorgen mache.«

»Natürlich.« Penrose grinste und ging in die winzige Küche. »Wo ist George?«, rief er.

»Ist immer noch im Theater.« Lettice' Verlobter war

Schauspieler und Agent, und seit Kurzem auch Regisseur. Die beiden lebten für das Theater, und hin und wieder beneidete Penrose sie darum, wie nahe sie die geteilte Laufbahn einander brachte; bevor er Virginia kennengelernt hatte, die seine dunkelsten Arbeitstage aufgrund ihrer Vergangenheit ohne große Worte verstand, hatte sein Beruf eine Distanz zu den meisten Menschen geschaffen, die ihm etwas bedeuteten. »Die Wiedereröffnung hat uns etwas unvorbereitet getroffen, wie du sehen kannst. Wir hätten ja nie zu hoffen gewagt, dass sie es sich so schnell anders überlegen.«

»Wenigstens sind es erfreuliche Neuigkeiten.«

»Das stimmt, und die können wir wirklich gut gebrauchen.«

Er servierte das Abendbrot, großzügig belegte dicke Scheiben, auf die Mrs Snipe stolz gewesen wäre. »Hast du zufällig *Rebecca* im Regal?«, fragte er mit Blick zu Lettice' Büchern.

»Sehnst du dich schon so sehr nach Josephine?«

»Unsinn, ich will wissen, wo es erschienen ist.«

»Wir haben es, aber ich glaube, George hat es mitgenommen.«

»Falls ihm sein Stück zu langweilig wird? Das fängt ja schon gut an.«

Lettice starrte ihn entnervt an. »Früher hast du dich mal für so was interessiert.« Ihrer sonst so munteren Stimme wohnte ein irritierter Unterton inne. »Das ist doch sein Stück. Er führt Regie bei *Rebecca* im Queen's. Die Proben haben gerade begonnen.«

Penrose musterte sie mit gemischten Gefühlen; zum einen konnte er seinem Glück kaum trauen, doch gleichzeitig merkte er auch, wie sehr er sich im Laufe der letzten Monate von seinen Cousinen entfernt und wie sehr sie ihm gefehlt hatten. »Tut mir leid«, sagte er verlegen.

»Schon gut. Ich verzeihe dir. Wozu brauchst du Daphnes Verlag?«

»Um mit ihr zu sprechen. Es geht um den Fall, an dem ich gerade arbeite.«

»Natürlich. Und ich nehme an, du kannst mir leider keine Einzelheiten dazu erzählen?«

»Noch nicht, aber ich sage dir als Erster Bescheid, wenn es vorbei ist. Glaubst du, George könnte Daphne etwas ausrichten lassen? Ich muss mit ihr reden, und es ist ziemlich dringend.«

»Er kann sogar noch viel mehr. Sie sitzt ihm bei den Proben schon die ganze Zeit über im Nacken und macht Änderungen an jeder zweiten Zeile. Er würde sich bestimmt freuen, wenn du sie eine Weile ablenken würdest. Ich frage ihn gleich morgen früh.«

17

Marta schlief noch tief und fest, als Josephine hinunterkam, um nach ihr zu sehen. Anschließend ging sie direkt wieder hinauf zu den Hitchcocks, für den Fall, dass Patricia nach Hause kommen sollte, bevor ihre Eltern sie finden konnten. Ein gewisser Optimismus hatte in Almas Bitte mitgeschwungen, und Josephine hatte bereitwillig mitgespielt. Die Alternative war unvorstellbar, und sie vertrieb sich die Zeit mit ängstlichen, wenig produktiven Gedanken darüber, dass sie eine mögliche Katastrophe hätte verhindern können, wenn sie nur früher etwas gesagt hätte, sollten sich ihre schlimmsten Befürchtungen bewahrheiten.

Da klingelte das Telefon, und sie hob ab, noch bevor es sein erstes Läuten vollendet hatte. »Hallo?«

»Josephine, Alma hier. Ich bin am Strand. Ist sie schon wieder aufgetaucht?«

Josephine wurde von Enttäuschung überwältigt, und erst da erkannte sie, wie fest sie daran geglaubt hatte, Hitch würde seine Tochter längst gefunden haben, wenn Alma bei ihm ankäme, dass Patricia lediglich von einem Hund oder einem Spiel oder einem anderen Kind abgelenkt worden wäre, all die Dinge, die bei einem Ausflug an den Strand verlockten. »Nein, tut mir leid. Sie haben also noch nichts gefunden?«

Die Frage war lachhaft, eine naheliegende Aussage, die Leute in Krisensituationen eben machten, wenn ihnen sonst nichts einfiel, doch Alma begegnete ihr nicht mit der Verachtung, die sie verdient hätte. »Nein, nichts. Wir sind den ganzen Strand hoch und runter gelaufen und haben jeden gefragt, dem wir begegnet sind, aber niemand kann uns irgendwas sagen.«

»Ist die Polizei schon da?«

»Gerade angekommen. Hitch steht völlig neben sich. Seine Tochter ist verschwunden, und er kann trotzdem kaum mit ihnen sprechen, wegen seiner dummen Angst vor Polizisten.« Sie brach ab und holte tief Luft, und Josephine spürte, wie viel es ihr abverlangte. So nahe war sie einer Kritik an ihrem Mann noch nie gekommen, zumindest nicht in Josephines Gegenwart. »Das war zwar blöd von mir, aber ich bin so überstürzt aufgebrochen, dass ich gar nicht daran gedacht habe, ein Foto von Pat mitzubringen, und danach haben sie natürlich gleich als Erstes gefragt. Könnten Sie vielleicht ein paar von denen aus unserer Wohnung herbringen? Ich weiß, dass das viel verlangt ist …«

»Unsinn, das ist doch eine Kleinigkeit. Ich kümmere mich sofort darum. Wo genau sind Sie?« Sie notierte sich die Adresse und Wegbeschreibung und wiegelte Almas Dankesbekundungen ab.

»Falls Pat nach Hause kommt, während Sie unterwegs sind …«

»Keine Angst. Ich hänge eine Nachricht an die Tür und sage dem Portier, dass er sie zu Marta bringen soll, falls sie unten auftaucht.«

»Aber Marta ist doch krank, da will sie sicher nicht gestört werden.«

»Das will sie garantiert. Ich sage ihr gleich Bescheid. Und wenn sich eine stören wird, dann wohl Patricia an

Martas Anblick.« Alma stieß eine Mischung zwischen Lachen und Schluchzer aus, und Josephine schlug einen ernsteren Ton an. »Versuchen Sie, sich nicht so viele Sorgen zu machen. Wir werden sie schon finden, da bin ich mir sicher.«

»Danke. Bis gleich.«

Sie legte auf, und Josephine suchte rasch zwei Aufnahmen jüngeren Datums zusammen. Dabei rührte es sie, dass jemand, der für seine Bildsprache weltbekannt war, sich zu Hause mit gewöhnlichen Familienfotos umgab, wie sie jeder Vater und Ehemann hätte machen können. Dann ging sie nach unten, holte den Autoschlüssel und setzte eine erstaunte Marta ins Bild. Zu ihrer Erleichterung sah sie bereits viel besser aus als bei ihrer Ankunft. »Bist du dir sicher, dass ich nicht mitkommen soll?«, fragte Marta. »Ich könnte dich zumindest hinbringen. Du bist seit gerade mal achtundvierzig Stunden hier und hast schon fast so viel von Kalifornien gesehen wie ich. Und ich habe mehr geschlafen als du, du bist doch bestimmt völlig erschöpft.«

»Die Müdigkeit ist von mir abgefallen, seit Patricia verschwunden ist. Außerdem ist es wichtiger, dass du Ruhe hältst, und noch mehr Sonne brauchst du nun wirklich nicht. Bleib hier, nur für den Fall, dass sie nach Hause kommt.«

Marta griff nach ihrer Hand. »Du hast Angst, das könnte nicht passieren, oder?«

Josephine nickte. »Mir läuft bei dem Gedanken jedes Mal ein Schauer über den Rücken. Ich war mir sicher, dass diese Frau ihr etwas antun wollte, und ich hätte Alma früher warnen sollen.«

»Gib dir bloß nicht die Schuld daran. Außerdem weißt

du doch noch gar nicht, ob das wirklich der Grund dafür ist.«

»Ich mach mich lieber auf den Weg. Sie warten auf die Fotos.« Sie nahm die beiden Aufnahmen wieder in die Hand, wobei ihr Blick erneut auf die obere fiel – Patricia mit ihren Eltern an Bord der *Queen Mary*, vermutlich von einer ihrer ersten Überfahrten. Sie ähnelte sowohl ihrem Vater als auch ihrer Mutter, doch am auffallendsten war ihr Lächeln und der Sinn für Abenteuer, den Josephine während ihrer Überfahrt selbst erlebt hatte. Selbst wenn sie nicht persönlich mit der Familie bekannt gewesen wäre, hätte sie anhand des Fotos erkannt, dass Patricias Frohsinn und Selbstbewusstsein aus ihrem unerschütterlichen Glauben an die Liebe ihrer Eltern stammten. »Ich melde mich, falls es etwas Neues gibt.«

»Ich will nur wissen, dass es dir gut geht. Und versprich mir, dass du vorsichtig bist.«

»Versprochen.«

Josephine war angesichts der Fahrt nervöser gewesen, als sie Marta gegenüber zugegeben hatte, doch Almas Wegbeschreibung – den Wilshire Boulevard entlang bis zum Meer – war so leicht zu folgen wie versprochen, und Josephine brauchte weniger als eine halbe Stunde bis zur Küste. In Santa Monica herrschte die entspannte Atmosphäre einer Kleinstadt, gemischt mit der Fröhlichkeit eines Urlaubsorts, und unter anderen Umständen hätte sie den Besuch genossen. Heute allerdings hatte sie keine Lust auf den langen Strand, die Achterbahnen und Schießstände, die Familien und Pärchen zu beiden Richtungen Freude bereiteten. Sie entdeckte Hitchs Austin, als sie den Ocean Park erreichte. Er passte zum Glück so gar nicht zu den Cadillacs und Packards und war dadurch leicht zu finden, und sie nahm den nächsten freien Parkplatz. Alma hatte anscheinend auf sie gewartet; sie stand bereits neben ihrem Auto, bevor Josephine überhaupt ausgestiegen war. »Danke, dass Sie so schnell gekommen sind«, sagte sie. »Die sind perfekt.« Sie schaute auf die Fotos und unterdrückte ein Schluchzen. Josephine legte ihr eine Hand auf die Schulter und wartete ab, bis sie sich wieder gefasst hatte. »Tut mir leid«, sagte Alma schließlich. »Ich habe mich die ganze Zeit über zusammengerissen, aber dieser Anblick, glücklich und in Sicherheit …« Sie hielt die Aufnahmen hoch, wie um zu unterstreichen, was auf dem Spiel stand. »Ich weiß nicht, was wir machen sollen, wenn wir sie verloren haben, wirklich nicht.«

»Wie kann ich helfen? Soll ich die Bilder bei den Verantwortlichen abgeben?«

»Nein, das mache ich schon. Da habe ich etwas zu tun. Können Sie Hitch Bescheid geben, wo ich bin? Ich hab ihm gesagt, er soll sich hinsetzen. Er hätte sich in dieser Hitze beinahe einen Herzinfarkt geholt. Und er gibt sich natürlich die Schuld an allem.« Sie schaute auf das Meer hinaus, mied Josephines Blick. »Ich weiß ja, wie grausam das ist, aber noch kann ich ihm das nicht ausreden. Nicht, bevor ich nicht weiß, dass es ihr gut geht. Er ist da drüben am Kiosk.«

Josephine entdeckte ihn im Schatten eines Sonnenschirms. Er sah völlig geschlagen aus, hochrot von der Sonne und durchgeschwitzt; als sie näher kam, merkte sie, wie schwer er atmete, wodurch er den Anstrengungen und der Panik allerdings nicht beikommen konnte. Sie erinnerte sich an ihr letztes Zusammentreffen in Portmeirion vor drei Jahren, bei dem sie sich über die Bedingungen der Verfilmung ihres Romans unterhalten hatten; damals waren mehrere Morde passiert, und es hatte sie überrascht, wie schlecht er mit der Angst zurechtgekommen war, die er bei seinem Publikum so gekonnt erzeugte. Doch nicht einmal die Vorgänge von damals konnten mit der Verzweiflung mithalten, die sich jetzt auf seinem Gesicht abzeichnete; das hier war persönlich, und falls die Sache ein schlimmes Ende nehmen sollte, wäre das sein Aus. »Ich habe Alma die Fotos gegeben.« Sie nahm neben ihm Platz. »Sie bringt sie zur Polizei, das wird helfen.«

»Danke.« Er wollte sich anscheinend ein Lächeln abringen, doch es fiel ihm zu schwer. »Eigentlich ist es meine Aufgabe, Dinge zu sehen«, sagte er stattdessen. »Und ich habe nicht mitbekommen, wie meine Tochter entführt wurde. Alma wäre das nie passiert. Bei ihr wäre Pat in Sicherheit gewesen.«

»Sie wissen doch gar nicht, ob sie wirklich entführt wurde«, entgegnete Josephine. »Auf unserer Reise kam sie mit sehr abenteuerlustig und selbstständig vor. Vielleicht ist sie nur auf Erkundungstour.«

»Ja, so was macht sie ständig. Deswegen haben wir uns extra einen sicheren Wohnort ausgesucht.«

»Da ist sie vielleicht einfach ein Stück zu weit gelaufen und hat sich verirrt.«

»Aber sie sagt uns immer, wo sie hingeht. Immer. Sie sind sehr freundlich«, fügte er hinzu, als handele es sich dabei um ein bemitleidenswertes Gebrechen. »Aber Alma hat mir von Miss Hessel berichtet.«

»Haben Sie der Polizei davon erzählt?«

»Ja, Alma hat es weitergegeben.« Er seufzte und zog

ein Taschentuch hervor, mit dem er sich den Schweiß abwischte. »Ich wusste überhaupt nicht, dass ihr Vater krank war. Da hätte ich ihn doch nie vor die Kamera gelassen. Entgegen anderslautender Behauptung steht der Film mir nicht immer an erster Stelle. Meine Kollegen bedeuten mir etwas, und William war ein guter Freund. Wir sind zusammen in der Branche groß geworden. Als Schauspieler war er kompetent, aber als Mensch ausgezeichnet. Ich kann verstehen, weshalb sein Tod seiner Tochter so sehr zugesetzt hat.«

»Warum glaubt sie, dass es Ihre Schuld war?«

»In der Presse kamen nach seinem Tod ein, zwei Gerüchte auf, aber es ist schwer zu sagen, ob sie sie verbreitet hat oder andersherum. Und Gerüchte sind ja nichts Neues – es gibt einige Leute, die mir schlecht gesonnen sind. An diesen habe ich mich allerdings gestört, weil ich William so sehr mochte. Ich habe sogar versucht, mit seinem Arzt zu sprechen, für den Fall, dass ich tatsächlich in irgendeiner Art und Weise verantwortlich sein könnte, aber er durfte nicht darüber reden. Wir haben Miss Hessel einen Beileidsbrief geschickt, aber sie hat nie darauf reagiert – bis zu dem Abend auf der *Queen Mary.* Alma glaubt, sie ist auf Geld aus.« Josephine schwieg, und er sah sie interessiert an. »Sind Sie anderer Meinung?«

»Ich glaube, es ist ihr persönlicher.« Sie dachte an Lees Bemerkung darüber, die Hitchcocks sollten leiden, ersparte Hitch jedoch die zusätzlichen Qualen. »Trauer ist etwas Furchtbares. Man erkennt sich gar nicht wieder. Manchmal jahrelang nicht.«

»Darüber weiß ich leider nichts«, gab Hitch zu. »Mein Vater ist gestorben, als ich vierzehn war, aber wir standen uns nicht besonders nahe. Alle, die mir etwas bedeuten, leben noch, also kann ich es mir bloß ausmalen – und genau das mache ich gerade.« Seine Miene verdüsterte sich, doch Josephine widerstand der Versuchung, auf Plattitüden zurückzugreifen. »Was für eine Ironie, nicht wahr? Ich habe mal einen Film über ein Pärchen gemacht, dessen Kind entführt wurde.«

»Ja, ich erinnere mich.«

»Damals war ich sehr zufrieden damit, aber jetzt erkenne ich, wie mangelhaft er war. Vielleicht mache ich ihn eines Tages noch mal neu, und dann richtig.« Soweit sich Josephine erinnern konnte, hatte der Film die Angst des Kindes auf beeindruckende Weise festgehalten, und als hätte er ihre Gedanken gelesen, fügte Hitchcock hinzu: »Ich hoffe, sie fürchtet sich nicht. Ich bin als Kind einmal nachts aufgewacht, und meine Eltern waren nicht da. Ich hatte keine Ahnung, wo sie waren oder ob sie je wiederkommen würden, und das habe ich nie vergessen. Ich kam mir so verlassen vor. Alma und ich haben einander geschworen, dass wir immer für Patricia da sein werden, bis sie älter ist, dass sie nie nach uns würde rufen und feststellen müssen, dass wir nicht da sind.«

Josephine war von Hitchs Traurigkeit zutiefst berührt und hätte nur zu gerne etwas Hilfreiches gesagt, doch sie spürte, dass leere Beschwichtigungen nicht erwünscht waren, und lenkte das Gespräch auf praktischere Fragen. »Ich weiß nicht, ob Alma es Ihnen erzählt hat, aber Lee Hessel ist mit Victor Petrie befreundet. Gehört er zu denjenigen, die Ihnen schlecht gesonnen sind?«

Hitch zuckte die Achseln. »David hat ihn engagiert. Ich kenne ihn kaum.«

Erneut fragte sich Josephine, was James ihr in Point Lobos hatte erzählen wollen, bevor sie von der Rauchsäule unterbrochen worden waren. Das Gespräch mit Archie hatte sie beunruhigt, was James betraf, und er hatte ihr ungewollt das Gefühl gegeben, es sei naiv von ihr gewesen, jemandem, den sie kaum kannte, so viel Glauben zu schenken. Sosehr sie sich auch einzureden versuchte, dass Archie auf ihrer Seite wäre, wenn er James kennengelernt hätte – ein Fünkchen Misstrauen hatte sich in ihr eingenistet und rückte nicht von der Stelle. Anscheinend besaß Victor keinen einzigen Grund, den Hitchcocks etwas antun zu wollen, es sei denn, um Lee zu unterstützen, und sie fragte sich, ob James sie wohl manipulierte, indem er eine Abneigung erfunden hatte, die es überhaupt nicht gab.

Hitch schaute auf die Uhr. »Jetzt ist sie schon seit drei Stunden weg.«

Gedanklich war sie sofort wieder bei dem Kind, das in ihrem Dorf in Suffolk verschwunden war, bei den grauenvollen Blicken auf die Uhr, die mit jeder Bewegung der Zeiger mehr Angst und weniger Hoffnung erzeugten. Sie war unentschlossen, ob sie hierbleiben oder in die Wohnung zurückkehren sollte. Zum einen wollte sie Hitchcock und Alma nicht allein ihrem schlimmsten Albtraum überlassen, zum anderen würde sich Marta Sorgen machen, und die winzig kleine Möglichkeit, Patricia könnte gesund und munter zu Hause auftauchen, verlockte sie ebenfalls. Sie ließ den Blick über den Strand schweifen und fragte sich, wie es Alma wohl erging, da entdeckte sie zwei Menschen, die aus der Richtung des Vergnügungsparks den Strand hinaufkamen. Sie erkannte die

Frau, nicht jedoch das kleine Mädchen, das sie bei der Hand hielt. »Was hat Patricia heute angehabt?« Sie gab sich Mühe, nicht allzu viel Hoffnung zu wecken.

»Ein gelbes Strandkleid mit passendem Hut.«

»Gott sei Dank. Schauen Sie mal da.«

Hitchcock sprang auf und rief ihren Namen, so laut er konnte. Als Patricia ihn hörte, ließ sie die Hand der Frau los und rannte über den Sand auf ihn zu, lachte dabei vergnügt und war offensichtlich bester Gesundheit. Lee Hessel hielt sie nicht auf, ging aber auch nicht davon. Josephine sah sich nach Alma um, die keine Sekunde länger leiden sollte, doch sie war bereits auf den glückseligen Lärm aufmerksam geworden und auf dem Weg zu ihnen. Josephine folgte ihr in respektvollem Abstand. Alma nahm ihre Tochter fest in den Arm, dann wandte sie sich an die Frau, die sie entführt hatte. »Was zum Teufel treiben Sie hier?«

Patricia sah ihre Mutter überrascht an, war von den erleichterten Tränen ihrer Eltern verwundert und ahnte offensichtlich nichts davon, in welcher Gefahr sie in der Vorstellung ihrer Eltern geschwebt hatte. »Schon gut, Mummy. Wir haben uns amüsiert, während Daddy dich abgeholt hat. Ich war mit Lee im Park, so wie du gesagt hattest.«

»Hat sie dir das erzählt?«

Patricia nickte. Hitchcock legte ihr schützend einen Arm um die Schulter und führte sie zu Josephine, dann kehrte er wieder zu seiner Frau zurück. Lee starrte ihn trotzig an. »Verstehen Sie jetzt, wie es sich anfühlt, etwas Wertvolles zu verlieren? Das, was man am meisten liebt auf der Welt?«

»Ja, Miss Hessel, das verstehe ich nun. Die letzten drei

Stunden waren die reinste Hölle für uns.« Er schaute rasch zu Alma, und sie nahm seinen Arm. Ihre Wut und Vorwürfe waren verflogen, jetzt, da Patricia in Sicherheit war. »Danke, dass Sie uns unser Leben zurückgegeben haben. Ich wünschte, ich könnte den Gefallen erwidern.«

Die stille Aufrichtigkeit seiner Worte nahmen Lee Hessels Hass die Kraft. Wortlos drehte sie sich um und ging davon, und Josephine sah, dass sie weinte. »Soll ich die Polizei holen?«, fragte sie.

Hitchcock schüttelte den Kopf. »Ihretwegen nicht, falls Sie das meinen. Wir müssen natürlich Bescheid sagen, dass Patricia in Sicherheit ist, aber wir erzählen ihnen einfach, sie hätte sich verlaufen, und jemand hat sie zurückgebracht – sofern Alma damit einverstanden ist.«

»Ja. Pat geht es offenbar bestens.« Sie nahm den Sonnenhut ihrer Tochter ab und gab ihr einen Kuss auf den Kopf. »Wir haben hier alles, was wir brauchen. Es hat keinen Sinn, die Dinge noch schlimmer zu machen.«

Josephine zögerte. Sollte sie ansprechen, dass Lee es womöglich erneut versuchen könnte, falls sie damit davonkam – und dann mit ernsteren Folgen? Doch instinktiv wusste sie, dass es vorbei war. Jetzt, da sie die Hitchcocks hatte leiden lassen, war ihre Wut verraucht, und Josephine hatte Mitleid mit ihr. Sie wandte sich ab und ging den Strand hinauf, um die drei ihrer Wiedersehensfreude zu überlassen. Gab es etwas, das sie zu Lee sagen könnte, damit sie sich weniger schrecklich fühlte? Josephine beschleunigte ihre Schritte, um sie einzuholen, da sah sie, wie Lee stehen blieb und kurz mit jemandem sprach, bevor sie weiterging und in der Menge verschwand. Josephine war entgeistert – es war James.

Sie rief nach ihm und hoffte, er würde nicht davonlaufen, und er drehte sich um und wartete auf sie. »Was machen Sie denn hier?«, fragte sie atemlos. »Warum haben Sie mit Lee Hessel gesprochen? Hatten Sie irgendetwas mit der Sache zu tun?«

»Wie bitte?« Ihm war die Enttäuschung deutlich anzuhören. »Natürlich nicht. Ich wusste nicht einmal, dass sie überhaupt existiert, bevor Sie mir von ihr erzählt haben. Ich wollte bloß helfen. Ich habe sie dazu gebracht, die Kleine zurückzugeben.«

»Aber wie wussten Sie davon, wenn Sie nichts damit zu tun hatten?«

»Victor hat es mir erzählt. Sie haben es zusammen geplant, doch die Gelegenheit kam schneller als erwartet, und ihm geht es zu dreckig. Da dachte er, er könnte mich dazu bringen. Ich habe zugestimmt, weil ich es ihr ausreden wollte, und das hat ja wohl geklappt, oder nicht? Lee ging es nie ums Geld, im Gegensatz zu Victor. Sie wollte Hitch dafür bestrafen, dass er ihr einen geliebten Menschen genommen hatte, und damit kenne ich mich nun wirklich gut aus. Sie glauben mir doch, oder?« Josephine wusste nicht, was sie darauf erwidern sollte, doch ihr Schweigen reichte James als Antwort. »Natürlich nicht. Warum auch? Warum sollten Sie glauben, dass ein Mörder zu einer guten Tat in der Lage ist?«

»Sie sind überhaupt kein Mörder. Zumindest noch nicht.«

»Was soll das heißen?« Er starrte sie ungläubig an. »Ich habe Ihnen doch erzählt, was ich getan habe, wieso sagen Sie da …«

»Marion Plummer ist nicht tot. Sie hatte einen Schlaganfall, aber Sie haben sie nicht umgebracht. Es kann sein, dass sie überlebt.«

»Das verstehe ich nicht.« Er klang fast schon gereizt in seinem Elend. »Sie war tot, das weiß ich genau.«

»Das haben Sie zumindest geglaubt, und da hat Sie die Panik gepackt. Haben Sie nach ihrem Puls gefühlt?«

»Nein, ich wollte nur noch weg.«

»Na also. Sie war noch am Leben, als Sie gegangen sind, und jemand hat sie rechtzeitig gefunden. Sie wurde gerettet, und das könnte Sie retten, wenn Sie sich stellen und die Wahrheit sagen.« Josephine hätte ihm am liebsten von Evelyn Young erzählt, um hoffentlich anhand seiner Überraschung ihren Glauben an ihn zu rechtfertigen, aber sie wusste, dass sie jetzt schon zu viel gesagt hatte; falls sie Archies Befragung dadurch gefährdete, indem sie sein Ass preisgab, könnte sie sich von ihrer Freundschaft verabschieden. »James, Sie müssen sich stellen«, sagte sie. »Wenn Sie es tun, bevor Sie gefasst werden, wird das zu Ihren Gunsten gewertet.« Sie war davon ausgegangen, dass ihre Nachricht ihn dazu animieren würde, sich auszuliefern und der Gerechtigkeit ihren Lauf zu lassen, doch anscheinend hatte sie den gegenteiligen Effekt. »Jetzt ist Ihre Gelegenheit«, drängte sie. »Da drüben stehen ein paar Polizisten, die werden gerecht mit Ihnen umgehen, versprochen. Ich komme sogar mit, falls das hilft.« Er zögerte, und sie sah die Angst in seinem Blick. »Ich hätte Ihnen nicht vertrauen dürfen, oder? Sie wollen niemandem irgendwas gestehen. Sie haben nicht vor, das Richtige zu tun – dann muss ich es eben übernehmen.«

Sie wandte sich ab und ging davon, bevor er sie aufhalten konnte. Innerlich schäumte sie vor Wut auf ihn und sich selbst, da Archie recht behalten hatte, doch als sie schließlich einen Polizisten gefunden und ihn von ihrer Geschichte überzeugt hatte, war von James Bartholomew längst keine Spur mehr.

18

Vielleicht lag es an seiner Herkunft, vielleicht auch nur an seinem Gespür für Geschichte, in jedem Fall konnte sich Penrose kaum etwas Schöneres vorstellen als den Zauber eines leeren Theaters. Er sah sich im exquisit ausgestatteten Zuschauerraum des Queen's Theatre um, bewunderte die maßvolle Eleganz: die beruhigend creme- und goldfarbenen Dekorelemente, die dreistöckigen Logen zu beiden Seiten der Bühne, die barocke Kuppeldecke mit acht sitzenden Musen. Die Arbeit des Architekten W. G. R. Sprague war schlichtweg herrlich, doch selbst in einem heruntergekommenen, alten Theater hätte er dasselbe gespürt. Allein mit den Geistern des Theaters konnte er durchatmen, war zwischen Nacht und Tag gefangen, zwischen Wirklichkeit und Fantasie.

Während seine Augen sich an das schummerige Licht gewöhnten, entdeckte er eine Frau mit einem Notizbuch im Schoß auf einem der Sperrsitze, die von einer Ecke der Vorbühne umrahmt wurde und ihn dadurch an die einsame Gestalt auf dem Gemälde Edward Hoppers erinnerte, das er so sehr liebte. Sie musterte ihn unverhohlen und stand auf, als sie erkannte, dass er sie bemerkt hatte. »Chief Inspector Penrose?«

»Korrekt.«

»Ein Polizist, der sich für Theaterarchitektur interessiert – wie spannend.« Sie reichte ihm die Hand. »Daphne du Maurier.«

Die Schriftstellerin war jünger, als er erwartet hatte,

und ihre schlanke Figur war in einen dunklen Hosenanzug gehüllt. Sie hatte eine hohe Stirn, einen abschätzenden Blick und einen breiten, ausdrucksstarken Mund.
»Sehr freundlich von Ihnen, mich so kurzfristig zu empfangen«, erwiderte er.

»Scotland Yard meldet sich nicht jeden Tag, und George hat in den höchsten Tönen von Ihnen gesprochen.«

Penrose lächelte und winkte George zu, der auf der Seitenbühne stand und mit einer Frau sprach, die ihm vage bekannt vorkam. »Wer spielt mit?«, fragte er.

»Haben Sie das Buch gelesen?«

»Gibt es irgendwen, der es nicht gelesen hat?«

»Celia Johnson spielt Mrs de Winter, Owen Nares spielt Max, und Margaret Rutherford spielt Danvers.«

Es war also Rutherford gewesen, die er auf der Bühne erspäht hatte. »Interessante Wahl.«

»Das stimmt. Ich war mir erst nicht sicher, aber George hatte vollkommen recht. Sie versucht tatsächlich, in die Haut der Danvers zu schlüpfen und sie so zu spielen, wie sie im Buch ist.« Sie schob das Drehbuch zwischen ihre Notizen, und Penrose sah, wie viele Anmerkungen sie gemacht hatte, wobei er an Lettice' Worte vom Vorabend dachte. »Worüber wollten Sie mit mir sprechen?«

»Milton Hall 1917.« Er lächelte entschuldigend, als er die Überraschung auf ihrem Gesicht erkannte. »Ich weiß, es ist lange her, und Sie waren noch sehr jung. Falls Sie sich also nur noch an wenig erinnern, kann ich das verstehen.«

»Im Gegenteil, ich erinnere mich sehr lebhaft daran, und in letzter Zeit habe ich oft daran zurückgedacht, wegen all dem, was mit *Rebecca* passiert ist. Ohne Milton gäbe es kein Manderley.«

»Das habe ich auch gehört. Wussten Sie, dass letzte Woche ein Filmstab dort war?«

»Ja.«

»Deswegen bin ich hier. Einer der Filmleute war 1917 ebenfalls dort und erinnert sich noch an Sie. Ich hatte gehofft, Ihnen ginge es ähnlich.«

»Das klingt ja aufregender, als ich zu hoffen gewagt hätte. Um wen geht es?«

»James Bartholomew.« Ihr ausdrucksloser Blick enttäuschte Penrose. »Vielleicht fällt er Ihnen ja wieder ein, wenn ich Ihnen etwas mehr erzähle. Können wir uns hier unterhalten, oder sind wir im Weg?«

»Hätten Sie etwas dagegen, wenn wir eine Runde spazieren gehen? Das hilft mir beim Denken, und ich könnte ein bisschen frische Luft gebrauchen.« Sie hob die Stimme. »Und den Regisseur freut es bestimmt auch, wenn er seine Ruhe vor mir hat. Heute Nachmittag habe ich nämlich noch mehr Änderungen.«

»Lassen Sie sich ruhig Zeit«, erwiderte George trocken. »Schön, dich mal wiederzusehen, Archie. Lass dich öfter mal blicken.«

Daphne ging zu einer Treppe an der Seite der Bühne, fluchte dann leise und ging zurück zu ihrem Platz, unter dem sie nach ihrer Gasmaske kramte. »Ich werde mich wohl nie an das verdammte Ding gewöhnen«, meinte sie, während sie über die Seitenbühne zum Künstlereingang gingen. »Wir sitzen wirklich ganz schön in der Patsche.«

Sie bogen um die Ecke auf die Shaftesbury Avenue, wo ein paar Männer gerade ein Schaufenster mit einem Gitter aus Klebeband befestigten, was du Mauriers Aussage bekräftigte. »Mir kommt es vor, als hätten Sie mich gerettet«, gab sie zu. »Und wir haben gerade erst mit den Proben begonnen.«

»Ist es nicht ungemein befriedigend, das eigene Buch zu adaptieren?«

»Schon, aber es ist auch unerwartet schwierig. Ich habe das Drehbuch im Juni abgeschlossen und dachte, damit wäre es erledigt, aber dann legt man es vor und merkt, was alles nicht stimmt. Es hatte viel zu wenig Dialog für die Bühne, und jetzt, wo ich mehr geschrieben habe, kommt es mir vor, als würde ich die Geschichte verändern.« Sie seufzte tief. »Aber es könnte auch noch schlimmer sein, ich könnte zu Hause sitzen. Mein Mann und ich sind gerade nach Hythe gezogen, und unser Haus ist das reinste Chaos. Die Kinder machen mich wahnsinnig, da genieße ich es, mal weg von ihnen zu sein.« Anscheinend war ihm seine Reaktion anzusehen, denn sie fügte hinzu: »Tut mir leid, ich wollte Sie nicht verstören. Das war nicht besonders mütterlich von mir, aber jede, wie sie kann. Haben Sie Kinder daheim?«

»Einen Jungen und ein Mädchen, zehn und drei. Ich fürchte, ich bin sehr von ihnen angetan.«

»Kein Wunder. Sie sind Polizist, da sind Sie ja ständig auf der Arbeit.«

Penrose lachte. Er hatte nicht mit einer so angenehmen Gesprächspartnerin gerechnet. »Eigentlich sind es die Kinder meiner Lebensgefährtin. Die Sache ist ein bisschen kompliziert, aber ich habe bereits die Kindheit meiner ältesten Tochter verpasst, da habe ich wohl einiges wettzumachen.« Er hielt inne, bevor er ihr ein Zugeständnis machte. »Wenn ich denn mal zu Hause bin.«

Am Piccadilly Circus waren die Arbeiten zum Schutz

der Denkmäler und Sehenswürdigkeiten in vollem Gange, und sie blieben kurz stehen und sahen zu, wie Männer auf Leitern Eros in ein Holzgerüst voller Sandsäcke hüllten. Beide wollten sich die Statue ein letztes Mal ansehen, bevor sie auf unbestimmte Zeit verschwand. »Das gute, alte Milton also«, meinte Daphne, während sie in Richtung Green Park weitergingen. »Wie kann ich behilflich sein? Tut mir leid, dass ich mich nicht an den Namen erinnere. Wer ist er?«

»Er hat während des Krieges als Sanitäter in Milton gearbeitet. Mir wurde gesagt, dass er Sie gebeten hat, ein Geschenk zu übergeben.«

»Mein Zauberer?« Ihr Gesicht leuchtete. »So habe ich ihn in Gedanken immer genannt. Er hat mir zwar gesagt, wie er hieß, aber das hätte ich mir nie gemerkt. Ich habe mich immer gefragt, was aus ihm geworden ist.«

»Er arbeitet mittlerweile beim Film, zusammen mit Alfred Hitchcock.«

»An *Rebecca*?« Penrose nickte. »Wie außergewöhnlich.«

»Er ist für die Spezialeffekte verantwortlich, insbesondere Modelle und Miniaturen. Ich glaube, so etwas in der Art sollten Sie auch für ihn überbringen, nicht wahr?«

»Richtig. Ein Modell von einem der Gebäude in Milton. Zu meiner Schande muss ich gestehen, dass ich es immer noch besitze.«

Unwissentlich hatte sie damit Penrose' nächste Frage beantwortet. »Das heißt, Sie haben seinen Auftrag nicht erfüllt?« Er wappnete sich innerlich dafür, dass sie ihm nicht würde weiterhelfen können.

»Nein. Ich habe es bis an die Tür geschafft, aber dann kam eine Frau raus und hat mich verjagt.«

»Können Sie die Frau beschreiben?«

»O ja. Eine echte Mrs Danvers, zumindest in meiner Vorstellung. Ich kannte sie nicht und habe keine Ahnung, wie sie wirklich war, aber sie hat mir eine Heidenangst eingejagt, und kürzlich – als Margaret Rutherford wissen wollte, woher Mrs Danvers stammte – wurde mir klar, dass die Unbekannte in Milton mir vor all den Jahren die Figur überreicht hat.« Sie betraten den Park, und Daphne nahm auf einer Bank Platz, um sich eine Zigarette anzuzünden. »Ich wollte gerade sagen, wie toll es ist, dass mein Zauberer an *Rebecca* arbeitet, aber da ist mir wieder eingefallen, mit wem ich gerade rede. Sie wären wohl nicht hier, wenn alles in Ordnung wäre. Geht es ihm gut?«

»Er gilt als Tatverdächtiger in einem Mordfall, und außerdem wird er der Körperverletzung und des versuchten Mordes angeklagt.«

»Wie bitte? Wie schrecklich. Was um Himmels willen ist passiert?«

»Eine Frau wurde erschossen, während Hitchcocks Leute in Milton Hall waren, und eine andere Frau – Marion Plummer, Ihre Mrs Danvers – wurde tätlich angegriffen. Sie kämpft derzeit um ihr Leben. Das Mordopfer war ihre Tochter Evelyn.«

»Und Sie verdächtigen ihn in beiden Fällen? Kaum zu glauben.«

»Er hat den versuchten Mord gestanden, und es ist gut möglich, dass er ein überzeugendes Motiv für den anderen hatte.«

»Aber ich verstehe immer noch nicht, was Sie von mir wollen. Ich bin seit Jahren nicht mehr in Milton gewesen, und wenn ich jetzt als Leumundszeugin herhalten soll, kannte ich ihn dafür überhaupt nicht gut genug. Ich war ein Kind und dachte, er könnte zaubern –«

»Nein, das müssen Sie auch gar nicht«, unterbrach Penrose sie. »Wussten Sie, wem Sie das Modell bringen sollten? Er hieß Matthew Plummer, und er war Marions Sohn.«

Daphne überlegte. »Ich glaube, er hat mir einen Vornamen genannt, muss er ja, aber ich erinnere mich nicht mehr daran. Und er meinte, ich würde damit einem verwundeten Soldaten helfen. Welches kleine Mädchen will das nicht?«

So knapp er konnte, umriss Penrose die Beziehung zwischen Bartholomew und den Plummers sowie die Spekulationen, die Matthews Suizid umgaben. »Was damals in seinem Zimmer passiert ist, könnte einen Hinweis darauf geben, weshalb jemand den beiden etwas antun wollte. Wenn Sie mir in der Hinsicht weiterhelfen könnten, wäre ich Ihnen sehr dankbar.«

»Ich soll ihn also ans Messer liefern? Tut mir leid, aber ich bin recht froh, dass mir nicht das Geringste einfällt, das eine Rolle spielen könnte.«

Es hatte keinen Sinn, ihrer Argumentation zu widersprechen, wo sie mit ihrer Interpretation doch völlig richtiglag. »Haben Sie damals mitbekommen, dass sich jemand das Leben genommen hat?«

»Nein. Ich hatte keine Ahnung, bis Sie mir gerade davon erzählt haben. Meine Eltern wussten es wahrscheinlich, aber wir wurden vor allem beschützt, was zu schwierig oder kompliziert war oder was man zu lange hätte erklären müssen. Und abgesehen von dem Tag, als wir gerade angekommen waren, haben wir uns nur im Garten und in den Räumen der Familie bewegt. Das Lazarett war tabu, und nach meiner Begegnung mit dieser Frau habe ich brav gehorcht.« Sie überlegte kurz, schaute ins Leere, und Penrose ließ ihr Zeit zum Nachdenken, ohne sie weiter mit Fragen zu durchlöchern. Schließlich wurde er für seine Geduld belohnt. »Um Gottes willen, das war doch nicht …«

»Was ist Ihnen eingefallen?«

»Ich glaube, ich habe den Schuss gehört, aber nie verstanden, was es war. Kann das sein?«

»Wo waren Sie?«

»Auf der Haupttreppe, ich bin gerade runter in den großen Saal. Es war nicht besonders laut, eher so eine Art Peitschenknall, nicht so, wie ich mir einen Pistolenschuss vorgestellt hätte.«

»Das kommt auf die Pistole an. So ein Geräusch ist durchaus möglich.«

»Und natürlich hatte ich viel zu viel Angst, um darüber nachzudenken. Sie ist hinter mir hergelaufen und hat irgendwas gebrüllt, und ich wollte einfach nur zurück zu meinen Eltern.«

»Marion Plummer war hinter Ihnen her, als Sie den Schuss gehört haben?«

»Sofern es ein Schuss war, ja.«

»Sie kann also nicht auf dem Zimmer gewesen sein, als der Schuss fiel?«

»Nein, auf gar keinen Fall.«

Er wollte sie nicht beleidigen, indem er noch einmal nachhakte. »Können Sie sich daran erinnern, was sie gerufen hat?«

Erneut überlegte sie lange. »Ich will lieber gar nichts sagen, weil ich weiß, wie wichtig es ist, und ich bin mir nicht sicher, ob ich mich tatsächlich erinnere, oder ob ich es mir bloß einbilde. Ich weiß, dass sie nicht im Zimmer war, als ich den Knall gehört habe, darauf würde ich mein Leben verwetten, aber ich kann nicht darauf schwören, was sie gesagt hat.«

»Das werde ich im Hinterkopf behalten.«

»Sie hat mich als böses Mädchen beschimpft, da bin ich mir recht sicher. Dann meinte sie etwas von wegen: ›Was du da machst, ist frevelhaft. Das lasse ich mir nicht gefallen.‹ Oder etwas in der Art.«

»Und das war an Sie gerichtet, oder war möglicherweise jemand anders in der Nähe?«

»Mir ist niemand aufgefallen, aber ich habe mich auch nicht umgesehen.«

»Und haben Sie hinter sich irgendeinen Aufruhr gehört? Hat jemand nach Hilfe gerufen, irgendetwas, das auf einen Notfall hingedeutet hätte?«

»Nicht, soweit ich mich erinnern kann.« Sie sah ihn besorgt an. »Ich weiß nicht, ob ich hoffen soll, dass ich Ihnen weitergeholfen habe oder nicht.«

»Es war jedenfalls hilfreich. Danke. Dürfte ich Sie noch eine Sache fragen?« Er zog das Foto der Krankenstation in Milton aus der Innentasche seiner Jacke, das er in Evelyn Youngs Zimmer gefunden hatte. »Ich nehme an, dass einer der Sanitäter James Bartholomew ist«, sagte er. »Erkennen Sie ihn wieder? Das klingt vielleicht albern, aber ich bin ihm nie begegnet, und würde gerne wissen, wie er aussieht – oder zumindest, wie er damals aussah.«

»Das klingt überhaupt nicht albern.« Sie nahm die Aufnahme entgegen und deutete sofort auf den Sanitäter, der am selben Bett stand wie Evelyn Young. »Der da. Dieses

Lächeln würde ich überall wiedererkennen. Seine Augen waren dunkelblau, das weiß ich noch, und er hatte eine wunderschöne Stimme.« Ihre Begeisterung schwand, als sie ihm das Foto zurückgab. »Komisch, oder? Eine zufällige Begegnung, die ich bis heute fast vergessen hatte, und jetzt wird er mich auf alle Ewigkeit verfolgen, da bin ich mir sicher.«

»Tut mir leid, dass ich Ihnen das zumuten musste. Ich bin Ihnen sehr dankbar für Ihre Hilfe.«

Sie wollte gerade etwas erwidern, überlegte es sich dann jedoch anders und zeigte auf das Foto. »Moment mal, lassen Sie mich noch mal sehen.« Er gehorchte und dachte, sie wollte erneut Bartholomew mustern, doch sie deutete auf Evelyn. »Das ist die Krankenschwester, die mir auf der Treppe begegnet ist. Daran hätte ich mich nie erinnert, aber jetzt, wo ich ihr Haar sehe … Es war so lang und zu einem Zopf geflochten, so wie hier, der bis über ihre Hüfte reichte. So etwas hatte ich noch nie gesehen. Ich dachte, ich hätte Rapunzel vor mir, oder einen Engel, in der Uniform.«

»Sie ist Ihnen auf der Treppe begegnet, als Sie davongelaufen sind?« Penrose fragte sich, ob er damit endlich den Beweis hatte, dass weder Evelyn noch ihre Mutter im Zimmer gewesen waren, als Matthew abgedrückt hatte.

»Nein, sie hat mich überholt, als ich auf dem Weg dorthin war. Ich dachte, sie würde mich ausschimpfen und wieder runterschicken, aber sie hat mich kaum beachtet. Wer ist sie?«

»Evelyn Young, beziehungsweise damals noch Evelyn Plummer.«

»Die Frau, die ermordet wurde?«

Penrose nickte. »Genau. Haben Sie gesehen, wohin sie gegangen ist? War sie in der Nähe des Zimmers?«

»Da bin ich mir nicht sicher, aber sie ist auf jeden Fall in den Gang abgebogen. Da gab es allerdings mehrere Türen, da hätte sie überall hingehen können.«

»Ja, natürlich.« Selbst unter diesem Vorbehalt reichte Penrose die Aussage, um zumindest die Möglichkeit in Erwägung zu ziehen. Bartholomew hatte sich in seiner eingänglichen Annahme getäuscht, Marion Plummer sei dabei gewesen, als ihr Sohn sich das Leben genommen hatte, mit katastrophalen Folgen – wie er sich wohl gefühlt haben musste, als ihm klar wurde, dass es womöglich Evelyn gewesen war, die ihren Bruder verraten hatte? Falls sie Matthew wirklich deswegen ermordet hatte, weil er einen Mann liebte – oder ihn im besten Fall dazu gezwungen hatte, sich die Pistole selbst an den Kopf zu setzen –, war das tatsächlich verachtenswert, und er konnte Bartholomews Wut nachvollziehen; seine Rache war allerdings auch brutal ausgefallen. In gewisser Weise passte das zu dem Hass und dem Gefühl des Verlassenwordenseins, die er im Wald gespürt hatte – weitaus mehr als die Eifersucht eines besitzergreifenden Ehemannes –, und ihm war klar, dass Bartholomew dringend ausfindig gemacht werden musste.

Daphne schaute auf die Uhr, was Penrose daran erinnerte, dass er ebenfalls wieder an den Schreibtisch musste. Der Arzt in Peterborough würde bald seine Schicht antreten, und er hoffte, er würde genügend Beweismaterial zusammentragen können. »Ein Freundin von mir arbeitet in Hollywood an *Rebecca*«, sagte er, während sie hinüber zur Shaftesbury Avenue gingen.

»Nicht zufällig Kay Brown, oder?«

Sie hatte die Worte förmlich ausgespuckt, und Penrose lachte. »Nein. Was hat Kay Brown Ihnen denn angetan?«

»Sie hat keinen Pieps über Alfred Hitchcock von sich gegeben, als sie die Rechte mit Selznick verhandelt hat. Fünfzigtausend Dollar hätten mir niemals gereicht, um das noch einmal durchzumachen. Ich habe damals meinen Namen aus *Jamaica Inn* nehmen lassen, wussten Sie das? Und wenn es diesmal nicht besser wird, mache ich das wieder.«

Josephine hatte sich gewünscht, sie hätte das Gleiche getan, nachdem sie Hitchcocks Änderungen an *Klippen des Todes* gesehen hatte, erinnerte sich Penrose. »Wissen Sie irgendetwas über den Film?«, fragte er.

»Nein, ich versuche, mich rauszuhalten, und wollte das Drehbuch nicht schreiben. Miss Brown schickt mir allerdings immer wieder Nachrichten und versichert mir, dass sie dem Roman so treu wie möglich bleiben, was mir natürlich viel mehr Sorgen bereitet, als würde sie überhaupt nichts sagen. In ihrer letzten Nachricht hat sie um eine Seite aus den Druckfahnen mit meinen Korrekturen gebeten, damit Selznick sie sich an die Wand hängen kann.«

»Sicher ein gutes Zeichen, dass er ein so großer Bewunderer ist.«

»Vielleicht. Margaret Mitchell hat ihm den Wunsch anscheinend erfüllt, aber ich warte lieber, bis ich das Ergebnis gesehen habe, ansonsten wird ihm die Anmerkung der Autorin, die ich gern schreiben würde, bestimmt nicht gefallen.« Sie blieb vor dem Künstlereingang des Theaters stehen und schlug einen ernsteren Ton an. »Halten Sie mich auf dem Laufenden, was aus Mr Bartholomew wird?« Penrose zögerte, und sie verstand sofort. »Egal, was passiert, meine ich. Ich würde es gern wissen, selbst wenn es keine guten Neuigkeiten sind.«

»Ja, natürlich«, erwiderte er. »Vielen Dank für Ihre Hilfe, und ich hoffe, mit dem Stück läuft alles gut. Ich freue mich schon darauf.«

Zurück in den Räumen Scotland Yards, entdeckte er, dass der Arzt ihm zuvorgekommen war und bereits auf seine Nachricht geantwortet hatte. Er rief ihn sofort zurück und wurde direkt durchgestellt. »Dr. Berkley? Danke für Ihren Rückruf. Ich habe ein paar Fragen zu Marion Plummer – sie wurde letzten Montag nach einem Schlaganfall eingeliefert.«

»Ja, ich erinnere mich, aber Mrs Plummer wurde entlassen und ist keine Patientin mehr. Vielleicht melden Sie sich lieber bei der Bezirksschwester?«

Dr. Berkley war anscheinend viel beschäftigt oder äußerst diskret, da selbst ein Anruf der Metropolitan Police ihn nicht groß zu interessieren schien. »Das ist mir bewusst, aber mir geht es um die Umstände ihrer Einlieferung«, erklärte Penrose. »Wir haben Grund zur Annahme, dass Mrs Plummer am selben Tag tätlich angegriffen wurde. Haben Sie irgendwelche Anzeichen davon gesehen? Blaue Flecken, Kratzer, Hinweise auf einen Kampf? Vielleicht haben Sie sich zu dem Zeitpunkt gar nichts dabei gedacht.«

Am anderen Ende herrschte lange Stille, dann wurde mit Papier geraschelt, und Penrose nahm an, dass Dr. Berkley seine Aufzeichnungen durchblätterte. »Nein, daran kann ich mich nicht erinnern, und festgehalten wurde auch nichts.« Penrose war enttäuscht, aber nicht überrascht. Erstickung ließ sich bekanntermaßen nur schwer nachweisen. »Vielleicht kommen Sie bei der Frau weiter, die den Krankenwagen gerufen hat«, fügte Dr. Berkley hinzu. »Sie hat an dem Abend nach Mrs Plummer gesehen und ihre Nummer hinterlassen, für den Fall, dass sich ihr Zustand über Nacht ändern sollte. Möglicherweise ist ihr ja etwas aufgefallen, als sie sie gefunden hat.«

»Sie ist an dem Abend ins Krankenhaus gekommen?«

»Das habe ich doch gerade gesagt.«

»Sie meinen Georgia Wells?«

»Moment … ja, genau. Mrs Wells. Sie hat das Pfarrhaus in Marholm als Adresse hinterlegt, und ich weiß noch, wie ich dachte, ihr Mann wird Mrs Plummer bald mehr nützen als wir. Es stand sehr schlecht um sie.«

»Aber soweit ich das verstanden hatte, war Mrs Wells dabei, als Mrs Plummer eingeliefert wurde, oder zumindest ist sie kurz danach eingetroffen. Sie hat mir erzählt, sie wäre dem Krankenwagen gefolgt und bei Mrs Plummer geblieben, damit sie nicht allein sein musste.«

»Dann muss es auf der Straße nach Peterborough einen schlimmen Stau gegeben haben. Mrs Plummer war mehrere Stunden lang allein. Es war die Rede von einer Tochter, die niemand finden konnte, aber Mrs Wells kam definitiv erst am Abend, so gegen achtzehn Uhr. Da wollte ich gerade Feierabend machen, und sie kam gerade noch rechtzeitig, sodass ich sie auf den neusten Stand bringen konnte.« Penrose fragte sich, ob er Georgia Wells womöglich einfach falsch verstanden hatte, schloss die Möglichkeit jedoch direkt wieder aus. »Ist das alles?«, fragte Berkley ungeduldig. »Ich habe hier Patienten, um die ich mich kümmern muss.«

»Ja, natürlich.« Eigentlich hatte er wissen wollen, ob Bartholomews Attacke einen Schlaganfall verursacht haben könnte, doch das konnte warten, bis er genauer wusste, was passiert war. »Danke, Dr. Berkley. Ich will Sie nicht weiter aufhalten.«

»Wie geht es ihr denn? Mich wundert es ehrlich gesagt, dass sie noch unter uns ist.«

Es klang, als wäre Marion Plummers Widerstandsfähigkeit eine Beleidigung seiner professionellen Einschätzung. »Soweit ich es gehört habe, scheint es in kleinen Schritten aufwärtszugehen.«

»Hm. Ich fürchte, das ist reines Wunschdenken. Wir haben sie nur aus Mitgefühl entlassen.«

Penrose verabschiedete sich und legte auf, dann hob er erneut ab und wählte das Pfarrhaus an. Niemand meldete sich, und mit ungutem Gefühl versuchte er es bei den Youngs. »Hallo, Marholm 341.«

»Mrs Wells?«

Die bekannte Stimme klang überrascht. »Ja. Wer spricht da?«

»DCI Penrose. Ich hatte gehofft, ich würde Sie erwischen. Wie geht es Mrs Plummer?«

»Wie gehabt. Sie leidet nicht, aber was Besseres kann ich im Moment nicht berichten.«

»Verstehe. Hätten Sie etwas dagegen, wenn wir eben noch ein, zwei Dinge klären?«

»Welche Dinge?«

Sie klang argwöhnisch, und er gab sich Mühe, sie von seinem wahren Motiv abzulenken. »Es geht um Mr Youngs Alibi. In seiner Geschichte gibt es ein paar Ungereimtheiten, und ich muss einen verlässlichen Zeitrahmen aufbauen. Tut mir leid, falls das Ihre Loyalität zu ihm untergräbt, aber wir müssen an die Wahrheit gelangen.«

»Ja, natürlich. Schießen Sie los.«

Bildete er sich das ein, oder war ihr eine gewisse Erleichterung anzuhören? »Sie haben gesagt, Sie hätten ihn um Viertel nach fünf aus dem Krankenhaus angerufen, um ihn über den Schlaganfall zu informieren, stimmt das?«

»Ja, so um den Dreh.«

»Und mit der Uhrzeit sind Sie sich ganz sicher?«

»Plus/minus fünf Minuten, ja. War Donald anderer Meinung?«

Sie konnte sich unmöglich mit ihm absprechen, solange er in Untersuchungshaft saß, daher riskierte Penrose eine Lüge. »Er behauptet, es wäre früher am Nachmittag gewesen, zwischen halb vier und vier.«

»Wieso sollte er das behaupten?«

»Vermutlich um zu beweisen, dass er um die Uhrzeit an seinem Schreibtisch saß. Ich wusste, dass das unmöglich war, da ich noch genau wusste, dass Sie ihn aus dem Krankenhaus angerufen hatten, und Sie waren auf gar keinen Fall vor, sagen wir, sechzehn Uhr dort, oder?« Sie schwieg, und er hätte alles dafür gegeben, ihre Gedanken lesen zu können. »Stimmt das, Mrs Wells? Um sechzehn Uhr im Krankenhaus?«

»Wie bitte? Ach ja, das stimmt, tut mir leid. Ich habe bloß gerade darüber nachgedacht, wie schlecht es für Donald aussieht.«

In ihrer Stimme schwang aufrichtiger Kummer mit, was Penrose verwunderte. Wieso sollte sie darüber lügen, wo sie sich während ihres Anrufs befunden hatte? Die

Antwort lag auf der Hand – er sollte nicht wissen, wo sie wirklich gewesen war. »Mrs Wells, ist alles in Ordnung?« Es klickte in der Leitung, und er versuchte sofort, sie zurückzurufen, doch dieses Mal nahm niemand ab.

19

Georgia Wells saß an Marions Bett und wartete darauf, dass sie sterben würde. Schlussendlich hatte sie sich mit dem Unausweichlichen abgefunden: Marions Körper, der sie in den letzten Jahren bereits betrogen hatte, würde sie beide im Stich lassen. Sie tauchte die Ecke eines Taschentuchs in den Wasserkrug auf dem Nachttisch und befeuchtete sanft Marions ausgetrocknete Lippen. Diese runzelte kaum merklich die Stirn, als würde sie belästigt, als würde das Unvermeidbare lediglich hinausgezögert, wo sie doch sterben wollte – und es würde nicht mehr lange dauern. Die Haut an ihren Füßen und Beinen war mit verräterischen blauen Flecken überzogen, und sie atmete flach und unregelmäßig. Es wäre ein Wunder, sollte sie die Nacht überstehen.

Im Zimmer herrschte hartnäckige Stille, und nichts lenkte Georgia von ihren Gedanken ab. Sie stand auf und ging zum Fenster, um sich die Beine zu vertreten, brachte es jedoch nicht über sich, die Gruft zu verlassen und den Rest des Hauses zu betreten. Es kam ihr falsch vor, die Stufen zu erklimmen, die Evelyn täglich benutzt, die Gläser anzufassen, aus denen sie getrunken, oder in einen Spiegel zu schauen, der früher ihr Gesicht gezeigt hatte; albern, doch sie schaffte es nicht. Ein Luftzug drang durch das Fenster, und sie zitterte, während die Dunkelheit sich um sie legte und einen Tag beendete, der nie wirklich hell gewesen war. Der See und die Parklandschaft verblassten rasch vor ihren Augen und verschwanden schließlich ganz unter einem mondlosen Himmel, und in der Ferne machte sie gerade so ein, zwei gelbe Lichtkegel aus dem Herrenhaus aus. Tief aus dem Wald hinter dem Cottage ertönte das trockene, abgehackte Bellen eines Fuchses, zwei oder drei Schreie auf einmal, wodurch sie den Fortschritt des Tieres verfolgen konnte. Dem Geräusch wohnte etwas Unheilvolles, Bedrohliches inne; sie kam sich vor wie eine Gejagte und zog rasch den Vorhang zu.

Sie trat wieder ans Bett und betrachtete das kaum merkliche Heben und Senken der Decke, dann nahm sie Marions kalte Hand in ihre. Der Hass der letzten Tage war von einer verzweifelten, überwältigenden Trauer ersetzt worden, die ebenso sehr ihr selbst wie ihrer Freundin galt. Es war vorbei für sie beide, das wusste sie nun. Selbst wenn Penrose noch nicht eins und eins zusammengezählt hatte, würde sie nach Marions Tod etwas sagen müssen – und damit würde es sich in Gang setzen, alles würde sich rasch und unnachgiebig aufdröseln, was für sie schon schlimm war, aber für Michael noch viel schlimmer wäre, da er überhaupt nichts verbrochen hatte. Und wofür war alles gewesen? Ihr Sohn war immer noch verloren. Verängstigt und beschämt ließ Georgia den Kopf hängen und weinte.

Als sie wieder aufsah, entdeckte sie, dass die Muskulatur in Marions Gesicht sich entspannt hatte. Erstaunlich, dachte sie, dass etwas so Bedeutsames wie der letzte Atemzug unbemerkt vorbeizog, doch es bestand kein Zweifel daran, dass Marions Kampf vorbei war, zumindest in dieser Welt. Nun lag es an denjenigen, die in der nächsten Welt auf sie warteten, ihren Frieden mit ihr zu schließen. Georgia verabschiedete sich leise und öffnete den Verschluss ihrer Kruzifixkette, bevor sie sie vorsichtig am Hals der Toten befestigte – ein letzter Akt der Wiedergutmachung für den leeren Stuhl an ihrem Bett, wo Evelyn hätte sitzen sollen.

Da klopfte es lautstark an der Haustür, und sie zuckte vor Schreck zusammen. In ihrem Elend glaubte sie für den Bruchteil einer Sekunde, es wäre Evelyn, die ihre Mutter abholen wollte. Sie riss sich zusammen und ging zu Tür, hinter der sie ihren Mann vermutete; sie hatte ihm zwar gesagt, es solle nicht kommen, aber er hatte sich sicher Sorgen gemacht, als sie nicht ans Telefon ging, und eigentlich wäre sie auch froh um seine Anwesenheit. Sie schob die Riegel zurück und öffnete die Tür, verlor jedoch kurz die Fassung, als sie sah, dass Michael nicht allein war. »Ich habe den Chief Inspector beim Pförtnerhaus getroffen.« Er sah sie bedeutungsvoll an. »Er hat ein paar Fragen an dich. Ich habe ihm erklärt, dass Marion dem Ende nahe und jetzt kein guter Zeitpunkt ist, aber anscheinend drängt es.«

Sie trat beiseite und ließ die beiden Männer in den Flur. »Marion ist tot.« Ihre Stimme überschlug sich, und sie sah den Argwohn in Penrose' Blick. »Ich habe nicht nachgeholfen, falls Sie das denken. Im Gegenteil, ich hatte noch Fragen an sie. Ich habe mich mehr nach einem letzten Gespräch gesehnt, als Sie sich vorstellen können.«

»Georgia, mein Schatz, warte mal –«

»Ich muss mit ihm reden, Michael«, fiel Georgia ihm ins Wort, bevor er sich durch sein Mitwissen belasten konnte. Sie wandte sich an Penrose. »Außerdem wissen Sie ohnehin schon, was ich getan habe, oder? Deswegen sind Sie hier.«

»Ich weiß, dass Sie vorhin am Telefon gelogen haben. Ich bin hier, weil ich den Grund dafür herausfinden will.«

Georgia nickte. »Mir wäre es lieber, wenn mein Mann nicht dabei wäre«, sagte sie. »Er wird erfahren, was ich getan habe, das ist mir klar, aber ich kann es nicht ertragen, ihm dabei ins Gesicht zu sehen. Können wir uns unter vier Augen unterhalten?«

»Ich gehe nirgendwohin«, erwiderte Michael, und sie warf ihm einen bittenden Blick zu, flehte ihn an, sich zu retten und die Sache ihr zu überlassen. »Georgia, was denkst du dir nur dabei? Das geht uns beide etwas an. Ich lasse dich doch nicht allein.«

»Michael, ich bitte dich. Setz dich zu Marion und bete für uns. Wir können es wirklich gebrauchen.« Er sah zu Penrose, der ihm zunickte. »Danke, Chief Inspector«, sagte Georgia erleichtert. »Kommen Sie, wir gehen ins Wohnzimmer. Hier fühlt es sich zu respektlos an, und außerdem hat dort alles angefangen.« Sie warf einen Blick über die Schulter zur offenen Schlafzimmertür und war überrascht, wie sehr ihr Aberglaube sich dagegen sträubte, alles vor Marion zuzugeben. »Tut mir leid«, flüsterte sie, wobei sie nicht genau wusste, ob sie mit ihrem Mann oder ihrer Freundin sprach; sie hatte ihnen beiden unrecht getan.

Sie schaltete eine Lampe im Wohnzimmer ein und sah dabei Marion auf ihrem Sessel vor sich, wie sie sie an jenem Tag vornübergebeugt und mit flachem Atem aufgefunden hatte, jenseits aller Hoffnung. In ihr regte sich die gleiche Panik wie damals, doch diesmal war sie egoistischer Natur. So sinnlos es auch sein mochte, sich gegen diese Dinge zu wehren – sie wünschte, Marion hätte keinen Schlaganfall erlitten, sie hätte sie nicht gefunden, sie wäre mit ihr ins Krankenhaus gefahren. Ihre Reue drohte die Tore für weitaus gefährlichere Gedanken zu öffnen – dass sie Robert zu schnell hatte erwachsen werden lassen, dass so viele Fragen unbeantwortet bleiben würden, weil sie sich vor den Antworten gefürchtet hatte –, und sie drängte sie zurück, da sie wusste, dass sie das hier durchstehen musste. Sie setzte sich auf Marions Sessel, damit sie ihn nicht ansehen müsste, und bot Penrose den anderen an.

»Sie waren nicht im Krankenhaus, als Sie Donald Young angerufen haben, oder?«, fragte er.

»Nein. Ich war zu Hause im Pfarrhaus. Zum Krankenhaus bin ich erst später gefahren, wie Sie bestimmt wissen.«

Sie rechnete damit, dass er die Lüge hinterfragen, die Einzelheiten in jeder belastenden Kleinigkeit auseinandernehmen würde, doch er sah sie lediglich geduldig an – fast schon freundlich, hätte sie unter anderen Umständen gesagt. »Mrs Wells, erzählen Sie mir, was an dem Nachmittag passiert ist.«

Die schlichte Aufforderung verwirrte sie kurz, und sie musste sich erst sammeln. »Das meiste, was ich Ihnen erzählt habe, stimmt«, setzte sie an, um festen Boden unter die Füße zu bekommen. »Ich habe Marion so vorgefunden, wie ich es erzählt habe, habe den Krankenwagen gerufen und auf der Suche nach Evelyn mit der Hall telefoniert. Dort hieß es, sie wäre auf dem Weg zum Cottage, und ich habe nach ihr Ausschau gehalten und gehofft, sie würde rechtzeitig ankommen, um ihre Mutter ins Krankenhaus zu begleiten.« Sie schloss die Augen, sah das blasse Gesicht ihrer Freundin, erinnerte sich daran, wie es sich angefühlt hatte, ihr beim Verschwinden zuzusehen, wo sie so viel miteinander durchgemacht hatten. Marion war die Einzige, die nachvollziehen konnte, was sie angesichts des Verlusts von Robert spürte. Natürlich hatte sie ihren Kummer mit Michael geteilt, aber er würde nie die Schuldgefühle einer Mutter verstehen, die ihren Sohn nicht ausreichend beschützt hatte. »Der Anblick war furchtbar«, fuhr sie fort. »Ich fühlte mich so hilflos, und die Zeit verging so langsam, so kam es mir zumindest vor. Ich wollte irgendwie helfen, etwas Positives tun, und – Gott möge es mir verzeihen – ich wollte raus aus dem Zimmer, nur kurz. Es war alles zu viel für mich. Da bin ich in Marions Zimmer gegangen und habe ein paar Sachen zusammengesucht, die sie im Krankenhaus brauchen würde, ein sauberes Nachthemd, frische Kleider, ihre Bibel. Nach ihrem Kruzifix habe ich auch gesucht. Ich dachte, vielleicht ist ihr die Kette beim Anziehen gerissen, aber ich konnte es nirgends finden.« Sie sah, wie ein Schatten über Penrose' Gesicht huschte, doch er unterbrach sie nicht. »Hier unten gab es nichts, wo ich es hätte reinpacken können, also habe ich kurz nach Marion gesehen und bin dann nach oben, um eine Tasche oder einen kleinen Koffer zu suchen. Das kam mir richtig vor«, fügte sie hinzu. Sie mühte sich, ihre Gefühle im Griff zu behalten. »Ein Akt des Glaubens, wenn man so will. Marion würde sich erholen, und dann würde sie ihre Sachen haben wollen.«

»Ja, das verstehe ich.«

»Oben im Flur stand eine Tür auf, da bin ich zuerst rein. Mir war gleich klar, dass es Evelyns Zimmer war.«

Sie hielt inne, rief sich ins Gedächtnis, wie sehr sie sich als Eindringling gefühlt hatte, während sie sich umsah und erkannte, dass die Youngs in getrennten Betten schliefen; sie bezweifelte, dass Evelyn einer anderen Frau je davon erzählt hätte, aber es hatte sie nicht groß gewundert. »Auf ihrem Schrank lag ein Koffer, aber der war viel zu groß, also habe ich den Schrank aufgemacht, um innen drin nachzusehen.«

»Und?«, fragte Penrose, nachdem sie eine Weile geschwiegen hatte.

»Und ich habe einen kleinen Koffer gefunden, die perfekte Größe. Seltsamerweise habe ich ihn allerdings wiedererkannt, obwohl ich dachte, ich würde ihn nie wiedersehen.«

»Tut mir leid, ich kann nicht ganz folgen.«

»Wie auch? Ich habe es erst auch nicht verstanden, zumindest nicht direkt. Ich habe mir eingeredet, dass ich mich täusche, dass er unmöglich Robert gehört haben könnte. Dann habe ich ihn geöffnet, und alle seine Sachen waren noch drin. Sein Lieblingspullover und die Socken, die Michaels Schwester ihm zu Weihnachten geschenkt hatte. Das Buch, das er bei seiner Abreise gelesen hatte. Schlafanzüge, die ich selbst für ihn gebügelt hatte – all die Dinge, von denen ich dachte, sie wären mit ihm in den Krieg gezogen. Kurz hat es sich so angefühlt, als hätte ich meinen Sohn zurück.« Die letzten Worte waren kaum hörbar, und sie war dankbar, dass Penrose sie weinen ließ, ohne sie zum Fortfahren anzuhalten. »Zuerst habe ich gar nicht versucht, es zu verstehen«, brachte sie schließlich hervor. »Aber dann habe ich die hier gefunden. Ohne die wäre er niemals irgendwohin.« Sie nahm eine Lesebrille aus der Tasche und legte sie auf den Tisch. Die Brille hatte einen kleinen Knacks, da Robert sie einmal hatte fallen lassen, während er von ihr hektisch ins Auto verfrachtet wurde. Wie oft hatte sie sich Vorwürfe deswegen gemacht, sie vor seiner Abreise nicht repariert haben zu lassen? Dafür, ihren Sohn im Stich gelassen zu haben? »Ich hatte ganz eigennützig gehofft, dass seine Sehschwäche ihn vorm Einzug bewahren würde«, gestand sie. »Woher hätte ich wissen sollen, dass es keine Rolle spielen würde?«

»Meinen Sie damit, Sie glauben nicht, dass Robert in den Krieg gezogen ist?«

»Ich *weiß* es«, gab sie wütend zurück. »Robert war nie an der Front. Er hat es nie von diesem Anwesen geschafft. So viele Jahre lang haben wir uns gefragt, was passiert ist, und er war die ganze Zeit über hier. Matthew war der Feind, nicht irgendein gesichtsloser Deutscher.« Sie erkannte, dass sie ihn verwirrte, und nahm sich zusammen. Sie wollte die Geschichte in logischer Folge erzählen; anders würde sie es nicht durchstehen. »Als der Krankenwagen kam, war ich noch oben«, fuhr sie fort. »Ich bin nach unten, um die Tür aufzumachen, und da habe ich gesehen, wie Evelyn durch den Park gelaufen ist, aber nicht in Richtung des Cottage. Sie hielt auf den Wald zu, genau genommen auf die Kapelle. Ich wollte nach ihr rufen, aber irgendetwas hat mich davon abgehalten. Ich hätte Marion an erste Stelle setzen sollen, aber ich habe den Koffer nicht aus dem Kopf bekommen. Ich musste Evelyn mit meinem Fund konfrontieren, sie fragen, was das alles zu bedeuten hatte und warum die Sachen meines Sohnes in ihrem Schrank versteckt waren, also habe ich

Marion allein fahren lassen und habe gesagt, ich würde nachkommen. Bitte glauben Sie mir, dass ich mir das nie verzeihen werde. Alles hätte so anders laufen können.«

»Sie haben sich also auf den Weg zur Kapelle gemacht?«

»Nicht sofort. Ich wollte erst noch einmal sichergehen, dass ich es mir nicht unter Schock über Marions Schlaganfall eingebildet hatte, auch wenn das albern klingt. Ich bin jedenfalls noch mal nach oben gegangen und habe mir die Sachen genauer angesehen. Der Koffer gehörte ganz sicher Robert, daran hatte ich keine Zweifel, und die meisten Dinge darin auch, aber es lagen noch ein paar andere Sachen dabei – Fotos, ein Modell, und ganz unten ein Kissenbezug mit einer Pistole darin.«

Sehr zu ihrer Überraschung ging er nicht auf ihre letzte Bemerkung ein, fast so, als hätte er sie überhört. »Was für ein Modell?«

»Das Modell?«

»Ja, was hat es dargestellt?«

»Das war ein Haus, aus Holz gebaut.«

Penrose schien mit der Antwort zufrieden. »Und die Pistole – sie stammte vom Heer?« Sie nickte. »Die Waffe, mit der Sie Evelyn Young ermordet haben.«

Das war keine Frage, doch sie antwortete trotzdem, wobei sie selbst darüber erstaunt war, wie leicht es ihr fiel, die drei Worte auszusprechen, die sie verurteilen würden. »Ja, das stimmt.«

»Erzählen Sie bitte weiter, Mrs Wells, und lassen Sie sich ruhig Zeit.«

»Ich habe den Koffer zugemacht und ihn mit in den Wald genommen, um Evelyn zu konfrontieren. Sie hat in der Ruine gestanden und mir den Rücken zugewandt, aber als sie mich gehört hat, hat sie sich umgedreht. ›Du bist tatsächlich gekommen‹, hat sie gesagt, als wäre sie überrascht, aber als sie mich erkannt hat, ist ihr Lächeln verblasst. Ich wusste zu dem Zeitpunkt nicht, auf wen sie gewartet hat, aber Donald hat mir später von seinem Verdacht erzählt. Er war betrunken, das haben Sie an dem Abend ja selbst gesehen, aber wie sich herausstellte, hatte er recht. Evelyn war in diesen Bartholomew verliebt.« Sie senkte den Blick, da sie seinem unmöglich begegnen konnte. »Bevor Sie mich fragen, ich schäme mich sehr dafür, was ich Donald zugemutet habe. Ich hätte nie zulassen dürfen, dass es so weit kommt.«

»Sie haben Mrs Young also zur Rede gestellt«, hielt Penrose sie etwas brüsk zum Weitersprechen an, und erst, indem er ihr sein Verständnis verweigerte, merkte sie, wie sehr sie sich danach gesehnt hatte – doch was sie Donald angetan hatte, war unverzeihlich, das wusste sie.

»Ja, ich habe sie zur Rede gestellt, und sie war völlig entsetzt, als sie den Koffer gesehen hat. Sie ist zurückgestolpert und musste sich an der Wand abstützen. Erst dachte ich, sie fällt in Ohnmacht, aber dann hat sie sich wieder gefasst und mir irgendwelche Märchen erzählt, zumindest dachte ich das zu dem Zeitpunkt. Ich wollte wissen, was mit meinem Sohn passiert war, und sie hat es mir erzählt. Sie wirkte fast erleichtert.« Georgia merkte plötzlich, dass die Wut ihr immer noch in den Knochen steckte – die sengende Ungerechtigkeit, die sie verspürt hatte, während Evelyn mit jedem Wort leichter zu werden schien und ihre eigene Verzweiflung immer tiefer wurde. Sie hatte gedacht, ihr schlechtes Gewissen hätte den Zorn jenes Tages ersetzt, doch jetzt, da sie die Geschehnisse für einen Fremden in Worte fassen musste, kehrte der Zorn zurück, und sie musste sich eingestehen, dass er für immer ein Teil von ihr, für immer mit der Liebe zu ihrem Sohn verwoben sein würde. Der Gedanke verlieh ihr Kraft, ob es nun richtig war oder nicht.

»Was hat sie Ihnen erzählt?«

»Angeblich hatten sich Matthew und Robert zusammen gemeldet, das wissen Sie ja, und das war mit Sicherheit auch der Plan. Michael und ich wussten, dass Robert unbedingt auf dem Schlachtfeld sein wollte, das ging vielen Jungs so, aber wir hätten nicht im Traum daran gedacht, dass er losziehen würde, ohne uns davon zu erzählen. Eines Morgens ist er los, und ich habe mich nicht verabschiedet, weil ich mich mit irgendeinem elenden Komitee herumschlagen musste. Ich habe ein Wohltätigkeitsbuffet organisiert, während mein Sohn sein Zuhause verlassen hat. Ich weiß nicht einmal mehr, welchem Zweck es überhaupt dienen sollte.« Es war schier unbegreiflich, dass sie die letzte Gelegenheit zum Abschied verpasst hatte. Sie sah ihn vor sich, wie er mit dem kleinen Koffer in der Hand die Auffahrt hinabging, so echt, als hätte sie tatsächlich am Esszimmerfenster gestanden. »Ich habe seine Nachricht erst nach dem Mittagessen gefunden«, sagte sie. »Und dann war es zu spät, um ihn noch aufzuhalten.«

»In der Nachricht stand, er wolle sich freiwillig melden?«

»Ja, zusammen mit Matthew. Er hat uns gebeten, ihm nicht böse zu sein, und uns versprochen, dass er uns stolz machen würde. Wir waren doch schon so stolz – wie konnte er das nicht wissen?« Sie musste kurz innehalten und verbarg das Gesicht in den Händen. »Wir haben uns jedenfalls eingeredet, dass Tausende anderer Familien im ganzen Land das Gleiche durchmachen, und wir haben auf einen Brief von ihm gewartet, dass er in Sicherheit ist, aber es kam nichts. Dann bekam Marion einen Brief von Matthew, in dem stand, dass sie angekommen wären. Anscheinend kamen sie bestens zurecht und passten aufeinander auf. Sie zeigte mir den Brief und meinte, meiner müsste unterwegs verloren gegangen sein. Ich werde nie verstehen, wie sie mich so anlügen konnte. Ich dachte, wir wären befreundet.«

»Und im Laufe der Zeit haben Sie auch nichts mehr von ihm gehört?«

»Nein. Matthew hat seiner Mutter noch ein, zwei Mal geschrieben und schöne Grüße von Robert ausrichten lassen, aber er hatte immer irgendeine Ausrede, weshalb er nicht selbst schreiben konnte – er hatte sich das Handgelenk verstaucht oder läge mit Grippe im Bett. Alles kam aus zweiter Hand.«

»Aber an diesem Tag hat Evelyn Ihnen dann die Wahrheit gesagt?«

»Ja, sofern man ihr und Matthew Glauben schenken kann. Robert hat seinen Koffer gepackt und wollte sich mit Matthew bei der Kapelle treffen, aber da ist wohl gerade ein Lazarettkonvoi am Pförtnerhaus vorbeigefahren, und er hat alles gesehen – das Blut, die fehlenden Gliedmaßen, das wahre Gesicht des Krieges. Darauf hätte ihn kein Zeitungsartikel je vorbereiten können, und er war entsetzt – entsetzt und völlig verängstigt. Als er bei der Kapelle ankam, hat er Matthew gesagt, dass er es sich anders überlegt hat.«

»Und Matthew konnte damit nicht umgehen?«

»Nein. Er war schon immer ein Fiesling, und wir hätten Robert lieber mit anderen Freunden gesehen, aber er hat Matthew angehimmelt.« Sie stand auf und ging zum Fenster, da sie Penrose nicht in die Augen schauen konnte. »Ich weiß nicht, ob noch mehr dahintergesteckt hat«, sagte sie. »Was ich Ihnen gestern erzählt habe, stimmt – ich glaube nicht, dass Robert und Matthew so miteinander waren, aber ich könnte nicht darauf schwören, und jetzt, da Sie mir den Gedanken in den Kopf gesetzt haben, werde ich ihn nicht mehr los.«

»Tut mir leid. Ich wollte Sie nicht verstören.«

»Wir machen alle so viel, was wir eigentlich gar nicht beabsichtigen, oder? Sind wir deswegen nicht hier?«

»Hat Matthew Robert umgebracht?«, fragte Penrose sanft.

»Ja. Anscheinend haben sie sich geprügelt, nachdem Robert ihm gesagt hat, dass er hierbleiben will. Matthew hat ihn gewürgt und ist dabei zu weit gegangen. Er hat wohl geschworen, dass er ihm nie etwas hatte antun wollen, aber das glaube ich absolut nicht, und Evelyn anscheinend auch nicht. Das hat sie und ihre Mutter allerdings nicht davon abgehalten, alles zu vertuschen. Evelyn hat hoch und heilig geschworen, sie hätte versucht, Robert zu helfen, nachdem Matthew voller Panik bei ihr aufgetaucht war und alles gestanden hat, aber sie ist zu spät gekommen. Er war bereits tot.«

»Und Marion Plummer hatte ebenfalls die Finger im Spiel?«

»Natürlich. Das war eine richtige Familienangelegenheit. Matthew ist in den Krieg gezogen und hat von dort aus weitergelogen, während seine Mutter und seine Schwester zu Hause hinter ihm aufgeräumt haben.«

»Aber Sie haben sich so gewissenhaft um Mrs Plummer gekümmert, das habe ich mit eigenen Augen gesehen. Sie haben alles getan, um ihr zu helfen, und sich aufrichtig Sorgen um sie gemacht. Wie haben Sie das über sich gebracht? Aus schlechtem Gewissen, weil Sie ihre Tochter ermordet hatten?«

»Das spielte natürlich auch eine Rolle, aber da trauen Sie mir zu viel Mitgefühl zu. Marion musste unbedingt am Leben bleiben, damit sie mir erzählen konnte, was sie mit Roberts Leiche gemacht haben, wo er begraben liegt, sonst wäre alles umsonst gewesen.« Das Anwesen erstreckte sich vor ihr, in mehreren Kilometern Umkreis, umgeben von trostlosen, unergründlichen Wäldern. »Evelyn wollte es mir nicht verraten. Ich habe sie angefleht, mir zu helfen, und bei meinem Leben geschworen, dass ich sie nicht melden würde, wenn sie mir nur erzählte, wo Robert ist, sodass Michael und ich zu ihm gehen könnten, und sei es auch heimlich, damit wir irgendwo um ihn trauern könnten.«

»Aber sie hat sich geweigert.«

»Ja, weil ihre Mutter noch am Leben war. Sie meinte, Marion würde die Schande nie ertragen, und sie wollte sie beschützen. Sie hat mir versprochen, es mir nach Marions Tod zu erzählen.« Georgia bemerkte seinen Gesichtsausdruck. »Was für eine Ironie, oder? Daraufhin habe ich ihr erzählt, was gerade mit Marion passiert war, wie schlecht es um sie stand, aber sie hat mir nicht geglaubt. Sie dachte, ich hätte es mir ausgedacht, um sie zu überlisten. Ich wusste nicht weiter, Mr Penrose. Ich habe ihr die Pistole an den Kopf gehalten, damit sie es mir endlich verrät, aber sie hat sich immer noch geweigert.«

Und da hatte sie abgedrückt. Sie hatte nichts gespürt, selbst als sie Evelyns Leiche ins Unterholz gezerrt und die Pistole zu ihr geworfen hatte – nichts bis auf eine schreckliche, unausweichliche Leere, die sie für Schock hielt.

»Was haben Sie danach gemacht?«, wollte Penrose wissen, nachdem sie den Mord zu seiner Zufriedenheit beschrieben hatte.

»Ich habe den Koffer zurück ins Cottage gebracht und erneut in der Hall angerufen, um mich nach Evelyn zu erkundigen.« Sie wusste, wie berechnend sie dadurch wirkte, war jedoch entschlossen, ihren Mann unter allen Umständen zu beschützen. »Dann bin ich nach Hause gegangen. Ich musste mich umziehen und wieder fassen, bevor Michael mich sehen würde, und er war zum Glück unterwegs.« Wenn das doch nur die Wahrheit gewesen wäre, dachte sie, während sie an das Gesicht ihres Mannes dachte, als sie ihm auf dem Flur begegnet war, seinen Kummer, nachdem sie ihm davon erzählt hatte, was sie erfahren und was sie getan hatte. »Später habe ich Donald angerufen und behauptet, ich wäre im Krankenhaus.« Das war Michaels Vorschlag gewesen, und ihr war zu dem Zeitpunkt bereits klar, wie wackelig die Lüge war, doch die Panik hatte bereits eingesetzt, und sie hatte keine bessere Idee. »Irgendwann hat Michael mich dann ins Krankenhaus gebracht, wir waren um kurz nach sechs da. Den Rest wissen Sie ja.«

Falls sie gedacht hatte, er würde es dabei belassen, hatte sie sich getäuscht. »Um noch einmal auf Roberts Verschwinden zurückzukommen«, sagte er. »Sie haben mir erzählt, er gelte als vermisst, aber Sie konnten ja unmöglich offiziell darüber in Kenntnis gesetzt worden sein, wenn er sich nie gemeldet hatte.«

»Waren wir auch nicht. Michael hat bei den Behörden nachgeforscht, aber er hat keine Antworten erhalten, die irgendeinen Sinn ergeben hätten, zumindest nicht damals. Jetzt ergibt natürlich alles einen Sinn. Aber die offiziellen Aufzeichnungen damals waren das reinste Chaos, vielleicht erinnern Sie sich noch, und ehrlich gesagt, wollte ich es auch überhaupt nicht wissen. Nichtwissen bedeutete Hoffnung – aber dann kam Matthew verwundet nach Hause und hat uns erzählt, Robert wäre tot.«

»Tot oder vermisst?«

»Tot. Tut mir leid, ich habe Sie gestern angelogen. Robert galt nie als vermisst, nicht einmal in Matthews Version.«

»Haben Sie nach seiner Rückkehr mit Matthew darüber gesprochen?«

»Nein. Evelyn und Marion haben mich nicht zu ihm gelassen, und jetzt verstehe ich auch, warum. Aber Matthew hat uns einen Brief geschrieben, beziehungsweise, er hat ihn einem Sanitäter diktiert, dem, in den er angeblich verliebt war, wobei ich stark bezweifle, dass Matthew Plummer überhaupt wusste, was Liebe ist. Wissen Sie, was darin stand?« Penrose schüttelte den Kopf. »Er hätte sich alle möglichen abscheulichen Lügen ausdenken können, aber er hat beschlossen, uns zu erzählen, unser Sohn – den er ermordet hatte – wäre für Feigheit standrechtlich erschossen worden.« Ihre Hände schmerzten, und sie sah hinab. Ihre Knöchel standen weiß hervor, und sie hatte die Fingernägel tief in die Handflächen gegraben. »Auf irgendeine verdrehte Art und Weise war es die Wahrheit. Robert ist in Matthews Augen deswegen gestorben, weil er feige war. Sein Bericht wich bloß in ein, zwei wesentlichen Details von der Wahrheit ab.«

»Das tut mir sehr leid.« Penrose war sichtlich davon gerührt, was sie ihm erzählt hatte. »Ich kann mir nicht vorstellen, wie sich das angefühlt haben muss.«

»Danke.«

»Haben Sie den Brief noch?«

»Ich habe Michael gebeten, ihn zu verbrennen, damit ihn nie jemand zu Gesicht bekommen würde, aber ich weiß nicht, ob er es wirklich getan hat, da müssen Sie ihn selbst fragen. Schon komisch, aber so schockierend und verwirrend der Brief auch war, er hat mich getröstet. Matthew hat so liebevoll geklungen, so wütend über seinen ungerechten Tod, hat immer wieder beharrt, Robert sei unschuldig gewesen. Ich habe ihm jedes einzelne Wort abgekauft, der Brief hat wunderbar funktioniert.«

»Wie meinen Sie das?«

»Wir haben nicht weiter nach Antworten gesucht. Marion kannte mich gut genug, vielleicht war der Brief sogar ihre Idee gewesen. Danach habe ich Michael angefleht, nicht weiter zu forschen.«

»Weil Sie keine Bestätigung wollten, dass Ihr Sohn ein Deserteur war?«

»Nein, daran lag es nicht. Ich hätte ihn verteidigt, egal wofür. Ich wollte bloß nicht an die Angst und Einsamkeit denken, die ihn zum Desertieren getrieben haben musste. Niemand will sich sein Kind derart allein und verängstigt vorstellen. Also haben wir die Suche eingestellt. Michael wollte das eigentlich nicht, aber mir ging es nicht gut, und er hat sich Sorgen um mich gemacht. Kurz nach dem Brief hatte ich einen Zusammenbruch. Ich habe Jahre gebraucht, um mich davon zu erholen, und ohne seine Liebe hätte ich das nie geschafft.«

Im Zimmer herrschte Stille bis auf das Ticken der Uhr auf dem Kaminsims, der Uhr, die Marion anlässlich ihres Ruhestands in Anerkennung ihrer Treue überreicht worden war, und am liebsten hätte sich Georgia sie geschnappt und in tausend Teile zertrümmert. »Hat Evelyn Matthew deswegen umgebracht?«, fragte Penrose unvermittelt. »Oder ihn zumindest dazu gezwungen, sich das Leben zu nehmen?«

Sie sah ihn erstaunt an. »Woher um alles in der Welt wissen Sie das?«

»Ich weiß es gar nicht, aber ich hoffe, Sie können es mir bestätigen. Ich hoffe, sie hat Ihnen erzählt, was wirklich passiert ist.«

»Ja, das hat sie. Ich glaube, sie hat gehofft, ich würde dadurch meine Meinung über sie ändern, dass ich ihr irgendwie dankbar dafür wäre, dass sie den Mörder meines Sohnes umgebracht hat.«

»Wusste Mrs Plummer, was Evelyn vorhatte?«

»Anscheinend war sie dagegen, aber vielleicht hat Evelyn das auch nur behauptet, um ihre Mutter zu beschützen. Das werden wir nie erfahren, aber dieser Sanitäter hat anscheinend auch dazu beigetragen.«

»Bartholomew hatte mit Matthews Tod zu tun?«

»Nein, so meinte ich das nicht, aber Evelyn war in ihn verliebt, wie ich schon sagte. Sie war entsetzt, als sie herausfand, was zwischen ihm und ihrem Bruder vorging, aber nicht aus Scham oder Eifersucht. Ich glaube, sie wusste, dass mehr Bösartigkeit hinter dem steckte, was Matthew Robert angetan hatte, als er je zugegeben hätte, und sie war sich nicht sicher, dass es nicht noch einmal passieren würde – und diesmal mit jemandem, den sie liebte. ›Jemand muss Matthew aufhalten.‹ Das waren ihre Worte.«

»Glauben Sie, dass Donald ihr geholfen hat?« Fast war es, als könnte Penrose ihre Gedanken lesen. »Hat er ihr womöglich die Pistole besorgt, und sie hat ihn deswegen geheiratet? Um ihre Schuld abzubezahlen und sich sein Schweigen zu sichern?«

»Aus erster Hand weiß ich das nicht, aber der Gedanke ist mir auch schon gekommen. Ja, ich bin mir recht sicher, dass sie ihn deshalb geheiratet hat.«

»Danke.« Penrose stand auf und deutete Richtung Tür. »Am besten sprechen Sie noch mit Ihrem Mann, bevor wir gehen.« Er klang bedrückt, als wünschte er, es gäbe eine andere Lösung, doch Georgia stellte überrascht fest, dass sie sich lediglich erleichtert fühlte. »Was haben Sie mit dem Koffer gemacht?«, fragte er.

»Er liegt in Marions Zimmer unter dem Bett. Ich wollte sie danach fragen, wenn sie wieder bei Kräften wäre.« Sie sah, wie er prompt bereute, aus Freundlichkeit von der Durchsuchung des Zimmers einer Sterbenden abgesehen zu haben. »Ich wollte sie nie dafür bestrafen, dass sie Roberts Tod vertuscht hat«, beharrte Georgia und warf einen letzten Blick Richtung Hall, vor der ein Konvoi aus Militärfahrzeugen parkte. »Aber die ganze Sache hat eine furchtbare Symmetrie, finden Sie nicht? Wir denken immer, wir hätten unsere Lektionen aus der Vergangenheit gelernt, aber eigentlich kommen wir nie über Auge um Auge hinaus.«

20

Die Atmosphäre am Set war angespannt und aufregend, und Josephine war froh, dass sich Marta ausreichend erholt hatte, um dabei zu sein. Die gesamte Produktion war in den letzten drei Wochen von Problemen durchsetzt gewesen, angefangen mit dem Giftefeu und den Enthüllungen über James und Victor bis hin zu Rückschritten unterschiedlichen Ausmaßes: ein dreitägiger wilder Streik der Bühnenarbeitergewerkschaft, eine Fliege am Set, die die Dreharbeiten um mehrere Stunden verzögerte, und jetzt ein schwerer Anflug von Grippe, durch den Fontaine ausgefallen war. In plötzlicher Gereiztheit, die Selznicks wachsenden Sorgen um Zeit und Geld geschuldet war, hatte Hitchcock den gesamten Zeitplan überarbeitet und die wenigen Szenen nach vorne gezogen, für die seine weibliche Hauptdarstellerin nicht anwesend sein musste. Sehr zu Josephines Freude war eine der am meisten herbeigesehnten Szenen – der Brand in Rebeccas Schlafzimmer, mit dem der Film enden würde – auf ihren letzten vollen Tag in Hollywood verlegt worden. Sie hätte zwar gern noch mehr Zeit mit Marta allein verbracht, war jedoch von Hitchcocks Einladung begeistert gewesen, dem Spektakel aus erster Reihe beizuwohnen.

Heute ging es am Set weitaus geschäftiger zu als bei ihrem letzten Besuch. Alma war zusammen mit Patricia vor Ort, und womöglich bildete es sich Josephine nur ein, doch sie blieb ihrer Tochter stets ein Stück näher als zuvor. Die Erinnerungen an die schrecklichen drei Stunden waren noch nicht gänzlich verschwunden, genauso wenig wie Lee Hessel; der Mord in Milton Hall war aus der britischen Presse zu den kreativeren amerikanischen Zeitungen herübergeschwappt, und einem Artikel war ihr Einfluss deutlich anzumerken – einer Geschichte über das »tödliche Vermächtnis« von Hitchcocks Filmen: erst *Jamaica Inn*, und nun auch *Rebecca*.

Josephine beobachtete die Vorbereitungen zu den Dreharbeiten mit gemischten Gefühlen. Jemand fehlte, der es mehr als die meisten anderen verdient hätte, dabei zu sein. Soweit sie wusste, war James immer noch nicht gefasst worden. Archie hatte ihr von den Geschehnissen in Milton Hall berichtet und am Morgen kurz angerufen, um ihr einen guten Heimflug zu wünschen. Von James gab es nicht einmal die fragwürdigste Spur, und langsam glaubte sie, sie würde nie erfahren, was aus ihm geworden war. Vielleicht hatte er das Unausweichliche getan, all ihrer Eingriffe und der besten Bemühungen des Los Angeles Police Department zum Trotz – und falls sich das bewahrheiten sollte, würde sie ihr letztes Gespräch auf ewig bereuen. Sie war zu streng mit ihm gewesen, hatte es an Mitgefühl mangeln lassen, was womöglich einen Unterschied gemacht hatte; sie hatte ihn instinktiv gemocht und ihm vertraut, und sie konnte sich eingestehen, dass sie an seiner Stelle womöglich ähnlich gehandelt hätte.

Wenigstens blieb ihm der Anblick erspart, der ihr nun bevorstand – ein Anblick, der ihn entsetzt hätte. Am Set befanden sich zwei Mrs Danvers, Judith Anderson und ihr Double, das bei den gefährlichsten Einstellungen einspringen würde. Die beiden trugen identische schwarze Kleider und die gleiche Frisur und hatten den gleichen

Körperbau, sodass niemand einen Unterschied bemerken würde, wenn Hitchcock und sein Cutter mit der Arbeit fertig wären. Obwohl sie den Trick direkt vor Augen hatte, musste Josephine bei Danvers' Anblick nun jedes Mal an die Frau denken, auf der sie basierte, und sie fragte sich, wie sich die Autorin wohl dabei fühlen würde, die Figur auf der Leinwand zu sehen.

»Bist du so weit?«, fragte Hitch Anderson, die gerade ihre letzten Vorbereitungen traf.

»Ja. Ich war bloß ziemlich überrascht, als die Kostümbildner bei mir vor der Tür standen, um mich für ein neues Kleid zu vermessen. Wozu brauche ich Asbestfutter? Du hast mir doch versichert, die Szene wäre nicht gefährlich.«

»Ist sie auch nicht.«

Hitchcock strahlte sie an, und Anderson warf den Feuerwehrleuten einen skeptischen Blick zu, die vor Kurzem dazugestoßen waren. »Sag mir die Wahrheit, Hitch – besteht irgendeine Gefahr für mich?«

»Nicht im Geringsten. Reinste Vorsichtsmaßnahme.«

»Na gut, dann wollen wir mal. Ich bin allerdings froh, wenn das hier vorbei ist.«

»Er klang sehr zuversichtlich«, meinte Josephine zu Marta, die sich zu ihr gesellt hatte.

»Hoffentlich hat er recht. Bislang standen die Dreharbeiten ja unter keinem guten Stern.« Sie reichte Josephine einen Umschlag. »Den hier hat jemand für dich am Empfang abgegeben.«

»Für mich?« Sie nahm den Brief entgegen, auf dem lediglich ihr Name stand, sodass er per Hand abgeliefert worden sein musste. »Wieso sollte mir hier irgendwer schreiben?«

»Vielleicht will Selznick dir ein Angebot machen, das du nicht ablehnen kannst.« Martas Lächeln verblasste, als sie dabei zusah, wie Josephine den Umschlag öffnete. »Was ist los? Von wem ist er?«

»Von James.« Sie las ihn vor, damit Marta mithören konnte.

»Liebe Josephine,
seit unserem letzten Treffen hat sich so viel geändert. Kurz hatten Ihre Worte am Strand mir Hoffnung gegeben, und dafür danke ich Ihnen von ganzem Herzen – aber Marion ist tot, das weiß ich jetzt, und ich kann mit dem Mord nicht leben. Seit jenem Tag ist mein Schicksal unausweichlich, und nun muss ich zu Ende bringen, was ich begonnen habe.

Ihre Freundlichkeit war eines der wenigen Dinge, die mir die letzten Wochen erträglich gemacht haben. Das, und meine Liebe zu Matthew – wobei mir natürlich klar ist, dass selbst das eine hohle Fantasie war, eine Illusion, die genauso manipulativ war wie diejenigen, an denen ich solche Freude hatte. Und Sie hatten recht: Wenn der Trick einmal enthüllt ist, ist der Zauber zerstört.

Ich meinte es ernst, dass Ihre gute Meinung mir etwas bedeutet, und bevor ich die Erde verlasse, möchte ich noch etwas Nützliches tun. Nicht, um meine Tat wiedergutzumachen – das ist unmöglich –, aber um das Leid derjenigen zu erleichtern, deren Leben zerstört worden sind. Ich habe in der Zeitung gelesen, dass es in Milton einen jungen Mann gibt, von dem immer noch jede Spur fehlt, und seine Eltern werden nicht ruhen, bis sie ihn gefunden haben. Ich habe sehr lange darüber und über meine Treffen mit Matthew nachgedacht, und ich glaube, sie können Roberts sterbliche Überreste etwa hundert Meter westlich von der

Kapelle finden, nahe der Überreste einer riesigen alten Eiche, die hoffentlich noch dort ist. Matthew hat jedes Mal darauf bestanden, zu diesem Baum zu gehen; einmal hat er mir erzählt, sein Lieblingshaustier läge dort begraben.

Ich hoffe für seine Eltern, dass ich recht habe, aber ich kann nicht abwarten, nur um schließlich sicher zu sein, dass der Mann, den ich liebte – der Mann, für den ich diese Tat begangen habe –, meine Zuneigung so wenig verdiente. Und es tut mir aufrichtig leid, dass ich zu dem Brief voller Lügen beigetragen habe, obwohl es in bester Absicht geschehen ist.

Verabschieden Sie sich für mich von Marta, und halten Sie an Ihrer Liebe zueinander fest. Davon gibt es in der Welt viel zu wenig.

Der Film wird übrigens spektakulär. Halten Sie mir einen Platz frei, wenn Sie ins Kino gehen, denn falls die Toten tatsächlich zurückkommen, um die Lebenden zu beobachten, werde ich bei Ihnen sein.

Von Herzen

James.«

Josephine las den Brief erneut, diesmal im Stillen und war von der heftigen Traurigkeit und dem schmerzenden Zitat aus *Rebecca* betroffen; in letzter Zeit hatten die Lebenden sich viel zu sehr mit den Toten beschäftigt. »Weißt du, wann er abgegeben wurde?«

»Nein, keine Ahnung. Ich habe ihn vor zehn Minuten mit einem Haufen anderer Post eingesammelt.«

»Ich gehe nachfragen.« Sie ließ die Tonbühne hinter sich und verfluchte innerlich den umständlichen Weg zum Hauptgebäude sowie die Schauspielerinnen und Schauspieler, die ihr im Weg standen. »Entschuldigen Sie«, sagte sie atemlos zu der Dame am Empfang und hielt den Umschlag hoch. »Jemand hat den hier für mich abgegeben, und ich wollte fragen, ob Sie sich zufällig daran erinnern, wie lange das ungefähr her ist?« Die Frau hob eine Augenbraue und fragte damit wortlos, ob Josephine wüsste, wie viele Menschen tagtäglich im Studio ein und aus gingen. »Tut mir leid, das war dumm. Er wurde von einem Techniker abgegeben, der bis vor Kurzem hier gearbeitet hat, James Bartholomew, und ich dachte, Sie erinnern sich vielleicht an ihn.«

Die Frau schüttelte den Kopf. »Tut mir leid, Miss Tey, aber ich arbeite erst seit einer Woche hier. Ich kenne keinen Mr Bartholomew.«

Sie wandte sich ab, um ans Telefon zu gehen, und Josephine lief rasch zurück zur Tonbühne. »Und?«, fragte Marta.

Josephine schüttelte den Kopf. »Nichts. Ich schätze, ich muss die Polizei einschalten«, sagte sie widerwillig. In ihr kämpfte der hartnäckige Wunsch, James seinen Frieden finden zu lassen, bevor ihn jemand aufhalten konnte, mit der Dringlichkeit der Informationen in seinem Brief.

»Schon geschehen«, sagte Marta. »Ich wusste, wie schwer es dir fallen würde. Lydia ist rüber ins Büro, um von dort aus anzurufen. Hitch darf davon bloß nichts mitbekommen, wo er gleich eine der größten Szenen seiner Karriere filmt.«

Wie aufs Stichwort erschien Selznick am Set; er wirkte nervös. »Und Sie sind sich sicher, dass alles bereit ist?«, fragte er Hitchcock.

»So bereit wie irgend möglich, nicht wahr, Ray?«

Hitch wandte sich zu dem Mann, den Josephine für

den Herstellungsleiter hielt. »Wir sind bereit. Immerhin haben wir Atlanta in Brand gesetzt, dagegen wird das hier das reinste Kinderspiel.«

In seinen Worten schwang keine Arroganz mit. Die Aufnahmen waren seit Wochen akribisch geplant worden – jede Bewegung, jede Kameraposition, jedes Sicherheitsbedenken zielte darauf ab, Hitch so viel Kontrolle über die Szene zu geben wie möglich und ihren Effekt zu maximieren. Selbst für einen Regisseur, der Wunder bewirken konnte, verlosch ein Feuer irgendwann. Josephine sah zu, wie Marta zwischen den Kameras hin und her ging, Winkel und Linsen kontrollierte und sich ein letztes Mal mit Hitchcock besprach; dann wurden alle hinter die Sicherheitsabsperrung geschickt. Schweigen legte sich über die Anlage, und fast unmittelbar gingen die Lichter aus. Nach einer kurzen Pause ertönte Hitchs Stimme: »Legt das Feuer.«

Der Herstellungsleiter nickte den Männern an der Pumpe zu, die eine Ölmischung durch die Rohre schickten. Das Set war an bestimmten Punkten verkabelt, sodass Funken das Benzin entzünden würden, sobald ein Schalter betätigt wurde; eine Minute verging, und Josephine sah sich fragend um. War etwas schiefgelaufen? Da fingen die von Öl gesättigten Hölzer und Stoffe mit einem lauten Rauschen Feuer, sodass alle zusammenzuckten. »Und bitte!«, rief Hitchcock.

Flammen züngelten an den Fensterrahmen in Rebeccas Schlafzimmer empor, als stünden auch sie im Bann des Regisseurs. Josephine entdeckte einen in Schwarz gehüllten Arm, und dann, als sich das Double tiefer in den Raum bewegte, konnte sie Mrs Danvers deutlicher ausmachen. Sie drehte sich erst nach rechts, dann nach links, hielt sich den Arm vor die Augen und saß in dem Feuer fest, das sie gelegt hatte. Der Brand fraß sich ungerührt weiter durch das Zimmer, machte sich über Couch und Stühle her und kurzen Prozess mit den Vorhängen rund ums Bett. Selbst aus der Entfernung spürte Josephine die Hitze, und das trockene Zischen und Knistern der Flammen bildete eine eindrucksvolle Tonspur. Währenddessen hielt Judith Anderson sich an einem anderen Fenster zur Rechten für eine Nahaufnahme bereit, das Gesicht angstverzerrt und wahnsinnig, der Inbegriff des gequälten Bösen.

Im hinteren Teil der Tonbühne bemerkte Josephine plötzlich einen Lichtspalt, als jemand eine Tür öffnete und wieder schloss. Sehr zu ihrer Verwunderung erkannte sie James, doch bevor sie etwas sagen oder auf ihn zutreten konnte, schritt er hinüber zur Kulisse und in die Flammen hinein, ohne sich noch einmal umzusehen. Sein Erscheinen war so flüchtig, dass sie es sich womöglich nur eingebildet hatte, ein Schatten, der auf eine Wand gefallen war, doch wenige Sekunden später ertönte ein scharfer Schrei tiefsten Schreckens aus der Kulisse, und rings um Josephine brach die Hölle aus, während die Anwesenden einer nach dem anderen begriffen, was gerade vor sich ging.

Anderson wurde rasch vom brennenden Drehort geführt, dicht gefolgt von ihrem Double, deren Kleider bereits schwelten. Sie hatte Asche auf dem Gesicht und in den Haaren, doch ihre Verstörung war offenbar vielmehr den Vorgängen geschuldet, die sie gesehen hatte, als irgendeiner Gefahr für ihr Leben. Die Feuerwehrleute machten sich an die Arbeit, doch bevor sie etwas ausrichten konnten, ertönte ein schreckliches, unheilvolles Knarzen von der Decke, und die Balken gaben nach. Der Feuerwehrmann, der sich auf die Suche nach James gemacht hatte, wurde von einem Kollegen zurückgezerrt, und eine Frau schrie die Versammelten hysterisch an, sie sollen zurückbleiben.

Josephine klammerte sich mit pochendem Herzen an Marta, stieß nutzlose Angstschreie aus, war jedoch – genau wie alle anderen – machtlos, etwas gegen den Horror auszurichten. Menschen schrien, als der erste Schock der Panik Platz machte, und sie erhaschte einen kurzen Blick auf Hitchcocks Gesicht, das vor Angst und Unglaube verzerrt war. Er wusste nicht, wer ums Leben gekommen war – sie war wahrscheinlich die Einzige –, doch es würde umso schlimmer für ihn sein, wenn er es schließlich erfuhr. Trotz allem hatte ihm James Bartholomew etwas bedeutet.

Die Feuerwehrleute hatten damit begonnen, alle vom Drehort auf das Außengelände zu bringen. Josephine warf einen letzten Blick über die Schulter, doch das Schicksal war ihr an diesem Abend gnädig. Kein Schreckensbild würde sich auf ewig in ihr Gedächtnis prägen, kein verkohlter oder brennender Körper, den es auszulöschen gälte. In den Flammen sah sie nichts als Schatten und tanzende Silhouetten.

FEBRUAR 1940

Ich wäre so gern noch einmal hineingegangen, wäre durch die Flure geschritten und hätte Miltons Treppen bestiegen und meine Geister herausgefordert, doch über die Jahre ist aus der Gesetzlosen, die ich einst war, ein Feigling geworden, also parkte ich am Straßenrand und ging durch den Wald. Dem hellen Februarmorgen wohnte etwas Unheilvolles inne, der frühen Verheißung des Frühlings war nicht zu trauen. Die Luft war zu still, der Boden zu weich, und ich ahnte nicht, was auf mich zukam. Vielleicht lag es auch nur an meiner Stimmung, meiner Unruhe über den Grund meines Besuchs und meinem Bedürfnis danach.

Beim ersten Anblick des Hauses erkannte ich, dass ich mir die ganze Zeit über etwas vorgemacht hatte. Es war auf ewig für mich verdorben. So schön es auch im bleichen Sonnenlicht aussah, während die Reste eines beißenden Frosts den Rasen fest im Griff hielten, auf dem wir einst gemeinsam Tee getrunken hatten – es war nicht mehr das gute, alte Milton. All die Jahre hatte es mich getäuscht, und ich hatte nicht vor, ihm zu vergeben.

Ich drehte mich um und ging den Hang hinauf, dann fuhr ich die kurze Strecke ins Dorf. Die Kirche stand abseits, war von Wiesen umgeben, und sobald ich aus dem Auto gestiegen war, traf mich der durchdringende Geruch eines Lagerfeuers – erdig und nostalgisch, im Einklang mit der Melancholie des Tages. Das Tor auf der anderen Seite des Grabens war kalt und rostig, und der Kirchhof wirkte trotz seiner Schönheit unheimlich. Während ich an den alten Gräbern vorbeiging und das Moos beiseitewischte, um die längst vergessenen Namen zu entziffern, schienen die Totenköpfe, Urnen und Sanduhren jeglichem Versprechen von Frieden zu trotzen.

Der frische Grabstein an der Seite der Kirche stach aus seinen uralten Freunden hervor und machte mir die Suche leicht. Hier war kein Symbol für die Kürze des Lebens nötig – das Alter des Jungen, sechzehn, sagte bereits alles. Ich nahm die verwelkten Rosen, deren Köpfe im Frost herabhingen, und legte an ihre Stelle die Narzissen aus meinem Garten. Ich hatte sie am Vortag geschnitten und mich gefragt, ob Robert – dieser Junge, den ich nie gekannt hatte – sich wohl daran stören würde, dass die Blumen nicht nur für ihn, sondern auch für den Mann gedacht waren, der etwas Falsches getan und versucht hatte, es wiedergutzumachen.

Das Modell steckte immer noch in meiner Tasche. Mir kam es richtig vor, es an den Ort seiner Entstehung zurückzubringen, und sein Zauber war ohnehin besudelt, ähnlich wie der des Hauses; auf ewig mit dem Kummer gebrandmarkt, für den es nun stand. In der Hoffnung, mein Zauberer wäre einverstanden, folgte ich dem Rauch zum Rand des Friedhofs. Eine junge Eiche – vielleicht erkrankt – war auf der Nordseite der Kirche gefällt worden, und das Holz brannte noch. Bevor ich es mir anders überlegen konnte, warf ich das Modell in die Flammen und sah zu, wie es kurz aufloderte, durchsetzt mit Karmin, bevor es in der Glut verschwand. Als ich mich umdrehte und davonging, wusste ich, dass er mich beobachtete.

DANKSAGUNG

Nach zahlreichen Verzögerungen aufgrund von Streiks, Krankheit und Giftefeu wurden die Dreharbeiten zu *Rebecca* im Dezember 1939 abgeschlossen, und auf die Premiere am 28. März 1940 folgten begeisterte Reaktionen. Im Jahr darauf führte der Film das Feld bei den 13. Academy Awards mit elf Nominierungen an: Bester Film, beste Regie, beste Hauptdarstellerin (Joan Fontaine), bester Hauptdarsteller (Laurence Olivier), beste Nebendarstellerin (Judith Anderson), bestes adaptiertes Drehbuch (Robert E. Sherwood und Joan Harrison), beste Kamera (George Barnes), bestes Szenenbild (Lyle Wheeler), bester Schnitt (Hal C. Kern), beste Filmmusik (Franz Waxman) und beste Spezialeffekte (Jack Cosgrove und Arthur Johns). Der Film gewann zwei Oscars – bester Film und beste Kamera –, und Joan Fontaine musste sich Ginger Rogers geschlagen geben, gewann jedoch im darauffolgenden Jahr mit ihrer Rolle in einem anderen Hitchcock-Film, *Verdacht*. Der Oscar für die beste Regie ging an John Ford mit *Früchte des Zorns*. Hitchcock wurde noch vier weitere Male nominiert, ging jedoch jedes Mal leer aus.

David O. Selznick blieb der Buchvorlage bis zum Schluss treu. Am 3. März 1941 schickte er Daphne du Maurier ein Telegramm, in dem er seinen Dank und beste Grüße vom gesamten Studio für den »grandiosen« Roman sandte, der ihnen den Gewinn des Academy Awards ermöglicht hatte.

Die Bühnenfassung von *Rebecca*, die von Daphne du Maurier selbst stammte, hatte ihre Uraufführung im April 1940 im Queen's Theatre auf der Shaftesbury Avenue unter der Regie von George Devine und konnte eine erfolgreiche Laufzeit von mehr als fünf Monaten verbuchen. Margaret Rutherford in der Rolle der Mrs Danvers wurde mit Lob überhäuft, doch die Produktion kam zu einem vorzeitigen Ende, als das Theater am 24. September bombardiert wurde; es sollte erst zwanzig Jahre später wieder seine Tore öffnen.

Die Hitchcocks verbrachten den Rest ihres Lebens glücklich und zufrieden in Amerika. Die Vorwürfe der Fahnenflucht trafen Alfred Hitchcock zutiefst, und trotz entsprechender Beschränkungen in seinem Vertrag mit Selznick nahm er die Einladung des Informationsministeriums an, Propagandafilme zu drehen. Sein letzter Beitrag zu den Kriegsanstrengungen war ein Dokumentarfilm über die Konzentrationslager aus dem Jahr 1945. Joan Harrison bin ich eine Entschuldigung schuldig; aus künstlerischen Gründen wurde sie von Marta an den Rand gedrängt, war den Hitchcocks in diesem Zeitraum jedoch unabkömmlich. Harrisons Leben und ihr kreatives Werk beleuchtet Christina Lane in ihrem wunderbaren Buch *Phantom Lady*, das mir zudem einen traumhaften Einblick in das Leben in Hollywood zum Zeitpunkt des Umzugs der Hitchcocks ermöglichte.

In Gesprächen mit François Truffaut beschrieb Hitchcock seine Verfilmung von *Rebecca* als »die Geschichte eines Hauses«, und so ist es auch bei *Drehbuch des Todes:* das Haus, das wir auf der Leinwand sehen, und das Haus, das viele Jahre zuvor die Samen zu Manderley in die Vorstellungskraft der Autorin säte. Daphne du Mauriers erster Besuch in Milton Hall fand 1917 statt, als sie noch ein kleines Mädchen war und es als Militärkrankenhaus genutzt wurde, und sie sollte noch oft dorthin zurückkehren. Das »gute, alte Milton« hinterließ bleibenden Eindruck bei ihr, und in einem Brief an Oriel Malet erklärte sie, Milton Hall sei in Wirklichkeit das Haus hinter *Rebecca*, mehr noch als Menabilly, ihr geliebtes Zuhause in Cornwall. Ihr Sohn, Kits Browning, berichtete später, sie habe in Milton den ersten Blick auf eine Haushälterin erhascht, die später als Vorlage für Mrs Danvers dienen sollte. Hitchcock und Selznick schickten im

Jahr 1939 tatsächlich einen zweiten Filmstab dorthin, und während des Zweiten Weltkrieges bot Milton Hall der tschechoslowakischen Armee Unterkunft und wurde von den Britischen Spezialeinsatzkräften als Ausbildungsstützpunkt für Operation Jedburgh genutzt. Ich bin Reginald Payne und seinem Buch *The Watershed* zu großem Dank verpflichtet – darin berichtet er von seinem Leben als Sanitäter in Milton Hall während des Ersten Weltkrieges, doch sowohl die Figuren, die das Haus in diesem Roman füllen, als auch sämtliche Ereignisse sind rein fiktiv und existieren nur in meiner Vorstellung. St Mary the Virgin in Marholm ist eine wunderschöne Kirche, doch Archie hätte nie einen Grund gehabt, dem dortigen Pfarrhaus einen Besuch abzustatten.

Zu Hitchcock, Selznick und der Entstehung von *Rebecca* gibt es bergeweise Sekundärliteratur, und die folgenden Werke waren mir besonders hilfreich: *Alfred Hitchcock* von Peter Ackroyd, *Memo From David O. Selznick* von Rudy Behlmer, *Hitchcock: die persönliche Biografie* von Charlotte Chandler, *No Bed of Roses* von Joan Fontaine, *David O. Selznick's Hollywood* von Ronald Haver, *Film Magic* von David Hutchison, *The Wrong House: the Architecture of Alfred Hitchcock* von Steven Jacobs, *Footsteps in the Fog: Alfred Hitchcock's San Francisco* von Jeff Kraft und Aaron Leventhal, *Hitchcock and Selznick* von Leonard J. Leff, *Alfred Hitchcock: a Life in Darkness and Light* von Patrick McGilligan, *Showman: the Life of David O. Selznick* von David Thomson, *Mr. Hitchcock, wie haben Sie das gemacht?* von François Truffaut, *Rebecca: the Making of a Hollywood Classic* von Jennifer Leigh Wells, *The Twelve Lives of Alfred Hitchcock* von Edward White und *Rebecca* (aus der Reihe BFI Film Classics) von Patricia White. Die DVD-Ausgabe von *Rebecca* der Criterion Collection enthält faszinierende Interviews und Kommentare zur Entstehung des Films, und dumaurier.org, eine Webseite zu Daphne du Maurier, ist eine unschätzbar wertvolle Quelle für alle, die mehr über die

Autorin und ihre Arbeit erfahren wollen. Nur zu gerne wäre ich zu Josephines Zeiten mit der *Queen Mary* über den Atlantik geschippert, doch stattdessen musste ich mich auf zwei Werke stützen, die das herrliche Schiff in all seiner Pracht vor meinem inneren Auge heraufbeschworen: *RMS Queen Mary: the World's Favourite Liner* von David Ellery sowie *Queen Mary: Her Early Years Recalled* von C. W. R. Winter.

Es ist mir ein großes Vergnügen und ein großes Privileg, Leben und Arbeit Josephine Teys mit dieser Reihe zu feiern, und mein Respekt für ihre Leistungen und ihren einzigartigen Beitrag zur Kriminalliteratur wachsen mit jedem Band. Soweit ich weiß, ist sie nie nach Hollywood gereist, hatte jedoch in den 1930er-Jahren ein kurzes, unbefriedigendes Techtelmechtel mit dem Drehbuchschreiben für Universal. Glücklicherweise machte es ihr den Zauber der Leinwand nicht madig; sie liebte das Kino für den Rest ihres Lebens.

Meine Liebe und mein Dank gelten meinem Lektor Walter Donohue, von dem ich mit jedem Buch so viel gelernt habe, und allen bei Faber, die sich so sehr für diese Reihe einsetzen. Meiner Freundin und Agentin Veronique Baxter sowie Sara Langham und dem gesamten Team bei David Higham Associates. W. F. Howes und Sandra Duncan, die den Büchern so ein reichhaltiges und lebhaftes Hörbuchleben schenken. Marni und Arthur Groff für ihre Liebe und Ratschläge von der anderen Seite des Atlantiks. Denise Collins, die allzeit bereitsteht, um zu Josephines Leben in Schottland beizutragen. Jenny Uglow, die mit einer typisch großzügigen Bemerkung unwissentlich einen entscheidenden Aspekt von *Drehbuch des Todes* offenlegte.

In meinem Notizbuch zu diesem Roman gibt es eine Seite mit der Überschrift »Mandys geniale Idee« (davon hat sie viele). Meine Dankbarkeit und Liebe gelten ihr allerdings nicht nur für diese Idee, sondern auch dafür, erneut mit den Hitchcocks zu leben, sich nicht zu beschweren, wenn wir *Rebecca* »nur noch ein Mal« gucken mussten, für den Tag auf dem Land in Cambridgeshire, der das gesamte Buch in einen neuen Fokus rückte, und dafür, dass sie die Tage, an denen ich schreibe, genauso sehr mit Freude füllt wie die, an denen ich es nicht tue.

ZITATNACHWEISE

Das Zitat von Daphne du Maurier stammt aus *Rebecca*, Insel Verlag, Berlin, 2016. Aus dem Englischen von Brigitte Heinrich und Christel Dormagen. Neuübersetzung.

A. E. Housman wird zitiert aus der Gedichtsammlung *Die Shropshire Lad-Gedichte*, S. 113. Mit freundlicher Genehmigung des Mattes Verlags, Heidelberg, 2015. Übersetzt, mit einer Einleitung und Anmerkungen von Hans Wipperfürth.